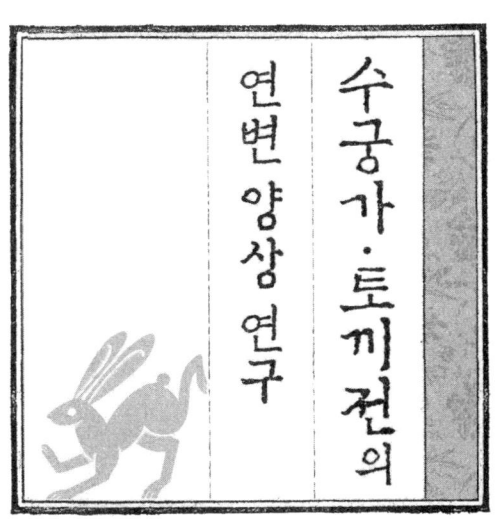

수궁가·토끼전의 연변 양상 연구

김동건 지음

보고사

서문

책의 제목을 『수궁가·토끼전의 연변 양상 연구』라 붙였다.

내가 나에게 말한다.

"학위 받은 지가 언제인데 언제까지 토끼 타령만 늘어놓을 셈인가? 이젠 좀 다른 작품으로 눈을 돌릴 때가 된 거 아닌가?"

내가 변명한다.

"알지만 한 차례 정리를 할 필요가 있을 것 같아서……."

변명이지만, 여기저기 흩어져 있던 논문을 책으로 묶은 까닭은, 그간의 연구를 정리함으로써 내 연구의 방향성을 점검하고 싶었기 때문이다. 그런 의미에서 토끼전과는 사뭇 이질적으로 느껴질 수 있는 '판소리 자료 전산화와 판소리 사전 편찬을 위한 통합 시스템의 설계 및 구현'이라는 논문과 '판소리 자료 데이터베이스의 구축과 활용의 실제'라는 논문을 함께 실었다. 판소리 자료 처리에 관한 연구이니 토끼전과 전혀 다르다고는 할 수 없겠다. 그러나 엄밀히 따지자면 토끼전에 대한 연구라고 할 수는 없는 것도 사실이다. 그럼에도 불구하고 다소 이질적일 수도 있는 논문을 함께 붙인 이유는, 토끼전을 단초로 내가 새로이 눈을 뜨게 된 영역이며, 장차 확장하고자 하는 영역이기 때문이다. 책의 제목에 '연변(演變)'이라는 단어를 쓴 것도 이러한 맥락이다.

공부를 하면 할수록 판소리 공부를 시작한 것이 참 잘했다는 생각이 든다. 가치로 따지자면야 어느 공부인들 더하고 덜하랴만 판소리는 참 재미있는 공부다. 글이 있고, 음악이 있고, 그림이 있고, 이야기가 있고, 볼거리가 있다. 아둔한 나로서는 지루해 꾀를 부리거나 지치지 않고 공부할 수 있는 더할 나위 없이 좋은 분야인 것이다. 더구나 디지털을 통한 다양한 활용과 변용을 생각하면 그야말로 무궁무진한 학문이어서 판소리는 나로 하여금 새로운 창의력을 자꾸만 불러일으킨다. 이보다 더 생동감 있는 학문이 있을까.

얼마 전 은사님 한 분을 잃었다. 허망하고도 허망하여 한동안 마음의 갈피를 잡기가 어려웠다. 삶이, 그리고 죽음이 이리 허망할진대, 작은 일들에 일희일비하는 것이 얼마나 어리석은 일인지 새삼 깨닫게 되었다. 지금 족함을 알고, 다가올 미래는 희망찬 계획으로 채우고자 한다. 지금, 마음에 덜 차는 책을 내면서 스스로 위안하는 바는 바로 그 때문이다. 그리고 앞으로 해야 할 일들이 많고, 그것을 열심히 하리라는 다짐이 있기 때문에 부끄러움을 무릅쓰고 책을 엮었다.

늘 생각하는 바지만 나는 운이 좋은 사람이다. 양가 부모님들 모두 건강하셔서 감사하다. 훌륭하신 선생님을 모시고 재미난 공부를 할 수 있어서 감사하다. 모교에 남아 있으면서 학부 때부터 가르침을 받아온 선생님들께 아직도 격려를 받을 수 있어서 감사하다. 마음 깊은 선배님들이며 믿음직한 친구들, 다정한 후배들에 이르기까지 모두 내 힘이 되어주니 감사하다. 오랜 친구이자 동료인 아내, 그리고 아이들도 내게는 늘 샘물처럼 기운나게 하는 존재들이다. 감사하다.

끝으로, 영리를 돌보지 않고 흔쾌히 출판을 허락해주신 보고사 사장님과 책을 만드느라 애써주신 편집부원들께도 감사한다.

차 례

수궁가의 형성과 전승

1. 머리말

『조선창극사(朝鮮唱劇史)』에 실려 있는 송흥록(宋興祿)의 일화에는 수
궁가의 성격이 단적으로 나타난다.

송흥록의 연인이었던 맹렬이 진주 병사 이경하에게 가 버리자 송흥
록은 맹렬을 찾아 진주로 갔다가 이경하의 부름을 받고 소리를 하게
된다. 이때에 맹렬은 송흥록을 궁지에 빠뜨리고자 하여 이경하에게 "송
씨를 불러 소리를 시키되 분부하시기를 너는 본래 명창이니 네가 소리
를 하는데 능히 나를 한번 웃게 하고 또 한번 울게 하면 상급을 후히
하려니와 만일 그렇지 못하면 너의 목숨을 바치리라 하시고 소리를 빳
삭 마른 토별가를 시키라"고 하였다. 이에 송흥록은 목숨을 걸고 소리
를 하게 되는데 과연 병사를 한 번 웃게 하고 한 번 울게 하여 맹렬을
다시 데려올 수 있었다는 것이다.[1]

이 예화에서 알 수 있듯이, 판소리의 묘미는 창자로 하여금 울게 하
고 웃게 하는 것이었으나 수궁가는 능히 그렇게 하기 어려운 '빳삭 마

---

1) 정노식, 『조선창극사』, 조선일보사, 1940.

른' 어려운 소리였던 것이다. 즉 수궁가는 다소 메마른 듯하면서도 진중
하고 음악성이 뛰어난 대목이 많아, 경지에 이른 창자들이라야 소화할
수 있는 까다로운 소리이며 이로 인하여 수궁가는 '소적벽가(小赤壁歌)'
라는 이름을 얻고 있기도 하다. 이처럼 수궁가는 '밧삭 마른' 소리, 까다
로운 소리라는 평가를 받았음에도 불구하고 현재까지 전승되고 있는
판소리 다섯 마당 중의 하나이며, 관련 이본만도 120여 종에 이르고 있
는 것으로 보아 춘향가 못지않은 인기를 누렸음을 짐작할 수 있다.

2. 수궁가의 근원설화

　판소리의 발생 기원을 둘러싸고 문장체 선행설, 근원설화설, 무가 기
원설, 광대소학지희설, 중국강창문학설 등 다양한 가설들이 거론되어
왔으나 판소리의 형성 과정에서 다양한 설화들이 근간이 되거나 영향
을 미쳤으리라는 데에는 대부분의 연구자들이 동의하는 바이다. 특히
수궁가의 근간이 되는 설화가 『삼국사기』에 기록된 〈구토지설〉이라는
사실은 이미 널리 알려진 바와 같다.
　백제의 원수를 갚기 위해 고구려에 청병을 하러 갔던 김춘추는 보장
왕으로부터 마목령(麻木峴)과 죽령(竹嶺)을 돌려달라는 무리한 요구를
받게 된다. 이에 김춘추는 신하가 국가의 토지를 마음대로 할 수 없다
고 하였다가 옥에 갇혀 목숨이 위태로운 지경에 이른다. 그런데 이전
에 고구려에 당도하였을 때 김춘추가 보장왕이 총애하는 선도해라는
인물에게 청포(靑布) 삼백 필을 바친 바 있어 이에 선도해가 답을 하는
의미에서 상을 차려 와 가지고 김춘추와 함께 술을 마시면서 해 주는
이야기가 바로 〈구토지설〉이다.

이 〈구토지설〉은 인도의 석가모니 본생설화(本生說話)나『육도집경
(六度集經)』등의 불전 설화와 밀접한 관련이 있다.

본생설화(Jātaka)란 석가의 전생 수행담을 일컫는다. 즉, 불타가 깨달
음을 얻은 것은 한없는 전생에서 공덕을 닦은 결과라고 생각하고 그
수행하던 때의 이야기를 만들어 낸 것이 본생설화이다. 이와 같은 본
생설화는 전부터 내려오는 전설, 민담, 동화 등의 주인공을 보살로 바
꾸고 내용을 불교적인 것으로 개작함으로써 이루어진 것인데, B.C. 3세
기경 이루어진 바루후트나 산치 불탑에 본생설화의 내용이 조각되어
있는 것으로 보아 그 기원은 B.C. 3세기 이전의 원시불교시대로 소급
될 수 있다.

이 본생설화는 이후 불교의 전파와 함께 중국의 불전설화로도 한역
되기에 이른다. 불교가 중국에 처음 들어 온 후한(後漢) 명제(明帝) 때
부터 원대(元代)에 이르는 역대의 약 1200년 동안 많은 불교 정전이 한
역되면서 본생설화는 한역 경전에 기록되었는데, 〈구토지설〉과 흡사한
전개를 보이는 설화는『육도집경』,『생경』등 여러 경전에 나타난다.

그러나 〈구토지설〉은 이들 불전설화와 동궤의 것이면서도 불전에서
바로 진화했다고 볼 수 없을 정도로 변모되어 있다.

본래 본생설화는 석가 이야기를 하게 되는 계기를 말하는 현재 이야
기와 전생에 석가가 수행을 하던 과거의 이야기, 그리고 현재 이야기의
인물과 과거 이야기의 주인공을 연결하는 이야기로 이루어져 있다. 한
역 경전 또한 동일한 구조를 지니고 있지만 이러한 종교 설화로서의
형식은 우리나라에 들어와 민간 설화화하면서 완전히 탈색되어 과거의
이야기만이 남아 있다. 또 〈구토지설〉 이전의 설화가 종교적 교훈을
주로 하고 있는 데 비하여, 〈구토지설〉에서는 이것이 단순한 토끼의

지략담으로 변모되어 있다.

따라서 삼국사기 구토설화는 ①인도의 오래된 민간설화가 ②석가모니의 본생설화에 수용되어 기록으로 정착되었고, ③그것이 중국으로 전래되면서 이후 한국으로까지 전파되어 한국화한 결과이다.[2]

그런데 문제는 〈구토지설〉과 수궁가 사이의 시간이다. 수궁가의 형성은 빨리 잡아야 17세기 후반이다. 비록 수궁가에 대한 언급은 빠져 있지만, 판소리 작품에 대한 최초의 문헌적 기록이라 할 수 있는 유진한(柳振漢 : 1711~1791)의 〈가사춘향이백구(歌詞春香二百句)〉가 1754년에 이루어졌으니 수궁가도 이 시기쯤에는 일정한 형태를 갖추었을 것으로 추정해 볼 수 있기 때문이다. 김춘추가 고구려에 간 것이 A.D. 642년(선덕왕 11년)이므로 〈구토지설〉과 수궁가 사이에는 1000여 년 이상의 시간이 가로 놓여 있고 또 그 중간 다리 역할을 하는 자료 또한 밝혀진 바 없어 그 전승과정을 파악하기가 용이하지 않다. 따라서 문헌에 전하는 〈구토지설〉과는 별도로 〈구토지설〉에 영향을 준 『육도집경』, 『생경』 등의 불전에서 직접 유출된 설화가 수궁가의 근원일 가능성도 있다.

어쨌든 18세기에 이루어진 수궁가는 불과 211자로 이루어진 〈구토지설〉보다는 너무나도 많이 확장되어 있고, 또한 새로운 모티프가 개입되어 있다. 문헌에 전하는 〈구토지설〉이 이렇게 갑자기 소설로 진화할 수는 없는 것이고 여기에 구전의 가능성이 존재하는 것이다.

적벽가를 제외하면 모든 판소리들이 설화와 밀접한 관련이 있으며 다양한 설화의 집적으로 형성되었다. 따라서 수궁가도 민간설화에서 형성되었다는 추측이 가능하다. 수궁가 역시 그 초기의 형태는 토끼의

---

2) 인권환, 「토끼전 근원설화 연구」, 『아세아연구』 25집, 고려대학교 아세아문제 연구소, 1967.

간교한 지략을 골계적으로 나타내는 단순한 이야기였을 것이나 이것을 어느 광대가 창화함으로써 수궁가의 시초가 열렸을 것이다.

〈구토지설〉까지의 설화적 단계를 지나 수궁가에 이르는 판소리화, 소설화의 단계에 이르러는 설화의 화자나 판소리의 창자, 판소리 대본의 정리·개작자 등에 의해 더욱 현격한 변화를 보인다. 근원설화 자체가 부연되고 변용되는 경우도 있고 다른 설화적 요소가 삽입되는 경우도 있으며 새로운 창작적 요소가 부가되는 경우도 있다.

수궁가의 삽입 설화로는 먼저 용궁설화를 들 수 있다. 즉 근원 설화에서 '해중'이라고만 나와 있는 공간 설정이 수궁가에서는 '용궁'이라는 독자적이고 구체적 세계로 확대되어 나타난다. 이와 같은 변화는 삼국시대 이래 고승이나 기타 인물들이 직접 용궁에 다녀오는 용궁설화의 수용에서 비롯된 것이다.

다음으로 수궁가의 서두에는 명나라 구우(瞿佑)가 지은 『전등신화(剪燈新話)』의 영향도 나타난다. 먼저 〈수궁경회록(水宮慶會錄)〉의 영향을 볼 수 있는데, 〈수궁경회록〉에서 주인공이 용왕의 초청을 받아 용궁에 갔다가 놀다 온다는 이야기가 수궁가에서의 토끼가 용궁에 갔다 온다는 사실과 일치한다. 수궁가 서두에 나타나는 연호와 간지, 용왕과 궁전의 이름, 사신을 보내 용왕들을 초청하여 오는 설정 등이 같을 뿐만 아니라 '별주부'라는 이름도 여기에서 차용하고 있다. 또 용왕이 삼해용왕을 불러 잔치를 벌일 때의 광경과 〈수궁경회록〉에서의 상량문 등은 거의 그대로 옮겨지고 있기도 하다.

한편 『전등신화』의 〈용당영회록(龍堂靈會錄)〉도 세창서관본 〈별주부전〉의 앞부분과 그 내용이 동일하다. 즉 수궁가에서 용왕이 병이 나자 신하들에게 명의 구할 것을 요구하니 한 신하가 범상국, 장사군, 육처사를 천거한다. 그리하여 이들이 모여 담론을 벌이고 명약을 지시하는데, 이 부분은 〈용당영회록(龍堂靈會錄)〉이 그대로 옮겨지고 있다. 이상과 같은 『전등신화』의 영향은 양반 계층의 판소리 향유와 참여가 확대되면서 나타난 결과이다.

자라가 육지에 나와 토끼를 찾아가는 도중에 만나는 짐승들의 회의와 여기서 벌어지는 상좌다툼은 기존 설화인 쟁장설화(爭長說話)에서 받아들인 것이다. 쟁장설화의 근원 역시 〈구토지설〉과 마찬가지로 멀리 인도의 불전설화에서 발견할 수 있는데 이 불전설화는 불교의 전래와 함께 우리나라에 들어와 〈노루, 토끼, 두꺼비의 제 자랑〉, 〈나이 자랑〉 등의 민간설화로 토착화되었다가 조선 후기에 이르러 〈섬공전〉, 〈섬동지전〉, 〈노섬상좌기〉, 〈전수록(餞睡錄)〉 등으로 소설화되기도 하고, 박지원의 〈민옹전(閔翁傳)〉과 수궁가 등에서는 작품의 부분적인 한 요소로 수용되어 있기도 하다.

수궁가의 결말 부분에는 수궁에서 돌아온 토끼가 육지에서 맞이하는 위기를 극복하는 이야기가 두 번 반복된다. 즉 무사히 육지에 돌아온 토끼가 자라를 꾸짖으며 산 속으로 들어갔다가 그물에 걸리고, 독수리에게 잡히는 등의 위기를 만나는데 이 역시 지략으로 벗어난다. 이 대목 역시 19세기 중엽 편자 미상의 문헌 설화집인 『기문(奇文)』에 수록되어 있는 〈교토탈화설화(狡兎脫禍說話)〉를 차용한 것이다. 〈교토탈화설화〉에서 토끼는 모두 세 번의 위기를 만난다. 첫 번째는 곰, 두 번째는 독수리, 세 번째는 그물인데 이 중 독수리 위기와 그물 위기가 수궁가와 일치하고 있다.[3]

---

3) 인권환, 「수궁가의 삽입설화고」, 『인문논집』 30집, 고려대학교 문과대학, 1985.

3. 수궁가의 형성과 역사적 전개과정

수궁가는 17세기 말에서 18세기 초에 이르는 시기를 발생 및 형성기로 잡는다. 삼국시대 〈구토지설〉 이래 구전되어 온 민간설화가 이 시기에 이르러 비로소 판소리화 했으리라 보는데, 이때의 판소리는 독자성을 지니지 못한 채 여러 민간 연희 속에 혼재해 있었던 것으로 볼 수 있다. 따라서 그 내용도 단순·간결한 토끼의 지략담이고, 그 주제도 단순한 해학으로 일관된 것이었을 듯하다. 이 시기의 창자는 전혀 알 수 없으나 전문적 창자이기보다는 민속예술 전반에 특기를 가진 종합 예능인이었을 것이다.

판소리에 대한 문헌적 기록은 18세기도 거의 남아 있지 않으나 유진한이 남긴 〈가사춘향이백구〉는 초기 판소리의 전개 과정을 추론하는 데 중요한 단서가 된다. 〈가사춘향이백구〉는 유진한이 영조 30년(1754) 호남지방을 여행하고 들은 판소리 춘향가를 한시 200구로 노래한 것인데, 여기에는 춘향가와 함께 배비장타령에 대한 언급도 들어있다. 이로 볼 때 수궁가 역시 최소한 이 시기에는 정착 단계에 이르렀을 것으로 여겨진다. 또한 춘향가가 양반인 유진한의 관심을 끌었던 것으로 보아 지식계층의 판소리에 대한 참여가 이때부터 이미 있었던 것을 확인할 수 있다. 유진한이 〈가사춘향이백구〉를 짓고 나서 양반 선비들로부터 기롱을 당했다는 기록은 아직 판소리가 양반계층 일반에 보편화되지는 않았던 것으로 추정할 수도 있겠으나 다음의 예화는 사실이 이와 다를 수도 있음을 확인할 수 있게 해 준다.

석북 신광수(石北 申光洙 : 1712~1775)가 1750년 진사에 급제하여 유가(遊街)할 때 명창 한 명을 거느렸는데, 집이 가난하여 그 명창이 돌아

갈 때 보수를 줄 수가 없었다. 이에 붉은 접부채 하나를 구해서 시를 써 주었는데 창자는 그것을 지극한 보배로 여기고 고이 간직하고 돌아 갔다. 이와는 다른 기록에서, 후에 그 광대가 어전에서 공연을 하게 되었는데 임금께서 그 부채를 보시고는 즉시 석북에게 벼슬을 내렸다고 하는 사실도 발견할 수 있다.

석북이 벼슬에 나선 때는 그가 50세 때, 즉 1761년에 음직(蔭職)으로 영릉 참봉이 처음이다. 그러니까 영조 말년, 즉 18세기 중엽에 이미 판소리가 궁중에 들어가고 있었던 것이다. 그러니 석북의 예화는 18세기 중엽 유가 풍속에 따라 지방에서 올라 온 광대들이 서울 양반에게 인정을 받았음을 보여주는 한 사례일 뿐만 아니라 18세기에 이르면 판소리의 위상은 일부 양반층의 판소리에 대한 관심 정도를 훨씬 넘어서는 상황에까지 발전하고 있었음을 확인할 수 있는 사례가 된다.

수궁가의 전성기라고도 하는 19세기에 판소리에서 가장 커다란 변화는 사회적으로 인정받는 인기 명창들, 곧 전문적인 예인으로서의 명창들의 등장과 활약이라고 할 수 있다.

먼저 19세기 초엽을 보면 앞 시기의 하은담이나 최선달 등의 후배격이 되는 송흥록, 염계달이 수궁가의 창자로 등장하고 신위(申緯 : 1769~1847)의 〈관극절구이십수(觀劇絶句二十首)〉에는 당시 수궁가의 창자로 밝혀진 전기 송흥록, 염계달의 이름이 보인다. 이와 더불어 수궁가에 관한 최초의 기록상 명칭도 이 시기에 처음 등장한다. 즉 순조 때의 인물인 조재삼(趙在三)의 『송남잡지(松南雜識)』에 창우 또는 창부라 불리는 사람들이 춘향 타령, 토타령, 화용도 타령, 매화 타령 등을 불렀다는 기록이 나오는 것으로 보아 당시 수궁가를 '토끼타령'이라 불렀음을 전하고 있다.

당시 송흥록은 수궁가 중 '토끼 배 가르는 대목'을, 염계달은 '토끼가 별주부에게 욕하는 대목'을 잘 불렀다고 전하고 있다. 특히 송흥록은 수궁가 외에도 춘향가, 적벽가를 잘 부른 동편제의 시창자(始唱者)였고, 염계달은 중고제의 시창자로 모두 8명창에 속하는 인물들이다. 이들은 8명창 중에서도 고수관, 모흥갑과 함께 "고송염모"라 하여 대표적인 광대로 꼽히던 인물인데, 이들이 수궁가에 특장을 가지고 있었다는 사실은 그 당시 수궁가가 인기 있는 판소리 레파토리의 하나로 널리 불려졌음을 시사한다.

19세기 중엽에는 이유원(李裕元 : 1814~1888)과 송만재(宋晩載 : 1788~1851)가 판소리를 감상한 후 각각 〈관극팔령팔수(觀劇八令八首)〉, 〈관우희(觀優戱)〉와 같은 관극시(觀劇詩)를 남겼는데, 이 중에는 수궁가에 대한 감상도 들어있다.

19세기 중엽에서 19세기 말엽으로 넘어가는 과정에서 수궁가는 다시 신재효(申在孝 : 1812~1884)를 만나 개작되며, 그 이름도 〈토별가〉라 개명된다. 그러나 신재효의 사설 개작은 지나치게 음악성을 무시한 것이어서 실제의 창으로는 불리지 못하였고 전래의 수궁가가 거의 그대로 전승되었다. 한편 같은 시기에 정현석은 1872년의 『교방제보(敎坊諸譜)』에서 판소리 여섯 마당을 언급하면서 "토끼타령은 용왕을 속여 위기를 벗어난 이야기로 이것은 어리석음을 징계한 것이다(兎打令 欺龍脫身 此懲暗也)"라 하였는데, 여기서 수궁가는 6가에 속할 정도로 판소리로서의 확고한 위치를 다지고 있음을 확인할 수 있다.

20세기에 넘어 와 수궁가는 이선유에 의해 1933년 『오가전집』으로 정리되는데, 이선유는 신재효의 6마당에서 〈변강쇠타령〉을 제외한 5마당만을 전하면서 수궁가라는 명칭을 사용하고 있다.

19세기 말과 20세기 초는 판소리 전반에서 보면 위축기, 쇠퇴기라고 할 수 있으나 수궁가에 국한하여 보면 정리기, 또는 보존기라고 할 수 있는 시기였다. 수궁가는 특정한 창자 계열의 고정된 창본으로 화석화되어 가는 한편, 방각되거나 혹은 한문본화되면서 독서물로서도 널리 확산되어 갔다. 이러한 변화는 수궁가가 판소리로서 변화·발전할 수 있는 가능성이 제한되고 고정·화석화되었다는 문제점을 안고 있기는 하다. 그러나 20세기에 와서는 수많은 활자본이 간행, 보급됨으로써 더욱더 그 독서층을 넓혀 갔던바, 삼국시대 〈구토지설〉 이래의 토끼와 자라 이야기가 이처럼 하나의 국민문학으로 그 양과 폭을 넓혀 갔다는 사실은 수궁가의 발전적 전개에 있어 특기할 만한 사실이라 할 수 있다. 따라서 이 시기는 수궁가의 탈판소리화 시대라고도 할 수 있겠다.

4. 수궁가의 더늠과 유파별 전승 계보

『조선창극사』에 더늠이 전하는 역대 명창과 더늠은 다음과 같다.[4]

> 신만엽 — 토끼가 배를 가르라고 발악하는 대목
> 송우룡 — 토끼가 간을 육지에 두고 나왔다고 꾀 부리는 대목
> 김거복 — 용왕이 병이 나서 탄식하는 대목
> 김수영 — 자라가 토끼를 유인하여 가는데 여우가 방해하는 대목
> 백경순 — 토끼가 육지를 벗어나 육지로 돌아오는 대목
> 김찬업 — 육지에 가는 자라에게 토끼화상을 그려주는 대목
> 신학준 — 용왕이 토끼에게 간을 내 놓으라고 호령하는 대목
> 유성준 — 육지에 온 자라가 토끼를 처음 만나 문답하는 대목

---

4) 정노식, 앞의 책, 1940.

이들이 이상과 같은 수궁가의 더늠을 가지고 있었다는 것은 곧 수궁가 그 자체에 특장이 있었음을 말하는 것이라 볼 수 있는데, 이들 외에도 송흥록, 윤영석, 김질엽 등이 수궁가에 장기를 가지고 있었다고 한다. 또한 박황의『판소리소사』와『판소리이백년사』에는 비교적 후대 인물에 속하는 이선유, 임방울, 오태석, 장판개, 정응민, 조몽실 등도 수궁가의 명창이었다고 한다.5)

판소리가 일정한 발전의 궤도에 올랐던 19세기 초 전기 8명창 시대에 이르면 지역적 특성과 사승(師承) 계보에 따라 유파가 생기기 시작하는데 먼저 동편제가 그리고 다음에 서편제가 생겨나게 된다. 그리고 동서 어디에도 속하지 않는 중간의 중고제가 생겨났으며 이 유파에 따라 판소리 전승의 흐름을 이루었기에 수궁가의 창자 계보 역시 이 유파에 따라 살펴볼 수 있다.

동편제는 지역적으로 전라도 섬진강의 동쪽인 운봉, 구례, 순창, 홍덕 등지에서 발원한 유파였다. 그 음악적 특징은 정중하고 온화하면서도 씩씩하고 웅장한 가운데 그 창법에서 기교를 부리지 않고 선천적인 음량을 소박하게 그대로 드러내는 특징을 지닌 것으로 평가된다. 이 동편제의 시초는 송흥록이다. 전라북도 운봉에서 태어나 조선조 순·헌·철종 대를 주름잡은 그는 당시 가왕(歌王)으로 불린 만큼, 음악적 능력이 뛰어나 판소리 발전에 크게 공헌한 인물이었다.

송흥록을 동편제 수궁가의 정점에 놓고 보았을 때, 초기의 전승은 신만엽, 송광록 등을 통하여 그 다음 대인 박만순과 송우룡에게 이어진다. 신만엽은 송흥록과 선후배 간으로서 '토끼 배 가르는 대목'의 더늠

---

5) 박 황,『판소리 소사』, 신구문화사, 1973.
_____,『판소리 이백년사』, 사사연, 1987.

소유자이며, 송광록은 송흥록과 형제간으로 처음에는 형의 고수였다가 뜻한 바 있어 4~5년간의 적공 끝에 대가를 이루어 형과 견주었다고 한다. 그러나 송광록이 수궁가를 불렀다는 기록은 전하지 않는다. 박만순은 송흥록과 사제 간으로 송흥록의 의발(衣鉢)을 받은 명창으로 알려져 있으며, 신만엽과는 선후배 또는 사제 간으로 그의 수궁가 더늠을 방창하였다고 전한다. 박만순과 어깨를 나란히 하는 명창이었다는 송우룡은 송광록의 아들로 수궁가가 장기였고, 그 중에서도 '토끼가 간을 육지에 두고 왔다고 꾀부리는 대목'의 더늠 소유자였다.

김수영과 김찬업은 부자간인데, 두 사람 모두 수궁가의 더늠을 가지고 있어 부자간의 수궁가 전수는 확실하다 하겠다. 그런데 김수영이 누구로부터 사사하였는지는 뚜렷하지 않다. '토끼 화상을 그리는 대목' 더늠을 가지고 있는 김찬업은 박만순의 법제를 그대로 전수하였다고 하고, 송우룡의 아들 송만갑은 아버지 송우룡에게서 수궁가를 전수하였다고 전한다. 이선유는 15세의 어린 나이에 송우룡의 문하에 들어가 3년간이나 정진하였는데, 수궁가 중에서도 특히 '토끼화상 그리는 대목'에 특장을 가지고 있었다. 유성준도 송우룡에게 수궁가를 전수하였는데 정춘풍, 김세종의 가르침을 받았다고 하기도 하여 그의 수궁가 더늠이 누구의 영향을 받은 것인지는 뚜렷하지 않다. 김찬업과 송만갑의 관계는 뚜렷하지는 않으나 김찬업의 수궁가 더늠을 송만갑이 불렀다는 기록이 있어 수궁가를 중심으로 한 관련이 있었던 것으로 파악된다.

박봉래는 스승인 송만갑으로부터 수궁가를 전수하였으며 이는 그의 아우인 박봉술에게로 이어졌다. 정광수, 임방울, 김연수, 박동진은 유성준의 제자이다. 정광수는 '자라가 수궁 풍경을 말하는 대목'의 더늠을 가지고 있는바 유성준으로부터의 전수라 하며, 임방울 역시 유성준

지침의 수궁가를 불렀다. 이 점은 김연수, 박동진도 마찬가지이다. 박초월은 정광수의 수궁가를 잇기도 하였으나, 박초월은 이미 15세 때 송만갑의 지도 아래 춘향가, 심청가, 적벽가를 익힐 때 수궁가도 배웠다 하므로 그 영향도 적지 않으리라 보인다. 한편 한농선과 오정숙은 각각 박초월과 김연수를 사사하였다.

서편제는 지역적으로 전라도 섬진강 서쪽 광주, 나주, 보성, 장흥 등지에서 주로 불려진 유파다. 그 음악적 특징은 애원처절하고 연미부화(軟美浮華)한 것으로 대체로 정교하고 감칠맛이 나며 맑고 높은 기교를 보인다. 동편제가 우조적인 특징을 보인다면 서편제는 계면적인 특징을 지닌 것으로 알려지고 있다. 그런데 이 서편제의 시초는 박유전으로 알려지고 있다. 전라북도 순창에서 태어나 후에 보성군 강산리로 옮겨 살았던 그는 판소리로 당대를 울려 당시 대원군의 총애를 받아 무과에 오르는 영광을 입기도 하였다. 그런데 박유전은 후에 서편제에서 또 다른 유파를 개발하였는데 그것이 바로 강산제였다. 이 강산제는 계면조적인 서편제를 우조(羽調)화한 것으로 대원군이 박유전에게 "네가 강산 제일이다" 하여 강산제라 하였다는 설이 전해오고 있다.

박유전은 전기 8명창에 속하나 고송염모보다는 약간 후배로 신만엽 등과 동배였다. 그가 수궁가를 불렀다는 기록상의 근거는 없으나 그 후대에 수궁가를 부른 명창들의 사사계보를 통하여 그가 서편제 수궁가의 시조였음이 알려지고 있다.

박유전의 수제자로 알려지고 있는 정재근은 수궁가, 흥보가, 심청가를 잘 불렀다 하는데, 특히 심청가를 잘하였다고 한다. 그의 아들인 정응민은 박유전의 수제자인 부친 정재근으로부터 오랫동안 지침을 받아 일가를 이루었다 하는데, 여기서 서편제 수궁가의 전수가 가능하였을 것으로 믿어진다. 정응민을 사사한 정권진은 그의 아들이다. 그러니까 정재근-정응민-정권진의 3대가 수궁가 서편제를 대를 이어 계승한 것이다. 명창 장판개의 아들인 장영찬은 정권진으로부터 전수를 말하기도 하지만 대체로 그의 수궁가는 정응민의 지침으로 알려져 있다.

조상현은 어려서부터 정응민, 정광수 등에게서 소리 공부를 하였으나 수궁가는 주로 정권진의 지침을 받은 후계자라 할 수 있고, 성우향도 홍보가 적벽가와 함께 수궁가를 정응민에게 전수받았다. 장석원과 성창순도 같은 경우이다.

중고제는 지역적으로 경기·충청지역에서 주로 불려진 유파로 알려져 오고 있다. 그 음악적 특성은 동편제도 아니고 서편제도 아닌 그 중간이라고 하는데 비교적 동편제에 가깝다고 한다. 그리고 중고제는 성음의 고저가 분명하여 명확히 구분하여 들을 수 있으며, 또 소리를 낼 때에 평평하게 시작하여 중간을 높이고 끝을 다시 낮추어 끊는 특징을 지니고 있다고 한다. 그런가 하면 중고제는 독서풍의 가류로서 노래 곡조가 단조하고 소박한 맛이 있다고도 한다.

중고제의 시초는 염계달, 김성옥에서 비롯되었다는 것이 일반적인 견해이다. 그러나 명창 모흥갑도 중고제의 명인이었으며 그 후의 송만갑 또한 그렇다 하므로 중고제가 과거 명창들 사이에서 상당한 비율을 차지하고 있었음을 알 수 있다. 그런데 문제는 중고제의 수궁가 명창과 그 계보가 존재하였는가 하는 점이다. 그러나 현존 자료들로는 이 점을 명료하게 밝힐 수 없지만 수궁가에는 다른 판소리에서 들어보기 어려운 중고제가 많이 포함되어 있다는 점, 중고제의 시초라는 염계달의 수궁가 더늠이 전하고 있다는 점, 중고제 수궁가가 있었는데 일제시대 김창룡을 끝으로 전승이 끊어졌다는 점, 김성옥→김정근→김창룡

으로 그 계보가 거슬러 올라간다는 점 등은 미미하나마 중고제 수궁가
의 창자 계보도 존재했으리라는 추측을 가능케 한다.

이 외에 김거복, 신학준, 윤영석, 김질엽 등 수궁가의 특장을 가지고
있는 창자들이면서 누구로부터 수궁가를 배웠고 누구에게 이를 전승시
켰는지가 분명하지 않은 인물들이 있다.

김거복은 전북 부안 태생으로 전해종과 더불어 일세를 울린 명창이라
하나 그가 '토끼타령' 즉 수궁가를 잘하였고 '용왕이 병석에 누워 탄식하
는 대목'의 더늠이 있었다는 사실만 전하며 서편제에 속했다고 한다.

신학준은 동편제로서 전남 옥과 출신으로 수궁가를 잘하였고 역시
수궁가 더늠이 전한다.

윤영석은 중고제의 인물로서 충남 면천 태생인데 수궁가로 일세를
울렸다 하나 더늠은 전하지 않는다. 김질엽은 동편제의 인물로서 전남
순천 태생인데 김창환 오끗준과 동시에 활약하였고, 역시 수궁가를 잘
하였다 하나 더늠은 전하지 않는다.

5. 수궁가의 구조적 특징

수궁가의 두드러진 구조는 반복 구조와 대립 구조라고 할 수 있다.

먼저, 수궁과 육지로 나누어진 작품의 공간은 ①수궁→②육지→③
수궁→④육지로 반복되면서 이야기가 전개된다. 이는 발단, 전개, 절
정, 결말 구조와도 맞물려 있는데, ①은 수궁세계로서 여기서 용왕이
병이 나고 도사가 토끼 간을 명약으로 지시하여 작품의 발단을 이룬다.
②는 사신으로 선택된 자라가 육지에 도착하여 토끼를 유인하는 이야
기로서 작품의 공간은 육지이며, 작품의 전개에 해당한다. ③은 다시

수궁 세계로서 별주부의 꼬임에 빠져 수궁에 들어 간 토끼가 용왕의 토끼 간 요구에 지략을 써서 모면하는 과정이 나타나는데 이 부분이 작품의 절정을 이룬다. ④는 다시 육지의 세계로서 토끼는 지략을 써서 육지에 도착하고 자라는 낭패를 보게 되는 종결의 단계이다. 이와 같은 수궁과 육지의 공간 이동과 그 반복은 사건의 전개가 맞물리면서 작품의 극적 흥미를 더하고 있다.

수궁가의 사건 전개 또한 위기와 극복의 반복구조로 되어 있다. 수궁가를 작품의 전·후반으로 나누어 보면 전반은 용왕의 위기와 극복, 후반은 토끼의 위기와 극복이 주된 내용으로 전개된다. 전·후반 서사 전개 또한 세부적인 위기와 극복이 반복되고 있는데 이를 정리하면 다음과 같다.

<전반> (용왕의 위기와 극복)

<위기>	<극복>
① 용왕 득병	→ 도사의 토끼 간 처방
② 토간 구득자의 선발난	→자라의 자원
③ 자라모친의 육지행 반대	→자라의 충성으로 설득
④ 자라와 호랑이의 만남	→자라의 기지로 모면
⑤ 여우의 방해로 토끼 변심	→자라의 설득 주효

<후반> (토끼의 위기와 극복)

① 용왕의 토간 요구	→토끼의 계교로 모면
② 범치의 모함에 의한 위기	→토끼의 묘책으로 모면
③ 자라의 충간에 의한 위기	→토끼의 기지로 모면
④ 토끼의 그물 위기	→토끼의 속임수로 모면
⑤ 토끼의 독수리 위기	→토끼의 꾀로 모면

이렇게 볼 때 용왕과 토끼의 '위기—극복'의 반복 구조는 작품 전체를 통하여 관철되고 있는 구조이다. 그리고 이와 같은 반복을 통하여 긴장의 고조와 흥미의 유발, 그리고 쾌감 충족의 기능을 함으로써 작품의 극적 효과를 점층적으로 고양시키고 있는 것이다.6)

한편 이러한 반복 구조가 가능한 것은 수궁가의 서사가 무수한 지략담의 반복으로 진행된다는 데에 기인한다. 수궁가에는 위기극복 지략담, 유혹 지략담, 쟁장 지략담 등이 나타나는데, 이들은 등가적으로 반복되기도 하고, 점층적으로 반복되기도 하며, 반전적으로 반복되기도 한다. 이 중 수궁가의 의미 형성에 가장 기여하는 것은 반전적 반복이다. 반전을 통하여 늘 상황은 뒤집힌다. 공간이 바뀌고, 주인공이 바뀌고, 상황이 원점으로 돌아오기도 한다. 유혹과 변심이 반전적 반복을 거듭하고, 위기와 극복이 반전적 반복을 거듭하면서 수궁가의 서사가 진행되는 것이다.

반전은 다양한 가치와 기준을 긍정할 때 생길 수 있다. 다양한 가치와 기준이 자유롭게 제시되고 그 과정에서 사용되는 지략이 흥미의 요소가 된다. 이처럼 수궁가에서는 다양성이 긍정되고 계속 반전을 용납함으로써 열린 가치관을 보여 주고 있다.

수궁가는 굳어진 서사 전개나 결말을 거부한다. 지략을 통한 반전과 반복을 작품 전개의 가장 중요한 매개로 삼음으로써 수궁가는 열린 구조를 지니게 된다. 수궁가의 가장 큰 특징 중의 하나로 꼽을 수 있는 것이 바로 이 결말의 다양성이다. 수궁가는 항상 반복과 반전을 내포하고 있으므로 어떠한 내용이든지 덧붙을 수가 있는 것이다. 간을 얻는 데 실패한 별주부가 어찌 어찌하여 용왕의 약을 얻어갈 수도 있고,

---

6) 인권환, 「토끼전의 구조와 주제」, 『고전소설의 이해』, 문학과 비평사, 1991.

토끼를 잡아 간을 먹고 용왕의 병이 나을 수도 있다. 수궁가 서사 확장의 중요한 원리 중 하나가 지략을 통한 반전과 반복이라고 볼 때, 이런 다양한 결말은 무한정 가능하다. 수궁가가 다양성을 포괄할 수 있도록 열려 있는 이유는 바로 반전적 반복이라는 장치 때문이며 이러한 형태적 특성 때문에 다양한 가치관을 담아내는 것도 가능해진다.[7]

다음으로, 수궁가는 등장하는 세계와 인물(동물)이 '강자'와 '약자'의 대립 관계를 이루고 있다. 앞서 반복적 구조를 지니고 있던 수궁과 육지는 대립 관계에 있기도 하다. 이 때 용왕과 자라로 대표되는 세계는 강자, 즉 통치자·지배자의 세계이고, 토끼와 여우로 대표되는 육지세계는 약자, 즉 서민층·피지배층의 세계이다. 따라서 거북이, 고래 등 어류와 패류들이 등장하는 어족회의와 호랑이를 비롯한 너구리, 다람쥐 등 짐승들이 등장하는 모족회의는 각각 관료사회와 향촌사회의 모습을 반영하고 있기도 하다. 예컨대 토끼와 용왕의 대립은 수궁과 육지의 대립, 즉 상층과 하층의 대립으로 환치되며 이러한 대립을 통하여 갈등을 보여 줌으로써 작품은 긴장을 고조시키고 있다.

등장하는 동물들의 대립은 강자인 용왕(별주부)과 약자인 토끼의 대립, 강자인 호랑이와 약자인 별주부의 대립, 강자인 호랑이와 약자인 다람쥐의 작은 동물 간의 대립, 그리고 강자인 사람·독수리와 약자인 토끼의 대립 등으로 다양하게 나타난다. 여기서도 세계의 대립 양상과 마찬가지로 강자인 용왕이나 호랑이는 현실계의 왕이나 수령 등을 대변하고, 약자인 토끼나 다람쥐 등은 일반 피지배 서민층을 대변한다. 결국 이들 간의 대립 갈등으로 빚어지는 크고 작은 사건의 연속으로 작품 전체가 이루어져 있어 작품 전체는 긴장을 계속 유지하고 있다.

---

7) 김동건, 「토끼전 연구」, 경희대학교 박사학위논문, 2001.

또한 여기에서 중요한 것은 이와 같은 대립에서 처음에는 강자가 이기는 듯하다가 결국 약자가 최후의 승리를 하고 있다는 것이다. 이는 지배층이나 양반층에 대한 피지배계층이나 서민층의 승리를 의미하는 것으로서 수궁가를 풍자적이고 발랄하게 만드는 데 가장 커다란 기여를 하는 구조이다. 수궁가의 이러한 반복과 대립이라는 특징에 주목하여 질문과 그에 대한 답 찾기라는 수수께끼의 구조로 수궁가를 파악하려는 논의도 있었다.[8]

6. 수궁가의 주제와 풍자성

정현석은 1872년의 『교방제보(敎坊諸譜)』에서 판소리 6마당을 말하면서 "토끼타령은 용왕을 속여 위기를 벗어난 이야기로 이것은 어리석음을 징계한 것이다(兎打令 欺龍脫身 此懲暗也)"라 하여 수궁가의 주제를 밝혀 놓고 있다.

> 춘향가, 심청가, 흥부가 등은 인정을 감발하기 쉬우면서도 또 권선징악을 할 만한 것이다. 그 나머지 소리는 들을 만한 것이 못된다. 속창(판소리)을 두루 들어보니 서사가 많이 이치에 닿지 않고 사설 또한 간혹 두서가 없었다.

위의 예문 또한 정현석이 판소리 작품을 평한 것인데, '춘향가, 심청가, 흥부가 등 권선징악을 할 만한 작품을 제외한 나머지 소리는 들을 만한 것이 못 된다'고 하는 것으로 보아, 정현석은 수궁가의 주제가 권

---

8) 이헌홍, 「수궁가의 구조연구」, 『한국문학논집』 5집, 한국문학회, 1982.

선정악에서 벗어난 것이라고 여기고 있음을 확인할 수 있다.

다음 예문에서도 당대인들이 수궁가의 주제를 어떻게 인식하고 있었는지 엿볼 수 있다.

龍伯求仙遣主簿(용백구선견주부)　　용왕이 약 구한다 별주부를 보내려고
水晶宮闢朝鱗部(수정궁벽조린부)　　수정궁에 물고기 모여 회의를 한다.
月中搗藥兎神靈(월중도약토신령)　　달에서 약 찧는 신령스런 토끼를
底事凌波窺旱土(저사릉파규한토)　　어찌하여 업신여겨 육지 엿봤나.

19세기 중엽에 이유원은 〈관극팔령팔수(觀劇八令八首)〉 가운데 수궁가를 감상한 후 위와 같은 관극시를 남겼다. 1·2구에서 수궁가의 줄거리를 요약하고 3·4구에서 주제를 말하는 형식으로 쓰인 이 시는 용왕과 토끼를 대립적 인물로 이해하고 있다. 토끼를 '신령스런' 동물로 여기고 있으며 '어찌하여 업신여겨'라는 대목에서는 토끼에 대한 긍정적이고 우호적인 태도를 강하게 드러내고 있어, '용왕이 약 구한다 별주부를 보내려고/수정궁에 모여 회의를 한다'고 되어 있는 부분은 그 회의 자체가 매우 헛되고 어리석은 것임을 강조하면서 풍자적 태도를 취하고 있다.

수궁가를 풍자적인 작품으로 이해하고 있다는 점에서는 앞서 정현석의 언급과 일맥상통하는 것이기는 하지만 수궁가가 드러내고 있는 그러한 주제의식을 바라보는 입장은 사뭇 다르다. 정현석의 경우는 수궁가의 풍자적인 성격을 비판적 시각으로 바라보고 있고, 이유원은 긍정적인 시각으로 바라보고 있는 것이다.

거의 같은 시기의 송만재(1788~1851)의 〈관우희(觀優戲)〉 중에도 수궁가를 듣고 적은 기록이 전한다.

東海波臣玄介使(동해파신현개사)   동해의 자라가 사신이 되어
一心爲主訪靈丹(일심위주방령단)   임금 위한 충성으로 약 구하러 나섰네
生憎缺口偏饒舌(생증결구편요설)   얄미운 토끼는 요설을 펴서
愚弄龍王出納肝(우롱용왕출납간)   간 두고 왔다고 용왕을 우롱하네

이유원의 시와 내용은 비슷하지만 드러내고 있는 시각은 매우 상반적이다. 용왕의 약을 구하려고 노력하는 자라의 행위를 두고 이유원이 이를 풍자적으로 그리고 있는 데 반해, 송만재는 자라의 충을 부각시키고 있다. 서사를 바라보는 태도가 이렇게 판이하니 수궁가의 주제를 이해하는 태도도 판이할 수밖에 없다. 송만재는 토끼의 지략을 '요설'이라고 깎아내리고 '용왕을 우롱한다'고 하여 수궁가를 별주부의 충과 토끼의 경망스러움, 혹은 불경스러움의 대립으로 파악하고 있다. 목숨을 내놓아야 하는 위기 상황에서 지략을 써서 겨우 목숨을 살린 토끼의 태도를 용왕을 '우롱'하였다고 평가함으로써 토끼를 발칙한 인물로 그리고 있다. 이는 수궁가의 풍자적인 성격을 부정적인 것으로 이해하고 있는 태도를 보이는 것이다. 이상의 예들에서 볼 수 있는 바와 같이 수궁가에는 지배층에 대한 충성과 비판이 공존하고 있다. 그리고 이를 바라보는 독자들의 다양한 시각도 공존하고 있다. 이는 수궁가의 주제를 어느 한 방향으로 이해하기가 용이하지 않음을 암시하는 것이다.

수궁가의 이러한 특징은 우화라는 형식상의 특징에 기인한 것이기도 하다. 일제 강점기 판소리가 전래동화로 개작될 때 심청가와 함께 제일 먼저 전래동화화 된 것이 바로 수궁가였으며 거기서 강조된 것은 별주부의 충성과 토끼의 지혜였다. 이처럼 수궁가가 어린이에게도 친숙한 작품이 될 수 있는 이유는 수궁가가 우화라는 형식적 특성을 지니고 있기 때문이며 조선후기에 수궁가와 같은 작품이 인기를 끌 수

있었던 것도 우화라는 특성에 기인한 바가 크다. 우화의 특징상 다양한 해석이 가능하였고, 그것은 조선후기 다양한 지향들을 반영하기에 용이했을 것이기 때문이다.

수궁가는 용왕에 대해 상반된 태도를 견지하고 있는 두 인물, 즉 토끼와 별주부의 대립을 주된 내용으로 하고 있다. 이는 온갖 병에 걸린 용왕이 부패하고 무능한 봉건 국가, 그 자체를 의미한다는 점에서 별주부와 토끼의 대립은 무너져가는 봉건 국가를 바라보는 상반된 태도를 우언적으로 표현한 것이라 할 수 있다.[9]

토끼는 자기보다 힘센 동물이나 인간에 의해 끊임없이 핍박을 받으면서 살아가는 미약한 존재이다. 따라서 수궁에는 고난이 없다는 별주부의 유혹에 빠져 토끼가 수궁행을 결심하는 것은 고난에 찬 현실을 벗어나려는 의지로 이해될 수 있다. 즉 토끼는 수궁이 자신의 고난을 해결해 줄 수 있는 꿈의 공간이라고 믿고 수궁으로 들어간다. 그러나 직접 가서 본 수궁은 자신이 갈망하던 그러한 세계가 아니라 육지보다 더 큰 위험이 도사리고 있는 세계임을 간파한 토끼는 용왕의 간 요구를 매몰차게 거부하고, 더 나아가 용왕을 철저하게 조롱하여 희화화시킨다. 이처럼 토끼는 체험을 통해 용왕과 수궁의 본질을 간파하고, 이에 대한 새로운 인식을 정립한 인물인 것이다. 즉 토끼는 용왕으로 표상되는 봉건 체제를 부정하고 더 나아가 개인의 자유로운 삶을 꿈꾸는 혁신적인 이념을 보여주고 있는 것이다.

수궁가 초기 연구에서 수궁가의 풍자성이 강조되면서 별주부는 권력에 맹목적으로 복종·봉사하다가 배신·우롱의 대상으로 전락되고 말아 충성의 어리석음을 일깨우는 구실을 하는 봉건관료를 형상화하고

---

9) 정출헌, 「조선후기 우화소설의 사회적 성격」, 고려대학교 박사학위논문, 1992.

있는 것으로 이해되었다. 그런데 수궁가는 중세봉건해체와 근대로의 이행이 복잡한 양상으로 얽혀 있던 조선후기에 판소리로 불리던 작품인바, 여기에는 이 시기를 살아나가야 했던 숱한 인물들의 갈등과 타협이 여실하게 그려져 있다는 점이 충분히 고려될 필요가 있다. 따라서 별주부는 새로운 해석이 필요한 인물로 등장하게 되었다.

별주부는 수궁에 속해 있는 지배층의 일원이다. 그러나 별주부는 여타 수궁 인물들과는 전혀 다른 면모를 보인다. 육지에 나가 토끼 간을 구해 오라는 용왕의 호소에 대해 모든 신하는 자신들의 안위만을 생각하며 용왕의 안위는 뒷전이다. 이때 별주부는 말석에서 기어나와 목숨을 건 육지행을 자청한다. 별주부의 목숨을 건 자원에는 자신의 한미한 상황을 극복하려는 계산이 깔려 있음직도 하다. 그러나 별주부의 자원은 자신의 안위만을 위해 육지행을 꺼리는 여타 신하들과 대비되면서 충을 실현하려는 그의 의지를 확연히 보여 준다. 토끼를 놓친 후에도 별주부는 용왕의 암혼을 원망하기보다는 오히려 자신의 충성이 부족함을 원망하고, 자신의 안위보다는 용왕과 사직의 안위를 걱정한다. 이처럼 별주부는 유교 사회의 전통 규범인 충을 드러내고 정당화하는 존재로서 마치 유교적 규범의 운반체와 같은 존재이다. 즉 별주부는 용왕으로 표상되는 봉건 체제를 신봉하고 이를 고수하려는 보수적인 이념을 현시하고 있는 것이다.[10]

이로 볼 때, 토끼와 별주부의 대립은 혁신적인 이념과 보수적인 이념이 충돌하고 갈등하던 당대의 역사적 상황을 우언적으로 형상화한 것이라 할 수 있으며, 수궁가는 그러한 상황을 바라보는 당대인들의 다양한 시각을 다층적으로 담아내고 있다고 할 수 있다.

---

10) 김현주, 「토끼전의 우의적 성격」, 『고전작가작품의 이해』, 집문당, 1998.

한편 수궁가는 풍자와 더불어 해학이 넘쳐난다. 비록 작품이 토끼를 내세워 부패한 봉건 지배층의 허위를 여지없이 폭로·비판하는 풍자문학으로서의 면모를 충분히 갖추고 있다고 하더라도 전편에 넘쳐흐르고 있는 웃음의 의미 또한 결코 간과할 수 없다.

어족회의에서 중신들은 한결같이 무능력자 일색이었으며 급기야 용왕에 의해 '밥반찬거리와 술안주거리'로 회화화되며, 용왕 또한 자신을 포함한 조정을 '칠패 저잣거리'로 비유해 웃음거리로 만들어 버리고 있다. 수궁가는 우화이기에 더욱 노골적인 재담과 음설이 동원될 수 있다.

작품의 결말부에서 토끼의 독수리 위기와 그물 위기 극복이 짧게 반복되는 대목 또한 하층민들에게 흥겨운 분위기를 만끽시켜 주기 위해 마련된, 판소리 특유의 미적 장치이다. 그것은 당대 하층민들이 겪던 고단한 삶을 사실적으로 그리고 있으면서도 이를 극복하고자 했던 그네들의 염원·바람을 민중적 허구와 어우러지도록 한 낭만적 성격을 보다 강하게 담고 있는 것이다.

수궁가는 비장이 다른 작품에 비해서 적게 나타나는 대신 그 자리에 날카로운 풍자가 놓인다. 다른 어떤 작품도 감히 생각해 낼 수 없었던 봉건 국가의 통치 질서를 정면에서 비판하고 있는 풍자의식이 그것이다. 그리고 그러한 풍자를, 전편에 걸쳐 넘쳐흐르는 해학과 적절하게 배치해 놓았던 것이다. 풍자와 해학이 서로 별개의 차원에서 기능하고 있는 것이 아니라 풍자와 해학이 함께 어우러지고 있는 것이 작품의 실상인 것이다.

수궁가가 드러내고 있는 이러한 상반된 가치와 미학의 공존은 중세 해체기 당대인들의 다양한 가치의 공존과 그 지향을 반영하고 있는 것이다.

7. 맺음말

이상에서 수궁가에 대한 전반적인 성격을 몇 항목으로 나누어 개괄적으로 살펴보았다.

현재에도 수궁가는 여전히 판소리의 중요한 레퍼토리 중의 하나이며, 120여 종이라는 방대한 양의 이본을 거느리고 있어 판소리 문학에서 수궁가가 차지하고 있던 위치를 잘 대변해 주고 있다. '바싹 마른 소리'라는 평을 받았고, 창자들에게 부르기 매우 까다로운 소리였음에도 불구하고 이처럼 다양하고도 큰 폭의 변주들이 끊임없이 시도되었다는 것은 그러한 변화를 가능케 한 추동력이 바로 수궁가 내에 내재되어 있었음을 의미한다.

판소리라는 장르는 다양한 관점들이 혼융되고 충돌하면서 혼란을 겪고 있던 시대에 그러한 시대적 특성과 아울러 다양한 향유층의 큰 변폭의 이해를 담아내는 것이 가능했다. 즉, 상하층이 공유하면서 다양한 문화적 전통을 아우르고 있던 열린 장르였던 것이다. 뿐만 아니라 우화로서의 수궁가는 태생적으로 다의성을 지니고 있었다. 우화라는 특성은 조선후기 변화하는 정치·사회·문화적 혼란과 갈등, 그리고 조선후기라는 역사적 공간 속에서 당대인들이 담보해야만 했던 다양한 가치 공존과 지향을 담아내기에 매우 적절하였던 것이다. 요컨대 수궁가는 역사를 바라보고 이해하던 다양한 관점들이 혼란을 겪고 있던 시대적인 특성, 그리고 양반문화와 서민문화의 혼융으로 인한 향유층의 다양한 이해를 담아내고 있으며, 다양한 가치가 상충하고 갈등하는 오늘날에도 여전히 유효한 의미를 지닌 작품이다.

2003년 유네스코가 선정한 '인류구전 및 무형유산 걸작'으로 판소리

가 지정된 것을 계기로, 수궁가를 비롯한 판소리 작품들이 시대적 변화
와 오늘날 향유자들의 가치관과 지향을 담아내면서 또 한번 생명력을
가지고 전성기를 맞이하게 될 수 있기를 기대한다.

토끼전 이본의 계열과 계통

1. 머리말

토끼전은 우화적 수법으로 형성된 작품 가운데 가장 널리 향유된 작품 중의 하나이다. 이는 현전하는 토끼전 이본이 판각본, 필사본, 활자본, 창본을 망라하여 그 수효가 120여 종에 이르고, 현재에도 여전히 판소리로 인기를 누리고 있다는 사실을 통해서도 확인할 수 있다.

〈구토지설〉이라는 짧은 설화에서 출발한 토끼전은 조선 후기라는 이행기적 상황을 거치면서 판소리, 혹은 소설로 확장되었다. 그 확장 과정에서 우화라는 것 자체가 가진 다의성(多義性), 역사를 바라보고 이해하던 다양한 관점들이 혼란을 겪고 있던 시대적인 특성, 그리고 양반 문학과 서민 문학의 혼용으로 인한 향유층의 다양한 이해 등이 맞물리면서 수많은 이본이 파생되었다. 이로 인하여 토끼전은 서로 상반된 주제 의식이 표출되기도 하는 등 이본 간의 다양한 편차가 존재한다. 다양한 편차를 보이는 이본의 실상을 밝히는 것은 토끼전을 이해하는 데 일차적으로 요구되는 작업이라 할 수 있다. 토끼전 이본에 대한 연구는 그간 몇 차례 이뤄진 바 있다.[1] 그러나 대체로 주요한 특정

몇몇 이본만 관심의 대상이 되었을 뿐이며, 대부분의 이본은 소개 정도
에 머무르고 있는 실정이다. 따라서 본 연구에서는 토끼전 전체 이본
을 대상으로 개개 이본의 특징과 계열, 그리고 계통에 대해 살펴보기로
한다.

현전하는 토끼전 이본은 120여 종으로 알려져 있다.2) 그러나 필자는
120여 종의 이본 모두를 확인하지는 못했다.3) 따라서 여기에서는 필자

---

1) 인권환, 「토끼전 이본고」, 『아세아연구』 29, 고려대학교 아세아문제연구소, 1968.
_____, 「토끼전의 비교연구」, 『인문논집』 29, 고려대학교 문과대학, 1984.
_____, 「별주부전 한문본고」, 『동방학지』 52, 연세대학교 국학연구원, 1987.
_____, 「토끼전군 결말부의 변화양상과 의미」, 『정신문화연구』 44, 한국정신문
화연구원, 1991.
정규훈, 「토끼전 연구」, 계명대학교 석사학위논문, 1985.
이은명, 「<토끼전> 이본고」, 인하대학교 석사학위논문, 1985.
정출헌, 「조선후기 우화소설의 사회적 성격」, 고려대학교 박사학위논문, 1992.
민 찬, 『조선후기 우화소설 연구』, 태학사, 1995.
2) 조희웅, 『고전소설 이본목록』, 집문당, 1999.
3) 현재까지 알려진 『토끼전』 이본은 판각본 4종, 필사본 75종, 활자본 28종, 판소리
창본 13종 등 총 120여 종이다. 필자는 이 가운데 판각본 1종, 필사본 18종, 활자본
22종은 확인하지 못했다. 그러나 필자가 확인하지 못한 임형택 소장 판각본인 <兎
傳>은 장수(張數)가 완판본 <兎鱉歌>와 일치하는 것으로 보아 완판본 <兎鱉歌>
의 재간본으로 여겨지며, 활자본 22종 역시 기존의 작품을 간행소만 바꾸어 재간행
한 이본들로 보여 토끼전의 이본 전개를 파악하는 데는 별 문제가 없다고 판단된
다. 다만 필자가 확인하지 못한 18종의 필사본이 문제가 된다고 하겠는데, 이에 대
해서는 후속 논의에서 보충하기로 한다. 한편 판소리 창본인 김영소 창본과 안숙
선 창본은 극히 후대 창자의 창본이라는 점과 여타 창본과의 변별점을 찾기 어렵
다는 점에서 제외했음을 아울러 밝혀둔다. 필자가 확인하지 못한 이본은 다음과
같다.
판각본 : 임형택 소장본 <兎傳>
필사본 : 박순호 소장본 <수궁별주부전>, 사재동 소장본 <옥퇴젼>, 사재동 소장본
<中山兎先生傳>, 임형택 소장본 <鱉兎傳>, 임형택 소장본 <토처ㅅ전>, 강전섭
소장본 <玉兎傳>, 김대 소장본 <鼈主簿傳>, 김영한 소장본 <兎傳>, 여승구 소장
본 <별주부전 타령칙>, 유탁일 소장본 <수궁가>, 이수봉 소장본 <별주부젼>, 정
병욱 소장본 <톳기전>, 정병욱 소장본 <鼈主簿傳>, 조윤제 소장본 <鱉主傳>, 임

가 확인한 78종의 이본을 대상으로 논의를 전개하기로 한다. 먼저 계열
구분의 기준을 마련한 다음 토끼전의 계열을 구분한다. 다음으로 각 계
열에 속한 이본들의 특징과 이본 간의 상관관계에 대해 살펴본다. 마지
막으로 각 계열 간의 상관관계와 선후관계에 대해 살펴보기로 한다.

2. 계열 구분의 기준

선행 연구에서는 토끼전의 계열을 세 계열 혹은 네 계열로 나누고
있다. 인권환은 32종의 이본을 대상으로 토끼전 결말부만을 분석하여
토끼전 작품군을 토생전 계열, 수궁가 계열, 별토가 계열로 구분하였는
데,[4] 이러한 주장은 정출헌에 의해 그대로 받아들여졌다.[5] 이후 민찬
은 이 세 계열 외에 신구서림본 별주부전 계열을 추가하여 네 계열을
설정하고 있다.[6] 이들은 토생전 계열의 경우 '암토끼등장' 삽화를, 수궁
가 계열의 경우 현재 불리는 판소리 수궁가와 유사하다는 점을, 별토가
계열의 경우 '암자라동침' 삽화와 '우생원만남' 삽화를, 신구서림본 별주

철호 소장본 <兎鼈傳>, 김기동 유인본 <鼈兎傳>
활자본: 경성서적조합본 <별쥬부전>, 대창서원본 <별주부>, 덕흥서림본 <별쥬부
전 兎의 肝>, 한흥서림본 <鼈主簿傳 兎의肝>, 진흥서관본 <鼈主簿傳 兎의肝>,
이문당본 <별쥬부전>, 조선도서주식회사본 <별쥬부전>, 태화서관본 <별주부전>,
경성서적업조합본 <불로초>, 박문서관본 <不老草>, 대창서원본 <불로초>, 보급
서관본 <불로초>, 유일서관본 <不老草>, 이문당본 <불노초>, 한성서관본 <불로
쵸>, 경성서적업조합본 <兎의肝>, 대산서림본 <兎의肝>, 대창서원본 <兎의肝>,
보급서관본 <兎의肝>, 신구서림본 <兎의肝>, 조선도서주식회사본 <兎의肝>, 조
선서관본 <兎의肝>
4) 인권환, 앞의 논문, 1991.
5) 정출헌, 앞의 논문, 1992.
6) 민 찬, 앞의 책, 1995, 244~253면.

부전 계열의 경우는 사신택출이 별주부와 문어의 대결을 통하여 이루어진다는 점을 계열 설정의 지표로 제시하고 있다.

그런데 이러한 계열 구분은 몇 가지 문제점을 지니고 있다. 첫째는 기준 설정에 일관성이 없다는 점이다. 즉 토생전 계열과 별토가 계열의 경우는 특정 삽화의 유무에 따른 기준으로 계열을 구분하고 있다. 그러나 수궁가 계열의 경우는 단지 현재 불리는 판소리 사설과 유사하다는 점만을 기준으로 구분하고 있으며, 신구서림본 별주부전 계열의 경우는 사신택출의 유형 가운데 하나를 기준으로 제시하고 있다. 이처럼 기존의 계열 구분은 통일된 하나의 기준에 의해 이루어졌다기보다는 각각의 이본에서 특징적인 것만을 부각시켜 적용한 듯한 인상을 준다.

둘째는 특정 삽화를 공유하고 있다고 해서 같은 계열로 볼 수 있는가 하는 것이다. 삽화의 경우, 첨가되거나 생략되더라도 작품의 전체 전개에는 아무런 영향을 미치지 않아 출입이 매우 빈번하게 일어나 같은 계열의 경우에도 생략될 수 있으며 다른 계열의 이본에도 첨가될 수 있는 것이다. 실제로 이러한 현상은 토끼전 이본군에 광범위하게 나타난다. 따라서 단지 삽화의 공유라는 측면만 강조하여 같은 계열로 묶는 것은 무리가 있다 하겠다.

토끼전은 특정 삽화의 유무뿐만 아니라 모든 이본에 구비되어 있는 공통 단락에 있어서도 이본 간 편차가 상당히 크다. 이러한 토끼전의 특성을 고려한다면 한 가지의 기준만으로는 토끼전 계열을 구분하기 어렵다. 따라서 공통 단락과 특정 삽화가 함께 계열 구분의 기준이 되어야 하는데, 단속적이고 유동성이 큰 삽화보다는 전체적인 흐름을 파악할 수 있는 공통 단락을 중심으로 일차적인 계열이 구분되어야 하며 삽화는 부차적인 기준으로 적용되어야 한다.

토끼전 작품군은 대체로 용왕득병→명약지시→사신택출→토끼 유혹→수궁위기 극복→결말이라는 서사전개를 공통적으로 지니고 있다. 이들 가운데 내용의 성격상 취사선택과 배열에 자유가 많이 허용되는 '토끼 유혹'과 '수궁위기 극복' 단락은 이본에 따른 유형을 계량화하기 어렵다. 따라서 본 연구에서는 이 두 단락을 제외한 나머지 네 단락을 중심으로 일차적인 계열을 구분하고, 여기에 특정 삽화의 유무를 이차적인 기준으로 적용하여 토끼전 작품군의 계열을 구분하고자 한다. 이러한 기준을 적용하여 토끼전 이본군의 계열을 구분하면, 가람본 〈별토가〉 계열, 신재효본 계열, 수궁가 계열, 경판본 계열, 〈중산망월전〉 계열, 가람본 〈토긔전〉 계열 등 여섯 계열로 구분할 수 있다.

3. 계열별 이본의 서지적 특징과 계통

가람본 〈별토가〉 계열, 신재효본 계열, 수궁가 계열, 경판본 계열, 〈중산망월전〉 계열, 가람본 〈토긔전〉 계열의 순서로 각 계열에 속한 이본의 서지적 특징과 계통에 대해 살펴보기로 한다.

1) 가람본 〈별토가〉 계열

이 계열은 '영덕전 낙성연으로 인한 득병→천상적 존재에 의한 토간 지시→사신논란 후의 별주부의 자원→용왕의 죽음'으로 공통단락이 전개되고, '우생원만남' 삽화와 '암자라동침' 삽화가 들어 있다. 이 계열에 속하는 이본은 가람본 〈별토가〉를 비롯하여 모두 6종이다.

① 가람본 〈鼈兎歌7)〉8)

국한혼용필사본이다. 원본 규격은 21.8×21cm이고, 매면 16행, 매행 20~26자 정도이며, 총 44장 88면의 완결본이다. 후에 침가된 듯한 내용이 행간에 작은 글씨로 삽입되어 있는데, 판독이 매우 어렵다. 작품 말미에 단가인 '소상팔경'이 첨부되어 있고 "右 丁亥 臘月 旬望間 華川新社 錦南筆"이라는 필사기가 기록되어 있다. 전체적으로 장황한 사설과 열거 반복적인 묘사, 그리고 욕설, 비어, 속어 등이 많이 사용되고 있어 풍부한 해학성과 풍자성을 보여준다. 문체나 어투가 판소리 창본의 그것과 동일하고 창으로 불리는 사설단위 역시 현전 창본과 흡사하다. 한편 이 이본의 필사 연대에 대해서는 논란이 있으나9), 이 이본이 〈중산망월전〉 계열에서 부분적으로 사설을 차용하고 있는 것으로 보아 필사 연대인 '정해'는 1887년으로 추정된다.

② 조동일소장 〈별쥬견이라〉10)

국한혼용필사본이다. 원본규격은 16.7×29.3cm이고, 매면 12~18행,

---

7) 필사본의 경우, 표지가 낙장된 경우가 많아 표제를 알 수 없는 경우가 많으며, 있다 하더라도 후대에 새로 쓴 것이 많이 발견된다. 따라서 여기에서는 가장 많이 남아있는 1면의 내제를 이본명으로 제시한다. 단 1면의 내제가 없는 이본에 대해서는 표제를 제시하며, 1면의 내제와 표제 모두 없는 이본은 내지의 제목이나 각 소장처에서 붙인 이본명을 제시한다.

8) 서울대학교 가람문고 : MF 70-5-1-C

9) 인권환은 1968년에 丁亥年을 1827년으로 주장하였으나(인권환, 앞의 논문, 1968, 29면) 후에 1887년으로 견해를 수정하였고(인권환, 앞의 논문, 1991, 180면), 정출헌은 염계달의 더늠이 들어 있는 것으로 보아 정해년은 1887년이 확실하다고 주장하였다.(정출헌, 앞의 논문, 1992, 221면) 그러나 민찬은 염계달의 생존연대와 활동시기로 볼 때 1827년일 가능성도 있다고 하여 정확한 연대추정을 유보하고 있다.(민찬, 앞의 책, 1995, 260면)

10) 한국정신문화연구원 : MF R16N-000501-11

매행 22～30행 정도이며, 32장 64면의 완결본이다. 이 이본은 명의가
등장하여 용왕을 진맥하는 대목과 별주부가 우생원을 만나는 대목이
없다는 점을 제외하면, 가람본 〈鱉兎歌〉와 거의 같다. 그러나 필사 연
대를 정확하게 확인할 수 없기 때문에 두 이본 사이의 선후관계는 알
수 없다.

③ 국립중앙도서관 소장 〈별쥬부젼〉[11]

국문필사본이다. 원본규격은 18.2×30.7cm이고, 50면만 9행이고 나머
지는 모두 10행이다. 매행 26～37자 정도이며, 43장 86면의 완결본이
다. 이 이본은 '병사설'과 별주부와 아내의 이별 대목에서 별주부가 남
생이를 조심하라고 당부하는 대목, 그리고 '모족회의' 대목에서 호랑이
가 두꺼비의 외모에 대해 공격하는 대목이 없고, 배경설명도 가람본
〈鱉兎歌〉와는 달리 "갑진년 즁ᄒ월"로 되어 있다. 이러한 모습은 현전
창본에 근접한 모습을 보이고 있어 가람본 〈鱉兎歌〉보다는 후대에 형
성된 이본으로 판단된다.

④ 사재동 소장 〈별쥬부젼〉[12]

국문필사본이다. 원본규격은 18×27cm이고, 매면 10행, 매행 22～27
자 정도이며, 53장 106면으로 되어 있다. 말미 부분이 몇 장 정도 낙장
되고 없다. 이 이본은 표기의 차이를 제외하면, 국립도서관 소장 〈별쥬
부젼〉과 완전히 동일하다. 표기 형태로 보아 국립도서관 소장 〈별쥬부
젼〉이 선행본인 것으로 판단된다.

11) 국립중앙도서관 : 朝48-196 / 한국정신문화연구원 : MF R35N-002923-7
12) 한국정신문화연구원 : MF R16N-001235-4

⑤ 나손본 〈경화슈궁젼〉[13]

국문필사본이다. 원본규격은 18.5×16.5cm이고, 매면 10～12행, 매행 16～20자 정도이며, 60장 120면으로 되어 있다. 표시 우변에 "丙辰正月 二十七日"이라는 필사 연기가 기록되어 있다. 이 이본은 용왕이 토끼를 육지로 다시 돌려보내라고 하명하는 대목에서 작품이 종결된다. 그러나 필사된 부분까지만 비교해 보면, 약간의 어구 차이만 있을 뿐 내용은 앞서 언급한 국립도서관 소장 〈별쥬부젼〉과 동일하다. 이로 볼 때, 이 이본은 국립도서관 〈별쥬부젼〉이나 사재동 소장 〈별쥬부젼〉의 결말 부분이 필사과정에서 탈락된 것으로 보여 이들 이본보다는 후대에 필사된 것으로 여겨진다. 가람본 〈별토가〉보다는 후대에 필사된 것임을 감안하면, 필사 연대인 '병진'은 1916년으로 추정된다.

2) 신재효본 계열

이 계열은 '영덕전 낙성연으로 인한 득병→천상적 존재에 의한 토간 지시→사신논란 후의 별주부의 자원→용왕의 삶'으로 공통단락이 전개되며, '남생이 만남' 삽화가 들어 있다. 이 계열은 신재효에 의한 개작을 그대로 따르고 있는 이본들로, 여기에 속하는 이본은 완판본 〈兎鱉歌〉를 비롯한 5종이다.

① 완판본 〈兎鱉歌〉[14]

원본규격은 18.5×25cm이고, 광곽은 15.5×20.8cm이다. 매면 16행, 매

---

13) 단국대학교 율곡도서관 : 古853.5 / 경713 / 한국정신문화연구원 : MF-R35P-00001-7
14) 연세대학교 도서관 : 811.36토별가 / 『영인고소설판각본전집』 3권

행 26자 내외이며, 21장 41면으로 되어 있다. 말미에 "戊戌仲秋 完西新刊"이라는 간기가 기록되어 있다. 이 이본은 신재효가 개작한 사설을 그대로 판각한 것인데, 곰이 동물의 세계를 인간 세계에 직접 비유하여 말하는 대목은 들어있지 않다. 신재효의 개작이 1870~1873년 사이에 이루어진 점을 감안하면, 판각 연대인 '무술'은 1897년이다.

② 완판본 〈兎別歌〉[15]

이 이본은 완판본 〈兎鱉歌〉의 재간본이다. 뒷표지 이면에 "大正五年十月七日 印刷 大正五年十月八日 發行, 著作兼 印刷者 梁珍泰, 全羅北道 全州郡 全州面 多佳町一百二十三番地의 多佳書舖"라는 간기가 기록되어 있어 1916에 간행되었음을 알 수 있다.

③ 신기업 소장 〈퇴별가〉[16]

국문필사본이다. 원본규격은 17×27cm이고, 매면 10행, 매행 21~24자 정도이며, 42장 84면으로 되어 있다. 일명 '신씨가장본' 혹은 '읍내본'이라 불리는 이본이다.

④ 가람본 〈퇴별가〉[17]

국문필사본이다. 원본규격은 17×27cm이고, 매면 10행, 매행 21~24자 정도이며, 42장 84면으로 되어 있다. 전편을 통하여 붉은 점이 방점으로 찍혀 있는데, 문장의 구두점과 관계없이 3 · 4음을 주음률로 일정

---

15) 국립중앙도서관 : 한-48-57 / 한국정신문화연구원 : MF R35N-002974-2
16) 연세대학교 인문과학연구소, 『영인 신재효 판소리 전집』, 연세대학교 출판부, 1969.
17) 『신오위장본집』 5.

하게 되어 있는 것으로 보아 판소리 창에 맞도록 한 것으로 보인다. 말
미에 "정ᄉ지월 쵸일일 필셔 칙쥬 졍즉산 鄭稷山 翰圭 號 荷舟", "善專
圖書館 西薦 戊寅 善春鈔 梅花原"이라는 필사기가 기록되어 있다. 이
이본은 정직산이 필사한 이본을 모본으로 이병기가 자필로 재필사한
이본이다.[18] 따라서 정사년는 정직산이 필사한 연대이고, 무인년은 이
병기가 재필사한 연대이다. 신재효 개작본을 필사한 이본임을 감안하
면, 정사년은 1917년, 무인년은 1938년이다.

⑤ 가람본 〈토끼타령〉[19]

매면 11행, 매행 35자 내외이며, 26장 52면으로 되어 있다. 판소리 장
단이 부기되어 있다. 1면 우상단에 "동이(桐里)선생쇼작 옥천거사장단"
이라 기록되어 있어 이 이본이 신재효 개작본을 필사한 이본임을 알
수 있다. 말미에 "기축납월이십오일=日字原本(金宗吉所有寫本)에 依
함"이라는 필사기가 기록되어 있다. 이로 볼 때 이 이본은 김종길이 소
장하고 있는 '토끼타령'을 모본으로 삼아 그대로 필사된 이본이고, 필사
연대인 '己丑'은 김종길이 소장하고 있는 '토끼타령'의 필사 연대임을
알 수 있다.

3) 수궁가 계열

이 계열은 '영덕전 낙성연으로 인한 득병→천상적 존재에 의한 토간
지시→사신논란 후의 별주부의 자원→용왕의 삶'으로 공통단락이 전
개된다. 이 계열에 속하는 이본은 현전 창본 모두를 비롯한 31종으로,

---

18) 강한영, 『신재효 판소리사설집(전)』, 민중서관, 1971, 16면 참조.
19) 『신오위장본집』 5.

창본 계열의 이본과 소설본 계열의 이본으로 대별할 수 있다.

(1) 창본 계열

① 심정순창본 〈토의간〉

심정순이 이해조의 산정으로 『매일신보』에 1912년 6월 9일부터 7월 11일까지 〈토의간〉이라는 제목으로 연재한 작품이다. 6월 9일부터 6월 27일 연재분까지는 창과 아니리를 구분하고 창조까지 표시해 놓았지만, 6월 28일 연재분부터는 그러한 구분을 해놓지 않고 있어 전체적으로 몇 개의 창과 아니리로 구성되어 있는지는 알 수 없다. 한편 심정순은 누구에게 판소리를 배웠는지는 알려져 있지 않으며, 또한 그의 소리를 전해 받았다는 제자도 알려지지 않아 정확한 전승 계보를 파악하기 어렵다.

② 이선유창본 〈수궁가〉[20]

송우룡─이선유로 이어지는 동편제 창본으로 37개의 창과 34개의 아니리로 구성되어 있다. '호랑이의 나이자랑' 대목과 "압니 버들은 초록장 둘여치고"로 시작되는 염계달의 더늠이 빠져 있는 등 여타 창본에 비해 전체적으로 소략하다. 그러나 한편으로는 '고고천변'의 앞부분에 암행어사 노정기를 본딴 듯한 내용이 첨가되어 있는 등 부분적인 창작이 가미되어 있기도 하다. 이선유창본은 후대에 삽입된 것으로 여겨지는 '날짐승상좌다툼' 대목과 '소상팔경'이 들어있지 않고, 모족 모임의 이유와 토끼의 수궁행을 방해하는 인물이 각각 '회의'와 '너구리'로

---

20) 이선유 소리 · 김택수 저, 『이선유 오가전집』, 대동인쇄소, 1933.

되어있는 것으로 보아 창본 가운데 비교적 고형태를 유지하고 있는 것
으로 보인다.

③ 박봉술창본 〈수궁가〉[21]

송만갑-박봉래-박봉술로 이어지는 동편제 창본으로 45개의 창과
42개의 아니리로 구성되어 있다. '진맥과 처방' 사설이 신재효에 의해
개작된 사설과 기존의 '약성가'가 합쳐진 독특한 모습을 보인다는 점과
사설이 여타 창본에 비해 소략하다는 점에서 특징적이다. 한편 모족
모임의 이유가 '잔치'로 설정되어 있고, 방해자로 '여우'가 등장하는 등
이선유창본보다는 후대적 모습을 보여 주는데, 이는 간단한 형태의 '소
상팔경'이 삽입되어 있다는 점을 통해서도 알 수 있다. 그러나 극히 후
대에 삽입된 것으로 여겨지는 '날짐승 상좌 다툼'이 들어있지 않는 것
으로 보아 정광수창본보다는 앞선 시기의 창본의 모습을 보인다. 이로
볼 때, 박봉술창본은 이선유창본과 정광수창본을 잇는 중간 단계의 창
본의 모습을 지니고 있는 것으로 판단된다.

④ 임방울창본 〈수궁가〉[22]

유성준-임방울로 이어지는 동편제 창본으로 38개의 창, 39개의 아
니리, 6개의 도섭으로 구성되어 있다. '약성가'가 대폭 축약되어 '약명
사설'만으로 되어 있고, 토끼가 육지에 도착하는 대목에서 작품이 종결
된다.

---

21) 한국브리태니커사, 『뿌리깊은 나무 판소리 다섯마당』, 한국브리태니커사, 1982.
22) 천이두, 『판소리명창 임방울』, 현대문학사, 1986.

⑤ 김연수창본 〈수궁가〉[23]

유성준-김연수로 이어지는 동편제 창본으로 71개의 창과 71개의 아니리로 구성되어 있다. 여타 창본의 사설을 그대로 유지하는 가운데, 신재효에 의해 개작된 사설을 대부분 기계적으로 첨가하고 있어 대단히 확장되어 있다.

⑥ 정광수창본 〈수궁가〉[24]

유성준-정광수로 이어지는 동편제 창본으로 56개의 창과 45개의 아니리, 3개의 말로로 구성되어 있다.

⑦ 강도근창본 〈수궁가〉[25]

유성준-임방울-강도근으로 이어지는 동편제 창본으로 43개의 창과 39개의 아니리로 이루어져 있다. 용왕이 우연히 득병하며, '약성가'와 별주부와 노모의 이별 대목이 없다.

⑧ 박초월창본 〈수궁가〉[26]

유성준-정광수-박초월로 이어지는 동편제 창본으로 45개의 창과 40개의 아니리로 구성되어 있다. 용왕이 우연히 득병하며, 모족회의 대목에서 호랑이는 등장하지 않는다.

---

23) 문화재관리국, 『창본 심청가 흥보가 수궁가 적벽가』, 문화재관리국, 1974.
24) 정광수, 『전통문화 오가사 전집』, 문원사, 1986.
25) 김기형 역주, 『강도근 5가 전집』, 박이정출판사, 1998.
26) 전통음악연구회, 『한국음악』, 전통음악연구회, 1981.

⑨ 박동진창본 〈수궁가〉27)

유성준-박동진으로 이어지는 동편제 창본으로 52개의 창, 42개의
아니리, 1개의 축문으로 구성되어 있다.

⑩ 정권진창본 〈수궁가〉28)

정재근-정응민-정권진으로 이어지는 강산제 창본으로 59개의 창,
47개의 아니리, 1개의 축문으로 구성되어 있다. 별주부의 노모 이별 대
목이 없는 대신 별주부의 아내가 별주부의 언행에 대해 충고하는 대목
이 삽입되어 있다. 정권진창본은 용왕이 산신에게 이문을 보내 토끼를
다시 잡아와 토간을 먹고 병이 낫는 것으로 설정되어 있다는 점에서
여타 창본과 뚜렷한 차이를 보인다. 이같은 결말 처리는 용왕의 병이
쾌유하는 것에 대한 합리성을 부여함과 동시에 용왕의 권위와 별주부
의 충성을 드러내고자하는 의도에서 기인한 것으로 보인다.

⑪ 박헌봉 〈창악대강 수궁가〉29)

박헌봉본은 한 창자의 소리를 대본으로 한 것이 아니라 명창들의 더
늠을 모자이크식으로 교합하여 만든 창본으로, 실제 판소리로 불리는
창본이 아니다. 대목마다 어느 명창의 더늠인지 밝혀 놓았다.

⑫ 이창배 〈한국가창대계 수궁가〉30)

이창배본 역시 한 창자의 소리를 대본으로 한 것은 아니어서31), 실

---

27) 주식회사 SKC, 『인간문화재 박동진 판소리 대전집』, 주식회사 SKC, 1988.
28) 문화재관리국, 『무형문화재 조사보고서』 제11집 78호, 문화재관리국, 1970.
29) 박헌봉, 『창악대강』, 국악예술학교 출판부, 1966.
30) 이창배 편저, 『한국 가창대계』, 홍인문화사, 1976.

제로 불린 창본이 아니다.

⑬ 홍윤표 소장 〈鼈主簿曲〉

국한혼용필사본이다. 원본규격은 22×23cm이고, 매면 12행, 매행 2
1~23자 정도이며, 47장 93면으로 되어 있다. 말미에 "庚戌臘月院日의
戲抄干陳墓新坪", "庚戌 臘月 日 金州郡 四蒲 ○基里"이라는 필사기
가 기록되어 있다. 필사 연대인 '庚戌'은 후대에 삽입된 것으로 여겨지
는 '소상팔경'이 간단한 형태로나마 들어 있는 것으로 보아 1910년으로
추정된다. 이 이본은 '모족회의' 대목, 별주부와 노모의 이별 대목, 그리
고 '토끼의 그물위기 극복' 대목이 빠져 있다. 그러나 이외의 부분은 행
문 위주로 대폭 확장되어 있는데, 주로 웃음을 유발시키는 골계적 요소
가 대폭 확장되고 있다. 한편 이 이본은 어투나 문체가 판소리 창본의
그것과 동일한 것으로 보아 공연 현장에서 연행되는 판소리를 직접 듣
고 필사했거나 아니면 창본을 모본으로 필사한 이본으로 여겨진다.

⑭ 경북대학교 도서관 소장본 〈토기젼〉[32]

국문필사본이다. 원본규격은 16.9×27.8cm이고, 매면 10행, 매행 17~
22자 정도이며, 59장 118면으로 되어 있다. 말미 한 장 정도가 낙장되
고 없다. 표지 우상단에 "明治 四十五年 壬子 五月 抄出"이라는 필사
연기가 기록되어 있어 1912년 5월에 필사되었음을 알 수 있다. 이 이본
은 심정순창본 〈토의간〉과 동일하며, 필사시기는 심정순창본이 『매일

---

31) "이 〈수궁가〉의 후편은 기산(岐山) 박헌봉(朴憲鳳) 선생의 〈창악대강(唱樂大
綱)〉을 인용했음을 밝힌다." 이창배 편저, 위의 책, 592면.

32) 경북대학교 도서관 : 고811.3 토19 / 『김광순소장 필사본 한국고소설 전집』 16권.

신보』에 연재되기 시작한 6월보다 한 달 빠르다.

⑮ 박문서관본 〈토의간〉[33]

활자본이다. 매면 13행, 매행 34자 정도이며, 44장 88면이다. 1916년 (대정 5년)에 간행되었고 저작 겸 발행자는 김용준이다. 이 이본 역시 심정순창본 〈토의간〉과 동일하다.

(2) 소설본 계열

① 박순호 소장 〈퇴기젼〉[34]

국한혼용필사본이다. 원본규격은 17×17cm이고, 매면 11행, 매행 18 ~25자 정도이며, 22장 43면으로 되어 있다. 한자로 쓴 부분은 약자가 많고 해서·행서·초서가 혼합되어 있어 판독이 매우 어렵다. 별주부 전송 대목과 모족회의 대목이 완전히 탈락되고 없고, 토끼가 육지에 도착한 별주부를 꾸짖고 조롱하는 대목에서 작품이 종결되는 등 전체적으로 축약되어 있다.

② 정문연 소장 〈톡기젼〉[35]

국한혼용필사본이다. 원본규격은 18.9×28.3cm이고, 매면 11행, 매행 24~30자 정도이다. 총 32장이나 뒤에 첨가되어 있는 〈春眠曲 第貳〉, 〈相思別曲〉 등을 제외하면 28장 56면이다. 표지 우상단에 "壬寅 正月" 이라는 필사 연기가 기록되어 있다. 이 이본은 현전 판소리 〈수궁가〉

---

33) 『구활자본 고소설 전집』 32.
34) 『한글 필사본 고소설 총서』 100권.
35) 한국정신문화연구원 : MF R16N-001133-13

와 유사한 서사전개를 보이면서도 생략과 축약, 부연과 확장 등이 심하
게 나타나고 있으며, 부분에 따라서는 내용이 전혀 다르게 되어 있기도
하다. 또한 '우생원만남' 삽화가 들어 있고, 모족회의 대목에서 두더지
가 별좌를 차지하는 등 타 계열의 특징적인 내용을 수용하고 있기도
하다. 이로 볼 때, 필사 연대인 '임인'은 1902년으로 추정된다.

③ 나손본 〈슈궁녹이라〉[36)

국문필사본이다. 원본규격은 22.5×25cm이고, 매면 12행, 매행 23~
25자 정도이며, 20장 39면으로 되어 있다. 내지에 "歲在戊申正月念日",
"隆熙 二年", "冊主 李文華"라는 필사기가 기록되어 있어 1902년에 필
사된 것임을 알 수 있다. 이 이본은 진맥과 처방 대목, 별주부와 노모
의 이별 대목이 없고, 토끼가 굴원, 오자서 등을 만나는 혼령상봉 대목
에서 종결되는 등 전체적으로 상당히 축약되어 있다. 벌덕게의 제안으
로 별주부가 산신제를 지낸다는 점, 길짐승 상좌다툼이 없는 대신 날짐
승 상좌다툼에 두꺼비가 등장한다는 점 등이 특징적이다.

④ 나손본〈슈궁녹이랴〉[37)

국문필사본이다. 원본규격은 21×23.5cm이고, 매면12행, 매행 23~25
자 정도이며 22장 44면으로 되어 있다. 표지에 "癸酉 六月"이라는 필사
연기가 기록되어 있다. 이 이본은 토끼의 육지 도착 이후의 모습이 간
략하게 들어있다는 점에서만 나손본 〈슈궁녹이라〉와 차이를 보일 뿐
나머지 부분은 완전히 동일하다. 따라서 두 이본은 직접적인 연관을

---

36) 단국대학교 율곡도서관 : 古853.5/토2434 / 『나손본 필사본 자료 총서』 75권.
37) 단국대학교 율곡도서관 : 古853.5/토2435 / 『나손본 필사본 자료 총서』 75권.

지닌 것으로 판단되는데, 표기 형태로 보아 나손본 〈슈궁녹이라〉가 선행 이본으로 판단된다. 이로 볼 때, 필사 연대인 '계유'는 1933년으로 판단된다.

⑤ 나손본 〈톡기젼 단권이라〉[38]

국문필사본이다. 원본규격은 17.5×29.5cm이고, 17면만 10행이며 나머지는 모두 9행이다. 매행 15~21자 정도이며, 53장 106면으로 되어 있다. 말미에 "긔미여 니월 순닐 필셔하연노라"라는 필사 연기가 기록되어 있다. 이 이본은 '모족회의' 대목과 별주부와 노모의 이별 대목이 없다는 점, 그리고 말미에 별주부가 용왕의 미련함을 꾸짖는 대목이 첨가되어 있다는 점을 제외하면 현전 판소리 창본과 거의 동일하다. 따라서 필사 연기인 '긔미'는 1919년으로 추정된다.

⑥ 나손본 〈툭기젼〉[39]

국문필사본이다. 원본규격은 29.5×32.5cm이고, 매면 12행, 매행 22자 정도이며, 18장 35면으로 되어 있다. 이 이본은 서두 부분이 상당 분량 낙장되고 없고 말미 부분 역시 별주부가 토끼를 유혹하는 대목까지만 있고 그 뒷부분은 낙장되고 없다. 남아 있는 부분만 살펴보면, 별주부와 아내의 이별이 '악수상별'로 간략하다는 점과 별주부가 토끼의 관상을 풀이하는 대목이 첨가되어 있다는 점에서만 현전 창본과 차이를 보일 뿐이다.

---

38) 단국대학교 율곡도서관 : 古853.5/토243가
39) 단국대학교 율곡도서관 : 古853.5/토2437

⑦ 나손본 〈툑기전이라〉[40]

국문필사본이다. 원본규격은 19.5×27.5cm이고, 매면 9행, 매행 15～
17자 정도이며 22장 44면으로 되어 있다. 표지 내면에 "上元甲子臘月
念五日謄畢于○安○外亭"이라는 필사기가 기록되어 있다. 이 이본 역
시 별주부가 호난을 극복하는 대목까지만 남아있어 작품의 절반 이상
이 낙장되고 없다. 남아있는 부분만 살펴보면, 서두가 사해 용왕의 소
개로 되어있다는 점과 별주부의 아내 이별 대목이 장황하게 전개된다
는 점에서만 현전 창본과 차이를 보인다.

⑧ 박순호 소장 〈별쥬부젼이라〉[41]

국문필사본이다. 원본규격은 21×24cm이고, 매면 12행, 매행 17～23
자 정도이며, 35장 60면의 완결본이다. 말미에 "긔유 이월 쵸삼일 막장
이라"라는 필사 연기가 기록되어 있다. 이 이본은 모족회의 대목이 없
고, 별주부와 아내의 이별 대목도 간략하게 되어 있는 등 전체적으로
축약된 모습을 보인다. 이 이본은 토끼의 뱃속에 간이 있음을 눈치 챈
갈게가 묵인해 준다는 조건으로 육지에 있는 자기 자손을 잡아먹지 말
라고 사람들에게 부탁할 것을 토끼에게 요청하는 대목, 물메기가 용왕
을 꼬리로 쳐서 용왕이 꼬리 있는 신하를 잡아들이라고 명령하는 대목,
개구리가 올챙이 적 생각에 덜덜 떨며 무서워하는 대목 등 독특한 내
용이 첨가되면서 토끼를 환대하는 수궁잔치 대목이 대폭 확장되어 있
다는 점이 특징적이다. 이 외에도 토끼가 육지에 도착한 후 겪게 되는
고난이 세 번 반복되며, 그 의미도 여타 이본과는 다르다는 점 역시 이

---

40) 단국대학교 율곡도서관: 古853.5/토243
41) 『한글 필사본 고소설 자료 총서』 17권.

이본의 특징이라 할 수 있다.[42] 특징적인 부분을 제외하면 대체로 현전 창본과 유사한 것으로 보아 필사 연대인 '기유'는 1909년으로 추정된다.

⑨ 박순호 소장 〈퇵기젼이라〉[43]

국문필사본이다. 원본규격은 21.5×23cm이다. 2면과 18면만 10행이고 나머지는 모두 11행이다. 매행 15~22자 정도이며, 33장 66면이다. 서두 부분과 말미 부분이 각각 한 장 정도 낙장되고 없다. 이 이본은 부분적인 표현에서 보이는 차이와 몇몇 부분의 내용이 도치되어 있다는 점을 제외하면 박순호 소장 〈별쥬부젼이라〉와 거의 같다.

⑩ 박순호 소장 〈톡기젼 권ᄌᆞ단이라〉[44]

국문필사본이다. 원본규격은 19×29cm이고, 매면 12행, 매행 20~25자 정도이며, 29장 58면이다. 중간에 한 장 정도 낙장되고 없다. 말미에 "갑인 팔월 이십일의 시필이라 칙주의 오티엽이라 션옴신푼니라"라는 필사기가 기록되어 있다. 이 이본 역시 박순호 소장 〈별쥬부젼이라〉와 거의 같으나 수궁 잔치에 참여한 물메기가 용왕을 꼬리로 쳐서 용왕이 꼬리 있는 신하를 감하는 대목과 개구리가 올챙이적 시절을 생각하여 불안해 하는 대목은 빠져 있다. 필사 연대인 '갑인'은 1914년으로 추정

---

42) 타 이본에서 토끼의 위기극복은 토끼 지략의 무한한 승리를 강조하는 의미를 지닌다. 그러나 이 이본에서는 세상에 산재한 위험을 토끼가 다시금 깨닫는 것으로 되어 있어 토끼의 승리를 강조하는 의미보다는 세상이 위험으로 가득 찬 곳임을 강조하는 것으로 의미가 변화되어 있다.
43) 『한글 필사본 고소설 자료 총서』 100권.
44) 『한글 필사본 고소설 자료 총서』 100권.

된다.

⑪ 박순호 소장 〈玉兎傳〉[45]

국문필사본이다. 매면 8행, 매행 17자 내외이며, 56장 111면이다. 별주부전송 대목, 모족회의 대목, 그리고 토끼의 그물위기극복 대목과 독수리위기 극복 대목이 탈락되고 없다. 나머지 부분은 현전 창본과 거의 같다.

⑫ 사재동 소장 〈玉兎傳〉

국문필사본이다. 원본규격은 17.5×29.5cm이고, 매면 9행, 매행 24~34자 정도이며, 36장 71면이다. 서두 부분과 중간 부분이 각각 한 장 정도씩 낙장되고 없다. 표지에 "丁巳至月 小梅謄書"라는 필사 연기가 기록되어 있다. 이 이본은 도사가 용왕을 진맥하는 대목의 내용이 다르다는 점, 별주부와 아내의 이별 대목이 대폭 확장되어 있다는 점, 그리고 토끼가 육지로 귀환하는 도중에 혼령을 만나는 대목이 빠져 있다는 점에서만 박순호 소장 〈별쥬부젼이라〉와 차이를 보일 뿐이며, 나머지 부분은 거의 같다. 필사 연대인 '정사'는 1917년으로 추정된다.

⑬ 조동일 소장 〈톡의지젼기〉[46]

국문필사본이다. 매면 11~12행, 매행 16~24자 정도이며, 42장 84면이다. 말미 몇 장 정도가 낙장되고 없다. 이 이본은 부분적으로 〈중산망월전〉 계열의 내용을 수용하고 있다는 점에서 특징적이다. 즉 '우생

---

45) 『한글 필사본 고소설 자료 총서』 36권.
46) 한국정신문화연구원 : MF R16N-000503-15

원만남' 삽화, '세상자랑' 대목, 그리고 수궁행을 약속했다가 생각을 바
꾼 토끼를 두고 별주부가 소견 넓은 호랑이를 데려가겠다고 회유하는
대목이 연경도서관 소장 〈중산망월전〉과 동일한 모습으로 들어 있다.
또한 도사가 자원하거나 지명되는 신하를 평가하는 방식으로 사신논란
이 진행되는 등 현전 창본의 내용과 연경도서관 소장 〈중산망월전〉의
내용이 합쳐진 듯한 대목이 작품 곳곳에서 산견된다.

⑭ 하버드대학 연경도서관 소장 〈별쥬부젼〉47)

국문필사본이다. 원본규격은 19.3×23.2cm이고, 매면 14행, 매행 25～
28자 정도이며, 21장 42면의 완결본이다. 〈심쳥젼〉과 합철되어 있다.
이 이본은 모족회의 대목이 없는 대신 토끼의 수궁행을 방해하는 인물
로 너구리와 두꺼비가 함께 등장한다는 점, 별주부가 토끼를 놓치고
돌아가기 전에 용왕이 천상벽도를 먹고 병이 낫는다는 점 등이 특징적
이다.

⑮ 윤해옥 소장 〈토기젼이라〉48)

국문본이다. 매면 10행, 매행 17～21자 정도이며, 62장 124면의 완결
본이다. 말미에 "갑인년의 시셔ᄒᆞ야 을묘년 춘ㅇㅇㅇㅇ 필셔ᄒᆞ여시나"
라는 필사 연기가 기록되어 있다. 이 이본은 도사를 모셔오는 대목, 사
신으로 택출될 것을 두려워한 상어가 자신을 천거하지 말라고 뇌물을
주는 대목, 그리고 암토끼와 토끼의 친족들이 모여 제사 지낼 때, 토끼
가 등장하자 암토끼가 계집질 갔다 오냐고 야단치는 대목 등 타본에는

---

47) 『해외수일본 한국고전소설총서』 1권.
48) 윤해옥, 『조선후기 우언 우화소설 연구』, 박이정출판사, 1997.

없는 독특한 내용이 상당히 많이 삽입되어 있다. 현전 창본과 유사하면서도 후반부가 상당히 변용되어 있는 것으로 보아 필사 연대인 '갑인'은 1914년으로 추정된다.

⑯ 국민대학교 도서관 소장 〈별토문답 단〉[49]

국문필사본이다. 원본규격은 21×31cm이고, 매면 11~14행, 매행 15~24자 정도이며, 61장 121면이다. 말미 한 장 정도가 낙장된 것으로 보인다. 표지 우면에 "신축 원월 지싱빅등셔우관곡졍샤"라는 필사기가 적혀 있다. 이 이본은 '우생원만남' 삽화가 들어 있고, 모족회의 대목에 두더지와 두꺼비가 모두 등장하여 나이를 자랑하는 등 〈중산망월전〉 계열의 특징적인 내용을 상당히 많이 수용하고 있다. 결말 부분에 토끼가 수궁행을 만류한 너구리를 만나 그간의 일을 말하고 사례하는 독특한 내용이 들어있다. 필사 연대인 '신축'은 1901년으로 추정된다.

4) 경판본 계열

이 계열은 '우연 득병→천상적 존재에 의한 토간 지시→별주부의 자원→용왕의 죽음'으로 공통단락이 전개되며, '암토끼등장' 삽화가 들어 있다. 이 계열에 속하는 이본은 경판본 〈토싱젼〉을 비롯한 3종이다.

① 경판본 〈토싱젼〉[50]

원본규격은 19×24.2cm이고, 매면 14행, 매행 25자 내외이며, 9장 18면이다. 〈노섬샹좌긔〉와 합철되어 있다. 12면에 "도로 너코 이젓는지

---

49) 국민대학교 도서관 : 청구번호 : 고313.5별01
50) 단국대학교 율곡도서관 : 古853.5토2431 / 『영인고소설판각본전집』 권3.

아지 못ᄒ미 비롤 갈ᄂ 보미 가장 단단ᄒ다 ᄒ고/봉ᄒ여 토공을 삼공위로ᄒ니"로 문맥이 어색한 부분이 있다. 말미에 "定價金新貨五錢 戊申十一月日 由洞新刊"과 "무신 십일월 일 유동신간 정가한화십전"이라는 간기가 기록되어 있다. 간행소인 유동(由洞)은 1847~1856년 사이에 활동한 것으로 되어 있어[51] 방각 연대인 무신년은 1848년으로 추정된다.[52]

② 국립도서관 소장 〈토싱젼 권지단〉[53]

국문필사본이다. 원본규격은 19.5×29.5cm이고, 매면 10행, 매행 19~22자 정도이며, 34장 36면이다. 서체가 경판본 〈토싱젼〉과 흡사하다. 이 이본은 경판본 〈토싱젼〉에 들어있는 토끼의 그물위기 극복 대목이 없는 대신 '오봉산토끼' 삽화와 용왕의 성대한 장례식 대목이 들어있다. 그런데 경판본 〈토싱젼〉의 7장과 9장은 1~6장, 8장과 각자체가 다르게 되어 있다. 이는 현존하는 경판본이 최소한 한 번 이상의 번각을 거쳤음을 보여 주는데, 국립도서관 소장본과 내용상 차이를 보이는 부분이 바로 이 7장과 9장이다. 이로 볼 때, 현존하는 경판본의 7장과 9장의 내용은 번각을 통하여 새롭게 형성된 것으로 추정되며, 번각되기 이전의 경판본의 본래적 면모는 국립도서관 소장본과 유사할 것으로 추정된다. 이는 경판본 〈토싱젼〉의 12면에 나타나는 내용상 탈락이 국립도서관 소장본에서는 전후 문맥과 진행이 온전하게 유지되고 있다는

---

51) 김동욱, 「한국소설방각본의 성립에 대하여」, 『향토서울』 제8호, 서울시사 편찬위원회, 1960.
52) 이에 대해 정출헌은 무신년을 1848년으로 추정하면서도 명백한 근거가 있는 것은 아니어서 논란의 소지가 있다고 하였다. (정출헌, 앞의 논문, 1992, 224면)
53) 국립중앙도서관 : 한-48-92 / 한국정신문화연구원 : MF R35N-002974-3

점을 통해서도 추정할 수 있다. 이로 볼 때, 번각되기 이전의 경판본의 본래적 면모는 국립도서관 소장본이 더 많이 지니고 있는 것으로 보이며, 경판본은 이를 축소 개작한 것으로 판단된다.[54] 그러나 국립도서관 소장본은 필사 시기에 있어서만큼은 표기법이나 어휘[55] 등을 볼 때 경판본의 판각 시기에 미치지 못하는 것으로 추정된다.[56]

③ 서울대학교 도서관 소장본 〈토기젼〉

국문필사본이다. 원본규격은 20×23cm이고, 매면 10행, 매행 22자 내외이며, 23장 46면이다. 〈두겁젼〉과 합철되어 있다. 표지 이면에 "임진 육월쵸 구일 필셔"라는 필사 연기가 적혀 있다. 전반부는 세부 서술에 있어 좀 더 상세하다는 점을 제외하면 경판본 〈토싱젼〉과 거의 같으나 결말 부분은 수궁에서 토끼 포획을 논의하는 대목, 용왕이 죽고 태자가 즉위하는 대목 등이 생략되고 없다. 두 본의 경우는 경판본 〈토싱젼〉이 선행했고, 서울대학교 도서관 소장 〈토싱젼〉은 경판본 〈토싱젼〉을 토대로 전반부에서는 약간 부연하다가 결말부에 이르러 대폭 생략한 것으로 볼 수 있다. 경판본 〈토싱젼〉의 판각 연대가 1848년으로 추정되고 있음을 감안하면 이 이본의 필사 연대인 '임진'은 1892년으로 추

---

54) 정출헌도 경판본 6장에 문맥이 맞지 않는 부분이 있음을 지적하고 이를 심한 생략과 축약의 근거로 보아 이것으로 국도B본과 경판본의 선후 관계를 설정하기도 했다. 경판본의 문맥이 어색한 부분에 국립도서관본 토생전의 일부 귀절을 연결하면 전후문맥이 매끄러워지는데 이를 국도B본이 경판본보다 원모습을 온전하게 간직하고 있는 근거로 들었다. (정출헌, 앞의 논문, 1992, 226~228면)

55) 인권환은 국립도서관 소장 〈토싱젼 권지단〉이 앞서는 이본이라고 규정하면서도 표기법이나 어휘 등을 볼 때, 경판본 <토싱젼>이 앞서는 것으로 보인다고 하여 결론을 유보하고 있다. (인권환, 앞의 논문, 1991, 174면)

56) 민 찬, 앞의 책, 1995, 265~266면 참조.

정된다.

5) 중산망월전 계열

이 계열은 '황주 땅에 비 주러 갔다가 득병→천상적 존재에 의한 토
간 지시→도사의 지명→용왕의 죽음'으로 공통단락이 전개되며, '우생
원만남' 삽화와 '암자라동침' 삽화가 들어 있다. 이 계열에 속하는 이본
은 하버드대학 연경도서관 소장 〈중산망월젼이라〉를 비롯한 13종이다.

① 하버드대학 연경도서관 소장 〈중산망월젼이라〉[57]

국문필사본이다. 원본규격은 16.9×24.6cm이고, 매면 12행, 매행 25~
28자 정도이며, 41장 82면의 완결본이다. 말미에 필사기가 기록되어 있
다.[58] 이 이본은 蘇洲橋本이 김송여의 책을 빌려 필사한 것으로 김송
여가 필사한 연대는 임진년(1892년)이고, 蘇洲橋本 재필사한 연대는
1895년이다. 이 이본은 작품의 서두에 용왕과 원도사의 내기 이야기가
첨가되어 있고, 길짐승 상좌다툼에서 두더지가 별좌를 차지하는 등 전
체적으로 상당히 개작이 이루어져 있다. 특히 호랑이를 조심하라는 도
사의 당부와 함께 토끼화상과 호랑이화상이 함께 그려짐으로써 뒤에
전개될 별주부의 호난 극복을 암시하고 있는 유기적 구성을 취하고 있
기도 하다. 이 같은 모습은 이 이본이 소설화되었음을 보여주는데, 이

---

57) 이상택 편, 『해외 수일본 한국고소설총서』 1, 태학사, 1998.
58) 필사기를 그대로 옮겨보면 다음과 같다.
　　임진 칠월 초구일 피셔/혹 엇더본는 리 과 에자 낙셔 만사오이 눌여보게 허옵쇼
　　셔/金松汝
　　右一券元釜山鎭金松汝所藏今玆明治二十八年二月十七日獲之于千石汝家而起筆
　　寫十張翌未到其半而冊主遇求其返本予切請夜以續日終全記寫了于時十九日將出
　　於東山之期也於朝鮮旧館日本書堂天涯一寒生蘇洲橋本彰議誌

는 대부분의 삽입가요가 탈락되고 없고, 있다 하더라도 심하게 변형되어 현전 창본의 그것과는 상당한 거리를 보인다는 점을 통해서도 확인할 수 있다.

② 일사본 〈鼈主簿傳 卷之單〉[59]

국한혼용필사본이다. 원본규격은 19×31.4cm이고, 매면14~15행, 매행 28~35자 정도이며, 24장 47면으로 되어 있다. 서두 부분은 낙장되고 없다. 이 이본은 부분적인 표현에서 보이는 차이를 제외하면, 연경도서관 소장 〈중산망월젼이라〉와 동일하다. 그러나 필사 연대를 정확하게 확인할 수 없기 때문에 두 이본 사이의 선후관계는 알 수 없다.

③ 임형택 소장 〈兎處士傳單卷〉

국문혼용필사본이다. 원본규격은 17.2×23.2cm이고, 매면 9~11행, 매행 20~22자 정도이며, 총 51장 102면으로 되어 있다. 서두 부분은 낙장되고 없다. 말미에 "丁未 正月 二十四日 蒼洞新刊 冊主 宋○仁"이라는 필사기가 기록되어 있다. 필사 연대인 '정미'는 1907년으로 추정된다.

④ 나손본 〈兎記文集〉[60]

국문필사본이다. 원본규격은 28.5×25.5cm이고, 매면 16행, 매행 20~25자이며, 30장 60면으로 되어 있다. 표지 우상단에 "丁酉 元月"이라는

59) 서울대학교 일사문고 소장(청구번호 : 일사 813.53 B991J)
60) 단국대학교 율곡도서관 소장(청구번호 : 古853.5/토243) / 『나손본 필사본 자료 총서』 75권.

필사 연기가 기록되어 있다. 필사 연대인 '정유'는 1897년으로 추정된
다. 이 이본은 육지에 도착한 토끼가 용왕과 별주부를 조롱하고 자신
의 재주를 자랑하는 대목에서 자품이 종결된다.

⑤ 나손본 〈토끼젼다〉[61]

국문필사본이다. 원본규격은 19.5×21cm이고, 매면 12~17행, 매행
16~19자이며, 35장 69면으로 되어 있다. 서두 부분이 상당 분량 낙장
되고 없다. 말미에 "으류연 이월 초이 흘게 뺏긴 칙이라"라는 필사 연
기가 기록되어 있다. 필사 연대인 '을유'는 1885년으로 추정된다. 이 이
본은 이 계열에는 없는 토끼의 독수리 위기극복 대목이 들어 있다.

⑥ 박순호 소장 〈퇵기젼이라〉[62]

국문필사본이다. 원본규격은 21.5×32.5cm이고, 매면 12행, 매행 20~
27자 정도이며, 28장 55면이다. 이 이본은 전체적으로는 연경도서관 소
장 〈즁산망월젼이라〉와 유사하나, 부분적으로는 용왕이 영덕전 낙성연
으로 인하여 득병하고, 용왕이 사는 것으로 귀결되는 결말을 지니고 있
는 등 수궁가 계열의 내용을 따르고 있기도 하다. 한편 이 이본은 토끼
의 왕배탕 권유에 대해 거북이 불가함을 말하자 용왕이 왕배탕 사용을
그만두는 것으로 되어 있어 '암자라동침' 삽화는 탈락되고 없다. '암자
라동침' 삽화의 삭제는 용왕과 별주부에 대한 비판적인 시각을 차단하
고자 하는 작가 의식에서 비롯된 의도적인 삭제로 보인다.

---

61) 단국대학교 율곡도서관 소장(청구번호 : 古853.5/토2436)
62) 『한글 필사본 고소설 자료 총서』 48권.

⑦ 조동일 소장 〈兎處士傳〉[63]

국문필사본이다. 원본규격은 16.7×27.7cm이고, 매면 10행, 매행 23~25자 정도이며, 41장 82면이다. 서두 부분과 말미 부분이 상당 분량 낙장되고 없다. 이 이본은 부분적인 표현에서 보이는 차이를 제외하면 연경도서관 소장 〈즁산망월젼이라〉와 거의 같다.

⑧ 조동일 소장 〈톳별견이라〉[64]

국문필사본이다. 원본규격은 15×25cm이다. 대개는 8행으로 되어 있고 7行이 4면, 9行과 10行이 각각 5면이다. 매행 적게는 20자에서 많게는 32자에 이르기까지 부정하게 쓰여 있으며, 61장 121면의 완결본이다. 이 이본 역시 부분적인 표현에서 보이는 차이를 제외하면 연경도서관 소장 〈즁산망월젼이라〉와 거의 같다.

⑨ 한국정신문화연구원 소장 〈슈궁젼〉[65]

국문필사본이다. 매면 12행, 매행 10~15자 정도이며, 61장 121면이다. 말미에 "을유 납월 십팔 니셔ㅎ라"라는 필사 연기가 적혀 있다. 낙장본은 아니나 토끼가 왕배탕 사건으로 별주부의 집에 초대되어 향응받는 대목에서 "엇지될고 ○○ ○○을 분석하라"로 이후 부분을 독자의 상상력에 맡기면서 작품이 종결되고 있다. 이러한 작품의 종결은 뒤에 이어지는 '암자라동침' 삽화에 대해 필사자가 부정적으로 인식한 데서 기인한 의도적인 끝맺음으로 생각된다.

---

63) 한국정신문화연구원 : MF R16N-000503
64) 한국정신문화연구원 : MF R16N 000503-16
65) 한국정신문화연구원 : MF R16N-00136-15

⑩ 김광순 소장 〈별쥬부젼〉[66]

국문필사본이다. 원본규격은 24×25cm이고, 매면 12행, 매행 18～24 자 정도이며, 40장 79면이다. 서두 부분과 말미 부분이 각각 한두 장 정 도 낙장되고 없다. 삽입가요인 '고고천변'과 혼령상봉 대목이 들어있다.

⑪ 김광순 소장 〈슈육문답〉[67]

국문필사본이다. 원본규격은 16×27cm이고, 매면 10행, 매행 23～31 자 정도이며, 38장 76면의 완결본이다. 표지 우측에 "大正 九年 陰庚 申年二月"이라는 기록이 있어, 1920년에 필사된 것임을 알 수 있다. 이 이본은 연경도서관 소장 〈중산망월전이라〉와 거의 같다.

⑫ 권영철 소장 〈톡기젼〉[68]

국문필사본이다. 원본규격은 18.5×29.6cm이고, 매면 10행, 매행 16～ 21자 정도이며, 61장 121면이다. 별주부 출룡노정기가 '명산가'로 되어 있는 등 신재효의 개작 사설이 상당히 많이 첨가되어 있다는 점에서 특징적이다.

⑬ 연세대학교 도서관 소장 〈토젼 단권〉[69]

국문필사본이다. 원본규격은 21×31cm이고, 매면 10행, 매행 26～28 자 정도이며, 41장 81면이다. 말미에 "을묘 졍월 ㅎ순에 궁금ㅎ여 등셔

66) 『김광순소장 필사본 한국고소설전집』 48.
67) 『김광순소장 필사본 한국고소설전집』 24.
68) 경산대학교 조춘호 소장 / 김진영·김현주 역주, 『토끼전』, 박이정출판사, 1998.
69) 연세대학교 도서관: 811.36.별주부 필

ᄒᆞ여스나"라는 필사 연기가 적혀 있다. 그리고 작품 뒤에 〈월가〉라는 시가 한 수가 부기되어 있다. 삽입가요인 '고고천변'이 들어있고, 토끼 화상보다 호랑이화상이 먼저 그려진다. 별주부가 귀양 온 적훈공에게서 수궁소식을 듣고 이비에게 신원한 다음 자결하는 여타 이본과는 달리 그 곳에 정착하여 사는 것으로 작품이 종결된다. 또한 별주부의 아내가 별주부가 세상의 미색에게 미혹되어 돌아오지 않을 것을 걱정하는 대목, 자식과의 이별대목 등이 들어있다는 점에서도 특징적이다.

6) 가람본 〈토긔전〉 계열

이 계열은 '우연 득병→명의에 의한 토간 지시→별주부와 문어의 대결→용왕의 죽음'으로 공통단락이 전개된다. 이 계열에 속하는 이본은 가람본 〈토긔젼 권지단〉을 비롯한 7종이다.

① 가람본 〈토긔젼 권지단〉[70]

국문필사본이다. 원본규격은 17.5×29.6cm이고, 매면 8~10행, 매행 16~20자 정도이며 44장 87면의 완결본이다. 뒷표지 이면에 "癸卯 元月 日 移字冊 皇城居 金筆書 主人 李文寧"이라는 필사기가 기록되어 있다. 이 이본은 '별주부와 토끼의 나이자랑', '별주부의 토끼 꿈 해몽', '수궁의 육지 정벌과 실패', '토끼 재생포' 등 다른 계열의 이본에는 없는 독특한 내용이 상당히 많이 들어있다. 특히 '모족회의' 대목, '별주부의 호난 극복' 대목 등 그 자체로 사건이 종결되면서 독자적인 의미를 지니고 있는 대목이 모두 탈락된 대신 이와 유사한 내용이 토끼전의

---

70) 서울대학교 가람문고 : 813.53-T572 / 한국정신문화연구원 : MF R35N-003032-1

중심 인물인 별주부나 토끼, 그리고 용왕과 결부되어 새로운 이야기로 나타나고 있고 서사 전개가 용왕, 별주부, 토끼를 중심으로 집중된 모습을 보인다. 이러한 모습은 이 이본이 소설화되었음을 명확히 보여주는데, 이는 삽입가요가 대부분 탈락되고 없고, 있다 하더라도 심하게 변형되어 있다는 점에서도 확인할 수 있다. 이처럼 축약의 흔적이 역력히 나타나고 독특한 내용이 상당히 많이 첨가되어 있는 것으로 보아 필사 연대는 1903년으로 추정된다.

② 한국정신문화연구원 소장 〈兎生傳〉71)

한문필사본이다. 원본규격은 17.2×26.2cm이고, 매면 10행, 매행 20장이며, 46장 92면으로 한문본 가운데 가장 장편이다. 대부분의 한문필사본이 줄거리 중심으로 되어 있어 비교적 간단한 모습을 보이는 것과는 달리 이 이본은 각 대목이 장황하게 부연되면서 상당히 확장되어 있다. 한편, 이 이본은 앞서 언급한 가람본 〈토긔젼〉에 들어있는 특징적인 내용들이 대폭 확장된 형태로 들어 있어 두 이본 간의 직접적인 친연관계가 있음을 보여준다. 두 이본 간의 선후관계는 가람본 〈토긔젼〉이 한국정신문화연구원 소장 〈兎生傳〉을 축약한 듯한 모습이 종종 나타나는 것으로 볼 때,72) 한국정신문화연구원 소장 〈兎生傳〉이 선행본으

---

71) 한국정신문화연구원 : MF R35N-008130
72) 결말 부분만 예로 들어보기로 한다. 별주부가 토끼를 다시 잡아 수궁에 당도하는 대목까지는 한국정신문화연구원 소장 〈兎生傳〉이 가람본 〈토긔젼〉보다 확장되어 있기는 하나 두 이본은 동일한 내용으로 전개된다. 토끼는 별주부를 회유하고 위협하여 별주부에게서 자신을 변호해 줄 것을 약속받는다. 이에 따라 별주부가 토끼를 적극 변호하여 龍子를 설득하고 용자는 토끼를 살려주게 된다. 그런데 가람본 〈토긔젼〉에서는 별주부가 토끼를 변호해 주기로 약속을 함에도 불구하고 적극 변호하는 모습이 나타나지 않고, 토끼도 스스로 도망하여 목숨을 건지는 것으로

로 판단된다.

③ 임형택 소장 〈토공젼 권지단〉

국문필사본이다. 매면 10행, 매행 24~30자 정도이고, 72장 144면의
완결본이다. 말미에 "甲午二月 日單"이라는 필사 연기가 기록되어 있
다. 이 이본은 한국정신문화연구원 소장 〈兎生傳〉에 들어 있는 특징적
인 내용들이 모두 들어있을 뿐만 아니라, 세부적인 전개에 있어서도 매
우 유사한 양상을 보인다. 한편 이 이본은 한국정신문화연구원 소장
〈토생전〉의 한자음을 그대로 사용한 어구가 상당히 많이 발견되는 것
으로 보아 한국정신문화연구원 소장 〈兎生傳〉을 번역하면서 약간의
개작을 가한 이본으로 추정된다. 창작된 내용이 상당히 많이 삽입되어
있는 것으로 보아 필사 연대인 '갑오'는 1894년으로 추정된다.

④ 임명덕본 〈兎先生傳〉[73]

한문필사본이다. 매면 8행, 매행 30자 내외이며, 18장 36면의 완결본
이다. 작품이 끝나고 〈靈壁張氏園亭記〉가 부기되어 있다. 이 이본은
토끼가 별주부를 조롱하는 대목에서 작품이 종결된다는 점과 어구상의
차이를 제외하면, 한국정신문화연구원 소장 〈兎生傳〉과 동일하다. 두
본의 관계는 한국정신문화연구원 소장본 〈兎生傳〉이 선행본이고, 임
명덕본은 이를 필사하는 과정에서 결말 부분을 탈락시킨 것으로 판단
된다.

되어 있다. 이처럼 가람본 <토긔젼>은 한국정신문화연구원 소장 <兎生傳>에 비
해 사건의 필연성이 떨어지는데, 이는 무리한 축약에서 기인한 현상으로 여겨진다.
73) 임명덕 주편, 『한국한문소설전집』 권6, 중화민국중국문화학원, 1986.

⑤ 신구서림본 〈별쥬부젼〉[74]

활자본이다. 원본규격은 12.8×20cm이고, 매면 11행, 매행 28자 정도이며, 55장 109면으로 되어 있다. 1913년에 간행되었다. 이 이본은 용왕이 사는 것으로 작품이 귀결된다는 점을 제외하면 공통단락에 있어서는 가람본 〈토긔전〉과 동일한 모습을 보인다. 그런데 이 이본은 특정 대목이 대단히 확장되어 있는 등 여타 이본과는 상당한 변별성을 보인다. 전체 109면 가운데 별쥬부가 토끼를 만나는 대목까지의 분량이 68면에 달해 전반부가 상당히 확장되어 있다는 점과 현학적인 묘사와 서술이 두드러진다는 점이 특징적이다. 또한 별쥬부의 충성심을 드러내는 방향으로 개작되어 일관되게 충이라는 봉건적 가치관을 지향하고 있다는 점 역시 이 이본의 특징이라 할 수 있다. 한편 이 이본은 영창서관과 세창서관에서 1925년과 1952년에 재간되었다.

⑥ 세창서관본 〈不老草〉

매면 16행, 매행 35자이며, 17장 34면으로 되어 있다. 1912년에 유일서관에서 처음 간행되었다. 여기에서는 1957년 간행된 세창서관본을 대상으로 하였다. 이 이본은 결말 부분의 차이를 제외하면, 가람본 〈토긔전〉과 거의 동일한 이본이다. 즉 이 이본은 수궁의 육지 정벌과 사신에게 이문을 보내 토끼를 다시 잡아오는 등 매우 확장되어 있는 가람본 〈토긔전〉과는 달리 용왕의 삶으로 귀결되는 현전 창본의 결말을 따르고 있다. 이 이본이 대부분 가람본 〈토긔전〉를 따르고 있으면서도 유독 결말 부분만 수궁가 계열을 따르고 있는 것은 필사자의 의도적인

---

74) 우쾌제, 『구활자본고소설전집』 32, 은하출판사, 1984.

개작에 따른 것이라 여겨진다. 즉 가람본 〈토긔견〉에 들어 있는 수궁
의 육지정벌과 실패, 그리고 토끼의 재생포 등이 살려고 발버둥치는 용
왕에 대해 비판적 시각을 드러내고 있다고 판단하여 이를 삭제하고 수
궁가 계열의 결말을 따른 것으로 여겨진다.

⑦ 신명균본 〈토끼傳〉[75]

1937년(소화 21년)에 간행되었고, 편집 겸 발행인은 신명균이다. 이
이본은 용왕과 자라의 후일담이 들어 있다는 점, 그리고 득병자가 동해
광연왕이 아닌 남해 광리왕으로 되어 있다는 점만 제외하면, 세창서관
본 〈불노초〉와 거의 같다.

7) 기타 이본

① 나손본 〈퇴공견이라〉[76]

국문필사본이다. 원본규격은 21.5×25cm이고, 매면 20~21행, 매행
15~21자 정도이며, 6장 12면의 완결본이다. 말미에 "임ᄌ 원월 념구일
취필셔ᄒ다"라는 필사 연기가 기록되어 있다. 이 이본은 그 분량에서도
알 수 있듯이 기본적인 줄거리만 간단하게 요약된 작품이다.

② 나손본 〈토별산슈록〉[77]

국문필사본이다. 원본규격은 19×27.5cm이고, 매면 12행, 매행 25~

75) 신명균 편, 『조선문학전집』 권6 소설집2, 중앙인서관, 소화 21년.
76) 단국대학교 율곡도서관 소장(청구번호 : 古853.5/토2432) /『나손본 필사본 자료 총
　　서』 75권.
77) 단국대학교 율곡도서관 소장(청구번호 : 古853.5/토2433) /『나손본 필사본 자료 총
　　서』 75권.

30자 정도이며 41장 81면으로 되어 있다. 서두 부분과 말미 부분은 부
분적으로 낙장되고 없다. 이 이본은 '암토끼 등장' 삽화, 수궁의 육지정
벌과 실패, 그리고 수궁으로 향하려는 순간 집에 가서 아내에게 말하고
오겠다는 토끼를 두고 별주부가 '판관사령의 아들' 운운하며 힐난하는
대목이 들어 있다는 점에서 경판본 〈토싱젼〉과 유사성을 보인다.[78] 그
러나 이러한 유사성은 '결말' 부분에서만 부각될 뿐이며 나머지 부분에
서는 경판본 〈토싱젼〉이 줄거리 위주로 간단히 요약되어 있음에 반해
나손본 〈토별산슈록〉은 대단히 확장되어 있어 적지 않은 차이를 보인
다. 따라서 특정한 대목을 공유하고 있다고 해서 두 이본을 같은 계열
로 보는 것은 무리가 있으며 차라리 필사과정에서 경판본 〈토싱젼〉의
내용이 삽입된 것으로 보는 것이 온당할 것으로 여겨진다. 이는 이 이
본이 경판본 〈토싱젼〉뿐만 아니라 여타 이본에서도 특징적인 내용을
수용하고 있다는 점에서도 확인할 수 있다. 즉 별주부와 토끼의 나이
자랑 대목, 별주부가 토끼의 관상을 풀이하는 대목 등은 가람본 〈토긔
젼〉과 동일하며, '세상 자랑'에서의 날짐승, 길짐승, 그리고 나무와 화
초에 대한 장황한 열거는 연경도서관 소장 〈즁산망월젼〉과 동일한 모
습을 보이고 있다. 이처럼 나손본 〈토별산슈록〉이 여러 이본의 특징적
인 내용을 수용하고 있음을 볼 때, 앞서 언급한 '암토끼 등장' 삽화 등
경판본 〈토싱젼〉과 동일하게 나타나는 대목 역시 필사 과정에서 삽입
된 것으로 보는 것이 타당할 것으로 여겨진다. 한편 이 이본은 별주부
가 귀환 도중 남해 관음보살에게서 약을 얻어와 그것으로 용왕의 병이
쾌유된다는 결말을 지니고 있고, 별주부의 수궁행 제의에 대해 토끼가

---

78) 기존의 논자들은 이러한 유사성을 부각하여 경판본 〈토싱젼〉과 나손본 〈토별산
    슈록〉을 같은 계열로 설정하고 있다.

수궁행에 따른 길흉화복을 알고자 점 치는 대목이 삽입되어 있는 등
독특한 내용이 상당히 많이 들어있기도 하다. 이로 볼 때, 이 이본은
여러 이본을 참고하여 작품을 결구하면서 부분적으로 창작을 가미한
작품으로 여겨진다.

③ 박순호 소장 〈토별산수록〉[79]

국문필사본이다. 매면 6~12행, 매행 10~20자로 매우 부정하며, 70
장 139면의 완결본이다. 말미에 "기사 구월 망일"이라는 필사 연기가
기록되어 있다. 이 이본은 나손본 〈토별산슈록〉과 내용은 완전히 동일
하나, 지나친 축약으로 인하여 문맥이 어색한 곳이 상당히 많이 나타난
다. 본문에 쓰인 행정단위로 볼 때[80], 나손본 〈토별산슈록〉이 선행본
으로 여겨지며, 필사 연대인 '기사'는 1929년으로 추정된다.

④ 박순호 소장 〈별쥬부젼〉[81]

국문필사본이다. 원본규격은 22×32cm이다. 13면과 29면만 13행이고
나머지는 모두 12행이다. 처음에는 매행 15~20자 정도로 시작되나 점
점 늘어나 20~30자 정도 되다가 마지막 부분에는 40자 정도로 촘촘하
게 필사되어 있다. 15장 29면의 완결본이다. 표지 상단에 "임즈 지월
이십육일"이라는 필사 연기가 기록되어 있다. 이 이본은 토끼전 서사
전개의 필수 대목이라 할 수 있는 명약지시 대목이 탈락되고 없는 등
전반적으로 심하게 축약되어 있다. 그러나 한편으로는 토끼가 노구할

---

79) 『한글 필사본 고소설 자료 총서』 48권.
80) 박순호 소장 <토별산수록>은 나손본 <토별산슈록>에 '노셩골'로 나오는 지명이
    '노성리'로 되어 있다.
81) 『한글 필사본 고소설 자료 총서』 17권.

미의 울타리 위기를 극복하는 대목, 토끼가 궁녀인 세양춘과 동침하는 대목 등 독특한 내용이 첨가되어 있기도 하다. 또한 용왕이 별주부가 전한 토끼의 말을 듣고 병세가 악화되어 죽는다는 점 역시 이 이본만의 독특한 내용이다. '암자라동침' 삽화의 변형으로 보이는 토끼와 세양춘의 동침 대목이 들어 있는 것으로 보아 필사 연대인 '임자'는 1919년으로 추정된다.

⑤ 박순호 소장 〈水宮鱉主簿山中兎處士傳〉[82]

국문필사본이다. 매면 11행, 매행 30~40자 정도이며, 70장 139면으로 되어 있다. 이 이본의 특징은 무엇보다도 여러 이본의 내용이 기계적으로 결합된 양상을 보인다는 점이다.[83] 주로 〈중산망월전〉 계열과 수궁가 계열의 내용이 결합하고 있으나, 부분에 따라서는 두 계열 외에 다른 계열의 내용이 착종된 경우도 발견된다. 현전 토끼전 이본 가운데 이 이본이 가장 장편인데, 그것은 여러 이본의 내용을 기계적으로 결합하여 작품을 결구하고 있기 때문이다. 한편 이 이본은 도사가 별주부를 사신으로 지명한 데 대해 고래·잉어 등 조정의 중신들이 별주부의 출세를 시기하여 이에 대한 대책을 논의하는 독특한 대목이 들어 있다. 또한 암자라가 소상강으로 귀양가서 별주부를 해후하는 독특한 결말을 마련하고 있기도 하다.

---

82) 『한글 필사본 고소설 자료 총서』 18권.
83) 한 예만 들어 보기로 한다. '사신택출'이 중산망월전 계열에서는 도사의 지명으로 이뤄지고, 수궁가 계열에서는 사신논란 후의 별주부의 자원으로 이뤄진다. 그런데 이 이본에서는 도사가 별주부를 사신으로 지명하나 신하의 반대에 따라 사신논란 후에 별주부의 자원으로 다시 별주부가 사신으로 택출되는 것으로 되어 있어 중산 망월전 계열과 수궁가 계열의 내용이 합쳐져 있다.

⑥ 박순호 소장 〈토끼젼〉[84]

국문필사본이다. 매면 11행, 매면 17~23자 정도이며, 17장 35면의 완결본이다. 〈사씨젼 권지이〉, 〈디션젼〉 등과 합철되어 있다. 이 이본은 신하들이 출륙하기를 꺼리는 여타 이본과는 달리 토끼를 잡아온 후 만호후를 봉하겠다는 용왕의 말에 신하들이 서로 사신으로 가려고 다투는 것으로 되어 있고, 사신택출 과정도 발 달린 신하들만 거명한 다음 도로목의 추천으로 별주부가 사신으로 택출되는 등 전반적으로 심한 개작이 이뤄져 있다. 또한 결말 부분에는 암토끼와 토끼의 친족들이 모여 토끼의 제사를 지내는 대목과 토끼가 그간의 일을 설명하는 특징적인 대목이 삽입되어 있다.

⑦ 고려대학교 도서관 소장 〈별쥬부젼 단〉[85]

국문필사본이다. 원본규격은 18×27.5cm이고, 매면 10행, 매행 18~21자 정도이며, 14장 28면으로 되어 있다. 이 이본은 별주부가 토끼를 만나는 대목까지만 보면, 수궁가 계열의 이본과 거의 동일하다. 그러나 그 이후 부분은 별주부가 토끼의 배꼽을 물어 토끼를 죽이고 배를 갈라 간을 내어 수궁으로 돌아가 용왕의 병을 구하는 것으로 되어 있어 전혀 다른 서사가 전개된다. 이처럼 이 이본의 후반부는 별주부의 토끼 유혹과 토끼의 수궁 위기 탈출이라는 토끼전의 기본적인 서사 전개마저 무시한 대대적인 개작이 이루어져 있다.

---

84) 『한글 필사본 고소설 자료 총서』 66권.
85) 고려대학교 도서관 : C15-A100 / 한국정신문화연구원 : MF R35N-003040-12

⑧ 고려대학교 도서관 소장 〈兎公傳〉[86]

한문필사본이다. 원본규격은 17.7×28.3cm이고, 매면 10행, 매행 27자 정도이며, 10장 19면으로 되어 있다. 〈壬辰錄〉과 합철되어 있다. "歲在 白虎 仲夏望日 文義西九龍山下見佛庵或曰懸寺畢書 同年 同月 十 二日始 十七日終"이라는 필사기가 기록되어 있다. 이 이본은 전체적 으로는 줄거리 중심으로 간략하게 축약되어 있으나 결말 부분은 토끼 를 다시 잡아올 계교를 논의하는 대목, 옥황상제가 토끼의 일을 판결하 는 대목 등 독특한 내용이 첨가되면서 전체 작품의 1/3을 점할 정도로 대폭 확장되어 있다. 상당한 개작이 이뤄진 것으로 보아 필사 연대인 '백호[경인]'는 1908년으로 추정된다.

⑨ 국립중앙도서관 소장 〈兎公辭〉[87]

한문필사본이다. 원본규격은 16.3×23cm이고, 매면 8행, 매행 16~17 자 정도이며, 22장 44면의 완결본이다. 말미에 "을유 오월"로 필사 연기 가 기록되어 있으나, 이것이 이 작품의 필사 연기인지는 확실하지 않다. 앞서 소개한 고려대학교 도서관 소장 〈兎公傳〉과 완전히 동일하다.

4. 계열 간의 상관관계 및 선후관계

이 장에서는 계열 간의 상관관계와 선후 관계에 대해 살펴보기로 한다. 가람본 〈별토가〉 계열, 신재효본 계열, 수궁가 계열은 창본이거나 창

---

86) 김기동 편, 『필사본 고전소설 전집』 2권, 아세아문화사, 1980.
87) 한국정신문화연구원 : MF R35N-002971-12

본에 밀착한 성격을 지니고 있다. 그런데 가람본 〈별토가〉 계열은 전시기 창본을 바탕으로 하면서도 부분적으로는 〈중산망월전〉 계열의 내용을 부분적으로 차용하여 작품을 결구하고 있다. 이는 '세상자랑', '토끼기변', 그리고 '암자라동침' 삽화를 유도하는 대목 등 몇몇 대목에서 가람본 〈별토가〉가 현전 창본과 〈중산망월전〉이 기계적으로 결합된 형태를 보이고 있다는 점, 그리고 이로 인해서 동일한 내용이 반복되거나 논리적 당착을 보인다는 점 등을 통하여 확인할 수 있다. 따라서 기존의 논의처럼 신재효본 계열이나 수궁가계열이 가람본 〈별토가〉 계열을 바탕으로 개작 혹은 변모되었다고 보기는 어렵다. 하지만 가람본 〈별토가〉 계열이 수궁가 계열에 선행하였고 전 시기 창본의 모습을 대체로 잘 유지하고 있음을 감안하면, 수궁가계열에 직·간접적으로 영향을 미쳤을 것으로 판단된다. 신재효본 계열은 대대적인 개작이 이루어져 가람본 〈별토가〉 계열과는 상당한 차이를 보인다. 따라서 두 계열 간의 직접적인 연관은 논하기 어렵다. 한편 신재효본 계열은 수궁가 계열에 부분적으로 영향을 미치고 있는데, 김연수창본을 제외하면, 그 정도는 극히 미미하다고 할 수 있다.

다음으로 이 세 계열의 선후 관계를 살펴보면, 현재 판소리로 불리는 수궁가와 유사한 모습을 보이는 수궁가 계열이 가장 후행 계열임은 확실하다. 그러나 가람본 〈별토가〉 계열과 신재효본 계열의 선후 관계는 한 마디로 단언하기 어렵다. 앞서 밝혔듯이 가람본 〈별토가〉 계열은 〈중산망월전〉 계열의 내용을 수용하고 있는데, 언제 수용하였는지는 확실히 알 수 없기 때문이다.

경판본 계열, 〈중산망월전〉 계열, 가람본 〈토긔전〉 계열은 심한 개작이 이루어진 완전히 소설화된 계열로 앞서 언급한 세 계열과는 전혀 다른 양상을 보인다. 따라서 이들 계열과의 직접적인 연관은 없다. 또한 이들 상호간에도 편차가 워낙 심해 직접적인 연관은 논하기 어렵다.

나음으로 이 세 계열의 선후 관계를 살펴보면, 간략하게 축약되어 있는 경판본 계열이 가장 선행했을 것으로 추정된다. 이는 판소리가 소설화 될 때, 장황한 사설이나 삽입 가요가 탈락되면서 먼저 축약이 이루어졌을 것으로 보이기 때문이다. 〈중산망월전〉 계열과 가람본 〈토긔전〉 계열의 선후 관계는 〈중산망월전〉 계열이 선행한 것으로 판단된다. 이는 〈중산망월전〉 계열이 가람본 〈별토가〉 계열에 부분적인 영향을 미치고 있다는 점과 가람본 〈토긔전〉 계열이 토끼전 이본 가운데 가장 후행하는 활자본과 연관을 지닌다는 점에서 확인할 수 있다. 이로 볼 때, 이 세 계열의 선후 관계는 ① 경판본계열 ② 〈중산망월전〉계열 ③ 가람본 〈토긔전〉 계열의 순서일 것으로 판단된다.

5. 맺음말

이상에서 토끼전 이본의 계열과 계통에 대해 살펴보았다. 지금까지 논의를 요약 제시하는 것으로 결론을 맺고자 한다.

토끼전 이본은 공통단락 전개 양상과 특정 삽화의 보유 양상에 따라 가람본〈별토가〉 계열, 신재효본 계열, 수궁가 계열, 경판본 계열, 〈중산망월전〉 계열, 가람본 〈토긔전〉 계열 등 여섯 계열로 구분된다.

가람본 〈별토가〉 계열은 전 시기 창본을 바탕으로 하고 있으면서도, 부분적으로는 '암자라 동침' 등 〈중산망월전〉 계열의 내용을 수용하고 있다. 이 계열에 속하는 이본은 가람본 〈鱉兎歌〉를 비롯한 5종이다. 이 가운데 가람본 〈鱉兎歌〉과 조동일 소장 〈별쥬전이라〉는 직접적인 친연관계가 있으나, 그 선후 관계는 판단하기 어렵다. 국립도서관소장 〈별쥬부젼〉, 사재동소장 〈별쥬부젼〉, 나손본 〈경화슈궁젼〉 역시 직접적인 연관을 보이는데, 그 선후 관계는 ①국립도서관 소장 〈별쥬부젼〉 ②사재동 소장 〈별쥬부젼〉 ③나손본 〈경화슈궁젼〉의 순이다.

신재효본 계열은 신재효에 의한 개작을 그대로 따르고 있다. 이 계열에 속하는 이본은 완판본 〈兎鼈歌〉, 완판본 〈兎別歌〉, 신기업 소장 〈퇴별가〉, 가람본 〈퇴별가〉, 가람본 〈토끼타령〉 등 총 5종이다. 이 중 완판본 〈兎別歌〉은 완판본 〈兎鼈歌〉의 재간본이다. 나머지 세 이본은 완판본에는 없는, 곰이 동물의 세계를 인간의 세계에 직접 비유하여 말하는 대목이 들어 있는 것으로 보아 완판본을 저본으로 필사한 것으로 보기는 어렵다.

수궁가 계열은 현재 판소리로 연행되는 수궁가와 유사한 모습을 보인다. 이 계열에 속하는 이본은 현전 판소리 창본 전부를 비롯한 31종이다. 이들 이본은 크게 창본의 성격을 지닌 이본과 소설본의 성격을 지닌 이본으로 양분할 수 있다. 창본의 성격을 지닌 이본은 현존 창본 모두와 홍윤표 소장 〈鼈主簿曲〉, 경북대학교 도서관 소장 〈토기젼〉, 박문서관본 〈兎의肝〉이다. 이들은 다시 전승 계보에 따라 동편제에 속하는 이본, 강산제에 속하는 이본, 그리고 정확한 전승 계보를 알 수 없는 이본으로 나눌 수 있다. 심정순창본을 제외한 현전 창본들은 그 전승계보가 명확하다. 그러나 심정순창본과 홍윤표 소장 〈鼈主簿曲〉은 정확한 전승계보를 파악하기 어렵다. 한편 경북대학교 도서관 소장 〈토기젼〉과 박문서관본 〈兎의肝〉은 심정순창본과 동일한 이본이다.

소설본의 성격을 지닌 이본은 박순호 소장 〈퇴기젼〉, 한국정신문화연구원 소장 〈톡기젼〉, 나손본 〈슈궁녹이라〉, 나손본 〈슈궁녹이랴〉,

박순호 소장 〈퇵기젼이라〉, 박순호 소장 〈톡기젼 권ㅈ단이라〉, 박순호 소장 〈玉兎傳〉, 조동일 소장 〈톡의지젼기〉, 연경도서관 소장 〈별쥬부젼〉, 사새동 소장 〈玉兎傳〉, 윤해옥 소장 〈토기젼이라〉, 국민대학교 도서관 소장 〈별토문답 단〉 등이다. 이 가운데 나손본 〈슈궁녹이라〉과 나손본 〈슈궁녹이랴〉는 동일한 작품이며, 박순호 소장 〈퇵기젼이라〉, 박순호 소장 〈톡기젼 권ㅈ단이라〉, 박순호 소장 〈玉兎傳〉, 사재동 소장 〈玉兎傳〉은 독특한 내용이 공통적으로 들어 있어 직접적인 연관을 보인다.

경판본 계열은 장황한 사설이나 삽입 가요, 그리고 전체 작품 전개에 영향을 미치지 않는 삽화가 일체 배제된 단순한 줄거리 중심으로 되어 있어 매우 간략한 모습을 보이면서도 '암토끼 등장' 삽화가 첨가되어 있다는 점에서 특징적이다. 이 계열에 속하는 이본은 경판본 〈토성전〉, 국립도서관 소장 〈토싱젼 권지단〉, 서울대학교 도서관 소장 〈토기젼〉 등 3종이다. 현존하는 경판본은 6장과 9장의 각자체가 다른 장과는 다른 것으로 보아 한 번 이상의 번각이 이루어진 것으로 판단된다. 따라서 번각되기 이전의 경판본을 상정할 수 있는데, 국립도서관 소장 〈토싱젼 권지단〉은 번각되기 이전의 경판본과 유사한 모습을 지닌 이본으로 추정되며, 현전하는 경판본은 번각되기 이전의 경판본이 축소 개작된 것으로 추측된다. 그러나 국립도서관 소장 〈토싱젼 권지단〉은 표기법이나 어휘 등을 볼 때, 경판본의 판각 시기에는 미치지 못하는 것으로 추측된다. 한편, 서울대학교 도서관 소장 〈토기젼〉은 현존하는 경판본이 축소 개작된 것으로 보인다.

〈중산망월전〉 계열은 용왕이 황주에 비 주러 갔다가 득병하고, 사신 택출이 도사의 지명에 의해 이루어지며 고유 단락인 '우생원 만남'과

'암자라 동침'이 들어있다. 이 계열에 속하는 이본은 일사본 〈鱉主簿傳卷之單〉, 임형택 소장 〈兔處士傳 單卷〉, 나손본 〈兔記文集〉, 나손본 〈토끼전다〉, 박순호 소장 〈퇵기전이라〉, 조동일 소장 〈兔處士傳〉, 조동일 소장 〈톳별전이라〉, 한국정신문화연구원 소장 〈슈궁전〉, 연경도서관 소장 〈즁산망월젼이라〉, 권영철 소장 〈톡기젼〉, 김광순 소장 〈별쥬부젼〉, 김광순 소장 〈슈육문답〉, 연세대학교 도서관 소장 〈토젼 단권〉 등 13종이다. 이 가운데 일사본 〈鱉主簿傳 卷之單〉, 임형택 소장 〈兔處士傳 單卷〉, 나손본 〈兔記文集〉, 조동일 소장 〈兔處士傳〉, 조동일 소장 〈톳별전이라〉, 한국정신문화연구원 소장 〈슈궁전〉, 연경도서관 소장 〈즁산망월젼이라〉, 김광순 소장 〈슈육문답〉은 이본에 따라 탈락된 대목이 있기는 하나 대체로 거의 동일한 모습을 보인다. 그런데 이들 이본은 모두 전사본이고 내용 또한 동일하여 이본 간의 수수 관계를 파악하기 어렵다. 다만 필사 연기가 남아 있는 이본은 연대 추정을 통하여 대략적인 선후 관계를 파악할 수 있는데, 필사 연기가 남아있는 이본 중 가장 선행하는 이본은 한국정신문화연구원 소장 〈슈궁전〉이다. 나머지 이본들은 타 계열의 내용을 수용하고 있거나 독특한 내용이 첨가되어 있는 등 앞서 언급한 이본들과는 다소 차이를 보인다.

가람본 〈토긔젼〉 계열은 명약 지시가 초청된 명의에 의해 이루어지고, 사신 택출이 별주부와 문어의 대결을 통해 이루어진다. 이 계열에 속하는 이본은 가람본 〈토긔젼〉, 임형택 소장 〈토공견권지단〉, 한국정신문화연구원 소장 〈兔生傳〉, 임명덕본 〈兔先生傳〉, 신구서림본 〈鱉主簿傳〉, 영창서관본 〈原本 鱉主簿傳〉, 세창서관본 〈原本 별주부전〉, 세창서관본 〈불로초〉, 중앙인서관본 〈토끼傳〉 등 총 9종이다. 이 중 한국정신문화연구원 소장 〈兔生傳〉이 가장 이른 시기의 이본으로 판단되며, 임형택소장 〈토공젼권지단〉, 임명덕본 〈兎先生傳〉, 가람본 〈토긔젼〉은 한국정신문화연구원 소장 〈兎生傳〉에서 각각 파생된 것으로 보인다. 한편 세창서관본 〈불로초〉과 신구서림본 〈鼈主簿傳〉은 가람본 〈토긔젼〉을 근간으로 이루어진 것으로 보인다. 세창서관본 〈불로초〉은 '결말'에서만 가람본 〈토긔젼〉과 차이를 보일 뿐 나머지 부분은 거의 동일하다. 그러나 신구본은 타본에는 없는 독특한 내용이 첨가되어 있는 등 전반적으로 심하게 개작되어 있다.

이 여섯 계열 가운데 가람본 〈별토가〉 계열, 신재효본 계열, 수궁가 계열은 창본이거나 창본에 밀착한 성격을 지니고 있다. 가람본 〈별토가〉 계열은 전 시기 창본을 바탕으로 하면서도 부분적으로는 〈중산망월젼〉 계열의 내용을 차용하여 작품을 결구하고 있다. 따라서 신재효본 계열이나 수궁가 계열이 가람본 〈별토가〉 계열을 바탕으로 개작 혹은 변모되었다고 보기는 어렵다. 하지만 가람본 〈별토가〉 계열이 수궁가 계열에 선행하였고 전 시기 창본의 모습을 대체로 잘 유지하고 있음을 감안하면, 수궁가 계열에 직·간접적으로 영향을 미쳤을 것으로 판단된다. 신재효본 계열은 대대적인 개작이 이루어져 가람본 〈별토가〉 계열과는 상당한 차이를 보인다. 따라서 가람본 〈별토가〉 계열과의 직접적인 연관은 논하기 어렵다. 한편 신재효본 계열은 수궁가 계열에 부분적으로 영향을 미치고 있는데, 김연수창본을 제외하면, 그 정도는 미미하다고 할 수 있다. 이 세 계열 간의 선후 관계는 수궁가 계열이 가장 후행 계열임은 확실하나 가람본 〈별토가〉 계열과 신재효본 계열은 선후 관계를 알기 어렵다.

경판본 계열, 〈중산망월젼〉 계열, 가람본 〈토긔젼〉 계열은 창본보다는 소설본에 밀착된 성격을 지니고 있다. 따라서 앞서 언급한 세 계열

과의 직접적인 연관 관계는 찾기 어렵다. 또한 이들 상호간에도 편차
가 심하여 직접적인 연관 관계는 밝혀내기 어렵다. 이들 계열의 선후
관계는 ① 경판본 계열 ② 〈중산망월전〉 계열 ③ 가람본 〈토긔전〉 계열
의 순이다.

토끼전의 사설확장 양상

―〈구토지설〉과의 비교를 통하여―

1. 머리말

 토끼전은 조선후기 우화소설 가운데 비교적 활발한 논의가 이루어진 작품인데, 이본, 근원설화, 주제, 형성과정 등 여러 분야에서 폭넓은 논의가 이루어졌다. 우화소설이면서 판소리계소설인 토끼전은 다른 판소리 작품들과 달리 근간이 되고 있는 설화가 명확하다. 이 때문에 토끼전은 거의 모든 분야의 논의에서 〈구토지설〉과의 관련성과 함께 연구되어 온 것이 특징이다. 그러나 기존의 연구들은 〈구토지설〉과 토끼전을 연결하여 다각도로 논의를 펼쳐 왔지만 〈구토지설〉이 구체적으로 어떤 변모를 거쳐 토끼전에 이르렀는지에 대한 논의는 부족했다고 할 수 있다.

 춘향전이나 다른 판소리 작품은 여러 가지 설화가 조합되어 작품이 형성된 데 반해 토끼전은 〈구토지설〉이라는 하나의 설화를 근간으로 하여 형성되었으므로 설화의 소설화 과정을 밝혀내는 데 더 유리한 점이 있다고 하겠다. 물론 〈구토지설〉이 토끼전으로 형성되는 과정에 대한 논의도 이미 이루어진 바 있다.[1] 그러나 단락 간의 비교를 통해

〈구토지설〉과 토끼전의 유사성 고찰에만 그쳤을 뿐 구체적인 차이점
이나 변화양상에 대해서는 언급하지 않고 있다.

따라서 이 책에서는 〈구토지설〉과의 비교를 통해서 토끼전이 〈구토
지설〉에서 어떠한 방식으로 확장되었는지 그 양상을 구체적으로 살펴
보고자 한다. 변화의 구체적인 양상을 살펴봄으로써 〈구토지설〉이 어
떤 일정한 원리를 가지고 판소리화·소설화했는지를 일차적으로 살펴
볼 수 있을 것이다. 이 양상을 살펴봄으로써 토끼전의 각 이본들이 동
일한 원리를 가지고 지속적인 변이를 계속했으리라는 짐작을 해 볼 수
있다. 즉 〈구토지설〉에서 토끼전으로 확장 변모하게 된 원리를 파악한
다면 〈구토지설〉이 소설화한 이후, 토끼전의 변이과정을 추정할 수 있
을 것이다. 이렇게 하면 토끼전이 지닌 고유의 성격이 더 잘 드러날 수
있을 것이며 토끼전을 이해하는 데에도 도움이 되리라 생각한다.

2. 서사 구성의 치밀화

1) 서사적 필연성의 강화

〈구토지설〉은 용왕득병→토간지시→사신의 선택→토끼유혹→토
끼의 위기극복→결말이라는 순차구조를 지니고 있다. 이러한 〈구토지
설〉의 구조는 토끼전의 근간을 형성하고 있어 토끼전 작품군이 되기
위한 최소한의 조건이 된다.[2] 그러나 설화인 〈구토지설〉과 이를 근간

---

1) 인권환, 「토끼전 근원설화 연구」, 『아세아연구』 25, 고려대 아세아문제 연구소, 1967.
   이원수, 「토끼전의 형성과 후대의 변모」, 『국어교육연구』 14, 경북대 국어교육연
   구회, 1982.
   인권환, 「수궁가의 설화적 구성과 사설의 양상」, 『어문논집』 27, 고려대 국어국문
   학연구회, 1987.

설화로 형성된 판소리 서사체인 토끼전은 서사단락내의 필연성 및 단락의 유기적 구성과 서사의 완결성에 있어서는 커다란 차이를 드러내고 있다.

〈구토지설〉에서의 득병의 주체는 용녀이다. 용녀의 득병은 별다른 이유 없이 심장을 앓았다고만 하여 왜 병이 났으며 병세가 어느 정도 심각한가에 대해서는 전혀 알 수 없다. 이러한 상황에서 의원은 토간을 지시한다. 토간 지시 역시 의원이 단순히 "토끼 간을 얻어 약을 지어 먹으면 치료할 수 있다"[3]고 말하여 토간이 왜 약이 되는지 아무런 이유를 밝히지 않고 있으며 반드시 토간만이 약이 된다는 데에 필연성을 부여하지 못하고 있다. 이어 토간을 구하러 갈 신하로 거북이 자원하는데 거북이 과연 토끼를 잡을 만한 능력을 지녔는가에 대한 사전정보가 전혀 제공되지 않고 있다. 더구나 〈구토지설〉은 애초에 문제를 제공했던 용녀가 어떻게 되었는가에 대해서는 아무런 언급이 없어 서사가 완결되지 못한 느낌을 준다. 이처럼 〈구토지설〉은 사건의 개요 설명에만 그치고 각각의 사건이 있게 된 이유에 대한 설명과 단락과 단락 사이의 유기적 연결이 결여되어 있으며 서사적 완결성도 획득하지 못하고 있어 서사적 필연성이 부족한 감을 준다 하겠다.

이와는 달리 토끼전에서는 첫째, 서사단락 내의 필연성 및 단락의 유기적 구성에 따라 사설이 확장된다. 토끼전에서는 득병으로 인한 문제의 심각성을 더하기 위해 득병의 주체를 용왕으로 변화시킨다. 득병의 주체가 용왕의 딸인 경우에는 득병이 수궁 전체 위기로 확대되지

---

2) 고대본 별쥬부젼과 정권진 창본은 토끼가 결국 죽는 것으로 설정되어 있어 다른 이본들과는 차이를 보인다.

3) 醫言 得兎肝合藥則可療也. (『삼국사기』 권41)

않으나 수부의 최고 권력자인 용왕의 득병은 단순한 개인 차원의 위기를 떠나 수궁 전체의 위기 상황으로 확대되기 때문이다.

득병의 주체 변화와 더불어 토끼전에서는 득병의 원인과 증세에 대한 설명이 장황하게 나타난다.

> 머리 頭風의 天規症을 兼ᄒ고 곡頭 髮際의 連珠瘡 兼ᄒ고 눈의 眼疾
> 의 雙다락기 兼ᄒ고 코의 鼻瘡의 肺風瘡 兼ᄒ고 입의 疳瘡의 鵝口瘡
> 兼ᄒ고 혜의 重舌의 舌强症 兼ᄒ고 목궁게 喉痺瘡의 雙單○을 兼ᄒ고
> 귀의 이聾의 月食瘡을 兼ᄒ고 肩脾痛의 씸알리며 등의 등瘡 겟들니고
> 듀마痰의 流注瘡을 兼ᄒ고 膝寒症의 鶴膝을 兼ᄒ고 陰虛火動의 勞瘵
> 을 兼ᄒ고 黃疸의 黑疸이며 滯症의 關格을 兼ᄒ고 泄瀉의 痢疾 곱쏭을
> 兼ᄒ고 霍亂의 吐泄을 兼ᄒ고 腎囊黃瘇症의 土疝을 ᄒ고 밋궁게 脫肛
> 症의 痔疾을 兼ᄒ고 넙적달리 갈아툇세 비로 들어 內腫이며 빗곱미틔 腸
> 癰이며 水腫다리 濕瘡이며 발등의 疔腫인듸 紅絲疔의 黑絲疔의 蛇頭
> 疔을 겟들이고 半身不遂 全身不遂 웬일이니 時氣 뢰瘋 染病이며 所犯
> 傷寒 자쥬 알코 비의 浮腫은 閉門 북단 듯ᄒ고 손갈락이 달이갓고 장강
> 이가 허리갓고 눈은 금젹금젹 코은 벌눅벌눅 붕알은 달낭달낭 ᄒ난구나
> 어이흔 병이관듸 具色ᄒ여 겻들엿노 全身을 둘러보니 알난 곳 밸여노코
> 셩흔 곳 바이 읍다 <가람본 별토가, 1앞~1뒤>

위의 사설에서 보듯이 용왕은 머리에서 발끝까지 한 곳도 성한 곳 없이 매우 위태로운 상황에 놓여있다. 이러한 절박한 용왕의 위기에 만조백관들은 용왕의 병을 고치기 위하여 해구신, 붕장어, 붕어 등 수궁에서 구할 수 있는 모든 약재를 동원하고 이본에 따라서는 다른 나라의 명의들까지 초빙하여 용왕의 병을 구하고자 한다.4) 그러나 이러

---

4) 수부조정(水府朝廷) 대신과 이호례병형공(吏戶禮兵刑工) 각 마을이 황황급급 내열(來列)허야 주야로 치병허되 단무회춘지기(但無回春之期)허고 난득명의지수(難

한 노력은 아무런 효험을 보지 못하고 죽을 날만 기다리는 절박한 상황에 놓이게 된다. 이처럼 절박한 상황에 놓이게 되었을 때 비로소 천상에서 도사 또는 선관이 내려와 당재로 토간을 지시한다. 이처럼 모든 약이 쓸모가 없고 토간만이 약이 된다는 필연성이 부여되며 토간을 약으로 지시하는 과정에서도 이런 필연성은 다시 한 번 부각된다.

토끼전에서 토간을 지시하는 인물은 천상에서 내려온 도사나 선관이다.[5] 이러한 인물 변화는 천상의 도움으로만 구할 수 있을 정도로 용왕의 병이 심각하다는 것을 의미한다 하겠다. 도사나 선관은 용왕에게 인간의 약과 침, 그간의 쓴 약들을 열거하며 모두 병에는 쓸모없다고 하고 최후 수단으로 토간을 지시한다. 여기서는 용왕이 죽을 수밖에 없다고 하여 용왕의 병을 낫게 할 유일한 방법이 토간임을 드러내어 용왕이 토간을 반드시 구해야만 하는 필연성을 강조하고 있다.

용왕의 생명이 달린 토간을 구득하기 위해서는 이것을 반드시 구해올 수 있는 능력 있는 사신을 가려 보내야만 한다. 토끼전에서는 택출된 사신이 그만한 능력이 있음을 드러내기 위하여 어족회의라는 복잡한 과정을 거쳐 별주부가 선택되는 것으로 설정한다. 이에 따라 사신택출은 별주부가 자원하는 경우, 경쟁을 통해 택출되는 경우, 도사나 선관이 지명하는 경우, 경쟁과 자원이 함께 나타는 경우로 나누어지는

得名醫之數)라 -중략- 이렇듯 탄식허시니 양기(陽氣)가 부족헌가 해구신(海狗腎)도 권해보고 뇌점(勞漸)을 초(初)잡는지 붕장어도 대령허고 비위(脾胃)를 붙잡기로 부어(鮒魚)를 써보아도 종시 효험이 없는지라 일국이 황황(惶惶)허여 하날께 축수터니 <김연수 창본>

5) 가람본 <토긔전>에서는 토간 지시를 하늘에서 내려온 선관이나 도사가 아닌 명의들이 하는 것으로 나타난다. 그러나 이 경우에도 명의들은 신격화되어 있어 선관이나 도사의 경우와 마찬가지로 초월적 존재에 의한 토간지시라는 공통점을 지닌다.

데 별주부가 자원하는 몇몇 이본을 제외한 대다수의 이본에서는 다른 인물과의 경쟁이나 도사지명의 과정을 거쳐 별주부가 적임자로 택출된다. 이 때 경쟁을 통하는 경우나 도사 혹은 선관이 지명하는 경우 모두 수궁의 신하들이 일일이 열거되며 이들 간의 경쟁을 통하여 혹은 도사의 입을 통하여 사신으로 부적절함이 밝혀지고 마침내는 보낼 인물이 없어 걱정하다가 마지막으로 별주부가 선택된다. 이러한 과정을 통하여 별주부는 토간을 구득할 수 있는, 수궁에서 가장 뛰어난 능력을 지닌 인물로 그려지는 것이다. 또한 별주부가 적임자임은 선택된 이후 용왕과의 대화나 반대 의견을 물리치는 것을 통해서도 계속 확인된다. 이처럼 토끼전에서 어족회의 부분이 크게 확장되는 것은 이후 전개될 사건을 보다 흥미진진하게 만들기 위한 장치라 할 수 있다. 천상 선관에 의해서 또는 경쟁을 통해서 가장 뛰어난 인물로 선택된 별주부를 토끼와 대결하게 함으로써 별주부와 토끼의 대결이 치열하게 벌어질 것이라 암시하는 동시에 서사적 단락의 유기적이고 필연적인 전개를 돕고 있는 것이다.

토끼전은 이와 같은 방법으로 서사단락의 필연성 및 서사적 전개의 유기성을 꾀하는 외에도 결말부의 완결성 추구에 의해서 확장이 이루어진다.

토끼전의 결말부는 토끼가 간을 육지에 두고 왔다고 용왕을 속여 자라와 더불어 다시 육지에 온 이후의 이야기에 해당되는데 이 부분은 이본에 따라 내용이 가장 상이한 부분이다. 이 결말부는 등장인물들의 최후의 모습을 보여주는 부분이며, 특히 〈구토지설〉에서는 언급이 없던 문제 제공자인 용왕이 그 이후 어떻게 되었는가에 큰 관심을 보이고 있다.

결말부는 크게 용왕이 죽는 경우와 용왕이 사는 경우, 두 가지로 나뉜다. 용왕이 죽는 경우는 토끼를 기다리다가 한탄하며 죽거나 또는 토끼 생포에 실패했다는 전갈을 듣고 죽는 것으로 설정되어 비교적 간단한 결말을 나타내는 경우가 있는가 하면, 이본에 따라서는 육지정벌론을 펴고 그에 따라 육지정벌을 시도하나 토끼를 잡는 데 실패하고 죽는 경우, 산신에게 이문을 놓아 토끼를 잡아왔으나 다시 놓치는 경우 등이 있다. 용왕이 사는 경우는 토끼똥을 먹고 낫는 경우, 아무 이유 없이 우연히 낫는 경우, 도사나 관음보살이 약을 주는 경우 등이 있다. 이처럼 애초에 문제를 제공했던 문제제공자인 용왕의 최후 거취에 따라 다양한 이야기들이 삽입되면서 서사적 완결성을 추구하는 방향으로 사설은 확장되게 된다.[6]

이처럼 토끼전은 〈구토지설〉의 기본골격을 그대로 수용하면서도 사건의 필연성과 서사 전개의 유기성, 결말부의 완결성을 추구하여 서사적 필연성을 강화시키고 있으며 이를 통하여 사설을 확장하고 있다.

2) 사건의 극적 전개

〈구토지설〉의 중심 내용인 거북의 토끼 유혹과 토끼의 위기 탈출은 단 한 번의 계교로만 이루어진다. 토끼는 '바다 속에 한 섬이 있는데, 맑은 샘물과 흰 돌에 무성한 숲, 아름다운 실과가 있으며 추위와 더위가 없고 매와 새매가 침입하지 못하니 네가 가기만 하면 편히 지내고 아무 근심이 없을 것이라[7]는 거북의 단 한 마디의 말에 속아 수궁행을

---

6) 이본에 따라서는 전체 분량의 1/3이상으로 확장되기도 한다.
7) 言海中有一島 淸泉白石 茂林佳菓 寒暑不能到 鷹隼不能侵 爾若得至 可以安居無患 (『삼국사기』 권41)

결심하고 말며, 거북 역시 간을 육지에 두고 왔다는 단 한 마디의 말에 속아 토끼를 돌려보내고 만다.[8] 이처럼 〈구토지설〉은 토끼의 지혜라는 단순한 교훈을 목적으로 사건의 개략적인 내용만을 전달하고 있다. 따라서 사건 전개가 단순하며 극적 긴장감이 결여되어 있다.

이와는 달리 토끼전에서는 별주부의 토끼 유혹과 토끼의 수궁 위기 극복 과정이 복잡한 양상을 띠면서 박진감 있게 전개되어 극적 긴장감을 조성하고 있다.

별주부는 토끼의 세상 자랑에 대해 팔난세계를 통하여 육지에는 토끼가 살아가는 데 있어 많은 위험 요소가 도사리고 있음을 강조한다.

> 팔난을 이를 거시니 자세히 들어보소 삼춘구추 다 지내고 엄동설한 찬 바람에 천봉만학 눈 싸이여 산과 풀이 업서지고 곱푼 배를 털어쥐고 어둑한 바위 틈의 터진 다시 안자시니 설리한풍 북해상의 소자랑의 고상이라 이 안 어려우며 벽도홍행 이월춘의 주린 구복 채우랴고 만학천봉 찾고 찾아 여게 저게 단일 적에 나름 조흔 저 독수리 반중천의 높이 떳다 두 쪽 날개 퍼치고서 번개같이 나려칠 재 가련하다 자내 신세 정군산 빗긴 길에 항한성의 위풍이라 하후련의 정신에도 다라날 수 가이 업고 낙화방초 무심처에 심산궁곡 나려간니 저 건너 산 주인 범이 요기거리 차지랴고 분주 불가 단이다가 두 눈을 부릅뜨고서 발꼬리 퍼터리고 천동 같이 달려올 제 낙책하다 자내 신세 관운장의 청용도의 안랑지초혼시이라 이 안니 어려우며 춘풍화기 취한 몸에 갈증이 대심하야 평지에 나려가서 시내물 머그랄 재 나무 비난 농부들과 풀 꺽난 아해들리 도채꼽 낫 둘러 매고 업난 개를 부르면서 사면팔방 달려든니 쌀은 꼬리 깟치 지고 저근 눈올 부릅뜨고 전지도지 달날 제 코궁계난 단내 나고 목궁계난 흡질할 제 가이업다 자내

---

8) 吾神明之後 能出五藏 洗而納之 日者小覺心煩 遂出肝心洗之 暫置巖石之底 聞爾 甘言徑來 肝尙在彼 何不廻歸取肝 則汝得所求 吾雖無肝尙活 豈不兩相宜哉 龜信 之而還 (『삼국사기』 권41)

신세 화용도 조분 길에 조맹덕이 식○ 이라 이 안니 어려울가 장장하○ 저
문 날에 더움을 못 견디여 숲풀을 차자드니 좌우에 두른 것은 산영하난 그
물이요 수십명 모리군은 막대 들고 모라올 재 불상하다 자내 신세 백문누
저문 날에 일포의 입디시라 이 안니 어려우며 일락서산 저문 날에 분주불
가 곤한 몸이 덤불 밋철 차저가서 한가히 쉬라 할 제 송하에 숨은 거순 불
차리난 포수로다 그 약불이 번적 하면 방포리 이러날 제 참옥하다 자내 신
세 주해의 철추성 보각의 넉시로다 이 안니 어려운가 옥로청풍 석양천의
육리청산 도라들 제 암혈 차자 올라가니 자취업시 무던 차위 면할 수 어렵
도다 차위 무던 저 총각놈 조와라고 달려들 제 처량한 자내 신세 마능도
조분 길에 용연의 목숨이라 이 안니 어려우며 추풍삽이 석기하니 나무입
흔 머러지고 두태 서숙 거둘 적에 떨언 이삭 멀거라고 앙금앙금 나려오니
상상봉의 선난 거선 매얼 바든 수탈쥐요 평지에 홋터진 건 막대 든 농군이
라 냄새 맛낫 산양개난 포기 포기 뛰어오며 여 개 간다 외장치고 낭패로다
자내 신새 구리산 급한 형세 항우라도 할 일 업서 이 안니 어려운가 자내
평생 팔난 신세 숨을 어이 크기 쉬며 잠을 어이 편이 잘고

유혹을 시작하기에 앞서 토끼가 육지에서 살 수 없는 필연적 이유를
제시하여 토끼가 육지를 떠날 수밖에 없음을 강조하고 있는 것이다.
이렇게 하여 토끼로 하여금 육지세계의 삶에 대해 회의를 갖도록 만든
다음, 이러한 고단한 삶을 벗어나 편히 살 수 있는 곳은 수궁 세계뿐이
며, 수궁세계에 가면 미색도 있고 벼슬도 할 수 있다고 유혹을 한다.
이처럼 별주부의 토끼 유혹은 현재 삶에 대한 위협과 새로운 삶의 제
시라는 두 가지 방향에서 단계적으로 진행되어 토끼가 육지세계를 떠
날 수밖에 없는 필연성을 제시한다. 이러한 과정을 통하여 토끼는 수
궁에 들어갈 결심을 하고 별주부를 따라가는데, 토끼의 수궁행이 바로
이어지지는 않는다.

　별주부를 따라가던 토끼는 너구리를 만나게 되고, 너구리는 수궁이나 타국에 가서 죽은 사람들을 일일이 열거하며 수궁은 위방이니 가지 말라고 토끼를 설득한다. 이에 토끼는 마음을 바꾸어 가지 않겠다고 하자 별주부는 타국이나 수국에 들어가 귀히 된 사람들을 열거하며 수궁이 낙지임을 강조한다. 토끼는 다시 마음을 돌려 수궁으로 가다가 수변에 다다라서는 물소리가 무서워 가지 못하겠다고 다시 결심을 바꾼다. 그러자 별주부는 토끼가 인중이 짧고 미간에 화망살이 있어서 금일 포수에게 총맞아 죽을 것이라고 악담에 가까운 위협을 한다. 이러한 위협에 겁을 먹은 토끼는 다시 마음을 돌려 결국 수궁행을 결행하기에 이른다. 이처럼 별주부가 토끼를 유혹하는 과정은 반전에 반전을 거듭하면서 진행된다.

　이러한 반복되는 반전을 통한 진행은 토끼의 수궁 위기 극복 과정에서도 동일한 양상으로 펼쳐진다.

　용왕의 토간 요구에 대해 토끼는 복중에 간이 없다고 맞서는데 〈구토지설〉과 달리 토끼전에서는 토끼의 거짓말이 쉽게 먹혀들지는 않는다. 용왕은 토끼의 말을 계속 의심하고 토끼는 용왕을 설득하기 위해 거듭 거짓말을 한다. 우선 토끼는 자신이 간을 자유로이 출입할 수 있는 특별한 동물이라 하고 세 구멍설을 내세워 증거로 삼고, 말미를 주면 지상에 나가 간을 가져오겠다고 용왕을 설득한다. 그러나 신하들은 토끼의 말이 간사하다고 배를 갈라 확인하자고 하기도 하고, 혹은 토끼는 여기 두고 자라만 보내어 간을 가져오게 하자고 주장한다. 그러나 토끼는 배를 갈라 간이 있으면 좋으나 없으면 누구에게 달라고 할 수 있느냐 하고 만일 별주부를 혼자 육지에 보내면 산천이 험악하여 간을 얻기는커녕 목숨도 부지할 수 없으리라고 하여 신하들의 반론을 물리친다. 이러한 반론과 설득은 용왕이 토끼의 말을 믿은 뒤에도 계속 이어진다. 잔치 중에 자가사리는 토끼의 배에서 촐랑 하는 소리를 듣고 간이 들었다고 한다. 이에 대해 토끼는 술 먹고 똥덩이가 안에서 농친다고 하여 물리치고, 출륙 직전에는 별주부가 토끼를 내어 보내면 다시 잡아 올 수 없다고 하며 토끼 배를 가르라고 간언하자 토끼는 만약 자신이 죽으면 원귀가 되어 수궁전체가 몰살할 것이라고 위협해서 결국 수궁을 빠져 나오게 된다.

이처럼 별주부의 토끼 유혹과 토끼의 수궁 위기 극복과정은 〈구토지설〉에서는 없던 새로운 이야기 요소들이 삽입되어 반전에 반전을 거듭하게 된다. 이러한 사건 전개는 극적 긴장감을 조성하여 이야기를 좀 더 흥미진진하게 만들고 있으며 토끼전 사설확장의 한 방식이 되고 있다.

3. 역사 · 사회적 맥락의 첨가

1) 대립양상의 다각화

토끼전이 형성된 시기는 봉건적 계급질서가 붕괴되어 가는 때였으며 화폐를 매개로 한 새로운 경제 질서가 수립되어 가는 과정이기도 했다. 그러한 외중에서 전 시대의 계급 구분은 희석화되고 새로운 경제 구조 속에서 부를 축적하거나 상실한 새로운 계층들이 다양하게 존재하고 있었던 것으로 보인다. 따라서 그 시기 사회성원들은 다양한 계층으로 존재했을 것이며 계층갈등 또한 다양하게 일어났을 것으로 보인다.[9] 따라서 조선후기 우화소설들은 공통적으로 다툼의 정황을 소재로 채택하여 조선후기 사회의 분열된 모습과 신분의 분화로 인하여 세분된 복잡하고 다양한 신분들 간의 대립양상을 다층적으로 그려내고 있다. 토끼전 역시 대결구조를 띠고 있는 삽화들을 모두 삽입시켜 당대의 대결양상을 다층적으로 구현하면서 사설을 확장시키고 있다.

〈구토지설〉에서 문제의 원인을 제공한 인물은 용녀이지만 토끼와 거북 사이의 대결 외에 어떤 인물 간의 대결도 나타나지 않는다. 이러한 단선적인 인물 대결이 토끼전에 오면 매우 다각화되어 나타나는데 이는 크게 세 가지 형태로 나누어 볼 수 있다.

먼저 〈구토지설〉의 기본적인 대결양상이 확장되는 경우를 들 수 있다. 별주부가 토끼를 유혹하는 과정은 〈구토지설〉과 마찬가지로 별주부와 토끼의 대결만 나타나지만 토끼의 수궁위기 극복 단락에 오면 별주부는 슬그머니 대결의 정면에서 사라지고 토끼와 용왕의 대결로 변화된다. 즉 별주부는 용왕의 명을 받아 토간을 구하러 나온 사신에 불과하며 따라서 별주부와 토끼의 대립은 용왕의 토간 구득이라는 명령 하에 이루어지는 간접적인 대결이다. 그러나 용왕은 자신의 생명을 구하기 위해 토간이 반드시 필요한 당사자이다. 때문에 용왕과 토끼의 대결은 서로의 생명을 걸고 직접 대결한다는 점에서 더욱 심각한 양상을 보인다 하겠다.

수궁에서는 개별인물로서 용왕과 토끼만이 대결하는 것은 아니며 그 범위가 더욱 확대된다. 용왕은 토끼의 간계를 듣고 신하에게 어떻게 하면 좋을지 묻자 어떤 신하는 토끼 배에 간 들었다고 빨리 배 가르라고 주장하고, 또 다른 신하들은 토끼는 두고 자라만 보내어 간을 가져오게 하라고 주장한다. 이러한 신하들의 주장에 대해 토끼는 간계로

---

9) 민 찬, 『조선후기 우화소설 연구』, 태학사, 1995.

서 모두 극복하고 용왕에게서 출세의 허락을 받게 된다. 이것으로 볼
때 수궁에서의 대결은 용왕을 비롯한 수궁 신하들 전체와 토끼의 대결
이라 할 수 있으며 이는 곧 수궁세계 전체와 개인인 토끼의 대결이라
할 수 있다.

　이러한 대결양상의 확장은 이본에 따라 육지 세계와 수궁 세계 전체
의 대결로 확장되기도 한다. 토끼를 놓친 용왕은 산신에게 이문을 보
내어 토끼 한 마리를 잡아 보내라고 한다. 산신은 즉시 회의를 열어 이
문제를 논의하게 되는데 이 과정에서 육지 세계와 수궁 세계의 대립
모습이 나타나게 된다.

　용왕의 이문을 받은 산신은 즉시 회의를 소집하여 이 문제를 어떻게
할 것인가를 논의하는데 이때 산군이 나와 용왕은 비 주는 형세를 임
으로 하여 만약 토끼를 보내지 않으면 그 화가 산중 전체에 미칠 것이
라 하며 토끼를 잡아 보내야 한다고 주장한다. 산신은 이러한 산군의
말에 동의하여 토끼를 잡아 보낼 것을 결정하는데[10] 이러한 산군의 발
언은 별주부와 토끼의 대결이 수궁세계와 육지세계 전체의 대립으로
확장되었음을 의미한다 하겠다.

　이처럼 토끼전은 〈구토지설〉이 가진 기본적인 대립구조를 축으로
해서 그 대립의 양상이 심화, 확장됨으로써 개인 대 개인, 집단 대 개
인, 집단 대 집단으로 그 대결의 범위가 확대된다.

　두 번째로 토끼전의 대립 양상의 다각화는 약자와 강자의 대립구조
를 지닌 삽화들을 작품 구조 속에 삽입하는 경우를 들 수 있다. 이는

---

10) 산영이 보기를 다허고 보너기를 의논허드니 산군이 출반쥬왈 스연은 괄시치 못허
　옵거니 용왕이 비 쥬는 형세를 임의로 허오니 지슈와 디한를 임에로써 힝허면
　모든 천과금슈를 용납지 못하게 허오리니 일슈를 앗기지 무시미 올을가 허느니다
　산녕이 올리 역이스 그러면 계교를 힝허라 허신더 〈가람본 토긔젼, 39뒤~40앞〉

호랑이와 약한 모족들의 대립, 별주부와 호랑이의 대립, 토끼와 김첨지의 대립, 토끼와 독수리의 대립 등에서 잘 나타난다.

호랑이와 약한 모족들의 대립은 모족회의 과정에서 나타난다. 호랑이는 상좌다툼이 한참 진행 중인 중간에 등장하여 자신의 용력과 직품을 내세워 자기가 어른임을 주장하지만 이러한 호랑이의 횡포에 맞서 모족들은 "鄕黨에 莫如齒"라는 기준을 고수함으로써 호랑이가 말하는 직품과 용력을 인정하려 하지 않는다. 이러한 모습은 자신이 정한 규범을 강요하는 강자의 모습과 이를 인정하지 않으려는 약자의 대결을 드러내고 있다 하겠다.

이와 같은 호랑이와 약한 모족들의 대립은 두껍전에서도 찾아볼 수 있으며[11] 설화에서도 쉽게 찾아 볼 수 있는 소재이다. 따라서 토끼전은 호랑이와 모족들의 대립이라는 보편적이고 일반적인 설화적 소재를 수용하되 토끼전 작품구조에 맞게 변용하여 삽입한 것으로 보인다.

별주부와 호랑이의 대립은 별주부가 출륙하여 토끼를 찾아가는 과정에서 일어나는데 수궁에서 벼슬을 하는 별주부도 이 장면에서는 한낱 호랑이의 음식거리에 불과한 약자로 전락하고 만다. 호랑이는 별주부를 음식거리로 생각하여 잡아먹기로만 위주하고 이에 대해 별주부는 호랑이의 횡포에서 벗어나기 위해 계교를 내어 자신을 천상 벽력장군 제자라 하고 호랑이 사냥을 나왔다는 말로 호랑이의 횡포를 물리치게 된다. 그런데 호랑이와 별주부의 대립은 해석에 있어 애매한 점이 있다. 왕명을 받은 중앙의 하급관리 모습을 띤 별주부와 지방 수령의 모

---

11) 두껍전에서 주최자는 모든 짐승을 초청하는데 백호산군은 전일 저지른 작폐가 심하다는 점, 백호산군이 오면 다른 손님들이 자유롭지 못할 것이라는 점을 들어 호랑이를 초청하지 않는데 나중에 호랑이가 등장하여 초청하지 않은 데 대하여 질타한다. 이에 대해 모족들은 다양한 방법으로 호랑이를 퇴치한다.

습을 띤 호랑이가 대립한다는 것은 사건의 전개상 모순이 일어나기 때문이다. 따라서 이 장면은 강자와 약자 간의 대결의 양상을 다양화시키는 가운데 일어난 부분의 독자성에 기인한 것이 아닌가 여겨진다. 즉 전체 작품의 일관된 흐름에는 잘 맞지 않으나 사건의 전개상 개연성을 지닌 이야기를 만들어 냄으로써 사설을 부분적으로 확장해 나가고 여기서 흥미성을 더하고 있는 것이다.

토끼와 김첨지의 대립, 토끼와 독수리의 대립은 작품의 결말부에 나타나는데 수궁 위기를 극복한 토끼가 산중으로 가다가 그물 혹은 독수리를 만나 일어나게 된다. 이 두 장면은 별주부의 토끼 유혹 장면에서 말한 토끼의 팔난의 모습을 구체화시켜 주는 동시에 강자와 약자의 대립을 다시 한번 확인시켜 주는 삽화라 할 수 있다. 이 위기들은 약자인 토끼가 뜻하지 않은 위기에 처했다가 기지로 강자를 속여 위기를 넘기를 넘긴다는 점에서 용궁위기와 동일한 서사구조를 지니고 있는데 이들은 동일한 서사적 골격을 반복하되 서로 어떠한 관련도 갖지 않는다. 따라서 이들 세 위기는 상호관련이 전혀 없는 하나 하나의 독립된 삽화로 존재한다.

그물 위기와 독수리 위기 삽화는 『기문(奇聞)』에 있는 교토탈화설화와 유사한 양상을 보이는데[12] 토끼전의 주 내용이 토끼가 위기를 지략으로 극복하는 것이었으므로 교토탈화설화 역시 토끼전에 쉽게 수용된 것이 아닌가 여겨진다. 즉 토끼전은 작품 전체를 관류하는 대결양상과 유사한 삽화들을 작품 속에 대거 수용하여 강자와 약자의 대결이라는 주제의식을 다시 한번 환기시키면서 사설을 확장하고 있다.

---

12) 『기문』에는 곰의 위기, 독수리위기, 그물위기로 되어 있는데 토끼전에서는 곰의 위기는 나타나지 않는다.

마지막으로 동질계층 내의 대립을 그려내고 있는 삽화들을 작품 구조 속에 삽입하여 대립양상을 다각화시키고 있는 경우를 들 수 있는데 이러한 모습은 어족회의와 모족회의에서 잘 드러난다.

어족회의에 참여하는 인물은 모두 관직을 가지고 있어 이들이 지배계층이라는 동질집단에 속해 있음을 알 수 있다. 이들은 토간을 구하러 갈 신하로 택출되기 위하여 경쟁을 벌이게 되는데 여기에서 그들 집단 내의 대립양상을 발견할 수 있다.

> 신흐가 출반주왈 신이 비록 무지하나 잇찟얼 당하와 흔번 세상에 나아
> 가 톡기얼 디왕의 환후얼 영복게 하리이다 (중략) 용왕이 디히하여 즉시
> 문어얼 보니려 하더이 문듯 장하 니 다라 출반쥬왈 문어얼 본니지 마압소
> 서 문어가 비록 육지에 왕니하난 지주가 쳐단할 지식이 바이 업사오이 엇
> 지 성공흐오여 쏘 요사이 듯사오이 세상에서 회남이 티자얼 봉흐고 경하
> 하연얼 비설할 제 문어와 전복얼 잡노라고 숙변에 그물과 낙수얼 만이 쳤
> 사요 문어얼 보니오면 톡기 잡기넌 고사흐고 회남왕 잔체예 봉얼하는 물
> 건이 될 듯하오이 청건디 신이 세상에 나아가 톡기을 자바 오리이다 모다
> 보이 히용군 방에라 용왕이 갈오디 경이 무삼 지조로 톡기얼 잡바올고 방
> 게 쌀쌀 게에 계하에 복지쥬왈 신에 고향이 조선 춤청도 노셩리라 온진강
> 의 왕니하올 적에 겨룡산 망월하난 톡기을 만이 보왓사오이 면목이 심히
> 익은지라 한번 나아가 강변에 가마이 업드럿다가 톡기 놈이 망월할 제 가
> 마이 톡기에 쏘리얼 신이 두 업지 바로 쏙 물고 만경창파 중에 풍덩 빠져
> 도라와 밧치오리다 용왕 디히하여 방게 보니여 흐더이 문득 한 신흐 펼덕
> 뒤여 나다라 왈 방게는 더욱 보니지 못하라다 <박순호 소장 토별산수록,
> 6앞~7뒤>

위의 인용문에서 보듯이 문어는 먼저 자신의 재주를 자랑하고 세상에 나가 토끼를 잡아올 것을 주장한다. 이러한 문어의 주장에 대해 방

게는 문어가 지식이 없어 성공하지 못하고 또한 세상에 나가면 죽게
된다는 점을 들어 문어의 불가함을 말하고 이어 자신의 재주를 자랑하
며 자신이 적임자임을 주장한다. 그러나 이러한 방게의 주장 역시 다
른 신하들에 의해 부정되고 만다. 이러한 자원과 타인의 반대로 이어
지는 사신 다툼은 몇 번이나 반복되어 상당한 분량으로 확장되어 나타
나며 이러한 개인 간의 대립이 이본에 따라서는 집단 간의 대립으로
나타나기도 한다.13)

　어족회의가 이처럼 지배층 내부의 대립양상을 그려내고 있다면 모
족회의에서는 모족들의 나이다툼을 통해 향촌사회의 분열된 모습과 이
들 집단 내의 대립양상을 그려내고 있다.14) 모족회의에서 나이다툼에
참여하는 동물들은 집단 내에서 존장으로서의 위치를 차지하기 위하여
서로 연치를 자랑하며 다툼을 벌인다. 이는 전통적인 질서가 공감대를
형성하지 못할 만큼 파괴되었다는 것을 의미함과 동시에 향촌집단 내
에서의 대립모습을 상징적으로 보여주는 사건이라 할 수 있다. 이러한
나이다툼의 모습은 쟁장설화나 조선후기 우화소설에서 많이 나타나는
데 토끼전은 이러한 설화나 소설의 기본 줄거리를 수용하여 다양한 대
립양상을 보여주고 있다.

　이처럼 토끼전은 어족회의와 모족회의를 통해서 각각 지배층과 향
촌사회 내부의 모습을 개인과 개인의 대립 혹은 집단 간의 대립으로
그려내어 대립과 갈등을 겪고 있는 조선후기 사회의 분열된 모습을 우
언적으로 표현하고 있으며 이를 통하여 사설의 확장을 꾀하고 있다.

---

13) 신재효본을 비롯한 몇몇 이본에서는 문무 간의 대립으로 나타난다.
14) 정출헌, 앞의 논문, 1992.
　　민　찬, 앞의 책, 1995.

2) 비판의식의 첨가

토끼전에 나타나는 비판의식은 두 가지로 나누어 볼 수 있는데 지배층 내부의 부패한 모습에 대한 비판과 피지배층에 대한 지배층의 수탈과 억압에 대한 비판이다.

먼저, 지배층 내부에 대한 풍자의 시각을 구체적으로 살펴보면 다음과 같다.

첫째, 용왕은 주색에 빠져 있다가 병을 얻게 되는데 봉건체제의 최고 통치자인 용왕이 매일 주색에 빠져 있다가 병을 얻게 된다는 것은 용왕 개인 차원의 문제가 아니라 지배층 내부의 향략과 부패상을 드러낸다고 할 수 있다. 토끼전의 향유층은 이러한 설정을 통하여 국정은 돌보지 않고 향락에 젖어있는 지배층 전체에 대하여 비판의 시각을 보내고 있는 것이다.

둘째, 대신들은 용왕이 충신에 대하여 물을 때, 군신분의를 충분히 안다고 하고 자신을 희생하여 임금을 살린 충신들의 고사를 열거하며 용왕에 대한 충성을 다짐한다. 그러나 막상 토끼를 잡으러 나갈 신하를 요구하는 용왕의 명령에 대해 신하들은 단지 면면상고 묵묵부답으로 나가기 싫어함을 드러내고 심지어는 서로에게 미루기까지 한다. 이는 국정은 돌보지 않고 자신의 안위만을 생각하는 지배층의 부패상을 드러내고 있으며 또한 이것은 군위신강의 유교 정치 이념의 퇴색화와 그에 따른 왕권의 무력화를 의미하기도 한다.[15] 봉건 체제에서 군왕의 명령은 절대적인 것이어서 누구도 거역할 수 없는 것이었다. 이러한 명령이 신하들에 의해서 부정된다는 것은 봉건 이데올로기가 붕괴되어

---

15) 인권환, 「토끼전의 서민의식과 풍자성」, 『어문논집』 14·15합집, 고려대 국어국문학연구회, 1973.

가고 있음을 보여주는 것이다.

　셋째, 어족회의에서는 어족들의 갈등을 통해 당대 정치 현실을 강하게 비판하고 있다. 용왕의 득병이라는 위기상황에 봉착해서도 대신들은 토간 구득 문제는 제쳐놓고 서로 세력다툼을 벌인다.

　　정병 습천 너여 쥬어 디중 고리 보니소셔 고리가 분을 너여 츌반ᄒ여 엿ᄌ오되 슈육이 달ᄂ슨이 슈즁의 잇든 순수 육젼을 엇지할지 져련 소견 가지고도 문관을 ᄌ셰ᄒ야 조혼 벼슬ᄒ여 먹고 죠곰 윗터흔 이리면 호반의 계 밀여 ᄒ이 비 속의 잇난 거시 부레풀 쓴이기로 변통 업시 ᄒᄂ 마리 교쥬고슬 갓ᄉ이다 공부상셔 무식ᄒ여 ᄋ모 디답 업셔구ᄂ 할임학ᄉ 쌀ᄯ구 엿ᄌ오되 토기라 ᄒ난 거시 조고만흔 짐싱이라 병환의 곳 죠홀려니 디왕의 위덕으로 굿사짓 것 구ᄒ기가 무슨 염예 잇스릿가 톡기 몃 슈 밧치라고 슌군의게 죠셔쵸을 직금 ᄒ여 올이리다 용왕이 ᄯ 무러 죠셔는 혼다 ᄒ고 뉘가 ᄌ다 슌군을 쥴고 간의디부 못치 엿ᄌ오되 표기중군 벌덕계가 의갑이 굿ᄉ옵고 열 발을 갓초와셔 진퇴을 다ᄒ옵고 졔 고향이 육지오니 죠셔쥬워 보니소셔 개가 분이 ᄌ득 나셔 밋쳐 마을 못혀여셔 입의 검품 홀이면셔 열 발을 엉금엉금 기여ᄂ와 발명혼다 수궁의 벼슬더리 닌간과 갓존ᄒ여 셰도솟토 못ᄒ옵고 청으로도 못ᄒ옵고 풍신과 물망으로 별덕ᄒ여 ᄒ옵기로 노어난 거구셰린 잘싱길 쓴안이오라 존흔이가 싱각ᄒ고 쇼동파가 귀이 너겨 친구가 졈존키로 벼슬ᄎ지 이부승셔 방어는 ᄒ방낙이ᄀ 유명할 쓴이 안이오라 일홈 ᄯ가 천원지방이란 방ᄌ 흔 편 부터기로 ᄯᄎ지 호부승셔 문어난 팔죠옥이 팔죠목을 응ᄒ엿고 일홈이 글 문ᄌ니 예문ᄎ지 예부승셔 슈어난 용밍 잇셔 ᄯᄀ기을 잘ᄒ옵고 일홈이 져긔쥰슈란 쎼여날 슈 ᄯᄉ고로 군서ᄎ지 병부승셔 준어는 가시 만ᄋ 스람마독 어리ᄒ고 일홈이 용범엄쥰이란 노풀 쥰ᄌ고로 형볍ᄎ지 현부승셔 민어는 빅속의 갓풀들어 중인게 긴ᄒ옵고 일홈이 이용만민이란 빅셩 민쓴고로 중인ᄎ지 공부상셔 도미는 마시 잇고 풍신이 졈존ᄒ되 일홈 웃ᄯ 원졍업고 알이 엇ᄯ 안들엇다 상셔 승탁 못ᄒ난디 할임학ᄉ 질ᄃ구난 이부상셔 노어의 ᄌ식이요 간

> 의디부 못치난 병부상셔 슈어 ᄌ식이라 져의 집 셔력으로 구생유취ᄒ 것
> 더리 청요흔 벼살ᄒ야 ᄋ모 스체 모로고셔 방안 중담 져리ᄒᄂ 슈육이 달
> ᄂ시이 용왕이 흔 죠셔을 ᄉ군이 들을 터요 졔의덜어 죠셔ᄒ고 졔의덜어
> 가라시오 용왕이 들어 보이 불승흔 호반더리 문관의게 평싱 눌여 절치부
> 심 ᄒ엿다가 일언 씸을 당ᄒ여셔 큰 쌋홈이 나것거든 <완판본 퇴별가, 3
> 뒤~4뒤>

신하들의 갈등은 문신과 무신의 세력다툼으로 전개되기도 하며 대
신 간의 세력다툼의 모습으로 나타나기도 한다. 이는 개인 간, 파당 간
의 세력다툼으로 얼룩진 당시 지배계층의 분열상을 드러내어 풍자하고
있는 것이다.[16] 또한 갈게의 말에 의하면 인간들은 벼슬을 세도와 청
탁으로 얻는 것으로 되어 있으며 또 한림학사와 간의대부는 아무것도
모르는 어린 것들인데 집안 세력으로 벼슬을 얻어 큰소리치는 인물로
묘사되어 있다. 부당한 권력과 이에 편승한 청탁이 횡행하면서 부정부
패와 매관매직이 판을 치던 당시 상황을 고려하면 이러한 모습은 관직
을 능력에 따라 기용하는 것이 아니라 파벌, 가문 또는 청탁에 의해 좌
지우지 되는 인사제도의 문제점까지 드러내어 당대의 정치현실에 대하
여 강한 비판을 보내고 있는 것이다.

넷째, 남의 재주를 시기하고 공을 독차지하려는 신하들의 모습도 비
판의 대상이 되고 있다. 도사의 지명으로 택출된 별주부가 공을 이루
고 돌아오면 자신들의 위치가 위태할 것이라는 인식하에 별주부의 출
세를 막기 위하여 대신들은 이를 막을 궁리를 하고 왕의 총애를 받는

---

16) 인권환, 앞의 논문, 1973.
　　김균태, 「신재효개작 토별가의 판소리사적 의의」, 『국어교육』 34, 한국국어교육연
　　구원, 1979.
　　정출헌, 앞의 논문, 1992.

은구어를 설득하여 도사의 자라지명을 무효화 시키고자 한다.[17] 이러한 모습은 남의 출세를 시기하는 지배층의 모습과 왕의 총애를 이용하여 왕의 올바른 판단을 막는 간신의 모습이 극명히 드러나고 있다.

다섯째, 대신들의 무능함이 여지없이 폭로되기도 한다.

> 일각뇌 적훈공 잉어는 신슈중디ᄒ고 용역이 젼유ᄒ나 지식이 부족ᄒ고 변통 전혜 업셔 죽글 곳졀 당ᄒ여도 기슈얼 못으온니 보닐 길니 업습고 현의도독 거복언 지국이 유여ᄒ여 형용니 노슉ᄒ낙 진흘에 쓸리 쓰언 은ᄉ라 ᄌ칭ᄒ니 소힝얼 도라보면 ○○○○○○ᄒᆫ 지 속담으로 비ᄒ건디 ᄌ막 중에 영웅이요 방안의 왈지라 보니 길니 업고 왕슨군 왕시위언 슘신 숀얼 등이 지고 디샹의 비겨 누여 천지얼 젹다 ᄒ고 고집 만코 우악ᄒ여 왕명얼 거역ᄒ니 씨 곳지 젼혀 업고 희운군 왕계인 두 눈이 숭쳔ᄒ고 외골 니육 고니ᄒ다 형용니 글으키로 중졍니 허급ᄒ여 어여온 일얼 당ᄒ오면 거음만 흠얼 씨고 안광니 ○○○로 시말압 것 듯 불면지쳑얼 분별ᄒ니 ᄒᆫ 일홈만 놉파시니 실승언 씨 곳 업고 용역중군 방어언 육다골소 어인 일고 괴노오면 좀관 볼ᄉ 너예 쏠리 불거 정신니 술느ᄒ니 졸중부라 가솔웁고 지흑ᄉ 오징어언 문필니 유여ᄒ여 먹통얼 가져신나 오소ᄒ고 약질니라 그 거션 씨 길 업고 발호중군 고인는 심슐니 불양ᄒ고 긔승니 험측ᄒ여 안ᄒ무인ᄒ여 술싱맛 일습은이 일국에 디적이요 동유에 디환이라 화유에 별여 두고 경목 가줌니와 절쳐공 복정니는 불효가 막심ᄒ니 암군얼 어니 알면 디구영 메긔는 욕심니 과ᄒ기로 음식얼 먹글 제는 불분션악 달여든 ○○

---

17) ᄯᅩ흔 톡기을 자바오면 일등 공신으로 품직이 놉파 일홈이 죽빅에 오를 거시요 인군에 총권을 어들 분 우리가 도돌한 층 될 거신니 엇지 붓그럽지 안이ᄒ며 공명도 분ᄒ고 신명도 위티할 거신니 이 일을 장찻 엇지ᄒ리요 거복이 갈오디 다른 수 업다 은구어은 직금 약방 제주 랑관이요 용왕 압히 근신ᄒ니 이 말을 씨기 잘 주달ᄒ여 주부을 물이치고 울리 중신 중에 씨미 맛당ᄒ니 좌중이 그 말리 올타 ᄒ고 직시 은구어을 쳥ᄒ여 일일리 부탁ᄒ되 이 일만 도득ᄒ면 우리예 설치되고 볘살도 의구ᄒ면 그딘들 다힝치 안이ᄒ랴 은구어 디답ᄒ고 직시 들러가 용왕게 엿좌오디 〈박순호 소장 수궁별주부산중토처사젼, 9뒤〜10앞〉

국슈에 붓여보면 쌘겨나기 줄도 흐니 니는 더옥 씨 더 업고 그 나믄 신ᄒ
들언 엇지 다 펼논ᄒ리요 <나손본 토끼전, 4뒤~5앞>

이처럼 도사에 의해 열거되는 대신들의 모습은 국정을 다스리기에
는 아무 쓸모없는 인물형으로 그려지고 있으며[18] 이를 통해 이러한 인
물들이 요직을 차지하여 국정을 운영함으로써 국가의 위기를 가져왔다
는 민중들의 지배층에 대한 불신감을 단적으로 나타내고 있다.

다음으로, 지배층의 수탈과 억압에 대한 비판은 주로 모족회의에서
잘 드러난다.

모족회의에서는 모족들의 상좌 다툼과 산군인 호랑이와 다른 모족
의 갈등이 주요한 사건을 이룬다. 이 중 더 큰 의미를 지니고 있는 것
은 호랑이와 다른 모족들 간의 갈등으로 보인다.[19]

---

18) 판소리 창본을 비롯한 다른 이본에서는 도사가 신하들을 관상하고 평가하는 것이
아니라 어족들 간의 경쟁이 벌어지는 가운데 그들의 무능함이 나타난다. 도사가
신하들을 평가하는 경우에는 어족들의 성격이 충, 효, 우애 등 인간의 품성에 빗대
어져 평가되나, 어족들 간의 경쟁을 통하는 경우에는 인간적인 품성보다는 동물적
인 속성이 강하게 나타난다. "승상 거복은 몸의다 하도락서를 점점이 그럿쌉고 조
화는 박사웁고 질약은 업사오나 복판이 대모인고로 대모장도 관자거리 다 닷토아
할분 외에 시태 외입장이더리 부채변죽일지라도 대모를 하여야 외입장이라 하웁고
가지에 주막장이 탕건 뫼쑥이까지 대모를 하여 노니 사세가 위테하야 보내지를 못
하리다"(이선유 창본)는 말에서도 알 수 있듯이 세상에 나가면 그들이 인간에게 필
요한 어물로 전락하기 때문에 나가지 못할 인물로 나타나 도사가 택정하는 경우와
는 큰 차이를 보인다. 그러나 이 두 경우 모두 세상에 나가면 아무 쓸모없는 인물
형으로 그려지고 있어 지배층의 무능함을 드러낸다고 보는 데는 무리가 없는 것으
로 보인다.

19) 토끼전에서 표출하고 있는 의미가 지배층에 대한 풍자라고 볼 때 모족회의 대목
에서는 지배층의 수탈과 억압이 주요한 풍자의 대상이 되고 있다. 이렇게 볼 때,
모족회의에서 나타나는 동질집단 내의 수평적인 다툼은 그리 큰 문제 의식을 내포
하고 있지 않은 것으로 보인다. 이는 초기 이본들에서 수평적인 다툼이 거의 미미
한 점에서도 알 수 있다.

호랑이는 모족들의 상좌다툼 중에 등장하여 용력과 직품을 내세워 자신이 상좌를 차지하려고 한다. 용력과 직품이라는 말에서도 알 수 있듯이 호랑이는 힘의 논리를 내세워 이들을 굴복시키려 한다. 이는 상하 지배관계라는 지배이데올로기를 강요하는 지배계층의 억압을 나타낸다고 할 수 있다. 모족들은 호랑이의 주장에 대해 정면으로 반발하게 되는데[20) 이는 조선후기에 성장한 서민의식의 일면을 보여준다 하겠다.

완판본 〈퇴별가〉를 비롯한 몇몇 이본에서 보이는 이러한 내용은 다른 이본에서 암시에만 그쳤던 지배층의 탐학성을 보다 구체적인 형상화를 통하여 드러내고 있다. 모족회의에서 회의 도중 노루가 식사 문제를 꺼내자 여우가 얼른 다람쥐와 쥐의 양식을 가져오게 한다. 다시 호랑이가 자기는 육식동물이기에 먹을 것이 없다 하자 여우가 이번에는 멧돼지 새끼를 올리게 한다. 겨울을 지낼 양식과 새끼까지 바친 힘없는 다람쥐와 쥐, 그리고 멧돼지는 강자인 호랑에 앞에서 꼼짝도 못하고 그들이 가진 것을 빼앗기게 된다. 이러한 모습은 당대 지배층과 이에 기생하여 살아가는 아전들이 얼마나 약한 서민들을 부당하게 착취하며 횡포를 부리는가를 고발하고 있다.

이처럼 토끼전에서는 지배층 내부의 부패상과 지배층에 억압과 수탈에 의한 피지배계층의 황폐한 삶의 모습을 보여줌으로써 지배층의 탐학성과 봉건 이데올로기의 허구성을 풍자·비판하고 있다.

---

20) 현존 창본 계열에서는 호랑이의 상좌를 인정하는 양상을 보인다. 그러나 이들이 호랑이의 상좌를 인정하는 것은 호랑이가 내세우는 논리가 옳아서가 아니라 호랑이의 위세에 굴복하여 호랑이의 상좌를 인정하고 있다. 따라서 두꺼비가 상좌를 차지하건 호랑이가 상좌를 차지하건 이 부분에서는 모두 지배이데올로기 강요에 대한 풍자의 모습이 드러난다고 하겠다.

단순히 줄거리 전달만을 목적으로 하는 〈구토지설〉에서는 인물이나 사건에 대한 평가 등 비판의식이 전혀 드러나지 않는다. 그러나 조선 후기에 형성된 토끼전은 여러 가지 삽화들이 수용되어 당대 현실에 대한 신랄한 비판의식을 드러내고 있으며 이를 통하여 사설이 확장되고 있다.

4. 골계[21]적 요소의 삽입

〈구토지설〉과 달리 토끼전에는 웃음을 유발하는 장면이 많이 나타난다. 이러한 웃음 유발은 상황에서의 일탈, 언어유희, 비속어의 사용, 육담 등을 통해 이루어지고 있는데 여기에서는 사설의 확장과 밀접한 연관이 있는 상황의 일탈과 언어유희에 대해서만 논의하고자 한다.

흔히 웃음이란 기대의 일탈에서 빚어진다고 한다. 즉 사건이 기대했던 것과 전혀 엉뚱한 방향으로 전개될 때 생기는 위화감으로 인하여 웃음이 촉발되는 것이다.[22] 기대의 일탈은 작중의 상황이 급격히 변화하여 전혀 다른 분위기를 만들어 내는 이른바 "상황의 일탈"을 통해 이루어지는데 이러한 상황의 일탈은 판소리 서사체의 두드러진 특징이기도 하다.

어족회의에서 토끼를 잡으러 나갈 사신으로 선정된 후 집으로 돌아온 별주부는 노모와 부인과 이별을 하게 된다. 살아서는 다시 만날 수 없을 지도 모르는 상황이므로 노모와 아내는 별주부에게 나가지 말라

---

21) 골계의 의미는 학술적으로 풍자와 해학을 포괄하는 의미로 쓰이나 여기에서는 단순히 "웃음을 유발한다"는 의미로 사용하고자 한다.
22) 조동일·김흥규 편, 「판소리의 서사적 구조」, 『판소리의 이해』, 창작과 비평사, 1992.

고 애원하며 만류한다. 그러나 별주부는 국사를 위한 비장한 각오로 사군지도(事君之道)를 이야기하며 이를 물리친다. 여기서는 충을 이루기 위해서 가족들과 생이별을 해야 하는 비장한 분위기가 지배적이다. 그러나 바로 이어 별주부가 세상에 나가기 전 못 잊을 것이 있다 하고 덧붙이는 말은 이러한 분위기에서 크게 일탈하고 있다.

鱉奏夫 對答ㅎ되 이것 져것 다 발리고 다만 자니 兩脚間 가득松便 못 잇것니 近來 눈의 것치넌 놈 마니 볼너고 누가 눈의 것치기예 그 말리요 그 陰凶흔 놈 南生이란 놈 명식읍시 날들어 외사촌이라 ㅎ고 형이니 아오니 ㅎ며 아쥬 너털우슘지며 집걱정 아주 말고 이연턱실 업게 ㅎ되 니 본시 눈거치게 본그을음풀웃 흔 알밤이면 니 집의 무엇ㅎ로 글리 자됴 단난고나 나가도 문단속 단단이 ㅎ고잠잘리을 갈여 자오<가람본 별토가, 9뒤>

국가를 위해서 죽음을 무릅쓰고 떠나는 자리에서 '자니 兩脚間 가득 松便 못 잇것니'라는 육담과 마누라의 품행을 당부하는 행위는 격이 맞지 않는 행위로서 이같은 별주부의 뜻밖의 언행은 그 때까지 지속되어 온 충효와 생사의 초월이라는 비장한 분위기를 벗어나기 때문에 웃음을 유발한다.

토끼전에는 이러한 상황의 일탈이 빈번히 나타난다. 용궁에 들어가 죽을 위기에 처하자 온갖 꾀를 짜내어 용왕과 신하들을 속이고 가까스로 위기를 모면한 토끼는 용왕이 배설한 잔치에서 취흥이 도도해져 전혀 엉뚱한 행동을 하고 만다.

龍王과 버절 할오 들것다 여보 龍儉知 자너난 天上의 미이고 나난 月宮의 미여시니 地下의 나 잇셔도 天上同子 이 안인가 슐짐의 졔게 희로온 솔리만 無限이 ㅎ것다 니 東醫寶鑑과 古來書冊을 다 보와도 兎肝이

藥된닷 말은 今時初聞이로고 兎糞水난 治熱을 한다 흐기로 아히들 疫
疾의난 씨거니와 비속의 든 肝을 니고 들이난고 아불사 방정의 아덜 놈이
라고 하마듸면 春雉自鳴之患을 當할번 하여고 <가람본 별토가, 33앞>

용궁은 토끼의 목숨을 요구하는 공간이다. 살아나오기 위해서는 정
신을 바짝 차려야 하는 상황임에도 불구하고 토끼는 술에 취해 용왕에
게 주정을 하고, '비속의 든 肝을 니고 들이난고'라는 등 자신에게 치명
적인 발언을 서슴지 않고 해 버린다. 생사의 문제가 달려 있는 심각한
상황에서 토끼의 이러한 돌발적인 언행은 긴장된 상황 자체를 우스꽝
스럽게 만들어 버린다. 이처럼 토끼전에서는 상황에서 일탈된 내용을
삽입하여 웃음을 유발시키고 사설을 확장시키고 있다.

이 외에도 토끼전은 언어유희를 통하여 웃음을 유발하고 사설을 확
장시키고 있는데 우문답, 정체확인형 사설 삽입 등의 형태가 있다.

(가) 내 만일 저 놈 앞에 문자 하나라도 단문허게 썼다가는 나 하나로
인허여 세상 문장들이 망신을 허겠구나 허고 두서없는 문자를 내 놓는듸
여보 별(鼈)나리 우리가 피차 이리 만나기는 출가외인(出嫁外人)이요 여
필종부(女必從夫)요 숙불환생(熟不還生)이오 여담절각이오 세모방천(細
毛防川)이오 친사돈통가문(親査頓通家門)이오 당구삼년(堂狗三年)이
오 우비독경(牛鼻讀經)이오 어동육서(魚東肉西) 홍동백서(紅東白西)요
좌포우혜(左脯右醯) 분향재배(焚香再拜)요 오륙칠(五六七) 두루송이
일삼오대감(一三五大監)이오 명기위적(明其爲賊)은 전라(全羅)개명이
요 일구이언(一口二言)은 백부지자(百父之子)로고 <김연수 창본>

(나) 자라 놀나 내가 자라가 안이오 그러면 무엇이니 남성이오 남성이면
더욱 됴타 태산준령 만학천봉 밤낫으로 왕리홀 제 습다리로 고성흐며 명
의에게 무러본즉 남성으로 슐을 비져 먹으면 아조 단방약이라더라 자라

긔가 막혀 여보 내가 웃노란 말이지 남성이가 안이오 그러면 무엇이냐 내가 개오 개란 말이 더욱 됴타 내 평성에 그리 잡으랴도 네가 셰샹 개와 달나 물속에 잇는 개라 구경홀 수 업도구나 내가 신긔 부죡ᄒᆞ야 명의다려 무러보니 희구신이 약이라더라 오냐 먹자 그분 귀가 어둔가 뉘가 개라던가 그러면 무엇이냐 너가 도야지요 졔육 쳣졈이라니 더 됴타 구미가 못 먹는 것이 업구려 너가 둑겁이오 둑겁이도 관계치 안타 너를 씹어 먹으랴다는 니 이가 상홀 터이니 왼통으로 집어 삼키자 즈라 긔가 막혀 이런 망난이 식셩 보아라 둑겁이도 안이오 그러면 무엇이냐 긔고리오 긔고리는 더구나 희름지 안타 긔고리가 늙으니 희소에 십샹이지 <심정순 창본>

(가)는 별주부와의 첫대면에서 토끼가 인사말을 하는 장면인데 '출가외인(出嫁外人)', '여필종부(女必從夫)', '어동육서(魚東肉西)', '홍동백서(紅東白西)', '일구이언(一口二言)은 백부지자(百父之子)' 등 인사말과는 전혀 어울리지 않는 엉뚱한 문자들을 쓰고 있다. 이처럼 격에 맞지 않은 문자, 앞 뒤 문맥과 전혀 상관이 없는 문자 등을 써서 웃음을 유발하고 있으며 간단한 인사말이 길어지면서 사설확장이 이루어지고 있는 것이다.

(나)는 별주부가 호랑이를 만나 위기에 닥치자, 자기는 자라가 아니라고 부인하면서 남생이, 게, 돼지, 두꺼비, 개구리 등으로 둘러대는 장면으로서 정체확인형 사설에 해당된다. 여기서는 상대방의 정체를 계속 확인하는데 참으로 상대방의 정체를 몰라서 확인하는 것은 아니다. 상대방의 정체를 이미 알면서도 상대방의 존재를 부각시키기 위해서 또는 상황의 강조, 호기심의 자극, 흥미 유발, 긴장감의 고조 해학과 풍자의 효과 등 다양한 문맥적 기능을 위해서 정체확인을 하는 질문을 반복[23]하게 되는데 토끼전에서는 해학의 효과가 두드러진다.

---

23) 박진태, 「고전소설, 판소리, 가면극의 풍자와 수사」, 『한국가면극연구』, 새문사, 1985, 198면.

이처럼 웃음을 유발시키기 위해서 삽입된 요소들은 이야기의 진전과는 무관하면서도 장황하게 부연되는데 이러한 요소가 많이 나타난다는 것은 판소리 사설확장의 주요 원리 중의 하나가 해학성 추구[24]이기 때문이다.

5. 맺음말

토끼전은 〈구토지설〉을 근간으로 하여 이루어졌는데 〈구토지설〉의 기본 줄거리에서 분량이 확장되면서 재미도 더해지고, 더 다양한 의미가 첨가되었다. 이처럼 확장되는 데에는 일정한 방식이 있었을 것으로 생각하고 〈구토지설〉과의 비교를 통해서 토끼전의 사설확장 방식을 살펴보았다.

첫 장에서는 서사구성이 치밀화되었다는 점을 들었다. 이를 위해서 서사적 필연성이 강화되는 방향과 사건이 극적으로 전개되도록 구성하는 두 가지 방법을 취하고 있다. 우선 서사적 필연성의 강화를 위해서는 서사단락 자체의 필연성을 치밀하게 하는 데 주력하고 있으며 각 단락의 흐름이 유기적으로 진행될 수 있도록 구성하고 있다. 이와 아울러 다양한 결말을 시도하면서 서사의 완결성을 추구하려고 노력했다. 둘째, 토끼전은 인물들의 심리적 갈등을 구성을 통해 구체적으로 보여줌으로써 줄거리는 반전에 반전을 거듭하면서 긴박감 있게 진행된다. 이를 위해 새로운 이야기가 삽입되면서 작품은 극적 긴장감을 지니면서 확장된다.

---

24) 김대행, 「판짜기 원리에 관한 한 가정」, 『판소리 연구』 1집, 판소리학회, 1989, 31
~34면 참조

둘째 장에서는 역사적 사회적 맥락이 첨가되고 있다는 점을 들었다. 이는 첫째, 대립양상의 다각화라는 방식을 취하게 되는데, 〈구토지설〉에서 토끼와 별주부의 기본적이고 단순한 대립이, 토끼전에 오면 그 범위가 확대되는 한편 다각화되는 것이다.

별주부와 토끼의 대결은 토끼가 용궁에 닿는 순간 토끼라는 개인과 용왕으로 대표되는 수궁 전체의 대결로 확장되며 이러한 대결 확장 양상은 이본에 따라 육지세계와 수궁세계 전체의 대결로 확장되기도 한다. 또한 토끼전에서는 대립구조를 지닌 소재면 무엇이든 받아들였다. 따라서 호랑이와 약한 모족들의 대립, 별주부와 호랑이의 대립, 토끼와 김첨지의 대립, 토끼와 독수리의 대립, 토끼의 그물 위기와 독수리 위기 등 토끼전에는 수많은 대립 구조를 지닌 삽화들이 삽입되어 있다. 이처럼 토끼전에서는 서로 다른 계층의 대립뿐만 아니라 동질계층 내의 대립을 그려내고 있는 삽화들을 작품구조 속에 삽입하는 경우도 있다. 이는 어족회의와 모족회의에서 각각 잘 드러나는데 어족회의에서는 지배계층 내의 갈등을, 모족회의에서는 모족들의 나이다툼을 통해 향촌사회의 분열된 모습과 이들 집단 내의 대립 양상을 그려내고 있다.

다음으로 토끼전에서는 다양한 시각에서 비판의식이 첨가되고 있다. 지배층 내부에서는 그 풍자의 대상이 용왕을 비롯하여 향락에 젖어 지내는 지배층 전체가 되기도 하고, 지배층의 부패와 함께 봉건 이데올로기의 붕괴나 세력다툼에 여념이 없는 당대 정치현실, 간신이나 무능한 대신들의 모습 등으로 다양하게 나타나며 피지배층에 대한 지배층의 수탈과 억압 양상도 잘 드러나 신랄한 비판을 가하고 있다.

세 번째 장에서는 상황의 일탈이나 언어유희 등 골계적 요소가 삽입되면서 토끼전의 사설이 확장되는 것을 살펴보았는데 이는 판소리 판짜기의 일반적인 원칙이기도 하다.

이상에서 살펴본 바와 같은 방법을 통하여 토끼전은 〈구토지설〉을 확장시켰으며, 역사·사회적 맥락의 첨가, 골계적 요소의 삽입 등은 토끼전의 사설 확장 방식인 동시에 토끼전의 중요한 성격으로 꼽을 수 있을 것이다.

〈구토지설〉에서 토끼전이 형성된 뒤에는 어떠한 변화를 거쳤는지, 이본 간의 수수관계나 확장과정 등을 살피는 일은 다음 과제로 미룬다.

토끼전의 인물 형상과 개방성

1. 머리말

　그간 토끼전 인물에 관한 연구에서 토끼나 별주부는 그들이 드러내는 가치나 이념, 성격 등에 있어 서로 상반된 관계에 있는 것으로 이해되었다. 즉 자라는 대체로 충이나 봉건적 질서에서 결코 자유롭지 않은 인물[1]로 이해된 데 반해 토끼는 봉건적 질서에서 자유로운 인물

---

1) 충에 매달린 우매한 존재(조동일, 「토끼전의 구조와 풍자」, 『계명논총』 8, 1972, 26면), 충으로 일관한 평면적 인물(인권환, 「<토끼전>의 서민의식과 풍자성」, 『어문논집』 제14·15합집, 고려대학교 국어국문학연구회, 1973, 50면), 보통 이하의 악인으로서 일탈을 통해 웃음을 유발하는 인물(김대행, 「판소리 사설의 회극성과 풍자성-수궁가의 인물을 중심으로」, 『선청어문』 6집, 서울사대 국문과, 1976, 10면), 규범윤리를 중시하고 생명보다 체면을 앞세우는 봉건주의자, 구시대의 유물(김창진, 「<토생전>의 구조와 주제」, 『한국어교육』, 국교개발회, 1980, 100면), 아무리 성실하게 살아가려고 해도 몸에 밴 봉건적 잔재를 일소하지 않는 한 새롭게 재편되는 사회에서 더 이상 살아남을 수 없는 인물(정출헌, 「<토끼전>의 작품 구조와 인물형상-가람본 별토가를 중심으로」, 『한국학보』 제66집, 일지사, 1992 봄, 224면), 이중적인 현실인식을 지니고 있는, 조선후기 중간층의 사회적 성격과 연관된 인물(김동건, 「토끼전 인물고-별주부의 현실인식과 계급적 성격을 중심으로」, 『고황논집』 제21집, 경희대학교 대학원, 1997, 12면), 용왕의 득병이라는 문제적 상황에서 신하지도라는 자신의 신분적 제약에 충실한 인물(김진영, 「<토끼전·수궁가>의 인물 형상」, 『판소리연구』 17집, 판소리학회, 2004, 75면) 등이 자라에 대한 평가들이다.

이거나 봉건질서를 거부하는 피지배계층[2]으로 평가되어 왔다. 토끼나 별주부를 당대의 사회상과 연관지어 파악하는 태도에 비판을 하면서 토끼전이 향유되던 시대를 떠나 등장인물을 이해하려는 시도들도 있었으나 결과는 크게 다르지 않았다. 토끼나 별주부가 드러내고자 한 인간의 보편적인 성격에 주목하였던 전신재의 경우, "별주부형 인간"과 "토끼형 인간"으로 구분하기도 하였다. 그 결과 별주부와 토끼는 각각 인간사회/무위자연, 집단/개인, 봉사/자유의 대립적 성격을 지닌 것으로 파악하였다.[3] 비슷한 출발점에서 심리적 관점으로 토끼를 평가하고자 했던 서은아 또한 "자기애적이며 자기중심적인 사람들"과 "유교적인 권위를 거부하고 그 압력에서 벗어나려는 사람들"이 토끼를 동일시하면서 수궁가를 애호하였을 것이라고 보았다.[4] 조선후기라는 시간에서 비껴 서 있다 뿐이지 두 논의 모두 '충성스러운 별주부와 발랄한 토끼'라는 선명한 대립 구도를 다시 한 번 확인한 셈이다.[5] 이처럼 고착화되다시피한 두 인물의 대립적 성격은 두 인물 모두 평면적 성격을 지니고 있다는 전제하에 설명되는 것이다.

---

2) 지략이 뛰어난 가난한 백성, 서민의 전형(조동일, 위의 논문, 31면), 피지배층인 서민의 형상화(인권환, 위의 논문, 50면), 경망스러움으로 웃음을 유발하는 인물(김대행, 위의 논문, 11~12면), 적지 않은 한계에도 불구하고, 새로운 시대를 맞이할 수 있는 무한한 잠재력을 지닌 인물(정충헌, 위의 논문, 224면), 자연적인 질서 안에서 자신의 안위와 행복을 추구하는, 개인적이고 본능적인 지향을 지닌 인물(김진영, 위의 논문, 75면) 등이 토끼에 대한 평가들이다.

3) 전신재, 「별주부와 토끼의 인간상」, 『구비문학연구』 제6집, 한국구비문학회, 1998, 398~399면.

4) 서은아, 「수궁가에 나타난 토끼의 성격과 당대 수용자들의 심리적 특성」, 『국어교육』 100, 한국국어교육연구회, 1999, 500면.

5) 서은아의 경우, 토끼만을 중심으로 논의를 펼치고 있으나 전신재가 말한 무위자연, 개인, 자유 등의 토끼의 속성과 크게 다르지 않은 것으로 보아 별주부의 경우는 그 반대편에 속할 것이라는 추정이 가능하다.

한편, 권순긍은 토끼가 험난한 삶을 경험하면서 "발전적 형상"을 보이며 변화하고 있다6)고 보기도 하였다. 소설로서 토끼전이 설화 단계의 구토지설과 변별되는 점 중의 하나가 바로 등장인물의 성격적 다양성일 것이다. 이미 설화적 단계를 넘어선 토끼전의 등장인물은 서사전개에 부수되는 '기능'으로서의 설화적 인물이 아니라 스스로 움직이고 행동하면서 서사를 이끌어 갈 수 있어야 하기 때문이다. 때문에 토끼전의 주요한 등장인물인 토끼가 '변화'와 '발전'하는 형상을 보여주고 있다는 지적은 근원설화를 벗어난, 소설로서 토끼전을 해석하려는 노력이라고 할 수 있다. 그러나 이러한 성과에도 불구하고 작품 내에서 토끼 못지않은 비중을 지닌 별주부는 어떻게 해석할 것인가의 문제가 남는다. 별주부를 중심으로, 혹은 별주부와 토끼를 동등한 주인공으로 보고 작품을 해석한다면 토끼의 '발전'에 걸맞게 별주부도 '발전'을 보여야 작품이 균형을 이루는 것이 아닐까 하는 의문이 든다. 별주부를 중심으로 토끼전을 읽는다면 토끼는 변화 발전하는 인물이라기보다는 변덕스럽고 일관성 없는 인물로 읽히지는 않을까?

이 글에서는 토끼와 별주부가 공유하고 있는 성격적 특징을 살펴보고자 한다. 이러한 작업이 필요한 이유는 첫째, 토끼전이 토끼 혹은 별주부의 서사가 아니라 '토끼와 별주부'의 서사이기 때문이다. 토끼전을 정치·사회적인 측면에서 평가한 일련의 연구들7) 이후, 토끼와 별주부의 대립적 성격은 "우화 형식을 빌어 봉건 국가와 개인의 관계에 대한 문제를 제기한 것"8), "당대 현실을 대하는 당대인들의 인식의 문제를

---

6) 권순긍, 「토끼전의 인물형상과 풍자」, 『판소리 연구』 14집, 판소리학회, 2002.10, 19~20면.
7) 정학성, 「우화소설연구」, 서울대학교 석사학위논문, 1972. ; 조동일, 앞의 논문 ; 인권환, 앞의 논문.

제기한 것"9), "혁신적인 이념과 보수적인 이념이 충돌하고 갈등하면서
도 어느 한쪽으로 결론나지 않은 조선후기 역사적 경향과 유사한 궤적
을 보이는 것"10) 등으로 평가되었다. 이처럼 구체적이고 진전된 논의
가 가능했던 이유도 토끼전을 '토끼와 별주부'의 서사로 이해한 결과가
아니었나 싶다. 둘째, 토끼전은 설화의 단계를 벗어난 소설이며, 그렇
다면 작품 속에 나타난 인물의 성격적 특성은 서사를 추동해 나가는
중요한 요소가 될 것이기 때문에 인물의 성격에 대한 이해는 곧 토끼
전을 더 잘 이해하는 방법 중의 하나가 될 것이라고 보기 때문이다.

마지막으로, 이 두 인물에 대한 본격적인 논의를 전개하기 전에 확
인해야 두어야 할 것은 소설과 사회와의 관계이다. 문학과 사회는 떼
려야 뗄 수 없는 관계에 있으며 특히 동물을 빌어 인간 세상을 우의적
으로 표현하고자 하는 우화인 경우에는 더더욱 그러하다. 그러나 이
논의에서는 정치·사회적인 측면에서만 일관되게 해석을 시도하는 태
도는 지양하고 작품 내에서의 토끼와 별주부의 성격에 주목함으로써
토끼전의 특징을 이해해 보고자 한다. 나수호도 토끼전 해석의 편향성
과 그 결과인 '토끼=서민의 영웅'라는 단순 도식화를 경계하면서 토끼
를 '트릭스터'로서 연구한 바 있지만11) 그렇다고 하여 이 논문이 토끼
전을 설화적 관점에서 다루고자 하는 것은 아니다. 정치 사회적인 맥
락 속에서 토끼전이 해석되면서 토끼전 등장인물들은 조선후기라는 역

---

8) 정출헌, 「봉건국가의 해체와 토끼전의 결말구조」, 『고전문학연구』 13집, 한국고
   전문학회, 1988.
9) 민찬, 『조선후기 우화소설 연구』, 태학사, 1995.
10) 김현주, 「토끼전의 우의적 성격」, 『고전작가 작품의 이해』, 박이정, 1998.
11) 나수호, 「<토끼전>과 북미원주민 설화에 나타난 트릭스터 비교 연구」, 서울대학
    교 석사학위논문, 2002.

사 공간에 발 딛고 있는 각 계층을 전형적으로 반영할 수밖에 없게 된다.[12] 이처럼 토끼전의 등장인물들이 일정한 사회에서 일정한 지향을 가진 인물들로 치환될 수밖에 없는 방식을 극복해 보자는 것이다. 이는 토끼와 별주부의 성격을 입체적으로 조망해 보고자 하는 노력의 일환이다.

논의의 대상이 될 텍스트로는 비교적 풍부한 삽화를 담고 있는 가람본 〈별토가〉[13]를 택하였다.

---

12) '토끼=서민'의 공식은 우화 소설인 토끼전을 가장 간명하게 읽어내는 방식이기는 하나 텍스트의 독해를 단순하게 만들 우려가 있다. 이러한 견해는 조동일이나 인권환의 견해가 대표적이며, 임형택 또한 19세기, 홍경래 난으로부터 비롯하여 진주민란과 갑오농민전쟁으로 이어지는 반봉건적 민중의 힘이 토끼의 형상에 투영되어 있다고 보았다.(임형택, 앞의 논문, 233면) 거시적인 관점에서는 이런 해석이 가능하겠지만 개별 작품을 해석하는 데 있어 이러한 관점을 적용하는 것은 자칫 작품의 해석 범위를 지나치게 좁힐 우려가 있다. 문학과 사회는 일대일 대응이 아니기 때문이다. 일례로 호랑이를 탐학한 지방의 관리로 보는 경우를 들 수 있다. 이전 연구에서 호랑이의 횡포는 지방 관리의 수탈을 의미한다고 보았는데 이는 신재효의 토별가에 등장하는 곰의 직접적 언급에 의한 것이다. 그러나 다른 텍스트에서는 호랑이의 모습도 매우 서민적으로 나타나는 것을 볼 수 있다. 별주부가 "水國忠臣 諫議大夫 兼 侍郎 鼇主傅 別나라라 함니 〈별토가 17앞〉"라고 자신을 소개하는 데 대해 호랑이의 대응은 지극히 서민적이다. "호랑이 無識하여 즈리 별字 몰나 듯고 無數이 사기여 별나리 별나리 그져 날이도 무섭다호나 더별나리 더 무섭다 〈별토가 17앞〉" 즉, 짧고 간단한 우화나 일관된 목적의식을 가지고 쓰인 작품이 아닌 이상 토끼전은 우화의 문법에 충실하여 현실세계와 단순히 환치시키기에는 무리가 있다고 보인다.
13) 이하 〈별토가〉라 칭함.

2. 토끼와 별주부의 성격

1) 지략

토끼전에서 가장 중시되고 있는 덕목은 지략이다. 〈별토가〉나 심정 순 창본에서는 모족회의 상좌 다툼의 결과 두꺼비가 지략으로 상좌를 차지한다. 상좌에 앉은 두꺼비와 호랑이의 대화를 보면 토끼전에서 중 시되고 있는 덕목이 무엇인지 알 수 있다.

> 虎狼이 上座 上座을 일어나며 둑겁이을 욱닥이여 흣난 말이 슈監 눈 구역이 엇지 져리 불근기요 둑겁이 말지됴난 當 할 슈 업던 거시여다 그난 졀머셔 換○酒을 마니 먹어 들어흐다 〈별토가, 14뒤〉

호랑이가 지략으로 상좌를 차지한 두껍이을 "욱닥"여 보지만 두꺼비 의 "말지됴난 當 할 슈 업"어 물러나고 만다. 크고 작은 지략담이 하나 의 작품을 구성하고 있는 토끼전에서 '말재주'와 '지략'은 가장 중요한 덕목이며, 이것은 토끼전의 가장 중요한 등장인물인 토끼와 별주부에 게도 요구되는 덕목일 것이다.

① 토끼의 경우

> 져 놈이 本是 간사한 놈이라 쐬을 빗길지딘 진나라 서시와 한 날아 방 사와 위날아 조조라도 여게 밋흐리다 〈별토가, 37뒤〉

용왕이 토끼의 말에 속아 별주부에게 토끼를 데리고 육지로 나가라 는 영을 내리자 별주부는 울며 왕에게 간언을 한다. 토끼는 우리나라 의 대표적인 트릭스터로 여겨지고 있을 뿐더러 토끼전 속 별주부의 발화에서도 한나라 방사, 위나라 조조에 비견할 수 있을 정도로 "쇠"가 많음이 드러나고 있다.

토끼의 지략이 가장 잘 나타나는 부분은 말할 것도 없이 용왕의 토간 요구에 대응하는 부분이다.

小兎의 비 갈나 肝이 잇시면 됴컨이와 만일 肝이 웁게데면 목슘만 씃사옵고 肝을 求치 못ᄒᆞ오면 그 아니 橫惡이요 通燭ᄒᆞ여 보옵쇼 이놈 간사한 말 말아 醫書의 일으기을 脾受病則 舌不能言ᄒᆞ고 肝受病則 目不能視라 ᄒᆞ야시니 肝이 웁고야 웃지 눈으로 본단 말리야 <중략> 어허 이놈 堂챤은 말 마라 五臟六腑라 ᄒᆞ난 거시 人生禽獸 一般이요 胎生의 生긴 거셜 任意로 出入한단 말리야 當의 義를 됴차 歌喩ᄒᆞ여 일어거던 너갓치 微賤ᄒᆞ 거시 妖妄ᄒᆞ 말노 唐突리 譏弄ᄒᆞ니 듁어도 功이 웁시리라 <중략> 小兎 肝을 出入ᄒᆞ난 標가 잇사오니 下察ᄒᆞ옵소셔 王曰 무슨 標가 잇난야 톡기 奏曰 밋궁기 셰시온더 한 궁그로난 大便을 보고 또 흔 궁글로난 小便을 보고 또 한 궁그로난 肝을 보지 닉고 들리고 ᄒᆞ나이다 正 밋지 못ᄒᆞ거든 밋궁글 監ᄒᆞ와 보옵소셔 <별토가, 30앞~31앞>

자신의 배를 갈라 간이 없으면 어쩔 것이냐는 토끼의 어깃장에 용왕은 토끼의 말이 당치 않다고 꾸짖는다. 토끼가 얼토당토않은 궤변을 늘어놓고 있는 데 비하여 용왕은 의서나 만물의 이치를 근거로 하여 토끼의 궤변을 공박하고 있다. 그러나 여기서 중요한 것은 실제적인 지식의 문제가 아니라 지략의 문제이다. "義를 됴차" 미천하고 무식한 토끼를 깨우쳐 주려던 용왕은 토끼의 궤변이 계속되자 "唐突"한 토끼가 자신을 기롱하고 있노라고 노여워하며 당장 토끼 배를 가르라며 호령을 한다. 그러나 토끼는 여기에도 아랑곳하지 않고 안색 하나 바꾸지 않은 채 '세 구멍설'을 설파하여 결국 용왕을 속이기에 이른다. 그 결과, 범치나

별주부의 의심에도 불구하고 이윽고 왕은 "톡기의 말이라 ᄒ면 指鹿爲
馬랴도 信聽ᄒ"[14]는 지경에 이르게 된다. 미천하고 무식한 토끼의 지
략이 고귀한 용왕의 풍부한 지식을 이기게 되는 것이다.

용궁 위기에서 벗어난 토끼는 스스로 자신의 지략을 칭찬해마지 않
는다.

> 이 ᄂᆡ 計敎 싱각하면 妙할 妙字 飛点이라 五臟六腑 ᄂᆡ 비 속의 肝줌
> 이나 잇다난 <중략> ○大張子 漢劉房이 造化만키 날만ᄒ며 말 잘하는
> 蘇秦 張儀 口辯 됴키 날만ᄒ며 武陵桃源 神仙인덜 한가ᄒ기 날만ᄒ며
> 英雄 謀士을 다 말ᄒ되 날만하 ᄂᆡ 쉽잔켄 <별토가, 40뒤>

육지에 도착한 토끼는 별주부에게 욕을 하면서 자신의 계교가 묘하
고도 묘하며, 한고조 유방의 조화와 소진 장의의 구변보다 뛰어나다고
스스로를 칭찬한다. 그 어떤 영웅 모사보다 자신이 뛰어나다며 우쭐대
고 있다.

토끼의 자화자찬은 초군들이 쳐 놓은 그물에 걸렸다가 살아났을 때
에도 이어진다.

> ᄂᆡ 일이야 웃슈고도 신긔ᄒ다 龍王갓치 神靈함도 ᄂᆡ 한 말의 귀가 먹고
> 사람갓치 靈惡함도 ᄂᆡ 꾀의 눈 어두어 잇난 肝도 읍다 ᄒ고 듁을 몸 다시
> 다시 살아 極樂世界 차자가니 水宮과 人世界의 날 當할 이 뉘 잇시리
> <별토가, 42앞~42뒤>

들어 줄 상대가 없음에도 혼자 자신의 능력을 자랑삼아 늘어놓고 있다.

---

14) <별토가>, 34앞.

② 별주부의 경우

별주부의 지략은 주로 토끼를 유혹하는 부분에서 드러나는데 〈별토가〉의 경우 용궁을 출발하기 전부터 별주부의 지략이 돋보이고 있다.

> 즈리가 畵像을 바다 들고 품안의 품즈 흔들 압셥히 읍셔 품지도 못ᄒ고 고롬 읍셔 달 수 읍고 쥬먼이 읍셔 늘 수 읍고 들고 나오즈 ᄒ니 물무들 거시오 웃지홀고 無數히 싱각다가 흔 의스을 니여 목을 쑥 쎄고 신연 使令 권장 메덧 언고 움치니 一点水 웃디 무들가부냐 사은슉비 ᄒ직ᄒ고
> <별토가, 8뒤~9앞>

토끼전은 우화 소설이기는 하나 우화의 문법을 완벽하게 따르고 있지는 않아 토끼전에 등장하는 동물들은 동물적 속성을 종종 드러내기도 한다. 별주부 또한 여기서 동물적 속성을 드러내고 있다. 별주부는 옷을 입는 인간이 아니므로 앞섶도 없고, 고름도 없고, 주머니도 없다. 별주부의 동물적 속성을 굳이 드러낼 필요가 없는 부분인데도 별주부의 외모를 묘사하면서 동물적 속성을 강조하고 있는 것이다. 그 이유는 바로 "無數히 싱각다가 흔 의스을 니여"라는 부분에서 알 수 있듯이 별주부의 꾀를 드러내기 위함이다. 별주부는 토끼화상을 넣을 곳이 마땅치 않자 목을 쑥 빼어 신연 사령 곤장 메듯 토끼 화상을 얹어 가지고 나온다.

별주부는 토끼를 잡으러 육지로 출발하려는 시점이다. 따라서 별주부가 토끼를 대적할만한 유일한 무기인 '지략'을 강조함으로써 독자들로 하여금 토끼와 별주부의 지략 대결이 매우 치열하고 흥미롭게 진행되리라는 예측을 할 수 있게 한다.

토끼와 별주부의 상봉 전에 별주부의 지략을 강조하는 방법은 우생

원 만남 대목에서도 활용된다.

> 奏傳 일은 말이 老兄 身體가 져딕지 壯大ㅎ고 배가 불너시니 智識은
> 남의셔 더홀 듯ㅎ오 牛生員이 仰天大笑ㅎ고 그딕 知人知鑑이 무든ㅎ오
> 聖人이라야 能知聖人이라 ㅎ든이 그 말이 올쇼 <별토가, 11뒤>

별주부는 덩치가 큰 우생원을 만나자 뛰어난 지식을 가지고 있는 것
같다며 추켜세운다. 별주부의 말을 그대로 믿은 순진한 우생원은 별주
부를 지인지감하는 성인이라며 신세 한탄을 늘어놓는다. 우생원의 신
세한탄을 통해서 우생원의 실상을 알게 된 별주부는 태도를 돌변하여
"듁기는 바삭의 아들노 듁소"라며 비웃는다. 애초에 우생원을 만나 우
생원을 칭찬하면서 아첨하던 것과는 전혀 다른 태도이다. 여기서 사세
판단이 빠르고 그에 따라 태도를 돌변하는, 의뭉스러우면서도 꾀바른
별주부의 모습을 확인할 수 있다.

별주부의 지략은 토끼를 만나기 전 호랑이 만남에서도 확인할 수 있
다. 별주부를 잡아먹으려는 호랑이가 자라 등을 누르니 자라 목이 나
오면서 말을 한다. 그러자 놀란 호랑이는 그것을 '말주머니'라고 생각
한다.15) 이 '말주머니'는 단순한 말 주머니가 아니라 세치 혀로 육국 재
상을 했던 소진이가 잃어버린, 지략이 든 '말주머니'다. 즉 호랑이의 입
을 통해 별주부의 자질이 드러나는 부분이다. 또한 여기서부터 별주부
의 지략이 실제적인 힘을 발휘하기 시작한다. 별주부는 호랑이에게 잡
아먹힐 위기에 처하자 호랑이 쓸개를 구하러 왔다면서 도로랑 귀신을
불러 호랑이를 물리친다.16) 그리고 마침내 토끼를 만나 온갖 감언이설

---

15) 익기 이거 말하다 올타 소진이가 육국상 종횡할 졔 말 듀면이 세 긔가 하나을 일
   어다 ㅎ드니 예와 빠져고나 <별토가, 16앞>

로 토끼를 속여 토끼를 데리고 수궁으로 가게 된다. 이 과정에서도 별주부의 유도심문, 회유 등 치밀한 계략이 드러나기도 한다.[17] 이 부분은 이미 많은 논의가 진행된 부분이므로 생략하고, 토끼의 수궁행 결심을 번복하도록 만드는 방해자와 별주부가 맞서는 부분은 별주부의 지략을 중심으로 다시 한 번 확인해 볼 필요가 있다.

별주부의 유혹에 넘어 간 토끼가 별주부 뒤를 따라 수변으로 내려가는데 너구리가 등장하여 토끼의 수궁행을 말린다.[18] 별주부의 지략에 넘어간 토끼는 수궁행을 결심하기는 하였으나 아직 수궁에 도착한 상황이 아니므로 별주부는 여전히 지략을 발휘해야만 하는 상황이다. 이제 별주부의 맞수는 토끼가 아니라 너구리가 된다. 그런데 너구리를 묘사한 부분에서 "密然란 놈이라"는 표현을 볼 수 있다. 즉 서술자는 너구리가 "密然"하다는 점을 강조하면서 별주부의 임기응변과 위기 대처 능력을 부각시키고 있는 것이다.[19]

또 하나 주목할 점은, 너구리의 방해에 화가 난 별주부가 너구리를

---

16) 우리 水宮이 退落ᄒ여 시로 다시 지은 後의 千○ 기와을 닉 손으로 이여갈 졔 춘여 긋티 돌아가다 한 발길 밋거어져 공중 쑥 쩌러져 빙빙 도라나려오다 목으로 졀걱 날여 박혀 우멍거지 되어기로 名醫달여 물어본 즉 虎狼이 썰기가 藥이 된다 ᄒ기여 霹靂將軍 압셰우고 돌오랑 鬼神 잡아타고 虎狼 사양 나와시니 게가 稱名虎狼이면 썰기 한 보 못 듀것나 도로랑 鬼神 게 잇나냐 어셔 급히 쌀이 나와 龍天劍 드는 칼노 이 虎狼의 배 갈르라 도로랑 ᄒ고 달여든이 <별토가, 17앞~17뒤>

17) 여기에 대해서는 김동건, 『토끼전 연구』, 민속원, 2003, 271~277면 참조.

18) 이 부분은 너구리나 여우 등이 등장하여 토끼의 수궁행 결심을 번복하도록 하는 '방해자 등장' 부분이다. 『조선창극사』에 "兎死虎悲"라는 명칭으로 서편제의 명창 김수영 명창의 더늠이 실려 있고, "古典을 申在孝가 潤色한 것이다."(정노식, 『조선창극사』, 조선일보사, 1940, 80~82면)라고 밝혀 놓았다. 때문에 대부분의 창본에서는 방해자가 등장한다.

19) 비록 별주부의 참소가 사실이 아니고, 너구리의 등장과 퇴장이 개연성이 없어 서사의 중심이 별주부에게 기울어져 있음을 노골적으로 드러내고 있다 해도 말이다.

참소하는 부분이다. 별주부는, 사촌 수달피의 천거로 너구리를 수궁에 데려갔는데 호조돈을 횡령하였기로 곤장을 때려 정배출송하였더니 그 혐의로 심술을 부린다고 밀하고 있다. 별주부의 이 말은 사실이 아니다. 그런데도 무고한 너구리는 아무런 항의나 변명 없이 순순히 물러난다는 점이 이상하다. 또한 토끼는 이미 별주부의 유혹에 넘어가 수궁행을 결심한 상태이므로 너구리의 등장은 서사진행에 꼭 필요한 부분은 아니다. 그렇다면 너구리 등장 부분은 일정한 목적에 의하여 인위적으로 삽입된 부분일 가능성이 있는데 별주부의 지략을 다시 한 번 강조하려는 의도가 있었으리라는 추정이 가능하다.

수궁행을 결심하기까지 토끼의 변덕 또한 이와 같은 맥락에서 이해가 가능하다. 물론 이미 작품의 줄거리를 다 알고 있는 독자들은 토끼가 별주부를 따라 수궁에 가느냐 마느냐라는 사실 그 자체보다는 밀고 당기는 별주부와 토끼의 지략다툼을 보는 재미가 더 컸을 것이다. 결국, 이 부분은 별주부의 수궁행이라는 결과가 암묵적으로 동의된 상태에서 토끼의 변심과 별주부의 유혹을 여러 번 반복함으로써 별주부의 지략을 최대한 부각시키고자 하였을 것이다.[20]

2) 어리숙함

토끼와 별주부에게는 지략과 어리숙함이 공존하고 있다.[21]

---

20) 토끼가 수궁에서 살아 온 뒤 바로 이야기가 끝나지 않고 결말부에 토끼의 지략을 드러내는 삽화들이 덧붙여진 것 또한 같은 맥락에서 이해할 수 있을 것이다. 토끼의 지략이 빛을 발하여 구사일생으로 목숨을 건진 바로 그 감격적인 부분이야말로 토끼의 지략을 더욱 강조해야할 필요가 있었을 것이며, 그 때문에 토끼의 지략을 드러내는 삽화가 반복적으로 삽입되었던 것이다.

21) 북미원주민 설화와 토끼전의 트릭스터를 비교한 나수호는 위느배고 트릭스터 연

① 토끼

토끼의 어리숙함은 별주부가 토끼를 유혹 과정에서도 많이 드러나
지만 토끼가 별주부를 따라 수궁에 들어가는 부분에서 절정을 이룬다.

> 國門 밧게 안치고 발오 들어가 闕內의 殿下게 伏地ᄒ고 톡기 잡아온
> 事緣을 낫낫치 상달ᄒ니 龍王이 大喜ᄒ야 글리 험흔 荒地의 無事이 단
> 여앗시며 路毒이 甚ᄒ잔는다 ᄒ시며 밧비 잡아 들이라 ᄒ니 主傳 水卒
> 거날이고 鼓喊ᄒ여 너달으니 잇 더 톡기 마음이 不安ᄒ여 귀을 기우리고
> 內廷消息을 探知ᄒ더니 鼓喊소리의 크게 疑心ᄒ여 宮門 뒤 水草 사이
> 의 暫間 숨어 차지되 잡아 들이라난게 우리게 뫼셔 들이란 말과 갓흔게로
> 고 ᄒ더니 主傳 임의 톡기 엿튼 괴을 아난지라 武士로 ᄒ여곰 크게 웨일
> 어 왈 시로 除受ᄒ신 老兎은 어더 게시니가 톡기 그 말 듯고 반게 나서거
> 날 <별토가, 29앞~29뒤>

별주부가 먼저 궁으로 들어가고 나서 토끼도 불안한 마음에 몸을 숨
긴다. 심상치 않은 분위기를 감지하고 취한 태도이다. 그런데도 자신
을 잡아들이라는 고함소리를 듣자 "잡아 들이라난게 우리게 뫼셔 들이
란 말과 갓흔게로고"라고 하여 어리숙한 모습을 보인다. 별주부가[22]
"시로 除受ᄒ신 老兎은 어더 게시니가"라고 외치자 토끼는 여기에 속
아 반갑게 별주부 앞에 나선다. 눈치 빠르고 꾀가 많은 듯하지만 실상

쇄담의 트릭스터 왁준카가와 토끼전의 트릭스터 토끼를 비교하면서 왁준카가의 경
우에는 속이기도 하고 스스로 속아서 당하기도 하는데, 토끼의 경우에는 궁극적으
로 이겨야 하므로 속아서 당하는 자가 따로 설정되어야 한다고 하였다. 토끼전에
나타나는 속는 자, 즉 듀프(dupe)로는 용왕, 자라, 사냥꾼, 그리고 독수리 등이 있는
데 이는 북미 원주민 트릭스터의 한 인물에서 보이는 이중적 성격이 두 인물로 분
리된 것이라고 할 수 있다고 하였다. 나수호, 앞의 논문, 67면.

22) 별주부는 이미 토끼의 '엿튼 괴'를 잘 알고 있고, 토끼의 허위의식과 욕망을 간파
하고 있는 상태이다.

은 그 꾀가 얕아 속이 훤히 들여다보인다.

용왕의 입을 통해 모든 사실이 드러나기 전까지 토끼의 어리숙한 모습은 계속된다. 수졸들이 달려들어 토끼를 결박하는데도 토끼는 여전히 사태의 심각성을 깨닫지 못한다. 잠깐 당황하여 벼슬한 사람에 대한 대우가 인간 세상과 어찌 다르냐고 항변하기도 하지만 수졸 중 우두머리가 나와 "읍각不同 洞各不同이라 ᄒ난듸 슈만리 他國法이 갓틀 수가 잇단말가"[23]라고 하는 말 한 마디에 그 말을 그대로 믿어버린다. "이왕 벼슬할 터이면 놉흔 벼슬이나 ᄒ여보자 ᄒ며 몸을 쎄긋 돌이면서 요편작이 허슈ᄒ니 단단이 꼭 동여듀쇼"[24]라고 하는 토끼의 모습은 자신의 불행을 자초하는 어리석기 짝이 없는 모습이다. 벼슬을 할 욕심에 눈이 어두워진 것이라고 볼 수도 있겠다. 그러나 별주부의 어지간한 유혹에도 넘어가지 않고 별주부의 애를 태웠던 꾀바른 토끼의 모습은 온데간데없고 어리석음만 강조되고 있는 것을 볼 수 있다. 용왕이 토끼에게 자신을 대신해 죽어 충신이 되라고 하자 그제서야 토끼는 "왼 凶惡 잠놈의 괴의 감겨 듁을 곳절 들어와고"라고 한탄하면서 자신이 별주부에게 속았다는 사실을 깨닫게 된다.

② 별주부

목숨을 바쳐 충성을 다하자고 비장한 각오로 육지 세계에 나온 별주부는 처음부터 실수를 연발한다.

퇴生員하고 불으난 게 海天烈風을 果이 쏘여 앞으 턱이 쎄쎄ᄒ여 느

---

23) <별토가>, 29뒤.
24) <별토가>, 29뒤.

취 불너 왼 심슐굿고 사오납고 힝실갑 눌인요 입졍굴은 친구여을 불으것
다 虎生員 ᄒ고 불너노니 兎者난 아니 오고 虎者가 날여오되 <별토가,
15앞>

토선생을 부른다는 것이 발음을 잘못 하여 '호선생'을 불러 호랑이와
맞닥뜨리게 된다. 호랑이는 별주부를 보고 평생 왕배탕 먹기를 바랐는
데 이제야 먹게 되었다며 좋아한다. 용왕을 살리고 수궁을 구하고자
하는 장한 포부를 미처 펼 사이도 없이 헛된 죽음을 맞을지도 모르는
위급한 상황인 것이다. 그런데 이 절대 절명의 순간에도 별주부는 호
랑이의 말을 헛듣고 어리석은 질문을 한다.

王背湯은 몰나듯고 반갑다는 말만 듯고 속마음의 일은 졔어미을 할 놈
날을 보고 졀이 됴와ᄒ니 나하고 寸數가 잇나부다 ᄒ고 게셔 날과 몇 寸
이나 되오 <별토가, 16앞>

호랑이와 별주부의 대화에서도 별주부는 여전히 어리숙하다.

虎狼이 일은 말이 네가 즈리란이 니 비속과 寸數가 잇나니라 글어면 먹
는단 말이요 먹어도 통지 삼키게다 올타 잘 죽는다 지리 아닐다 글어면 우
어시야 南星일다 南星이면 더옥 됴타 白雲靑山 雲霧中의 분別읍시 다
니든이 濕脚症이 急ᄒ여셔 名醫다려 물어본 즉 南星이가 當急이라 ᄒ
기여 한번 보기을 願ᄒ여더니라 글어면 南星이도 아닐다 글어면 무어시
야 둑겁일다 글어면 더옥 됴타 너을 살와 슐의 타 먹으시면 ○痰의난 卽
差로다 <별토가, 16앞~16뒤>

별주부는 어떻게든 위기에서 모면하고자 자신의 정체를 숨기려고
한다. 그러나 호랑이의 말장난에 말려들고 있다. 가면극 등에서 흔히

보이는 이 정체 확인형 사설에서 별주부는 자신의 어리석음을 그대로 드러내고 있다.

이후 지략을 발휘하여 호랑이를 물리치면서 지략을 발휘하기 시작하는 별주부는 토끼를 수궁에 데려가기에 이른다. 용왕을 비롯한 제신이 토끼의 궤변을 믿고 토끼를 살려 보내려고 할 때에도 별주부만은 범치와 함께 토끼의 말이 거짓임을 폭로한다.[25] 용왕이 토끼를 데리고 육지로 나가라고 하자 별주부는 목숨을 걸고 토끼의 말이 거짓임을 간하기도 한다.[26] 그런데도 토끼를 데리고 육지에 나온 별주부는 이상하게도 다시 어리석은 모습으로 나타난다. 육지에 닿은 토끼는 별주부에게 욕을 하면서 "네 人君 어리석고 네 朝政 無識더라"[27]고 하면서 "密然터라 네의 龍王 니 밀연키 龍王 갓고 龍王 실기 날갓트면 게셔 비을 갈일 거셜"[28]이라고 독설을 퍼붓는다. 이처럼 토끼의 입을 통해 토끼의 정체가 다 드러났음에도 불구하고 별주부는 현실을 직시하지 못하고 "실읍신 쇼리 말고 肝 둔 디나 속히 가자"[29]고 한다. 호랑이 퇴치나 토끼 유혹, 그리고 수궁에서 보여 주었던 현명함과는 전혀 다른 모습을 보여주고 있는 것이다. 이것으로 볼 때 어리숙함은 별주부가 가진 고유한 특성이라고 보기는 어렵다. 즉 지략이나 어리숙함 등의 자질들이 별주부 자체의 성격적 특성으로 굳어져 있는 것이 아니라 서사 전개와

---

25) 나 듯기도 츌낭츌낭ᄒᆞ난 거시 分明한 肝인 듯 ᄒᆞ거던 네 졀어한 쇠로 우리 대왕을 쇼기랴 ᄒᆞ나야 <별토가, 34앞>

26) ᄌᆞ리 울며 여잣오되 져 놈이 本是 간사한 놈이라 쇠을 빗길지던 秦나라 徐市와 漢날아 方士와 魏날아 曹操라도 여게 밋ᄒᆞ리다 <중략> 龍天劍 드난 칼로 져 놈의 비을 프 질너 보옵소셔 <별토가, 37뒤>

27) <별토가>, 40뒤.

28) <별토가>, 40뒤.

29) <별토가>, 41앞.

상대 인물과의 관계 속에서 유동적으로 변화하고 있는 것이다.

3) 욕망

등장인물들이 드러내고 있는 욕망은 사회 질서와 규범, 이념에 사로잡힌 가식에 찬 등장인물들을 발가벗겨 비속화시키고 희화화시킨다.

① 토끼

토끼의 욕망을 자극하는 것은 별주부다. 별주부의 장황한 수궁 자랑에도 마음을 돌리지 않던 토끼는 수궁에 가면 권력과 여자를 얻을 수 있다는 꾐에 귀가 솔깃해진다.

> 그디 갓흔 俊秀男子 우리 龍王 알으시면 承一上來 패초ㅎ여 大光補
> 國 崇祿大夫 졔受ㅎㅅ 말만흔 金黃印을 허리 아리 넛게 차고 屈堂之上
> 놉히 안자 百官을 指揮홀 졔 이리 할 일 일리하고 져리 할 일 져리 ㅎ라
> 號令 한 번 나리우면 及暗갓치 忠直함과 童卓갓튼 氣勢로도 花神風 꼿
> 치 되여 拒逆할 길 젼혀 읍니 國事을 맛친 後의 別堂으로 도라오니 絞綃
> 壇 三層席의 玳瑁屛風 둘너치고 초 달이난 玉童子와 燭臺 잡은 仙女
> 들이 花丹으로 몸을 싸고 珠玉으로 丹粧ㅎ야 旦夜달노 논일 져게 湖中
> 天地 됴흔 거시 水宮밧게 쏘 잇난가 <별토가, 25앞>

"말만흔 金黃印을 허리 아리 넛게 차고 屈堂之上 놉히 안자 百官을 指揮"하며 선녀들에 둘러 싸여 노닐 수 있다는 말에 토끼는 욕심이 생긴다. 벼슬이나 미색에 대한 토끼의 강한 욕망은 별주부에게 거듭 사실을 확인하는 데서도 드러난다.[30]

---

30) 톡기 쏘 듯기을 다ㅎ민 마암이 自然 放蕩ㅎ야 對答ㅎ되 그 곳절 들어가면 베슬도
   할연이와 八仙女 잇다ㅎ니 그도 한 가지 노오릿가 主傳 曰 그난 如反掌이라 任意

별주부는 토끼의 욕망과 질투심을 꿰뚫고 있어 토끼를 유혹하는 데
성공할 수 있었다.

어디을 向ᄒ여 도라도 아니 보고 가거날 톡기 발아보다가 참지을 못ᄒ
여 쇼리을 질너 불으되 져 分 어디을 졀리 급히 가시오 主傅 答曰 호狼
을 차자 가오 무슨 일노 차자 가오 水宮의셔 들은이 虎狼은 百獸眞魚이
라 ᄒ미 이 말삼ᄒ면 그디의셔 소건 넉넉할 듯ᄒ여 보로 가오 톡기 對答
ᄒ되 우리 虎狼 叔主게옵셔 百事을 다 니게 와 議論하는이 보와 씰디 읍
건 하물며 달은 디 나들리 하여게시니 兄은 暫間 怒을 참으시고 이리 오
옵소셔 主傅 再三 辭讓ᄒ다가 마지 못하는 쳬ᄒ고 나아가니 톡기 우시며
ᄒ난 말이 兄이 져디지 潔潔ᄒ시니 혈마 欺亡하올잇가마난 아무려면 生
疎한 곳졀 갈라거던 疑惑인들 읍시리가 主傅 마음의 깃부나 다시 당부ᄒ
여 曰 疑心이 正 잇거던 짐작 破意하라 달은 디로 갈야 하나이다 톡기
웃고 眞情으로 가길을 請ᄒ거날 주부 强ᄒ여 허락ᄒ난 쳬ᄒ고 흔가지로
라여올 졔 <별토가, 26앞~26뒤>

갖은 유혹과 회유에도 토끼가 쉬이 넘어 올 기미를 보이지 않자 별
주부는 뒤도 돌아보지도 않고 가버린다. 상대의 허를 찌르는 고도의
전략이다. 마침내 토끼는 "참지을 못ᄒ"고 별주부를 부른다. 별주부는
뜻밖에 "虎狼"을 찾아 간다고 하면서 토끼의 질투심을 자극한다. 순식
간에 별주부와 토끼의 처지는 뒤바뀌고 토끼 쪽이 오히려 사정을 하는
상황으로 반전된다. 토끼는 비굴하게 웃으면서 별주부를 믿지 못한 것

디로 ᄒ오리다 글리 한가지로 놀면 譏弄도 할리잇가 그난 더욱 할디로 ᄒ지요 톡
기 코을 홀작이며 나로와 안지며 문난 말이 그 至境이 되올진디 元央枕 翡翠衾의
玉手羅衫 부여잡고 月三更 졔워 갈 졔 두 몸이 한 몸 되여 楚襄王 兩坮上 雲雨濛
濃 됴흘시고 그 씨을 當ᄒ오며 글이도 ᄒ오릿가 主傅 對答ᄒ되 그디갓튼 風彩오
셔 水宮의 들어가면 벼슬은 사닥달이 올나가듯 할 그시오 一等美色은 靑ᄀ고리
뒤의 실비암 쌀아다니듯 ᄒ오리다 <별토가, 25앞~25뒤>

을 사과한다. 그리고 "水國가기 願이로쇼이다"라며 위험을 자초하고
있다. 별주부는 속으로 쾌재를 부르면서도 "疑心이 正 잇거던 짐작 破
意하라"며 다시 한 번 다짐을 받고자 한다. 이에 토끼는 "진심으로 가
길을 청흥"면서 애걸한다. 문제를 풀어나가는 데 있어 상대방의 약점을
잘 찾아 공략해 나가는 별주부의 고도의 지략 이면에 토끼의 질투와
욕망이 폭로되고 있다.

② 별주부

충의 화신인 별주부의 개인적 욕망이 가장 잘 드러나는 곳은 아내와
이별하는 부분이다. 비장한 각오를 한 별주부는 출륙에 앞서 노모와 아
내와 이별을 한다. 아내가 별주부의 출륙을 만류하자 별주부는 국사를
모르고 사사로운 정만 생각한다고 화를 내며 아내를 꾸짖는다.[31] 그러
나 그도 잠깐, 별주부가 울기 시작하는데 다음과 같은 이유에서이다.

> 암ᄌ리 못난 말리 그 무어셜 못 잇것나 못 잇즐 것 읍건마난 도원花中
> 碧房中의 老親父母 못 잇것나 안이 그건 八境일셰 玉窓櫻桃深閨中 看
> 花佳人 못 잇것나 아니 그도 千里로세 글어면 眼前의 蘭草갓혼 어린 子
> 息 못 잇것나 안이 그도 딴판일셰 그러면 父母妻子 外의 그 머어셜 못
> 잇것나 鱉奏夫 對答흥되 이것 져것 다 발리고 다만 자닉 兩脚間 가득松
> 便 못 잇것니 <별토가, 9뒤>

---

31) 어와 져 郎君임 水波江 깁푼 물의 우리 두리 마듀 쓰셔 大魚중어 잡아먹든 글언
滋味 다 발리고 万里他國 나가오면 何日是歸理요 어너 ○ 도라오시랴오 독슈공방
이 닉 신셰 맘 쐿칠 곳 전혀 읍너 졔발 덕분 가지 마오 일어트 만류흥니 鱉奏夫 쇄
을 닉여 흥난 말리 엣 妖忘흥지고 여편니 國事을 모로고 사정만 싱각흥고 무을 아
나랴고 奉命使臣으로 万里他國의 연장도 업시 山짐싱 자불어 가난디 방장실리 우
난고 우지 마라 일건 쑤지더니 鱉奏夫 졔가 울것다 못 잇것니 아모리도 못 잇것니
<별토가, 9앞~9뒤>

별주부가 잊지 못하는 것은 "老親父母"도 아니고 "玉窓櫻桃深閨中看花佳人"도 아니며 "蘭草갓흔 어린 子息"도 아니다. 별주부가 잊지 못해 울고 있는 것은 다름 아닌 아내의 "兩脚間 가둑松便" 때문인 것이다. 조금 전까지의 비장하고 충성스러운 모습과는 달리 성적인 욕망을 강하게 드러내면서 희화화되고 있다.

> 그 陰凶흔 놈 南生이란 놈 명싁읍시 날들어 외사촌이라 흐고 형이니 아오니 흐며 아쥬 너털우슘지며 집격졍 아주 말고 이연턱실 업게 흐되 늬 본시 눈거치게 본그을음풀옷 흔 알밤이면 늬 집의 무엇흐로 글리 자됴 단단고 나 난가도 문단속 단단이 흐고 잠잘리을 갈여 자오 <별토가, 9뒤>

별주부의 걱정은 남생이에 대한 질투에서 비롯된 것이다. 별주부의 적나라한 질투와 욕망에 대해 별주부의 아내는 "엣 자리 중의 잡즈리로고"[32]라며 쏘아 붙인다.

4) 허위의식

토끼와 별주부의 중요한 특징 중의 하나는 허위의식에 사로잡힌 인물들이라는 것이다. 두 인물의 성격이 가장 잘 드러나는 부분은 처음 만나 자기 소개를 하는 부분이다. 마치 쌍둥이와도 같이 두 인물은 유식을 뽐내면서 잘난 척하기도 하고 서로 추켜 주기도 하면서 허위의식을 드러낸다.

> 나는 天上月宮의셔 理陰陽 順四時로 晦初分別흐던 禮府尚書 月兎럴이 搗藥主 傳中의 長生藥 글읏 짓고 上帝게 得罪하여 中山으로 定

---

32) <별토가>, 9뒤.

配오니 別號을 兎生員이라 ㅎ오 즈리 兎字을 반게 듯고 文字을 씨되 다
뒤씨던 거시여다 久仰聲華런이 今日相逢은 萬萬無巨不惻이요 明其爲
賊은 賊乃可服이요 男七女九요 草綠江邊의 万畢嗅로셰 톡기 맛文字
을 씨되 더 가댱찬이 뒤씨던 거시여다 이歌査唱이요 여담絶角이요 擧石
이 紅顔이요 莫非王土요 쳔生弱骨利不可獨食이올세 즈리 曰 나도 有
識하거니와 게도 쟝이 有識ㅎ오 느난 水國 兼 佐郎 鱉主傅 別나리로셰
우리가 다 士大夫 子息으로셔 <별토가, 19뒤>

"맛文字을 씨되 더 가댱찬이 뒤씨던 거시여다"라는 부분에서 볼 수
있듯이 이들의 자랑과 칭찬은 가당찮은 것이다.

① 토끼

토끼는 별주부가 부르는 소리에 뛰어 내려오며 다음과 같이 혼잣말
을 한다.

　톡기 부름 듯고 강쌍 쮜여 날여오며 말을 ㅎ되 가댱찬이 ㅎ것다 그 뉘라
셔 날 찬난고 首陽山 伯夷叔齊 採薇하자 날 찬난가 商山四皓 네 노인
이 바독 두자 날 잔난가 靑山歸路 百花尋의 春風深處 귀경가자 成眞化
像 날 찬난가 靑山歸路 白露洲의 呂東賓이 날 찬난가 渭水 姜太公이
川獵가자 날 찻난가 赤壁江 蘇子瞻이 玩月ㅎ자 날 찻난가 날 차즈 리
고히ㅎ다 그 뉘라셔 날 찬난고 <별토가, 18뒤~19앞>

산수간에 묻혀 사는 토끼는 상좌다툼에서도 너구리에게 밀릴 정도로
힘없고 가진 것 없는, 보잘것없는 인물이다. 애초부터 백이 숙제, 상산
사호 네 노인, 여동빈, 강태공, 소자첨과는 전혀 어울리지 않는 인물인
데도 자신을 이들 인물과 동등하게 관계를 맺어 나열해 놓고 있다.[33]

이러한 토끼의 허위 의식은 토끼 세상자랑에 가장 잘 나타나 있다.

> 이니 몸 閑暇흐이 天地間의 웃듬이라 日入黃昏 져물거라 日出東嶺
> 잠을 기여 杜宇간의 徘徊할 제 <중략> 不老草 人蔘果을 數읍시 어더
> 먹고 天台山 넌짓 올나 西王母 잠간 보고 崑崙山 놉히 올나 天下을 接
> 對흐니 <별토가, 21뒤~22앞>

토끼의 말만 믿자면 토끼의 삶은 신선의 삶이나 다름없다. 그러나
현실은 이와는 정 반대다. 또한 "자리가 듯더니 그디가 言足飾非로 말
은 잘 꾸며 흐나 니가 世上 患亂을 몰은다고"[34]라는 별주부의 발화에
서도 알 수 있듯이 별주부는 토끼가 말하는 삶이 꾸며낸 것임을 간파
하고 있다. 여기에 이어 별주부가 나열하는 세상 팔난을 통해 토끼의
허위의식은 적나라하게 폭로된다.[35]

별주부는 토끼의 허위의식과 허영심을 자꾸 부추긴다. 토끼는 별주
부로부터 수궁에만 가면 벼슬과 미색을 얻을 수 있다는 다짐을 듣고도
의심의 끈을 놓지 않는다. 토끼가 "만일 들어갓다가셔 벼슬도 色도 걸
이지 못흐면 형이 엇지 하랴시오'라고 하자 별주부는 '날가치 身數 不
足한 것도 官爵의 參禮흐여 玉樓粉壁 紗窓 안의 秋月春風 빈 날 업
시 美色달여 消日흐고 興味로 논일거던 형갓튼 風彩로셔 層層한 氣
骨이야 쌍집고 허엽흐기난 오히려 손바닥이나 압흐지요"[36]라고 하면

---

33) 이 부분을 두고 서은아는 역사적으로 명망 있는 인물들과 자신을 동등한 위치에
   놓음으로써 자신의 가치를 상승시키고 싶은 토끼의 욕망을 드러낸다고 보았다. 서
   은아, 앞의 논문 492면.

34) <별토가>, 22뒤.

35) 별주부 또한 수궁 자랑을 늘어놓지만 이는 토끼를 유인하기 위한 거짓말이므로
   허위의식이라고 보기는 어렵다.

36) <별토가>, 25뒤.

서 토끼의 허위의식을 부추긴다. 그래도 토끼가 망설이자 별주부는 또 다음과 같은 말로 토끼를 꼬인다.

악갑도 악갑을사 兎生員의 仙風道骨 塵世間의 넌짓 나셔 出入死生 餘暇읍시 草木果 동모하고 웃지 아니 慷慨ᄒ리 예일을 싱각건디 朝州士 人 余善文 黃巾力士 따라가셔 英德殿 樂成宴의 上樑文 暫間 짓고 琉璃盤의 珍珠다마 潤筆之材 ᄒ여시니 요마한 文士게도 知恩報恩 ᄒ여 거던 하물며 兄 갓혼 雄材大略 功名하기 어려울가 <별토가, 16앞>

"仙風道骨"을 타고났으면서도 "塵世"에 묻혀 "功名"을 이루지 못하고 있다는 별주부의 아첨은 앞서 토끼가 자신의 입으로 백이 숙제, 여동빈, 강태공, 소자첨 등과 같은 수준으로 언급하였던 것과 동궤에 있는 것이다. 이처럼 별주부는 토끼의 허위의식을 부추김으로써 토끼를 유혹하는 데 성공하게 된다.

② 별주부

어족회의 사신택출 과정에서 용왕 앞에 나선 별주부는 자신을 다음과 같이 소개하며 사신으로 가기를 자청한다.

臣은 水國忠臣之後裔라 錐處囊中脫穎出ᄒ던 毛遂 材조와 含炭爲 啞 行乞於市하던 禮讓의 忠誠과 六國을 縱橫하던 蘇秦의 口辯果 孟 獲을 七縱七擒하던 孔孟의 材됴을 품어ᄉ오니 河水海外 一介兎을 不 得乎잇가 伏願 聖上언 八觀紛紜之意 ᄒ시고 今命小臣ᄒ와 別定出世 ᄒ옵시면 靑山月 老兎을 提歌하여 증제의 玉體 安寧ᄒ옵시면 臣의 所 願이로소이다. <별토가, 8앞>

자신은 모수의 재주와 예양의 충성과 소진의 구변과 공맹의 재주를
품고 있는 "水國忠臣之後裔"라는 것이다. 별주부가 자신이 충신의 후
예라고 한 것은 거짓이다. 왜냐하면 이별과정에서 별주부의 노모가 밝
히고 있는 집안 내력을 보면 충신의 후예와는 거리가 멀기 때문이다.

> 奏夫야 내 말 듯그라 너 나이 七十인듸 三代獨子 너을 두고 死後終身
> 미더니 험흔 世上 네 나가니 이 아니 閔忙호야 너의 祖父 시아번임 世上
> 의 나가 밥탐을 과이 호다 鐵낙시의 목꾀여 속絶읍시 듁어잇고 너의 父親
> 셔方임도 世上의 철엽차로 나가든이 창파상 놉히 쎠셔 이리저리 단일 져
> 게 창슈군얼 보고 너 압어지 쌜은 눈치 비사쟝적 숨어드니 창수군의 날닌
> 솜씨 창얼 흔번 둘부더니 그어여이 쇠꼿치의 등을 꾀여 續節읍시 듁어시
> 니 來歷이 글어한지 너도 出世호랴 호니 이 아니 閔忙호야 져發 德분 가
> 지 말아 <별토가, 9앞>

별주부의 할아버지는 밥탐을 과하게 하다가 낚시에 목이 꿰어 돌아
갔으며 별주부의 아버지 또한 천렵 나갔다가 청수군에게 발견되어 "쇠
꼿치의 등을 꾀여 續節읍시" 죽었던 것이다. 별주부의 허위의식은 호
랑이를 만나 자신을 소개하는 부분에서도 다시 한 번 드러난다.

> 水國忠臣 諫議大夫 兼 侍郎 鱉主傅 別나라라 함늬' <별토가, 17앞>

별주부의 허위의식이 별주부에게 본래부터 부여되었던 속성인지 '충
신'이라는 서사적 역할에서 비롯된 것인지 구별하기는 어렵다. 그러나
토끼전에서 별주부의 모습은 충신으로 일관되게 나타나고 있는 것이
아니라 욕망과 어리숙함이 뒤섞여 있다. 그러기에 긴 벼슬 이름을 나
열하고 있는 별주부는 허위의식을 지닌 인물로 읽힐 수밖에 없다.

3. 별주부 속의 토끼, 토끼 속의 별주부

이처럼 한 인물 내에 서로 모순된 성격이 공존하고 있어 딱히 어느 하나로 정리되지 않는 어려움은 토끼전에만 한정되는 것은 아니다.[37] 또한 모순된 요소가 공존하면서 하나의 일관된 작품으로 읽히기를 거부하는 텍스트적 특성이 토끼전이라는 하나의 텍스트에만 한정되어 나타나는 것도 아니다. 판소리계 소설이 그 서사 전개나 세부 묘사에 합리성이 결여되어 있다는 사실은 이미 알려진 바와 같으며 이는 부분의 독자성, 긴장과 이완의 법칙으로 설명되기도 하였으며 서종문은 이를 판소리라는 장르가 가진 개방성으로 설명하기도 하였다.[38] 요컨대 판소리계 소설은 그 장르적 특성에 기인한 모순된 성격의 공존이 서사전개나 묘사, 인물 등에 있어 내재되어 있는 것이다.

그런데 특히 토끼전에서 등장인물의 모순된 성격이 주목할 만한 이유는 토끼와 별주부가 서로 대칭 관계에 있는 인물이기 때문이다. 기존의 연구에서 토끼전은 지략담의 구조를 지니고 있으며 그에 따라 토끼는 트릭스터의 면모를 보이고 있다는 것이 밝혀졌다. 조동일은 이 지략담을 '속고 속이기'로 명명하여 분류한 바 있는데 이는 속이는 자와 함께 속는 자가 있어야만 지략담이 성립되기 때문이다. 토끼전 전체 구조[39]에서 토끼와 별주부는 서로 속고 속이는 관계에 있다. 따라서 이 둘은 토끼전의 공동의 주인공이 될 수밖에 없다.[40] 이 둘은 공동

---

37) 가장 대표적인 것이 춘향전의 춘향이와 이도령, 월매일 것이다. 이들은 하나의 이본 내에서도 일관된 성격을 보이지 않는 경우가 대부분이다.

38) 서종문, 「Ⅱ.판소리의 개방성」, 『판소리 사설연구』, 형설출판사, 1984, 127~147면.

39) 여기서 '전체'라는 표현을 쓴 것은 토끼전은 구토지설을 근간으로 한 하나의 커다란 지략담이면서 그 내부에 많은 지략담을 삽화로 지니고 있기 때문이다.

40) 정출헌도 이 둘이 공동의 주인공이며 별주부는 당대의 연민과 동정의 시선을 받

의 주인공일 뿐만 아니라 이미 앞 장에서 살펴 본 바와 같이 지략, 어리숙함, 욕망, 허위의식 등 동일한 속성을 공유하고 있다.

토끼전에서 토끼의 지략은 토끼에게만 속한 고유의 속성이 아니다. 〈신재효본〉을 제외한 대부분의 창본에 들어있는 모족회의 상좌다툼 대목의 경우, 토끼가 지략으로 상좌를 차지하는 이본은 이선유, 임방울 창본뿐이다. 김연수, 정광수, 박봉술, 정권진 창본에서는 토끼의 지략에도 불구하고 호랑이가 힘으로 상좌를 차지하는 것으로 이야기가 끝난다. 이 부분은 〈두껍전〉을 비롯한 쟁장계 소설에서 나타나는 삽화로서 토끼의 지략보다는 두꺼비의 지략을 드러내고자 하는 것이 주된 목적이다. 즉 이 삽화는 토끼의 지략을 드러내기 위해 삽입된 지략담이 아니라 지략담이라는 구조적 유사성으로 인유되어 삽입된 부분이다. 그러하기에 토끼가 등장하는 지략담임에도 토끼의 지략은 그 효력을 발휘하지 못한다. 별주부와의 관계에서도 토끼는 어리숙함이나 허위의식, 욕망 등을 그대로 노출하여 토끼의 유혹에 빠지고 마는 어리석은 모습을 보이기도 한다. 요컨대, 토끼전에서 토끼의 지략은 상황과 관계에 따라 긍정되기도 하고 부정되기도 하는 것이며, 이러한 성격적 유동성은 별주부도 마찬가지다. 시종일관 권위에 대해 도전을 받는 용왕이나 무책임하고 무능한 제신들, 이념이나 도덕보다는 개인적 욕망에 충실한 별주부의 처와 같은 부류의 평면적인 인물과는 다른 모습이다.

토끼전은 반전을 통하여 늘 상황이 뒤집힌다. 공간이 바뀌고 주인공이 바뀌고, 상황이 원점으로 돌아오기도 한다. 유혹 지략담에서는 유혹과 변심이 반전적 반복을 거듭하고, 위기극복지략담에서는 위기와 극

던 무시할 수 없는 존재, 토끼전에서 비중이 큰 인물임을 강조한 바 있다. 정출헌, 앞의 논문.

복이 반전적 반복을 거듭하면서 토끼전의 서사가 전개된다. 쟁장지략
담의 경우 또한 등장 인물들이 앞선 인물을 계속 부정하면서 반전이
이루어지는 것이 일반적이다.[41] 반전은 어느 한 쪽으로 고정된 가치관
을 거부하고 다양한 가치와 기준을 긍정할 때 생길 수 있는 것이다. 따
라서 토끼전에서는 거듭되는 반전을 용납함으로써 다양한 세계관과 열
린 가치관을 드러내는 것이 가능해진다. 이러한 토끼전 서사의 원리는
인물에도 영향을 미친다. 즉 유동성이라는 토끼전의 서사적 특징이 인
물의 성격 형성에 영향을 미쳐 토끼와 별주부라는 인물을 탄생시킨 것
이다. 채트먼은 서사적 의미에서 사건이란 행동이거나 우연하게 발생
한 일이며 이러한 상태의 변화는 행위자나 또는 피행위자에게 영향을
끼치는 누군가에 의해 야기되는 것이라고 하였다. 즉 행위가 플롯 상
에서 의미를 지닐 때, 그 행위의 주체나 수동자는 인물이라고 불리우며
따라서 인물은 서사적 술어의 서사적 주체로서 서사와 인물, 사건과 인
물은 밀접한 관련이 있다고 보았다.[42] 토끼전은 토끼의 서사이면서 동
시에 별주부의 서사일 뿐 아니라 두 인물의 서사는 서로 반전과 반복
을 거듭하고 있다. 따라서 토끼와 별주부는 대립적 성격을 지니고 있
으면서도 그 두 성격을 공유할 수밖에 없게 된다.

　토끼전은 어느 한쪽으로 치우치거나 결말지어진, 굳어진 서사 전개
를 거부한다. 지략을 통한 반전과 반복을 작품 전개의 가장 중요한 매
개로 삼음으로써 토끼전은 열린 구조를 지니게 되고 토끼전의 인물 또
한 유동적이게 된다. 토끼전이 당대인들의 욕망과 가치 시대적인 이념
과 요구 등을 포괄할 수 있도록 열려 있는 이유는 바로 지략담의 반전

---

41) 김동건, 앞의 책, 308~309면.
42) 시모어 채트먼, 김경수 옮김, 『영화와 소설의 서사구조』, 민음사, 1990, 51면.

적 반복으로 토끼전이 짜여 있기 때문이다.[43] 또한 이러한 서사적 특성
은 다양한 성격을 지닌 인물, 상황에 따라 다른 가치와 태도, 이념들을
보여주는 유동적 인물들을 창조해 낸다. 토끼만의 특징으로 여겨지던
지략, 어리석음, 욕망, 허위의식 등은 별주부에게도 고스란히 나타나는
것을 볼 수 있었다. 요컨대 토끼전은 서사뿐만 아니라 등장인물의 성격
또한 고정되어 있지 않다. 토끼와 별주부는 그 성격이 드러나는 상황만
다를 뿐, 마치 일란성 쌍둥이처럼 똑같은 성격을 보이고 있다.

4. 맺음말

이 논문은 당대 사회·정치와의 밀접한 관련 속에서 토끼전을 해석
하는 태도에서 벗어나 토끼전 등장인물의 작품 내에서의 성격적 특성
을 밝혀 보고자하는 시도에서 출발하였다.

토끼와 별주부는 지략, 어리석음, 욕망, 허위의식 등의 성격을 공통
적으로, 그리고 비슷한 비중으로 가지고 있음을 알 수 있었다. 별주부
는 호랑이 위기에서 벗어나거나 토끼를 유혹하는 과정에서 토끼 못지
않은 지략을 펼치고 있었다. 또한 토끼는 별주부에게 유혹당하는 과정

---

43) 정출헌은, 봉건 해체기에 몸담고 있던 두 인물이 엮어 내고 있던 맞섬과 어울림,
그리고 그들이 택한 서로 다른 향방은 바로 현실의 모순과 질곡을 몸으로 체험하고
있으면서도, 그 양자 사이에서 취할 수밖에 없었던 당대인들의 고민과 갈등을 여실
하게 보여준다(정출헌, 앞의 논문, 305면 참조)고 해석함으로써 토끼전의 다양한 결
말구조를 이해하고자 하였거니와 김현주 또한 이본에 따라 혹은 부분에 따라 토끼
전에서 보여 주는 상이한 이념의 공존과 갈등은 혁신적인 이념과 보수적인 이념이
충돌하고 갈등하던 장이면서도 그것이 급격한 경사를 이루면서 어느 한 쪽으로 결
론이 나지 않은 조선후기의 역사적 경향과 유사한 궤적을 보인다(김현주, 앞의 논문,
385면 참조)고 하여 토끼전이 지니고 있는 이념적 다양성을 언급한 바 있다.

과 용궁으로 가는 장면에서, 별주부는 토끼를 부르려다 발음을 잘못하여 호랑이를 부르는 부분과 토끼와 함께 육지로 되돌아 온 후 등의 부분에서 어리석음을 각각 노출하고 있었다. 아내와 이별 장면에서 사사로운 감정을 앞세워 충을 위한 장도를 가로막으려는 아내를 꾸짖는 별주부는 이내 성적 욕망을 노골적으로 표출하고 마는 인물로서 토끼의 세속적이고 개인적인 욕망과 별다르지 않았고, 남에게 자신을 과장해서 보여주고자 하는 허영심과 욕망, 그에서 비롯된 허위의식 또한 그간에는 주로 토끼의 특성으로 이해되었으나 별주부에게서도 공통적으로 드러나고 있는 것을 보았다. 즉, 토끼나 별주부 어느 한 쪽만 긍정적이거나 부정적인 성격을 지니고 있는 것이 아니라 동일한 특성들이 두 인물에 공존해 있으며 이 두 인물은 동일한 비중으로 토끼전에서 서사를 이끌어 가고 있는 것이다.

토끼가 별주부일 수 있고, 별주부가 토끼일 수 있는 다소 이상한 이 인물 구조는 토끼전이 지략담의 반복으로 되어있다는 점에서 기인한다. 지략담이란 약자가 강자를 이기는 전복성이 기본 구조이기 때문에, 상황이나 장소에 따라 지략담에서 이기는 자와 지는 자는 언제든지 뒤바뀔 수 있는 유동적인 상태에 있다. 때문에 지략의 주체와 대상이 바뀜에 따라 그 맞은편에 있는 속성인 어리석음이나 욕망, 허위의식 등도 대상을 바꾸어 가며 표출되고 있는 것이다. 요컨대 판소리계 소설이라는 장르 자체가 토끼전을 개방적으로 만들고 있는 데다가 여러 개의 지략담의 반복으로 구성된 토끼전의 구조와 아울러 등장인물들 또한 유동적인 특성을 지니게 되고, 그리하여 토끼전은 개방성을 그 특징으로 하는 작품이 되고 있다.

토끼전의 서사 확장 방식 연구

1. 머리말

토끼전은 조선 후기 우화[1]의 전시장이라고 불릴 만큼 다양한 우화들을 수용하고 있다. 이들이 어떠한 원칙 속에서 수용된 것인지 아니면 흥미 위주로 무질서하게 수용된 것인지는 앞으로 논의를 전개해 보아야 할 일이지만, 어떤 원리가 있을 것이라는 것이 이 논의의 출발점이다. 일정한 원리에 따라서 우화들이 선별되어 삽입되었을 것이며 그 과정에서 자체적인 파생도 가능했을 것이라는 것이다.

그렇다면 토끼전의 서사 확장 방식을 살피는 작업은 토끼전의 근원설화가 지닌 특징에서부터 출발하여 할 것이다.

---

1) 현재 학계에서는 일본에서 수용된 '우화'라는 용어보다는 중국과 우리나라에서 오래 전부터 써 왔던, 우의(寓意)를 기탁(寄託)하는 간접적·우회적 이야기 방식, 또는 그러한 이야기 방식일 뿐만 아니라 그러한 이야기 방식으로 서술된 작품을 일컫기도 하는 '우언'이라는 용어를 사용하고자 하는 움직임이 활발하다. 그러나 본 논문에서는 '우화(寓話)'냐 '우의(寓意)'냐 하는 용어의 문제가 중요한 논제가 아니므로 좁은 의미에서 '교훈을 전달하고자 하는 목적의식이 뚜렷한 동물이야기'라는 뜻으로 쓸 때는 '우화'라는 용어를 사용하기로 하고, 좀 더 포괄적인 서술 방식이나 서술상의 특징 등을 말할 때는 '우의(寓意)', '우의성(寓意性)', '우의적(寓意的)'이라는 용어들을 사용하기로 한다.

손진태는 〈구토지설〉을 불전에서 온 민족설화라고 하였고[2], 김태준
은 〈별주부전〉의 모태로 인도의 불경에 실린 설화의 경개를 소개하였
다[3]. 이후 인권환이 인도의 불경과 중국의 불전 설화들을 비교 검토하
여[4] 이와 같은 사실을 구체적으로 확인한 이래로 〈구토지설〉이 토끼
전의 근원 설화라는 데는 이견이 없는 듯하다.

그러나 〈구토지설〉의 성격을 이해하는 데는 다소간의 견해차가 있
다. 인권환은 〈구토지설〉을 토끼의 꾀가 강조되고 있는 지략담으로 파
악[5]하였으며, 윤승준 또한 '〈구토지설〉은 토끼와 거북의 속고 속임을
축으로 한 지략담이며, 거기에서 빚어지는 재미를 이야기의 생명으로
하고 있다[6]고 하여 〈구토지설〉을 지략담으로 파악하고 있다.

〈구토지설〉을 이해하는 또 다른 태도는 사회적 맥락 속에서 〈구토
지설〉을 이해하고자 하는 태도이다. 이원수는 토끼전 근원설화의 변모
를 논하면서 『삼국사기(三國史記)』에 실린 〈구토지설〉에 이르러 용왕
이 갈등의 주체로 새롭게 부각되었음에 주목하여, 용왕과 거북이라는
인물 구성과 용궁이라는 공간은 군신의 관계와 왕조를 나타내고, 이로
써 사회 풍자의 길이 마련되었다[7]는 것이다. 서종문도 〈구토지설〉은
선행 서사물을 그 생성의 바탕에 깔고 있지만 이와는 다른 담론적 기

2) 손진태, 『한국민족설화의 연구』, 을유문화사, 1947.
3) 김태준, 『조선소설사』, 학예사, 1939.
4) 인권환, 「〈토끼전〉 근원설화연구」, 『아세아연구』 25, 고려대 아세아문제연구소,
   1967.
5) 인권환, 「수궁가의 삽입설화고」, 『인문논집』 제30집, 고려대 문과대학, 1985, 3면.
   _____, 위의 논문, 1967.
   _____, 「〈토끼전〉의 서민의식과 풍자성」, 『고전소설연구』, 계명대출판부, 1974.
6) 윤승준, 『동물 우언의 전통과 우화소설』, 월인, 1999, 47면.
7) 이원수, 「〈토끼전〉의 형성과 후대적 변모」, 『국어교육연구』 14, 국어교육연구회,
   1982, 92면.

능을 담당하고 있다고 하면서 〈구토지설〉이 구연되던 당대적 상황과 김춘추의 입장이 먼저 이해되어야 한다고 하였다.[8]

한 쪽은 〈구토지설〉을 설화 자체의 형식적 특성에 주목하는 태도이고 한 쪽은 구연상황이나 사회적 맥락 속에서 그 우의성(寓意性)에 주목하는 태도이다. 〈구토지설〉을 바라보는 관점에 이처럼 차이를 보이기는 하나 이 두 견해가 대립 관계에 있지는 않다. 〈구토지설〉은 교훈적이고 사회적인 비판의 기능을 갖고 있는 우화인 동시에 속고 속이는 설화의 형식적 재미도 아울러 갖춘 '지략담'이기 때문이다. 〈구토지설〉이 두 가지 측면을 모두 지니고 있다는 것은 〈구토지설〉이 이야기 된 배경을 검토해 보면 더욱 명확하다.

고구려에 청병을 하러 갔던 김춘추는 보장왕의 무리한 요구를 받게 된다. 김춘추가 비범한 인물이라는 진언에 따라 보장왕은 마목현과 죽령을 고구려에 돌려달라는 무리한 부탁을 한 것이다. 이에 김춘추는 신하가 국가의 토지를 마음대로 할 수 없다고 하였다가 옥에 갇히고 목숨이 위태로운 지경에 이른다. 이전에 고구려에 당도했을 때 김춘추는 보장왕이 총애하는 선도해라는 인물에게 청포(靑布) 삼백 필을 바치는데 이에 선도해가 답을 하는 의미에서 상을 차려가지고 와 김춘추와 함께 술을 마시면서 넌지시 해 주는 이야기가 바로 〈구토지설〉이다. 이때, 선도해는 '희어(戱語)'라고 하면서 이야기를 들려준다. 선도해의 의도가 어찌되었던 간에 본래 〈구토지설〉은 '희어'로 이야기 되던 것임을 알 수 있고, '희어'라는 〈구토지설〉의 본래적인 성격을 알 수 있다.

그러나 특정한 상황적 맥락과 결부되면 단순한 '희어'라고만은 할 수

---

8) 서종문, 「〈토별가〉에 나타난 신재효의 현실인식」, 『판소리 연구』 제10집, 판소리 학회, 1999, 78~79면 참조.

없고 '우어(寓語)'로 말해지고 '우어'로 받아들여지게 된다. 이처럼 〈구토지설〉은 '희어(戱語)'와 '우언(寓言)'의 성격을 동시에 지니고 있음을 알 수 있다. 따라서 상황적 맥락을 떠나면 단순히 재미있는 이야기로 읽힐 수 있지만 특정한 사회적 맥락과 결부되면 등장 인물이 전형적 인물로 환치되기도 하고, 작품의 서사 전개가 특정한 상황을 반영하기도 한다.

그런데 〈구토지설〉이 토끼전의 근원설화로 선택되고 판소리적·소설적 확장을 거친 데에는 사회·역사적 배경이나 의식적인 목적도 작용했겠지만, 우선 작품의 형식적 재미가 가장 큰 요인이었을 것이다. 〈구토지설〉의 일정한 형식적 재미 때문에 소설화·판소리화 과정을 거칠 수 있었을 것이며 이후 서사적 확장을 거듭하는 과정에서도 〈구토지설〉 자체 내에 있었던 형식이 뼈대가 되었을 것이다. 특히 유흥적인 성격을 강하게 지니는 판소리의 경우는 더욱 더 형식적인 재미를 간과할 수 없다. 따라서 여기서는 〈구토지설〉의 지략담적 성격 주목한다. 이 지략담은 토끼전 서사 전개에 있어 형식적인 기능을 하는 동시에 사회적 함의까지 내포하고 있어 토끼전을 이해하는 데 중추적 역할을 하고 있다고 판단되기 때문이다.

2. 〈구토지설〉 지략담의 성격과 유형

〈구토지설〉은 짧은 이야기 속에 두 번의 지략이 사용된다. 거북이 토끼를 유혹하는 과정에서 한 번의 지략이 사용되며 유혹에 빠진 토끼가 위기를 벗어나는 과정에서 또 한 번의 지략이 사용된다. 적대자의 속임수로 위기에 처한 주인공이 지략을 써서 위기를 극복하는 보복담

의 형태이다. 〈구토지설〉에서 사용된 첫 번째 지략담은 '유혹 지략담'
이라고 할 수 있다. 유혹 지략담은 주인공을 위기에 빠뜨리는 적대자
의 속임수에 속한다. 이로 인하여 위기에 처한 주인공이 다시 지략담
을 써서 위기를 극복하는 것이 지략담의 일반적인 양태이다.[9] 때문에
유혹 지략담만 독립적으로 유형을 이루는 경우는 드물다 할 수 있겠는
데, 흔히 김선달의 이야기로 알려진 '쉰 팥죽 팔기' 설화가 유혹 지략담
에 해당된다고 할 수 있다.

  팥죽이 쉬어서 못 팔게 되자 김선달이 꾀를 내어 서울에는 초를 넣
은 팥죽이 유행이라며 초를 넣어 팥죽을 팔고, 어리석은 시골 사람들은
보통 팥죽의 2배 값을 주고 쉰 팥죽을 다투어 사먹었다는 이야기이다.
여기서는 지략자의 꾐에 빠지는 사람들의 자발성이 주목할 만하다. 거
북은 힘으로 토끼를 끌고 가는 것이 아니라 수궁이 매우 살기 좋다는
감언이설로 꾀어 토끼의 호기심을 유발하여 스스로 수궁행을 결심하도
록 만든다.[10] 그러나 〈구토지설〉에서 유혹 지략담의 성격이 뚜렷하게
드러나는 것은 아니다. 매우 짧은 설화이기 때문에 간단한 유혹으로
토끼는 수궁행을 결심하게 되나 토끼전에서는 유혹지략담의 특징들을
잘 드러내면서 다채로운 서사가 전개된다.

  거북이의 지략 때문에 위기에 처한 토끼가 위기를 벗어나기 위해서
다시 지략을 사용하는, 〈구토지설〉에서 두 번째 나타나는 지략담은 '위

----

9) 이를 〈단초적 트릭〉과 〈대응 트릭〉으로 명명하고, 무수한 민담이 두 개의 맞서
  있는 트릭으로 엮어져 있다고 하였다.(김열규, 「속임수의 명수들(1)」, 『한국문학사』,
  탐구당, 1983, 394면 참조)
10) 마아크 트웨인의 원작 『톰 소여의 모험』에서도 톰이 담장에 페인트 칠을 할 때
  같은 방법을 사용한다. 톰은 그것이 아주 재미있는 일인 것처럼 가장하고, 아이들
  은 거기에 속아 여러 가지 보물들을 톰에게 주면서 간청을 하고서야 담에 페인트
  를 칠할 수 있게 된다. 여기서도 톰은 아이들의 자발성을 유도해 내고 있다.

기 극복 지략담'이라고 할 수 있다. 위기는 논리적이거나 자연적인 것에서 연유하기보다는 물리적인 힘에 의한 발생하는 것이 일반적이다. 이 때, 주인공은 지략을 써서 위기를 극복한다.[11] 지략담의 가장 일반적인 형태이며 가장 많은 수를 차지한다.

〈구토지설〉은 이와 같이 두 개의 지략담으로 구성되어 있는데 〈구토지설〉에는 설화의 서사 전개 전면에 드러나는 두 개의 지략담 외에 또 하나의 지략담이 숨어 있다. 그것은 바로 토끼와 거북의 지략 대결이다. 적대자와 주인공의 선악 구분이 명확하지 않고, 적대자와 주인공의 구분마저 명확하지 않은 경우, 두 인물의 지략은 대결의 국면을 띠며 이 대결 자체가 흥미 요소가 되기도 한다. 우리 설화에서 가장 대표적인 경우가 바로 '오성과 한음'이다.

조동일은 지략담을 유형 분류하는 과정에서 '오성과 한음' 유형이 빠졌음을 시인하고 있는데 이는 지략담을 강자와 약자의 대결로만 파악했기 때문이다.[12] 오성과 한음의 대결은 강자와 약자의 대결이라 할 수 없고 오히려 두 인물 대결이 상승 작용의 구실을 하여 두 인물 모두 비범한 주인공으로 부각된다. 이들은 목숨을 담보로 첨예한 대결을 펼치고 있지도 않으며, 대결 그 자체를 즐긴다. 누가 더 한 수 위인가가

---

11) 이 때 지략은 신화적인 기원에서 보면 사술(詐術)이라고 할 수 있다. 신화에서 신들은 신적인 힘을 과시함으로서 신성을 인정받는 데 비하여 이 경우는 사술이 신적인 힘의 또 다른 발현이라 할 수 있다. 우리나라 신화로는 호공과 탈해의 자리 뺏기 싸움이 있다. 이는 지략담의 또다른 가치이다. 탈해는 호공의 집에 몰래 숯과 숫돌을 묻어 두었다가 그것을 증표로 호공의 집을 빼앗고 만다. 정당한 방법은 아니지만 그것은 별 문제가 되지 않는다.

12) 조동일은 '지략담'이라는 용어를 사용한 것은 아니다. '속이고 속는 사연'이라는 표현을 썼는데, 이들 거의가 지략담에 속하고 있으며, 조동일 자신도 논문에서 '지략담'이라는 용어를 혼용하고 있다. 조동일, 「한국 설화의 분류 체계와 "속이고 속는 사연"」, 『구비문학』 7, 한국정신문화연구원 어문연구실, 1984 참조

대결의 주요한 관심거리이다. 둘 사이에 영원한 승자는 없다. 상황은
항상 반전될 수 있으며 화자들은 그 반전을 즐기고 있는 것이다.

　박문수와 같이 현명한 판관이 해결하지 못한 과제를 아이가 해결하
는 것도 같은 맥락의 지략 대결이라고 할 수 있다. 박문수가 과제를 해
결하지 못했다고 해서 박문수가 부정되는 것은 아니며 박문수와 아이
가 적대 관계에 있는 것도 아니다. 화자는 지혜로운 박문수도 해결하
지 못하는 일을 어린 아이가 해냈다는, 설화에서 흔히 나타나는 현실
극복의 낭만성을 즐김과 동시에 명판관 박문수와 아이의 지략 대결을
즐기는 것이다. 이처럼 '대결' 자체에 흥미를 느끼는 것이 지략담의 한
특징이며 〈구토지설〉에서도 이러한 독자(화자)들의 기대가 내재되어
있다고 하겠다.

　〈구토지설〉도 적대자와 주인공의 구분이 애매하다. 〈구토지설〉이
선도해에 의해서 김춘추에게 이야기되던 당시, 김춘추는 〈구토지설〉의
토끼의 처지와 비슷하다는 견해가 일반적이나 연구자에 따라서는 용왕
을 위해 간을 구하러 떠난 별주부에 비유되기도 하여 〈구토지설〉 자체
에 대한 해석도 엇갈리고 있는 형편이다. 이처럼 〈구토지설〉에 대한
견해가 엇갈리는 이유는, 악어를 부정적으로 그리고 원숭이를 긍정적
으로 그려, 선악의 개념을 분명히 하고 있는 불전 설화와는 달리, 〈구
토지설〉에서는 선악의 구분이 흐려지고 있다는 점을 들 수 있다. 이는
간을 필요로 하는 자가 악어의 아내에서 용왕으로 바뀌면서 변화된 것
이다. 간을 필요로 하는 인물이 악어 아내일 때, 악어는 매우 개인적이
고 이기적인 목적 때문에 간을 요구함으로써 부정적인 인물로 나타나
는 반면, 간을 필요로 하는 인물이 용왕으로 대치된 〈구토지설〉에서
거북이 토끼의 간을 요구하는 이유는 개인적인 차원을 벗어나고 있으

므로 가치를 매기기가 어렵게 된다. 따라서 거북과 토끼는 서로 목숨을 건 첨예한 대립 관계에 있으면서도 어느 한 쪽이 일방적으로 긍정되거나 일방적으로 부정되지는 않는, 참으로 애매한 상황이 마련되는 것이다.

〈구토지설〉의 이러한 대립 구도가 토끼전에 와서 더욱 확대되면서 토끼와 거북의 지략 대결은 더욱 강조된다. 이본에 따른 편차는 있지만 토끼전 전체로 보았을 때, 이 두 인물들은 동등하게 부각된다고 볼 수 있다. 작품의 주제가 토끼를 긍정적으로 바라보느냐, 별주부를 긍정적으로 바라보느냐에 따라 달라지고, 작품명이 토끼전계와 별주부전계로 크게 두 가지로 나뉘고 있는 것으로 볼 때도 토끼전의 주인공은 토끼나 별주부, 어느 한 쪽이라고 단정하기는 매우 어려운 상황이다.13) 심지어 한 이본 내에서도 두 등장 인물에 대한 서술자의 태도는 명확하게 드러나지 않는다. 즉 토끼전에서는 누가 우위냐를 가리는 것은 그다지 중요한 의미를 지니고 있지 않다고 볼 수 있다. 〈구토지설〉에서는 별주부가 토끼의 꾀에 속아 하릴없이 수궁으로 돌아가는 것으로 되어 있는 결말부가, 토끼전에서는 별주부, 혹은 수궁을 중심으로 다채로운 전개를 펼치고 있는 것을 보아도 토끼전이 토끼나 별주부 어느 한 쪽의 일방적인 승리만을 문제 삼고 있는 것이 아니라는 것을 알 수 있다. 토끼전이 〈구토지설〉의 지략담적 성격을 얼마나 계승, 확장시키고 있는지에 대한 논의는 뒤에서 계속하기로 하고, 여기서는 토끼전에서 가장 두드러지게 나타나는 서사적 특징인 대결 구도가 〈구토지설〉

---

13) 그렇다고 해서 작품명에 따라서 주제가 달라진다고 할 수는 없다. 여기에 대한 논의는 이후에 더 자세히 논의되어야 할 일이겠고, 여기서는 작품 내의 등장 인물들에 대한 독자들의 인식을 보여주는 근거로서만 간단히 언급하기로 한다.

에서 이미 두 주인공의 지략 대결로 마련되어 있었음을 강조하는 데서 논의를 마무리하고자 한다. 그런데 이 지략 대결이 토끼전의 구체적 서사로 확장되는 과정에서는 여러 동물들의 '쟁장 지략담'[14]으로 나타나고 있다.

이상에서 살펴본 바와 같이 〈구토지설〉은 지략담의 다양한 요소를 모두 갖추고 있다고 할 수 있다. 즉 전반부에서는 별주부가 토끼를 꾀어 수궁으로 데려가는 '유혹 지략담'이, 후반부에서는 토끼가 위기를 극복하는 '위기 극복 지략담'이 각각 전개되고 있으며, 〈구토지설〉 전체로 보았을 때는 별주부와 토끼의 지략 대결로 대표되는 '쟁장 지략담'이 중요한 서사 요소가 되고 있다.

'유혹 지략담', '위기 극복 지략담', '쟁장 지략담', 이 세 가지 지략담은 〈구토지설〉이 토끼전으로 작품화하는 과정에서 근간이 되는 부분이다. 토끼전은 〈구토지설〉의 세 가지 지략담을 중심으로 서사적 확장을 전개하고 있기 때문이다. 즉 세 개의 지략담으로 구성되어 있는 〈구토지설〉은 토끼전 서사 확장의 튼실한 뼈대 구실을 하고 있다.

3. 토끼전 지략담의 전개양상

먼저 토끼전의 본 이야기를 서사 전개에 따라 단락을 구분하면 다음과 같다.

---

14) 쟁장 지략담은 본래, '나이다툼'으로서 누구의 나이가 많은가를 두고 다투는 것이다. 그러나 여기서는 나이의 많고 적음뿐만 아니라, 능력, 지략 등을 모두 포괄하는 개념으로 확대하여 사용하고자 한다.

1. 용왕득병	2. 명약지시
3. 어족회의	4. 별주부전송
5. 별주부출룡	6. 별주부의 짐승 만남
7. 모족회의	8. 별주부의 호난극복
9. 별주부의 토끼 유혹	10. 토끼의 수궁행
11. 토끼의 수궁위기극복	12. 토끼 출룡
13. 결말	

　토끼전의 본 이야기는 이상과 같이 13개의 단락으로 나눌 수 있는데, 그 중 지략담이 나타나는 단락은 제3단락 '어족회의', 제7단락 '모족회의', 제8단락 '별주부의 호난극복', 제9단락 '별주부의 토끼 유혹', 제11단락 '토끼의 수궁위기 극복', 제13단락 '결말' 등 모두 6단락이다. 이들 단락은 토끼전 전체에서 차지하는 분량면에서도 큰 비중을 차지하지만 다채로운 내용을 포함하고 있고 이본마다 차이를 크게 드러내는 부분이라는 점에서, 토끼전 서사 확장 방식을 이해하는 데 중요한 열쇠가 된다.

　서사 전개의 가장 중요한 축을 담당하고 있는 부분은 제9단락과 11단락으로서 각각 유혹 지략담과 위기 극복 지략담에 해당하는 부분이며 이 부분은 〈구토지설〉의 기본 서사와도 일치하는 부분이다. 그러나 나머지 단락들은 〈구토지설〉에는 나타나지 않는 단락이면서 〈구토지설〉의 지략담적 성격을 확장시키고 있는 부분이다. 특히, 지략담이 나타나는 이들 단락은 토끼전의 서사 확장에 중추적 역할을 하고 있어 토끼전 서사 전개가 지략담을 중심으로 전개되고 있음을 확인하기는 어렵지 않다.

　〈구토지설〉과 토끼전에서 공통적으로 나타나면서 가장 큰 비중을 지니고 있는 지략담인 위기 극복 지략담부터 살펴보면, 토끼전 단락 구분으로는 8단락과 11, 13단락이 이에 해당된다.

위기 극복은 지략담의 가장 본래적인 기능이면서 유혹 지략담과 함께 〈구토지설〉과 토끼전에서 공통적으로 커다란 비중을 차지하는 지략담이다. 오영희는 '지혜담'이라는 용어를 쓰면서 '문제 상황을 지혜로써 해결하는 이야기로서, 지혜 모티프가 중심적 요소가 되는 일련의 이야기들'이라고 개념을 정리한 바 있다.[15] 지략담에서 이 정의를 그대로 받아들이기는 어렵지만 지략담에서 가장 중요한 것이 바로 위기 극복이라는 것을 명백히 보여 주고 있는 정의라고 할 수 있다.

위기 극복 지략담에서 가장 중심이 되는 단락은 역시 제11단락 '토끼의 수궁 위기 극복'이라고 할 수 있다. 〈구토지설〉에서는 '간을 육지에 두고 왔다'고 간단하게 나타나지만 토끼전에서는 이 말을 용왕과 여러 제신들이 믿도록 만들기 위하여 갖은 지혜를 다 동원한다. 게다가 중간 중간에 토끼의 말을 계속 의심하는 신하들이 등장하여 토끼는 반복되는 위기를 맞게 되며 이 때마다 지략을 써서 위기를 극복한다. 이 대목에서 토끼는 수적으로도 많은 위기에 맞닥뜨리게 되며 지략도 최고조로 발휘하게 되는데, 토끼에게 닥친 위기는 단순한 위기가 아니라 목숨이 달린 심각한 위기이다. 따라서 갈등과 대립이 첨예화되어 경우에 따라서는 보복이 나타나기도 한다. 뿐만 아니라 작품 전체에서 긴장이 최고조에 달해 있는 부분이기도 하다.

용왕의 토간 요구에 대해 간을 육지에 두고 왔다는 토끼의 기변에서부터 위기 극복 지략담이 시작된다. 이본에 따라 다양한 형태가 나타나기는 하나 대체로 간을 두고 왔다는 지략은 공통적으로 나타난다.

---

15) 오영희, 「지혜담 연구」, 경희대학교 석사학위논문, 1989.

그러나 이러한 지략이 한 번에 먹히지 않는다. 용왕은 터무니없는 소리라 진노하며 무사를 시켜 토끼의 배를 가르라 엄명을 내린다. 이에 대해 토끼는 자신의 간이 명약인 이유, 토간을 먹고 효험을 본 사람들을 열거하며 용왕을 유혹한다. 토끼는 자신의 간이 약이 되지 않음을 설득시켜 위험에서 빠져나와야 할 상황인데도 불구하고 오히려 자신의 간을 산삼이나 우황보다 더 큰 효험이 있다고 역설한다. 자신의 간이 명약임을 역설하여 용왕에게 욕심을 더욱 내게끔 유도한 후 자신의 기변을 믿게 하여 간을 가지러 육지로 되돌아가고자 하는 복잡하고도 치밀한 계산이 깔린 언술인 것이다.

여기에다 토끼는 용왕의 또 다른 욕심을 자극하는데 바로 '不老長生無病强力'과 '싱발암壁을 뚫는 腎氣'이다.[16) 상대방의 욕심을 역이용하는 방법은 위기 극복 지략담뿐만 아니라 유혹 지략담에서도 매우 중요한 전략이다. "腎氣은 싱발암壁을 쏠르리다"라는 발언은 매우 불경스러울 뿐만 아니라 풍자적인 언사임에도 불구하고 용왕은 이 말을 듣고 매우 좋아하며 토끼의 말을 모두 믿어 버린다. 그리고 신하들에게 토끼를 살리자고 제안하기에 이른다. 이로써 토끼의 위기는 일단락 되는 듯하다.

그러나 토끼전에서 토끼와 대립 관계에 있는 인물은 용왕뿐이 아니다. 별주부와 용궁 제신들이 남아 있어 수궁에서의 토끼의 위기는 계속 반복된다. 방해자는 매우 논리적인 방법으로 토끼의 거짓말을 반박하여 토끼에게는 매우 위협적인 위기가 닥친다. 순강사 금붕어는 토끼는 수궁에 두고 별주부만을 보내어 토끼 간을 찾아 오라고 하고, 대장

---

16) "원보치 자셔시면 不老長生의 無病强力ᄒ와 腎氣은 싱발암壁을 쏠르리다 廣利 들으시고 腎氣 됴타 말을 드오니 됴와" <가람본 별토가, 32앞>

범치는 토끼 뱃속에서 출랑거리는 소리를 듣고 토끼 배에 간이 들었다 주장하기도 하며, 별주부는 눈물어린 충간으로 용왕에게 토끼 배를 따 보라고 간언한다. 이에 대해 토끼는 용왕을 상대할 때와는 달리 상대 방을 공격하며 위협한다. 그리고 최종적으로는 자신이 죽으면 원귀가 되어 수궁 제신을 한날 한시에 몰사시키겠다며 협박한다. 이를 통하여 토끼와 대립 관계에 있는 모든 인물들을 대상으로 하여 한꺼번에 보복 을 할 것을 선포함과 동시에 앞으로 혹 등장할지도 모르는 방해자와 그로 인한 위기를 원천적으로 봉쇄하고 있다. 이에 용왕은 "톡기 말의 썩 질이여셔" 토끼를 해하는 말을 하는 자는 어망살로 정배를 보낸다 는 엄포를 놓기에 이른다. 이것으로써 토끼의 수궁 위기는 막을 내리 고 수궁에서의 위기 극복 지략담도 일단락된다. 아직 육지에 나가지 않았지만 토끼는 이미 승자이다. 그러나 안심할 수는 없다. 언제, 어디 에서 위기가 닥칠지 모르는 상황이기 때문이다. 수궁에서 계속 반복된 위기도 토끼나 독자들에게 그러한 긴장감을 조성하기에 충분하다.

수궁에서 거듭되는 위기는 위험이 반복되면서 긴장이 점차 고조되 는 역할을 한다. 용왕이 토끼의 '세 구멍설'에 속음으로써 이미 주된 위 기는 벗어나지만 토끼의 거짓말이 계속 의심을 받으면서 방해자로 인 한 아슬아슬한 위기가 거듭 반복된다. 토끼는 지략을 써서 계속 위기 를 모면하는데 상대를 저주하거나 위협하는 등의 복수도 함께 병행하 고 있다. 이러한 반복은 토끼의 지략을 강조하는 동시에 서사 전개상 토끼의 위기와 극복을 강조하고 있기도 하다. 용왕의 의심과 방해자의 등장으로 거듭되는 위기, 그리고 지략을 통한 이의 극복이 토끼전 서사 를 이끌어 가는 원동력이 되고 있는 것이다. 동시에 이를 통해 거듭되 는 반전과 긴장은 토끼전의 재미를 더하고 있다.

결말에서의 토끼의 육지에서의 위기 극복은 그 연장선상에 있다. 13 단락에 들어있는 토끼의 '그물위기 극복'과 '독수리위기 극복'은 〈구토지설〉에서는 없는 지략담인데 토끼전에 와서 확장 과정을 거치면서 삽입되었다. 창본에서는 대체로 이 부분이 나타나나 소설본에서는 생략되는 것이 보통이다.[17]

토끼의 위기 극복담에 짝을 이루는 위기 극복담으로 '별주부, 호난 극복'이 있다. 〈구토지설〉에서 위기 극복 지략담의 주체는 토끼로 한정되지만 토끼전에 오면, 토끼와 별주부로 확장된다. 따라서 별주부가 주체가 되는 위기 극복 지략담이 나타나는데 그것이 바로 제8단락 '별주부의 호난 극복'이다. 별주부가 토끼와 만나 본격적인 지략 대결을 벌이기에 앞서 별주부가 지략을 써서 위기를 극복함으로써 별주부는 토끼전의 주인공다운 면모를 확고히 할 수 있게 된다. 이를 통해 별주부의 위상이 재정립되고 토끼에게는 만만치 않은 상대로 부각되어 이후에 벌어지는 지략 대결은 팽팽한 긴장감 속에서 흥미진진하게 전개된다.

토끼전의 중추가 되는 또 하나의 지략담인 유혹지략담은 9단락 별주부의 토끼 유혹에서 잘 드러난다. 이 대목 역시 〈구토지설〉에서 거북이 수중에 맛있는 음식이 있고 고난이 없다는 말에 토끼가 쉽게 유혹되는, 싱겁게 끝나버리는 간단한 유혹 과정이 대단히 확장되면서 사건을 다채롭게 만들고 있다. 토끼를 유혹하는 핵심 대목은 '팔난세계'와 '수궁자랑' 대목이라 할 수 있다. 토끼는 세상살이의 즐거움을 듣고 싶다는 요청을 받고 자신이 알고 있는 모든 지식을 다 동원하여 자신이 신선의 삶을 구가하고 있음을 과시하고자 한다. 그러나 별주부는 기다

---

17) 같은 형식의 지략담이 다시 반복된다는 점, 그리고 결말에 새로운 사건이 생긴다는 점 등이 논리적인 소설 구성에서 받아들여지지 않은 것으로 판단된다.

렸다는 듯이 육지 자랑을 하나하나 반박한다. "쥬부가 들의면셔 가만이 싱각흔직 져를 훨썩 츄어더니 죠분 쇼견 교가 나셔 져러케 덤벙이니 되게 흔번 탁 질너셔 져 놈 긔를 썩거 보즈"[18]라는 데서도 알 수 있듯이 별주부는 토끼의 말이 허황된 것임을 이미 간파하고 있다. 별주부는 '팔난세계'를 통하여 토끼가 겪게 되는 고난을 하나하나 열거함으로써 토끼의 희망을 하나하나 배제한다. 그 결과 뒤이어 이어지는 '수궁자랑'은 상대적으로 상승 작용을 일으키는데 여기서 별주부의 치밀한 지략 전개를 알 수 있다.

토끼는 별주부의 팔난세계에 기가 꺾여 스스로 "水國의난 엇더흐오 水宮 興味 들어보옵시다"라고 한다. 별주부는 신기한 수궁 풍경을 자랑하고, 권력과 여자로써 별주부를 유혹하는데, 이는 유혹의 가장 기본적인 요소라고 할 수 있다. 지략은 상대의 약점을 뒤집어 공략하는 것이다. 별주부는 토끼가 바라는 것이 무엇인지를 간파하고 있다. 별주부는 토끼의 허위 의식과 욕심을 공략하면서 유혹을 전개하고 있는 것이다. '팔난세계'와 '수궁자랑'은 유혹의 핵심으로서 형태는 다양하지만 어느 이본에나 공통적으로 나타난다. 이후에도 토끼의 변심 때문에 유혹은 계속된다. 여러 가지 지략담이 전개되는데 이들은 공통적으로 나타나는 것은 아니고 이본에 따라 선택적으로 나타난다. 자유롭게 변개되고, 얼마든지 자유롭게 확장될 수 있는 가능성도 있다. 추켜세우기도 하고 위협을 하기도 하고 무관심한 태도를 보이면서 토끼의 자발적인 호기심을 유발하기도 하면서 앞서 전개되었던 유혹 방법이 계속 반복되면서 별주부의 지략이 펼쳐진다. 이처럼 별주부는 지략과 언변으로 토끼의 자발성을 유도하여 산중을 떠나 수궁으로 향하게 된다.

---

18) <신재효본>, 25앞.

그러나 토끼 역시 호락호락하게 유혹당하지 않는다. 토끼는 상황이 변할 때마다 별주부를 의심하며 의의를 제기한다. 토끼가 별주부의 유혹에 빠져 자빌적으로 별주부를 따라나서는 중에 방해자가 나타나 토끼의 무모함을 상기시키자 토끼는 다시 변심하여 수궁행을 포기한다. 이에 별주부는 너구리를 참소하는 지략을 내어 다시 토끼의 마음을 돌리나, 토끼는 수변에 당도하여 물이 무서워 못 가겠다고 또 다시 변심한다. 이에 별주부는 유혹하는 수단은 더욱 강경화한다. 추켜세우기나 설득하기는 더 이상 효과가 없다고 판단한 별주부는 총 맞아 죽을 것이라 위협하고 종래에는 토끼의 발을 물고 물속으로 들어가는 극단적인 방법을 사용하여 토끼를 수궁으로 끌고 간다.

이처럼 토끼전의 유혹 지략담에서는 유혹하는 자(별주부)와 유혹당하는 자(토끼) 사이에 밀고 당기는 팽팽한 유혹 과정이 수없이 반복된다. 이러한 다단한 유혹 과정은 토끼전 서사를 확장시키는 원동력이 됨과 동시에 이를 통해 거듭되는 반전과 긴장은 독자로 하여금 토끼전의 아슬아슬한 묘미를 느끼게 한다.

쟁장 지략담은 토끼전의 발단 부분에 해당하는 부분인 제4단락 '어족회의'와 제7단락 '모족회의'에서의 '날짐승상좌다툼'과 '길짐승상좌다툼'에서 극명하게 드러난다.19) 〈구토지설〉에서는 이 부분이 구체적으로 사건화하여 나타나지는 않지만, 앞서 〈구토지설〉은 거북과 토끼의 대결 구도로 되어 있으며 이 대결의 중심에는 바로 지략이 놓여 있어서 〈구토지설〉은 지략 대결의 양상을 띠고 있는 것을 확인하였다. 토

---

19) 유혹과정과 위기극복 과정에서 드러나는 별주부와 토끼의 대결에서도 쟁장지략담을 찾아볼 수 있으나 여기서는 보다 구체적으로 쟁장지략담의 모습을 보여주는 '어족회의'와 '모족회의'를 대상으로 논의를 전개하기로 한다.

끼전에서는 〈구토지설〉에서 마련된 토끼와 거북의 지략 대결에 대한 관심을 구체적으로 사건화해서 보여 주고 있다. 토끼전은 이를 위하여 당대에 유행하던 우화 소설에서 삽화를 차용해 왔는데 그것이 바로 제8단락 '모족회의'의 '날짐승상좌다툼'과 '길짐승상좌다툼'이다. 두껍전과 토끼전은 우화 소설이라는 형태적 공통점 때문에 들고남이 훨씬 자연스러웠을 것이며, 특히 '지략담'이라는 공통점이 있어서 더욱 수용이 수월했을 것이다.

정출헌은 〈두껍전〉의 나이 다툼 모티프 수용과 그 형성 과정을 논하면서 인도 불전설화 단독으로서가 아니라 중국의 '쟁년우화' 전통을 함께 이어받은 것이라 하였다.[20] 토끼전의 나이자랑도 두껍전에서처럼 온갖 지식과 견문을 늘어놓기도 한다. 그러나 토끼전의 나이자랑은 '지략담'이라는 기본적인 성격을 고수하려는 경향을 보인다는 점에서 〈두껍전〉의 삽화와는 차이가 있다. 즉 토끼전의 '모족회의'는 〈두껍전〉의 상좌다툼과 달리 '다툼'에서 누가 상좌를 차지하느냐 하는 것이 그리 중요하지 않다. 〈두껍전〉에서는 두꺼비가 나이다툼에서 이겨 상좌를 차지한다. 그러나 토끼전에서는 두꺼비가 상좌를 차지하기도 하고, 너구리가 상좌를 차지하기도 하고, 이들을 제치고 호랑이가 완력으로 상좌를 차지하는가 하면 나이다툼에서 상좌를 차지한 동물이 호랑이에게 상좌를 양보하기도 한다. 이로 볼 때, 토끼전에서 상좌를 차지하는 자가 누구인가 하는 것은 그리 중요한 것 같지 않다. 그보다는 '다툼'이라는 상황 자체를 즐기고 있는 것으로 보인다.

〈장끼전〉의 영향을 받은 것으로 보이는 날짐승들의 상좌 다툼 역시

---

20) 정출헌, 「조선후기 우화소설의 사회적 성격」, 고려대학교 박사학위 논문, 1992, 40면 참조.

'다툼'이라는 상황이 강조되고 있는 것을 볼 수 있다. 정광수창본을 예로 든다면 여기서는 주로 근본 다툼이 일어난다. 그러나 '모족회의'나 '어족회의'처럼 안정된 형태를 지니고 있지는 못하다. 앵무새가 자신이 상좌를 하겠다고 하니 봉황새가 이를 꾸짖으며 자신의 내력을 말한다. 다음 인물에 의해서 이 내력이 반박되면서 상좌다툼이 이어져야 하는데 여기서는 봉황의 내력에 대한 반박이 없고 가마귀가 다시 나타나 상좌를 하겠다고 한다. 부엉이의 반론에 가마귀가 자신의 근본을 말하자 부엉이는 이를 비웃고 불길하다며 떠나버리고 만다. 애초에 쟁장의 의미가 없는 상좌다툼이라고 할 수 있다. 이는 '쟁장 지략담'이 작품 서사 전개에 영향을 미친다기보다는 흥미를 위해서 삽입되었다는 증거를 보여 준다. 등장 인물들이 언변을 통해서 자신의 내력을 말하는 것, 거기에 사용되는 지략 자체가 흥미의 요소가 되는 것이다. 흥미를 돋우는 요소가 반복되는 것은 더 설명할 나위가 없다.

'모족회의'가 지략담이라는 형식적인 면에 있어서뿐만 아니라 풍자라는 내용적이고 기능적인 면에 있어서도 중요한 의미를 가지고 부각이 되면서 이에 짝을 맞추어 어족회의도 마련된다.[21] '어족회의'는 나이가 아니라 자신의 능력을 다투고 있다. 대신들이 자신의 능력을 자랑하다가 별주부가 택출되거나 서로 안 가겠다고 미루다가 나중에는 가장 미천한 별주부가 자원한다는 점에서는 '모족회의'와 비슷한 구조를 지니고 있다고 할 수 있다. 현실적인 힘을 지니고 있지는 않지만 충이거나 지략을 가진 자가 다툼에서 승리하는 것이다. 별주부가 사신으로 가리라는 것은 서사 전개상 이미 예정된 것인데 여기서 서사가 길

---

21) 김동건, 「<수궁가> 모족회의 대목의 존재 양상과 의미」, 『국어국문학』 122, 국어국문학회, 1998.

게 확장되는 것은 지략을 통한 다툼 그 자체에 재미와 의미를 부여하기 때문인 것으로 보인다.

'어족회의'에서 어족들이 다투는 목적은 이본에 따라 다르다. 서로 자신이 사신이 되겠다고 우기는 경우이거나 사신이 되지 않으려고 발뺌을 하는 경우들인데, 두 경우 모두에 지략이 사용된다. 전자의 경우, 대신들은 자신의 장점을 경쟁적으로 이야기한다. 이 경우에는 과장을 하거나 심지어는 거짓말을 하기도 한다.

수궁제신들은 임금의 총애를 입고자 다투어 사신으로 가기를 자원한다. 처음에는 문어가 나서서 자신의 재주를 자랑하며 자신이 사신으로 갈 것을 청한다. 그러나 방게가 등장하여 문어가 사신으로 불가함을 아뢰고 자신이 사신으로 적합한 이유를 말한다. 이러한 식으로 거북, 낙지, 잉어, 조개가 차례대로 등장한다. 이 대목은 매우 장황하게 전개되는데, 토끼전의 서사는 제자리 걸음 상태이다. 그럼에도 불구하고 이 부분이 강조되고 있는 이유는 토끼전이 이들의 언변 다툼 자체에 의미를 두고 있기 때문이다. '쟁장' 그 자체에 가치를 부여하고 재미를 느끼는 것이다. 이는 결국 맨 마지막에 등장한 별주부에 의해 '지략'이 가장 높은 가치로 귀결된다.

별주부는 토끼를 잡을 수 있는 새로운 방법으로 '지혜'를 제시함으로써 '지략'이 재주 중의 으뜸임을 강조한다. 대신들의 재주가 아무리 훌륭하다고 해도 토끼를 잡을 수 있는 방도는 '지략'이 아니면 안 된다는 것이다. 다른 재주에 대해서는 대신들이 모두 반박을 할 수 있었으나 이 '지략'이라는 재주에만은 별다른 반박을 하지 못하고 별주부는 사신으로 택출된다.

'위기 극복 지략담'에서 등장 인물들 간의 대립이 일대일이었던 것에 비하여 '쟁장 지략담'에서는 다수의 집단적 대립이 전개된다. '위기 극복 지략담'의 일대일 대립에서 하나는 약자고 하나는 강자이다. 그러나 쟁장 지략담에서는 다자 간의 대립이 이루어져 질서 없는 혼란이 드러나고 있다. '쟁장 지략담'의 갈등과 대립 관계는 '우열 다툼', 혹은 '자리 다툼'으로 대표될 수 있는데 '자리 다툼'의 전통은 몽유록에서도 드러나는 오래된 서사적 전통이다.22)

'어족회의', '모족회의'는 토끼전에 나타나는 중요한 쟁장 지략담이다. 기존의 논의에서는 주로 '모족회의'만이 중점적으로 논의의 대상이 되어 왔다. 다른 동물 우화 소설과의 관계나 토끼전 내에서의 기능면에서 살펴 볼 때 '모족회의'는 매우 중요한 위치를 점하고 있다. 명칭에서도 알 수 있듯이 '모족회의'와 '어족회의'는 짝을 이루고 있다. '모족회의'가 육지에서의 지배, 피지배계층의 갈등과 문제의식에 주목한다면 '어족회의'는 수궁으로 대표되는 권력층을 중심으로 한 암투와 부패를 문제 삼고 있다. 따라서 토끼전의 주제를 뒷받침해 주는 동시에 풍자의 기능도 충실히 담당하고 있으며 흥미라는 점도 놓치지 않고 있다. '날짐승 상좌 다툼'은 주제 부각이나 풍자의 기능은 덜하지만 판소리적 재미와 흥미라는 부분에서는 충실한 역할을 하고 있다. 때문에 '어족회의'는 '모족회의'의 기능과 맞물려 있거나 파생관계에서 확장된 것으로 파악하기도 하였다.

그러나 이상에서 살펴 본 결과, '모족회의'와 '날짐승 상좌다툼', '어족회의'는 단순히 기능적인 필요에 의해서만 확장되어진 것은 아니다. 이들 쟁장 지략담은 '지략'을 매개로 '쟁장'을 전개하고 있어 토끼전의 서

---

22) 따라서 토끼전의 '쟁장 지략담'이 조선 후기 동물 우화 소설에서만 직접적인 영향을 받았겠는가 하는 문제는 이후에 다시 논의해 볼 문제이다.

사 전개의 매개인 '지략과 동일한 맥락에서 서사적 확장을 꾀하고 있음을 볼 수 있다.

4. 토끼전 지략담의 특징

위기 극복 지략담은 지략담의 본래적인 영역이라고 할 수 있다. 따라서 위기 극복 지략담에서는 특히 '지략이 강조되는데 위기 극복 지략담이 전개되는 부분마다 '꾀'라는 표현이 매우 빈번하게 등장하는 점에서도 이를 확인할 수 있다.

① 호랑이가 별주부를 처음 만났을 때
'올타 소진이가 六國相 縱橫할 제 말 듀먼이 세긔가 하나을 일어다 흐드니 예와 빠져고나' <가람본 별토가, 16앞>

② 용왕이 토간을 요구하자 토끼가 죽을 곳을 들어왔다고 한탄하며
'千万가지로 生覺하여도 無可求生러니 愚者 千慮의 必有一得이라 흔 꾀을 싱각ᄒᆞ야' <가람본 별토가, 30앞>
'한 꾀를 싱각하고' <심정순창본, 83면>
'한 계교를 싱각허고' <가람본 토긔젼, 18앞~18뒤>

③ 토끼의 세 구멍설이 전개되기 전에
'또 읏던 괴를 쑤미는다' <국립도서관 소장 토생전, 13뒤>

④ 범치가 토끼 뱃속에서 츌랑거리는 소리를 듣고 토끼 뱃속에 간이 들었다고 하자 별주부가 토끼를 꾸짖으며
'나 듯기의도 츌낭츌낭ᄒᆞ난 거시 分明한 肝인 듯 ᄒᆞ거던 네 절어한 꾀로 우리 大王을 쇼기랴 ᄒᆞ나야' <가람본 별토가, 34앞>

⑤ 용왕이 토끼와 함께 육지에 가 간을 가지고 오라고 하자 별주부의 재
충간
'져 뇌이 간사한 놈이라 꾀을 빗길지디 秦날아 徐市와 漢날아 方士와 魏
날아 曹操라도 여게 밋흐리다' <가람본 별토가, 37뒤>

⑥ 토끼가 그물에 걸려 한탄하고 있을 때 쉬파리가 지나가자
'아참 쉬파이 잉잉 흐고 자나가거날 문득 한 꾀을 싱각흐고' <가람본 별토
가, 42앞>
'쉬파리 이 말 듣고 늬 아무리 꾀 많한들 사람의 손을 당할쏘냐' <정권진
창본, 380면>

⑦ 독수리에게 잡혀 절망하며 한탄하다가
'이리 흔창 우다가셔 쏘 흔 꾀을 싱각흐고 여보시오 슈리將軍 왜야 니 말
삼 드려보오 무슨 말 흐랴무나 니가 죽어도 못잇고 주글 거시 잇쇼 무어
시야 꾀칙이 잇스되' <가람본 별토가, 21뒤>

⑧ 그물에서 빠져 나와 초동들을 조롱하면서
'소진 장의 구변인들 내말을 장할소냐' <정권진창본, 407면>

⑨ 두꺼비가 지략으로 상좌를 차지한 후 호랑이가 두꺼비 외모에 대해 트
집을 잡자
'둑겁이 말진됴난 當할 슈 업던 거시여다' <가람본 별토가, 14뒤>

⑩ 별주부의 유혹에 소식이 끊기면 원통하지 않겠냐고 토끼가 의심허자
'자래 듣고 다시 구변을 내는디' <정권진창본, 393면>

①번은 별주부가 호랑이 위기를 극복하기 위하여 지략을 쓰고 있는
상황이고 ②③④⑤⑥⑦⑧번은 모두 위기 극복 지략담에서 자타가 공

인하고 있는 토끼의 지략을 보여 준다. ⑦⑩의 '구변', ⑨의 '말지묘'도 지략이 있어야 가능한 것이다. 따라서 '꾀'가 강조되는 같은 맥락에 있다고 볼 수 있다. ⑨번의 예는 쟁장 지략담인 '상좌 다툼'에서 보이는 예이고 ⑩번의 예는 유혹 지략담인 '별주부 토끼 유혹'에서 보이는 예이다. 이처럼 쟁장 지략담이나 유혹 지략담에서도 지략이 중요한 서사 전개의 매개가 되고 있지만 위기 극복 지략담에서는 수적으로 볼 때도 상대적으로 지략이 매우 강조되고 있음을 알 수 있다.

지략은 위기 상황에서 가장 빛난다. 후천적으로나 인위적으로 습득되고 그 결과 차별성을 지닐 수밖에 없는 물리적인 힘이나 지식과는 달리, 지략은 인간이 날 때부터 가지고 태어나는 고유한 것이다. 때문에 대체로 물리적인 힘에 의해 가해지는 위기를 극복하기 위한 무기로 지략이 동원되며 위기 극복 지략담에서 지략은 핵심적인 역할을 하는 것이다.

또한 여기서는 약자와 강자의 대립이 명확하게 드러난다. 물리적인 힘에 의해 위기를 맞는 쪽은 현실적 힘을 소유하지 못한 약자이다. 그러나 약자에게는 물리적인 힘보다 우위인 지략이 있어서 지략을 통해서 위기를 극복하게 되는데, 이는 둘 사이의 대립과 갈등 관계를 첨예하게 그려내는 한편, 그러한 이야기를 즐기는 언중들의 사고를 반영하기도 한다.

현실은 어디까지나 현실이며 현실 세계에서조차 지략을 통하여 위기가 극복되지는 않는다. 비논리적인 사실을 지략을 써서 믿게끔 만들고 이를 통하여 위기를 극복하는 것은 설화적 상상의 세계에서나 가능한 것이다. 때문에 위기 극복 지략담은 설화적 흥미를 제공할 뿐만 아니라 민중적인 사고도 반영하여, 민중을 대표하는 토끼의 고단한 삶을 구체적 사건으로 형상화하고 있다.

다음으로 유혹지략담에 대해 살펴보기로 한다.

흔히 김선달의 설화로 알려진 '자시오' 설화가 유혹 지략담의 일종에 해당된다고 할 수 있다. 시장에 간 무일푼의 김선달은 잣 가게에서 잣을 가리키며 '이것은 무엇이오'라고 묻는다. 상인이 '자시오'라고 대답하자 김선달은 잣을 실컷 먹는다. 그리고 자신의 잣을 가리키며 '이것은 무엇이오'라고 묻는다. 상인이 '가시오'라고 하니 그만 돌아서 가더라는 이야기인데, 자신의 목적을 달성하기 위해 김선달은 지략을 사용한다. 여기서 지략은 대화를 통하여 펼쳐지는 것이 특징적이다. 상인과의 대화를 통해서 김선달은 자신이 원하는 대답을 얻어내고 상인은 자신도 모르는 사이에 김선달의 유혹에 걸려들어 있는 것이다.

당하는 자에 대한 시각은 대체로 나타나지 않는 것이 특징이고 지략을 펼치는 자의 말재주가 부각된다. 말재주는 곧 지략으로 대치될 수 있으며 정당한 방법이 아님에도 불구하고 비판받지는 않는다. 대화를 통해 전개되는 말장난 그 자체를 즐기자는 것이기 때문이다.

따라서 유혹 당하는 토끼의 시각은 부각되지 않는다. "경망흔 져 톡기"[23] 등과 같이 부정적인 시각을 드러내고 있기도 하나 대체로 토끼에 대해 일정한 시각을 드러내지 않는 것이 일반적이다. 별주부의 언사를 통해 "의심 만은 톳기"[24] 등으로 표현되는 경우도 별주부를 중심으로 서사가 전개된 결과라고 할 수 있다. 서사가 별주부를 중심으로 전개되고 있기 때문에 시각도 별주부에 고정되어 있다. 따라서 토끼에 대한 시각이 별주부의 눈을 통해서 드러나는 것일 뿐이며 이에 비하여

---

23) 신재효본, 29앞.
24) 심정순창본, 77면.

서술자(창자)는 토끼에 대해 부정적이든 동정적이든 어떤 평가나 언급도 자제한다. 유혹 부분은 지략을 전개하는 자인 별주부를 중심으로 서사 전개와 시각이 고정되어 있어 토끼는 별주부의 지략에 말려들어가는 '어리석은 자'일 뿐이다.

유혹에 성공하려면 상대방의 약점을 공격해야 한다. 위에서 든 김선달의 예처럼 '말'이 가진 헛점을 이용하거나 상대가 가진 약점을 이용해야 한다. 상인은 손님이 상품에 대해 물었을 때 그것이 아무리 하찮은 것이라 할지라도 손님의 질문에 대답하지 않을 수 없다. 지략을 사용하는 자는 이미 그러한 약점을 간파하고 그것을 이용하여 지략을 전개한다. 따라서 지략을 사용하는 자와 문답을 이어가다 보면 지략에 빠져들게 되는 것이다.

토끼의 약점은 허영심이다. 이것을 간파하고 있는 별주부는 토끼의 허영심을 공략한다. 부나 권력, 성에 대한 욕심, 허위의식 등을 자극하여 스스로 지략에 걸려들게 만든다. 성적인 욕심을 자극하거나 부에 대한 욕심을 자극하여 지략에 빠져들도록 만드는 경우는 토끼가 용왕이나 독수리를 속이는 과정에서 이미 확인한 바 있다. 대화를 이어가다보면 스스로 약점을 드러내면서 상대방의 지략에 빠져 버리는 것이다.

그런데 여기서는 자발성을 유도해 내는 것이 중요하다. 별주부가 토끼 대신 호랑이를 찾아간다고 하자 토끼는 별주부를 부르며 스스로 따라간다. 이렇게 자발성을 유도하는 데까지 이르러야 유혹이 완결된다고 할 수 있다. 이러한 과정을 통해서 유혹 지략담은 도덕성과 같은 일정한 가치판단보다는 단순한 흥미를 추구하는 경향을 띤다. 지략을 써서 유혹을 하는 인물에 대해서도 비난을 하는 법이 없으며 부당하게 유혹을 당하는 인물에 대해서도 동정적인 시각을 보내지 않는다. 자신이 유혹에 빠진 줄도 모르고 어리석게도 자발적으로 유혹에 빠져드는 모습을 보면서 사람들은 유혹하는 자의 지략을 즐길 뿐이다. 유혹의 과정에서 주고 받는 대화 자체에서도 재미를 느낄 수 있다. 말놀이인 수수께끼가 대체로 '문답형식'으로 되어 있다는 점을 보더라도 '말장난'이 주는 재미는 쉽게 이해할 수 있다.

쟁장 지략담의 경우, 지략담이 반복되기는 하지만 위기 극복 지략담이나 유혹 지략담처럼 하나의 지략담 안에 무수한 지략이 전개되고 있는 것과는 달리 하나의 삽화가 하나의 지략담을 이루고 있다는 점이 특징적이다. 쟁장 지략담에서는 바로 앞에서 등장한 인물을 비판하거나 바로 앞의 발화에 모순을 극복하면서 자신을 드러내는 방법을 쓴다. 어족회의에서는 앞의 등장 인물을 비판한 뒤에 자신의 장점을 이야기하는 방식을 쓰고 있으며 날짐승 상좌다툼이나 길짐승 상좌다툼에서는 앞의 등장 인물이 제시한 고사보다 더 오래된 고사를 들어 나이가 많음을 주장한다. 따라서 다툼의 과정은 과정으로서 의미를 지닐 뿐이며 지략이라고 할 수는 없다. 지략은 맨 나중에 등장한다. 서로 자신이 사신으로 가겠다고 다투는 수궁제신들을 제치고 별주부가 사신으로 택출되는데 이는 별주부의 '지혜'가 종국에는 가장 뛰어난 능력으로 인정되었기 때문이다.[25] 모족들의 나이다툼에서도 맨 나중에 등장한 인물이 지략을 써서 상좌를 차지한다.

---

25) 톳기를 잡을진더 지혜로 잡을 거시오 심으로는 못할 거시라 … 용왕이 갈오더 경에 충성과 지혜는 과인이 아는 비라 족히 공을 일루려니와 톳기는 순중짐성이라 … 엇지 지혜로 줍으리요 즈리 갈오더 지혜와 계교는 충양할 비 안니라 … 엇지 용맹을 미드리요 다만 지혜로 잡으려 후나이다 <나손본 토별산수록, 6뒤~7앞>
六國을 縱橫하던 蘇秦의 口辯果 孟獲을 七縱七擒하던 孔明의 材됴을 품어스오니 <가람본 별토가, 8앞>

쟁장 지략담의 다툼은 여러 등장 인물들이 등장하여 서로의 가치를 주장하는 다성적 대립을 보인다. 위기 극복 지략담과 유혹 지략담에서도 중심 인물인 토끼와 별주부, 용왕 외에 방해자가 등장하기도 하나 이들의 대립은 지략을 사용하는 주체와 대상의 일대일 대립이다. 유혹 지략담의 경우, 별주부는 토끼와도 대립하고 방해자와도 대립하고 있으나 이 때 방해자의 의미는 별주부와 대립자로서의 토끼가 가지는 의미와 동일하다. 따라서 별주부와 토끼의 관계, 별주부와 방해자의 관계는 동일한 일대일 대립인 것이다. 위기 극복 지략담의 경우도 마찬가지이다. 토끼는 용왕, 자가사리나 붕어, 별주부 등과 대립 관계에 있는데 용왕이나 자가사리, 붕어, 별주부는 모두 토끼의 대립자로서의 동일한 의미를 지니고 있을 뿐, 서로 대립 관계에 있는 것은 아니다.

그러나 쟁장 지략담의 경우는 지략을 다투는 인물들이 서로 대립 관계에 있다. 이들은 각기 서로 다른 가치를 내세우고 있으며 그것을 통해 대립한다. 그러한 자유로운 대립을 통해서 최종적인 가치로 공인된 지략은 그 가치가 더욱 빛난다고 하겠다.

때문에 여기서는 위기 극복 지략담이나 유혹 지략담과는 달리 긴장은 두드러지지 않는다. 그러나 다양한 가치를 드러냄으로써 주제 의식을 담아내기도 하고 지식을 장황하게 나열하여 다양하고 잡다한 지식 자체를 즐기기도 한다. 이처럼 다성적으로 전개되는 대립은 당대의 복잡한 가치를 드러내기에 매우 유효한 방식이라고 할 수 있다.

한편 토끼전은 앞서도 언급한 바와 같이 지략담인 〈구토지설〉을 근간으로 하여 다양한 내용과 형태의 지략담이 지속적으로 반복되면서 형성되고 있다. 그러나 같은 층위로 반복이 이루어지는 것이 아니다. 대등한 이야기들이 거듭 나타나는 '등가적 반복'이 있는가 하면, 지략의 수위를 점점 높여가는 '점층적 반복'이 있기도 하다. 또한 이들 반복은 반전을 가져오기도 한다.

등가적 반복이 가장 명확하게 드러나는 부분은 결말의 토끼 육지 위기 극복에서이다. 여기서는 그물 위기 극복과 독수리 위기 극복이 나란히 전개된다. 육지에서 맞게 되는 위기는 두 번 연이어 반복되면서 위기 상황을 더욱 강조하며 이와 함께 토끼의 지략을 더욱 강조하는 기능을 한다. 어느 한 가지 이야기만으로 부족하다고 느끼면 삽화가 여럿 연속되어 있는 연쇄담을 만들어 흥미를 가중26)시키는 방법은 지략담의 가장 큰 특징이기도 하다.

이처럼 단순한 등가적 반복에서 오는 재미는 쟁장 지략담인 모족회의와 어족회의에서도 볼 수 있다.27) 그러나 모족회의와 어족회의는 어떤 목적 의식을 가지고 상황을 강조하고 있다는 점에서 위기 극복담의 토끼의 육지 위기 반복과는 다른 의미를 지닌다. 모족회의와 어족회의에서는 사회 비판적인 태도들이 강하게 드러나고 있기 때문이다. 등가적으로 두 개의 지략담을 배치한 목적 또한 거기에 있다. 모족회의에서는 육지를 중심으로 한 중간계급의 모순과 착취를 드러내고 있으며, 어족회의에서는 수궁으로 대표되는 최고위 지배계급의 모순과 부패상을 드러내고 있다. 이러한 구체적인 목적이 있기 때문에 모족회의와 어족회의는 길게길게 부연되면서 확장된 모습을 보인다.

이들 등가적 반복의 또 다른 특징은 문제가 해결되었다고 생각하고 안심하고 있을 때 다시 위기가 닥친다는 것이다. 토끼전에서 가장 핵

---

26) 조동일, 앞의 논문, 1984, 33면 참조.
27) 날짐승 상좌다툼은 모족회의에 포함되는 쟁장 지략담이기는 하나 모족회의를 모족들의 상좌 다툼으로 범위를 축소시켰을 때는 날짐승 상좌 다툼 또한 등가적 반복이라 할 수 있다.

심이 되는 지략담인 토끼의 수궁위기 극복담이 끝난 뒤에 이어지는 토끼의 육지 위기 극복이 그렇고, 결말부에서 육지에서 맞는 토끼의 위기가 두 번 반복되는 것이 또한 등가적으로 반복된다. 뿐만 아니라 토끼의 수궁위기 극복 내에서도 이러한 점이 더욱 더 잘 드러난다. 특히 계속되는 별주부를 비롯한 어족들의 충간이 그러하다. 이러한 반복은 상황의 경중에 따라 몇 개라도 반복될 수 있다. 취사 선택이 자유로와 확장과 축약이 자유롭다는 특징을 지니며 토끼전의 서사 확장에 가장 큰 비중을 차지한다고 할 수 있다.[28]

점층적 반복은 하나 하나 독립적으로 존재하여 들고남이 자유로운 등가적 반복보다는 좀 더 치밀한 전개를 지니고 있으며 이들은 유기적으로 결합되어 있다. 이러한 점층적 반복은 특히 유혹지략담에서 강하게 드러난다. 유혹은 논리적이거나 합리적인 상황에서 이루어지는 것이 아니다. 현실적으로 불가능한 상태에서 '지략'을 사용하여 유혹을 하는 것이다. 그러므로 한 번의 지략으로 유혹에 성공을 하기는 어렵다. 유혹을 위한 준비작업이 있어야 하며 점점 수위를 높여 가며 유혹을 전개해 나가야 한다. 점점 강도가 높은 지략이 전개되면서 의심도 하나씩 제거되고 그 결과 성공적인 유혹에 이르게 되는 것이다. 별주

---

28) 이러한 등가적 반복은 소설본보다는 창본의 경우에 더욱 많은 비중을 차지하고 있다. 소설은 다채로운 서사 전개를 추구하며 이를 통해서 서사적 재미와 아울러 합리성을 추구하여 일정한 주제적 성격을 지향하고자 한다. 그럴 경우, 같은 형태의 지략담이 계속 반복된다면 서사적 재미도 반감될 것이며 일정한 주제적 지향보다는 형식적 특징에 더욱 치중하게 되어 합리적인 서사 전개가 불가능할 것이다.
   이에 반하여 창본은 합리적인 서사 전개에는 관심이 없다. 합리성을 추구한 신재효본이나 이선유창본과 여타 창본들의 차이는 바로 이처럼 합리성보다는 '극적 재미'를 추구한 창본의 성격을 반증하는 것이라고 할 수 있다. 판소리의 특징 중 하나로 꼽고 있는 '장면확대의 원리'도 판소리 창본의 이러한 연행적 특징에서 기인한 것이다.

부는 토끼를 부추겨 산중자랑을 하게 만들고 그에 대해 하나하나 반박을 하고 암시적인 위협까지 함으로써 자신의 목적을 효과적으로 달성한다. 그리고는 아무 미련이 없는 척 돌아서 가 버리는데 토끼는 그만 애가 달아 별주부를 따라 가게 된다.

토끼는 쉽게 의심을 거두지 못하고 수없이 의문을 제기하고 망설인다. 이 과정에서 별주부는 지략을 통해서 유혹을 계속하는데 토끼의 의심이 거듭될수록 긴장이 고조되고 별주부의 지략도 점점 강도를 더한다. 마지막에 사용되는 지략은 가장 강도가 강한 것이지만 그것 하나만 가지고는 유혹이 성립되지 않는다. 마치 계단과도 같이 낮은 단계에서부터 순서를 밟아가야만 목적한 유혹에 도달할 수 있는 것이다. 이처럼 지략담의 점층적 반복은 사건의 심화와 함께 긴장을 고조시키는 역할을 하기 때문에 서사 전개에서 중요한 부분에서 나타나게 된다.

점층적 반복을 통한 지략담 전개는 쟁장 지략담에서도 잘 나타난다. 쟁장 지략담에서는 앞에 등장한 인물의 말을 부정함으로써 자신의 지략을 드러내는 방식을 사용하게 되므로 여기서는 순서가 매우 중요하다. 앞서 논의한 바 있는 유혹 지략담과 마찬가지로 한 번의 지략으로는 승리할 수 없으므로 처음에 등장하는 인물이 제일 불리하다고 할 수 있다. 그리고 맨 마지막에 등장하는 인물이 최고 지략을 지닌 인물로서 다툼에서 승리하는 것이다.

이처럼 지략담의 점층적 반복은 순서가 중시되며 반복을 거듭할수록 긴장과 재미를 더하게 된다. 이처럼 서사 전개의 핵심적인 부분에서 점층적 반복이 이루어짐으로써 작품의 긴장을 차츰 고조시키며 재미를 배가시킨다.

토끼전에서 결말은 이미 예정된 것이어서 다양한 지략의 전개가 중요하다. 거기에서 서사적 확장이 이루어지며 지적 호기심의 발동과 함께 재미를 느낄 수 있게 되는 것이다. 이것은 설화가 소설화되는 과정에서는 가능하나 소설 자체에서 이런 확장이 일관성 있게 지속되기는 쉬운 일이 아니다. 〈두껍전〉의 이질성[29]을 예로 든다면 토끼전의 특징을 한층 더 잘 이해할 수 있다.

〈두껍전〉은 단순한 쟁장 지략담에서 출발하였으나 우화를 삽입하여 확장을 꾀하고 있다. 그러나 우화라는 공통점만 있을 뿐 본래의 쟁장 지략담과는 전혀 흐름이 다른 우화인 두꺼비 외모에 대한 문답이 삽입되면서 이질화되고, 그 결과 작품 해석이 혼란을 빚기도 했다.[30]

토끼전은 〈두껍전〉이 범하고 있는 이런 한계를 극복하고 하나의 축을 중심으로 우화를 덧붙여 토끼전 서사를 확장하고 있다. 그것이 가능했던 이유는 지략담이라는 축을 중심으로 지략담을 반복하면서 서사 확장을 전개해 나갔기 때문이다.

그러한 지속적인 지략담 반복을 가능하게 했던 중요한 요소 중의 하나가 반전적인 반복이라고 할 수 있다. 점층적 반복은 일정한 순서와 한계가 있기 때문에 끝없이 반복될 수는 없다. 등가적 반복 또한 동일한 의미의 지략담이 계속 반복되었을 경우 상황 강조를 넘어서 상황의

---

29) 〈두껍전〉의 경우, 전반부와 후반부가 이질적인 성격을 띤다. 전반부는 동물들의 나이다툼이 전개되어 지략을 통한 약자의 승리라는 주제 의식이 명확하지만 후반부에는 상좌를 차지한 두꺼비의 외모에 대한 문답이 이어지면서 두꺼비가 오히려 희화화되는 양상을 보이고 있어 전반부와 후반부를 아우르는 주제 의식을 찾기가 힘들어진다. 정출헌은 이를 중국의 쟁년우화의 영향으로 보기도 했다. 그러나 토끼전의 모족회의 부분이 〈두껍전〉의 쟁장 다툼에서 영향을 받았다면, 〈두껍전〉과는 달리 토끼전은 어떻게 작품의 서사적 흐름을 해치지 않으면서 〈두껍전〉 삽화를 수용할 수 있었는지가 의문이다.

30) 외모에 대한 문답도 토끼전에는 나타나지만 〈두껍전〉과 같이 쟁장 다툼 바로 다음에 이어 나오지는 않는다.

혼란을 가져 올 수도 있는 일이다. 그러나 토끼전에서는 이들 두 가지의 반복 외에 반전적 반복을 통해 서사 전개를 진행시키고 있다.

반전을 통하여 늘 상황은 뒤집힌다. 공간이 바뀌고, 주인공이 바뀌고, 상황이 원점으로 돌아오기도 한다. 애써 토끼를 유혹했건만 방해자가 나타나 다시 토끼는 변심을 하게 되고 상황은 원점으로 돌아온다. 그러나 다시 또 지략을 사용하여 유혹을 한다. 유혹과 변심이 반전적 반복을 거듭하고, 위기와 극복이 반전적 반복을 거듭하면서 토끼전이 진행되는 것이다. 쟁장 지략담의 경우 또한 등장 인물들이 앞선 인물을 계속 부정하면서 반전이 이루어지는 것이 일반적이다. 또한 그러한 형태의 쟁장이 진행되어 상좌가 정해진 후에 두꺼비나 두더지가 새롭게 등장하여 이전의 질서를 뒤엎는 것도 반전이라고 할 수 있다.

여기에서의 반전은 다양한 가치와 기준을 긍정할 때 생길 수 있는 반전이다. 다양한 가치와 기준이 자유롭게 제시되고 그 과정에서 사용되는 지략이 흥미의 요소가 된다. 다양성이 긍정되고 반전을 계속 용납함으로써 열린 가치관을 보여 주고 있다.

토끼전은 굳어진 서사 전개나 결말을 거부한다. 지략을 통한 반전과 반복을 작품 전개의 가장 중요한 매개로 삼음으로써 토끼전은 열린 구조를 지니게 된다. 토끼전의 가장 큰 특징 중의 하나로 꼽을 수 있는 것이 바로 결말의 다양성이다. 토끼전은 항상 반복과 반전을 내포하고 있으므로 어떠한 내용이든지 덧붙을 수가 있는 것이다. 간을 얻는 데 실패한 별주부가 어찌 어찌하여 용왕의 약을 얻어갈 수도 있고, 용왕의 아들이 나타나 혼란한 수궁을 바로잡을 수도 있다. 토끼 간을 얻는 데 실패한 용왕이 토간을 얻기 위해 육지 정벌 계획을 세울 수도 있고 욕심에 차 있던 용왕이 자신의 잘못을 뉘우칠 수도 있다. 토끼전 서사 확장의 중요한 원리 중 하나가 지략을 통한 반전과 반복이라고 볼 때, 이런 다양한 결말은 무한정 가능하다. 토끼전이 다양성을 포괄할 수 있도록 열려 있는 이유는 바로 반전적 반복이라는 장치 때문이며 이러한 형태적 특성 때문에 다양한 가치관을 담아내는 것도 가능해진다.

5. 맺음말

이상의 논의를 정리하면 다음과 같다. 토끼전에는 〈구토지설〉을 근간으로 하여 다양한 지략담이 혼재되어 나타나는데, 이 뼈대는 이미 〈구토지설〉에서부터 마련되어 있었다. 〈구토지설〉은 지략담으로서 전반부는 유혹을 중심으로 한 지략담, 후반부는 위기 극복을 중심으로 한 지략담으로 형성되어 있으며 전후반부의 지략담은 등장 인물들 간의 지략 대결의 양상을 띠고 있다. 유혹, 위기 극복, 쟁장 이 세 가지는 토끼전으로 확장되는 과정에서 중요한 서사확장의 방향이 된다. 따라서 토끼전에 나타나는 지략담은 크게 ①위기 극복 지략담, ②유혹 지략담, ③쟁장 지략담으로 나뉜다. 이 세 가지 유형의 지략담이 계속 반복되면서 토끼전의 서사 확장이 이루어지는데, 이들 지략담은 각각의 특징을 지니면서 반복을 통해 토끼전 서사 확장을 꾀하고 있다. 반복적 특징은 등가적 반복, 점층적 반복, 반전적 반복 세 가지가 혼재되어 나타난다.

토끼전의 서사 전개 방식은 다양한 가치를 담아내기에 적절한 형태를 지니고 있다. 이러한 형태는 여러 가치관이 혼재하던 조선 후기 사회에서는 매우 유효하였다. 가치나 기준이 일관되고 확고한 안정된 사회에서는 그 기준에 따라 질서가 매겨지므로 '지략은 큰 의미를 갖지 못한다. 그러나 기존의 가치가 붕괴되고 새로운 가치는 힘을 얻지 못하여 여러 가치가 혼재되고 그 기준이 모호한 시대적 상황에서 '지략'은 매우 유효한 덕목이 될 수 있다. 정도보다는 권도가 통하는 조선 후기 사회에서 지략담 중심의 서사 전개 방식은 향유층의 다양한 요구와 가치를 담아내기에 매우 적절했다고 할 수 있다.

토끼전의 정치 담론적 성격

1. 머리말

　토끼전은 동물들이 등장하여 언행을 펼치는 우화이지만 조선 후기 당대의 현실을 상당히 진하게 반영하고 있다. 이 점은 이미 학계에서 주목되었고, 여러 학자들이 특정 관점 내지 시각으로 접근·파악한 바 있다.[1] 그러나 비교적 커다란 윤곽만 잡혀졌을 따름이지 정치적 시각의 미세한 편차들이 제대로 포착되었다고 말할 수 없다. 토끼전은 간단한 작품이지만 여러 관점들이 편재되어 있어 처음부터 끝까지 일관적인 해석을 허용하지 않는다. 당대 사회에 대한 여러 시각과 관점들이 복합적으로 엉켜 있는 작품이다. 그것은 계층적 복합성이기도 하고, 정치적 이해관계를 달리하는 사람들의 복합성이기도 하다. 또한 인식의 초점을 단일화할 수 없었던 당대인들의 복합성이기도 하다.

---

1) 다음과 같은 연구들을 들 수 있겠다.
　　인권환, 「토끼전 이본고」, 『아세아연구』 29, 고려대학교 아세아문제연구소, 1968.
　　인권환, 「수궁가의 삽입설화고」, 『인문논집』 30, 고려대학교 문과대학, 1985.
　　정출헌, 「조선후기 우화소설의 사회적 성격」, 고려대학교 박사학위논문, 1992.
　　민　찬, 『조선후기 우화소설 연구』, 태학사, 1994.
　　김진영·김현주, 「토끼전의 우의적 성격」, 『토끼전』, 박이정, 1998.

토끼전의 여러 담론 층위 중에서 작품의 주제 또는 의미와 깊은 관계를 맺고 있는 것은 정치적인 담론이라 생각된다. 정치적인 담론의 성격에 따라 의미를 달리하는 것이 토끼전인 것이다. 그만큼 토끼전은 정치사회적 축도로 읽힐 수 있는 가능성을 내포하고 있다. 따라서 이 글은 토끼전의 정치적인 담론의 성격을 집중 탐구하기로 한다.

담론이란 일종의 사회적 실현으로서의 언어이다. 갈등과 투쟁으로 조직되어 있는 사회 구조에 의해 사회적 실천은 규정된다. 따라서 담론에는 이데올로기적인 갈등이 침전되어 있기 마련이다. 언어 속에는 그 언어를 사용하는 사람의 정치적인 시각 내지는 견해가 용해되어 있는 것이다. 모든 언어 작품이나 대화, 그리고 논설들은 이러한 담론들이 서로 경쟁하면서 전개된다.[2] 정치 담론은 특히나 정치적인 이념이나 정치관을 직접적으로 드러내는 담화의 종류이므로 이를 토대로 당대인들의 정치적인 인식의 수위를 보아낼 수 있을 것이다.

토끼전의 정치 담론적 성격은 이본마다 많은 편차를 보이는 것으로 판단된다. 어떤 이본은 하층민적 시각을 강하게 보여주는 반면에 어떤 이본은 상층민과 국가 체제 및 제도를 옹호하는 시각을 강하게 내비치기도 한다. 그러나 이런 시각을 처음부터 끝까지 일관되게 보여주는 게 아니라 편차가 심하게 또는 앞뒤가 착종되게 보여주므로 이는 어디까지나 상대적인 정도의 문제로 볼 성질의 것이다. 아무튼 이본 간 편차를 존중하면서 토끼전의 정치적인 담론에 접근하고자 하는데, 이 글에서는 봉건 국가와 신분 질서, 그리고 정치 현실을 보는 시각에 초점을 맞추고자 한다.

---

2) 담론의 개념에 대해서는 다이안 맥도넬 지음, 임상훈 역, 『담론이란 무엇인가』, 한울, 1992, 3~17면 참조.

2. 토끼전의 정치 담론 분석

1) 봉건 국가에 대한 시각

봉건 국가 체제에서 왕은 곧 국가 그 자체를 의미한다. 따라서 왕을 바라보는 시각은 국가 그 자체를 어떻게 보느냐 하는 문제와 직결된다. 그런 점에서 봉건 해체기에 당대 현실의 문제를 우언적(寓言的)으로 그려내고 있는 토끼전에서 보여주는 용왕에 대한 시각은 당대인들이 봉건국가를 어떻게 인식하고 있었는가를 여실히 보여준다고 하겠다. 즉 토끼전은 용왕의 득병이라는 문제적 상황을 제시한 후, 이에 대응하는 여러 인물들의 시각과 행위를 통해 무너져가는 봉건 국가를 바라보는 당대인들의 정치적 입장을 다양하게 보여주고 있는 것이다.

토끼전에서 봉건 국가를 바라보는 시각은 용왕 득병과 용왕의 형상을 묘사하는 데서, 그리고 용왕의 병을 대하는 인물들의 태도에서, 또 용왕의 최후를 그리고 있는 데서 잘 드러난다고 판단되므로 이를 각기 나누어서 살펴보기로 한다.

① 용왕 득병과 용왕의 형상 묘사

용왕득병이라는 상황설정은 토끼전 이본 전체에 공통되게 나타난다. 그러나 용왕의 득병 원인은 이본에 따라 다양한 모습을 보인다. 이처럼 이본에 따라 득병 원인이 다양하게 나타난다는 점은 국가의 위기가 초래된 원인을 당대인이 다르게 인식하고 있음을 보여준다.

> 南海 廣利王이 靈德殿 새로 짓고 朝洲 舍人 余善文이 들어와셔 上樑文 지은 後의 大宴을 排設할 제 三海 龍王을 請來ᄒ니 君臣賓客이

千乘万騎요 江澤之長과 川澤之衆이 一時의 모되여것다· 開成宴於九
重ㅎ고 擊金鼓之鳴曲이라 宏酒交錯의 二三日을 논일든이 風樂畢盡ㅎ
미 廣利王이 海天炅風을 腹中의 果이 쏘여 萬身의 病이 들어싯되 이상
실리 兼ㅎ여 들어든 거시여다 <가람본 별토가, 1앞>3)

북히 용왕이 향국 빅여 셰에 비쥬는 씨 안니면 미일 쥬식으로 질기다가
운연 득병허여 병이 복부허니 빅약이 무효허고 왕상이 불긔지상 슈년이라
<가람본 토긔젼, 1앞>

용왕이 영덕전을 새로 짓고 대연을 배설하는데, 삼해 용왕을 청하여
이삼일 동안 주육에 잠기어 놀다가 병을 얻게 되었다고 한다. 그러나
아래의 인용문에서는 매일 주색으로 즐기다가 병이 났다고 하여 지배
층의 향락이 일시적인 것이 아니라 항시적이라는 것을 노골적으로 말
하고 있다. 즉 향락에 잠긴 용왕의 모습을 통해, 국가적 위기를 초래한
원인이 바로 지배층의 향락적 생활에 있음을 보여준다.

용왕의 무능과 부패는 병사설이나 용왕탄식에서 더욱 잘 드러난다.
병사설이나 용왕탄식은 작품의 기본 구조에 속하지 않아 의도에 따라
취사선택이 가능하기 때문에 의도를 드러내는 장치로 활용이 가능하기
때문이다. 썩을 대로 썩은 국가의 모습을 용왕의 병에 빗대어 비판하
고 있는 병사설이나 유아적이고 무능한 군왕의 모습을 나타내고 있는
용왕 탄식은 주로 용왕의 득병에 대해 비판적인 태도를 취하고 있는
이본들에 잘 나타난다.

머리 頭風의 天規症을 兼ㅎ고 곡頭 髮際의 連珠瘡 兼ㅎ고 눈의 眼疾

---

3) 작품의 인용은 김진영·김현주·김동건 외 편, 『토끼전 전집』1·2·3(박이정,
1997~8)에서 함. 이하에서는 인용서는 따로 밝히지 않고 이본명만 부기하기로 함.

의 雙다락기 兼ㅎ고 코의 鼻瘡의 肺風瘡 兼ㅎ고 입의 疳瘡의 鵝口瘡
兼ㅎ고 혜의 重舌의 舌强症 兼ㅎ고 목궁게 喉痺瘡의 雙單○을 兼ㅎ고
귀의 이聾의 月食瘡을 兼ㅎ고 肩脾痛의 씸알리며 등의 등瘡 곗들니고
듀마痰의 流注瘡을 兼ㅎ고 膝寒症의 鶴膝을 兼ㅎ고 陰虛火動의 勞瘵
을 兼ㅎ고 黃疸의 黑疸이며 滯症의 關格을 兼ㅎ고 泄瀉의 痢疾 곱똥을
兼ㅎ고 霍亂의 吐泄을 兼ㅎ고 腎囊黃瘇症의 土疝을 ㅎ고 밋궁게 脫肛
症의 痔疾을 兼ㅎ고 넙젹달리 갈아톳셰 비로 들어 內腫이며 빗곱미틔 腸
癰이며 水腫다리 濕瘡이며 발등의 疔腫인디 紅絲疔의 黑絲疔의 蛇頭
疔을 곗들이고 半身不遂 全身不遂 웬일이니 時氣 뎟瘷 染病이며 所犯
傷寒 자쥬 알코 비의 浮腫은 閉門 북단 듯 ㅎ고 숀갈락이 달이갓고 장강
이가 허리갓고 눈은 금젹금젹 코은 벌눅벌눅 붕알은 달낭달낭 ㅎ난구나
어이흔 병이관디 具色ㅎ여 겻들엿노 <가람본 별토가, 1앞~1뒤>

　용왕의 병증은 위엄 있는 용왕의 형상과는 동떨어진 체증, 성사, 이
질, 눈다래끼 등 실로 지저분한 병증들이고, "구색하여 겻드럿노"라는
표현에서도 알 수 있듯이 온몸 구석구석 병이 아니 든 곳이 없다. 이와
같이 병이 든 용왕을 통해 위에서 아래까지 온통 부패로 물든 국가를
상징적으로 보여준다. 그야말로 총체적 난국에 부딪혀 있는 것이다.
여기에 동정의 시각은 전혀 없다. '비의 浮腫은 閉門 북단 듯 ㅎ고 숀
갈락이 달이갓고 장강이가 허리갓고 눈은 금젹금젹 코은 벌눅벌눅 붕
알은 달낭달낭 ㅎ난구나'에서 볼 수 있듯이 용왕의 모습을 저질로 희화
화함으로써 신랄한 비판을 가하고 있다. 국가의 상징이라 할 수 있는
용왕의 권위는 여지없이 땅에 추락하고 있다.
　무능하고 부패한 용왕이 국가적 위기 상황에서 적절한 대처를 할 리
가 없다. 용왕은 어린 아이처럼 울면서 자신의 무능을 더욱 직접적으
로 드러낸다.

靈德殿 놉흔 樓의 벗업시 홀노 누어 榻床을 아쥬 탕탕 두다리이며 放
聲痛哭 우름 울 제 언너날 龍의 울음 안이 雄壯할리요 龍이 운다 龍이
운다 아즌 큰 소리로 울난 말리 天無畏風 陰雨ᄒ고 海不洋波 泰平ᄒᄂᄃ
怪異ᄒ 病을 어더 南海宮의 누어씨되 살여듀 리 읍셔시니 이 아니 可憐
ᄒᄂ가 <가람본 별토가, 3앞>

용왕의 탄식은 용왕의 권위에 어울리지 않는 유아적인 태도와 무능
한 모습을 보여준다. 용왕으로서의 권위나 근엄한 태도는 찾아볼 수
없고 스스로 비속함을 드러낸다. 향락적 생활로 인해 득병하였으나 용
왕의 병은 원인을 알지 못하고 속수무책이다. 병을 치료할 방도를 찾
지 못하고 신세 한탄만 하며 대성통곡하는 용왕은 이렇게 회화화된 모
습으로 나타난다. 병을 구할 방책을 알고 난 후에도 용왕은 스스로 자
포자기하여 무능을 더욱 드러낸다. 특히 죽음을 눈 앞에 두고도 향락
적인 생활에 연연해하는 용왕의 모습은 더 이상 구제불능이다.

그러나 용왕이 황주 땅에 비 주러 갔다가 득병하는 경우는 그 반대
의 의도가 노골적으로 드러난다.

용자 즉위혀이 슈졸을 거날이고 덕을 짝근이 슈도 완연혀여 티평을 고
허거날 상졔 디히혀사 화교왈 황쥬 빅셩니 삼연 젼의 슈지을 만니 흔날을
원망키로 슈연을 가물게 혀더니 지금은 지형니 다 편ᄒ기로 특별이 용셔
혀여 경으로 ᄒ여곰 비을 쥬게 허니 경의 부친의 죄을 싱각ᄒ여 천명을 어
기지 말고 츙셩으로 다혀여 비을 쥬라 허시더 용왕니 해교흘 밧사와 풍빅
과 뇌공을 거날리고 항쥬의 가 삼일 비 쥰 후의 흔풍열긔의 상ᄒ 비 되여
도라와 오리지 아니 혀여 만신의 병이 <중산망월전, 1앞>

선대의 왕과는 달리 덕이 깊은 새로운 용왕의 선치는 상제의 노여움

을 풀고 백성에게 비를 내리라는 하교를 받기에 이른다. 선대왕의 죄로 인한 수년 동안의 가뭄이 새로운 용왕의 선치로 해갈되는 것이다. 비를 내리는 행위는 용왕의 선정으로 파악될 수 있다. 용왕의 득병이 선치하고 다니면서 난 결과인 것은 말할 것도 없다. 〈신재효본〉에서는 조금 어정쩡한 태도를 보인다.

> 남히 광니왕이 영덕전 시로 짓고 복일 낙성할 시 동서북 슘희왕 발소청니ᄒᆞ야 더연을 비셜ᄒᆞ니 영타고 옥용격과 능파손 치연곡의 풍유도 장할시고 슘위로 구전단을 슬토록 셔로 먹고 이숨 일리 지니도록 질근 노라 쥬어더니 연문호연이라 존치을 푸흔 후의 용왕 병이 너셔 〈신재효본, 1앞〉

영덕전 낙성연을 벌여 이삼일이 지나도록 놀다가 병이 났다는 것은 용왕의 향락적인 생활을 비판하는 것이다. 이처럼 용왕에 대해 부정적인 태도를 보이는 것은 가람본 〈별토가〉의 경우와 같다. 그러나 여기 나타나는 잔치는 속세의 향락과는 다르다. 인간이라면 주육을 즐기며 잔치를 하겠지만 여기서는 '삼위로 구전단'을 먹는다. 이는 『전등신화』의 영향으로 보이는데 '구전단'이란 신선이 먹는 것이다. 따라서 여기서의 용왕은 인간적인 향락을 즐기는 가람본 〈별토가〉와는 구별되며, 때문에 현실의 왕으로 대치될 수 있는 인물이 아니다. 이러한 〈신재효본〉의 사설은 가람본 〈별토가〉에서 보이는 사설을 신재효가 변개한 것으로 여겨지는데, 주육에 잠기어 이삼일 놀았다는 내용을 '삼위로 구전단'을 먹고 놀았다는 내용으로 변개시킴으로써 용왕에 대한 비판적 시각을 차단하고 있는 것으로 보인다. 결과적으로 볼 때 용왕이 향락적인 생활로 인하여 병이 난 것은 확실하지만 용왕 득병이라는 국가적 위기 상황을 바라보는 태도는 가람본 〈별토가〉의 그것과는 일치하지

않는다.4)

용왕의 병이 갑자기, 아무 이유 없이 나타나는 경우는 국가적 위기가 어디에서 비롯된 것인지 무관심하거나 언급을 회피하는 태도이다. 이들 이본들에서 용왕 득병이라는 상황은 어쩔 수 없는 필연적인 상황이다. 앞서도 밝혔듯이 이 부분은 작품 내의 필수적인 구조 때문일 수도 있지만 당대인들이 무사안일적인 현실 인식이 표출된 것일 수도 있다. 현실적인 상황을 바꾸거나 외면할 수는 없는 상태에서 이들이 취할 수 있었던 최선의 방책은 득병의 원인을 '우연한 것', 혹은 '운명적인 것'으로 몰아가는 방법밖에 없을 것이기 때문이다.

그러나 용왕의 득병을 우연한 것으로 말하고 있으면서도 정치적 태도를 분명히 밝히고 있는 이본도 있다. 현실적 위기는 인정하면서도, 그러한 위기가 용왕에게서 비롯된 것이 아니라는 것을 강조하고자 한다.

북히용궁 광덕왕 옹강이 츰 즉위ㅎ여 나라를 다스리미 요순지치로 국티민안에 가급인쪽ㅎ며 산무도적ㅎ고 빅성이 밤이면 문을 닷지 아니ㅎ니 이른바 삼더승덕이라 일일은 왕이 시신을 다리고 망월누에 올ㄴ 월식을 구

---

4) <신재효본>의 경우는 개인적인 의도에 의해 개작된 경우이므로 일관된 해석을 하기는 어려운 것이 사실이다. 전체적인 흐름은 용왕의 권위를 옹호하고, 별주부의 충성을 기리는 태도를 취하고 있는가 하면 부분 부분에서는 신랄한 풍자가 이루어지고 있기도 하다. 신재효는 수궁가에서 고도의 트릭을 쓰고 있는데, 등장인물들의 행동이나 발언을 통하여 현실을 신랄하게 비판하면서도 등장인물들을 작품 속에 묶어 두어 현실로 치환되지 않도록 하는 것이다. 어족회의나 모족회의에서 정치 사회 현실을 적나라하게 보여주면서 한편으로는 등장인물들의 동물적 속성을 부각시켜 그들이 인간 세상의 어떤 전형들이 아니라 동물에 불과하다는 것을 계속 환기시키고 있다. 용왕 득병에서도 마찬가지이다. 용왕이 득병한 이유는 향락적인 생활 때문이지만 그 향락은 인간 세계의 그것과는 전혀 다른 것으로 나타냄으로써 용왕을 인간과는 차별되는 신성한 존재로 격상시키고 있다. 용왕을 비하하면서 동시에 옹호하는 장치도 겸전함으로써 본래의 의도를 교묘하게 숨기고 있다.

경호드니 홀연 긔운이 불평호여<국립도서관본 토생전, 1앞>

여기서는 용왕의 선치를 강조하여 용왕을 성군으로 미화하고자 한다. 용왕의 병은 어느 날 갑자기, 아무 이유 없이 홀연히 찾아오는 것으로, 이 국가적 위기는 그 누구의 잘못도 아니다. "요순지치로 국퇴민안에 가급인죡호며 산무도젹호고 빅셩이 밤이면 문을 닷지 아니호니 이른바 삼디승덕이라"라고 한 부분에서도 볼 수 있듯이 용왕의 탁월한 통치력을 강조하는 부분에서 국가적 위기의 본질을 외면하고, 나아가 왜곡하려는 의도가 더욱 드러난다.

이와 같이 득병원인을 어떻게 인식하느냐에 따라 봉건국가가 처한 위기적 상황의 원인을 바라보는 시각의 차이가 드러난다. 득병원인을 용왕의 향락과 무능으로 보고 있는 경우는 국가적 위기를 초래한 원인을 내부적인 요인으로 인식하고 있으나, 용왕의 성덕을 칭송하면서 용왕의 병을 우연한 것이거나 선치의 결과로 포장하는 경우는 국가의 위기가 외부로부터 주어지는, 시대적 상황에 따른 어쩔 수 없는 것으로 인식하는 태도를 보여준다.

문제의 본질을 희석화 시키려는 의도는 병사설이나 용왕탄식 사설과의 결합 양상에서도 확연히 드러난다. 〈신재효본〉에서는 용왕 탄식이 나타나기는 하나 "어탑의 놉피 누어 여려 눌 신음호여 용성의로 우난구ᄂ"라고 간단하게만 언급되어 있고, 〈중산망월전〉의 경우, 병사설이 나타나기는 하나 가람본 〈별토가〉에 비해 희화화의 정도는 매우 약화되어 있으며 〈국립도서관본〉에서는 병사설이나 용왕탄식이 일체 나타나지 않는다.

② 용왕 득병에 대한 등장인물들의 태도

문제적 상황에 대처하는 등장인물들의 태도는 당대인들이 상황을 어떻게 인식하고 있는지를 잘 보여준다. 그 중 가장 대표적인 인물이 토끼와 별주부이다. 그러나 토끼와 별주부는 이본에 따라 정도의 차이만 있을 뿐 용왕의 득병의 대해 거의 동일한 태도를 보이고 있어 변별성을 찾기 어렵다. 따라서 여기서는 도사와 별주부의 노모, 그리고 별주부의 아내의 태도를 통해 용왕 득병을 대하는 인물들의 태도를 살펴보기로 한다.

도사는 용왕의 병을 진맥하거나 약을 지시해 주기 위해서 등장한다. 용왕의 병과 직접적인 관련이 있는 인물이기 때문에 용왕의 병을 바라보는 시각이 곧 상황인식과 맞물릴 수밖에 없다.

사룸의 일신이 더져 나라와 갓탄지라 가삼은 궁실 갓고 팔과 달리는 고을과 지경 갓고 골격은 일천시화 갓고 정신은 임금 갓고 허리은 빅셩 갓사오나 능히 일신을 다살일 줄 알면 그 일국을 다사리고 빅셩을 사랑허면 그 나라을 펴코져 허미요 혈긔을 익긔문 그 몸을 도유고져 혀미니 빅셩니 혹 흐더지면 그 나라이 망허고 혈긔 과다허면 그 몸이 죽는 고로 <중산망월전, 3뒤>

삼인이 왈 슐은 광약니오 식은 감슈혼다 흐오니 디왕은 너무허여 자작지열이 느 쩌 불가헐리니 청산에 안기 것듯 춘산에 봄눈 슬듯 윤한허온 중 늑뷔 촌촌이 슬허허나니 편작이 깅싱허고 화티가 열 명이라도 곳칠 슈 젼여 읍고 금광쵸 불노쵸가 구산갓치 싸엿쓴들 무슴 슈로 싱도허며 지물리 싸엿슨들 인졍 듀고도 못허며 용녁이 졀윤헌들 힘을 디젹헐가 국운이 불힝허여 천명이 궁진허여 디왕의 명이 아마도 싱도허기 어려울가 허나니다 <가람본 토긔젼, 3앞~3뒤>

 두 인용문에서 도사의 현실 인식을 살필 수 있다. 위 인용문에서는 사람의 일신을 나라에 비유하여 용왕의 병은 곧 나라의 위기임을 간파하고 있다. 용왕에 대한 직접적인 비판은 자제하면서도 우회적으로 몰락하는 국가의 현실을 다시 한 번 확인해 주고 있는 것이다. 아래 인용문에서는 용왕의 득병이 주색으로 인한 것임을 직접적으로 밝히고 있으며 "국운이 불힝허여"라는 표현을 통해 기울어 가는 국가의 현실에 대해 정확한 판단을 내리고 있다. 이는 "디왕의 명이 아마도 셩도허기 어려울가 허나니다"에서 볼 수 있듯이 국가의 운명에 대한 예견으로 이어진다.

 토간(兎肝) 지시는 용왕이나 의원에 의해 이루어지는데, 단순히 토간이 약이 된다는 사실만 전달하는 것이 이들의 임무라면 도사보다는 의원이 더 적합하다. 따라서 도사와 의원이 함께 등장하는 이본에서 도사의 역할은 잉여적이라 할 수 있을 것이다. 그러나 용왕의 병을 국가의 위기와 동일시 할 때, 현실을 직시하고 국가의 운명을 예견하는 역할은 의원보다는 도사가 더욱 적합하다. 따라서 용왕의 병에 대한 도사의 시각은 국가의 운명을 바라보는 당대인들의 현실 인식에 다름 아니다.

 병든 용왕을 희화화하는 이본에 이르러서는 현실에 대한 정확한 판단에서 더 나아가 현실을 신랄하게 풍자하기에 이른다.

 黃精木을 大톱으로 쑈기너여 디핀로 곱게 밀어 天地板 左右을 잘나 모미기 二分 너코 艱莊을 加入ᄒ여씨면 단통 낫게소 <가람본 별토가, 4앞>
 작두에다 모두 쓰러 말죽 쑤듯이 모두 고와 먹을 밧게 수가 업소 인삼이 미감하니 대보원긔하고 지갈생진하며 조영양위로다 백출 감은 근비강위하고 지사제습하며 금구단비로다 감초 감훈하니 조화 제약하고 구즉온중하며 생즉사화로다 청심환 소합환 팔미환 육미환 경옥고 자금정 적고약 백

고약 생지황 숙지황 대황 망초 창출 백출 방풍 게피 반하 육게 우실 택사
당귀 헤황 건강 생강 가미육군자탕 청서육화탕 익긔탕 갈근탕 도인탕 백
사주 우련탕 황금인분탕 하로 아침에 개쏭물을 일흔 동의식 잡수워도 그
저 썻기가 쉽겟삽 <이선유 창본>

위 인용문에서 용왕의 병을 구원하기 위해 세상에 내려 온 도사는
온갖 약을 열거하더니 아무 약도 소용없다 하고 약방문으로 널조각을
잘라 간장을 가미하여 먹으라는 처방을 내린다. 용왕의 득병과 죽음은
국가적인 중대사이다. 그런 상황에서 도사는 용왕의 병의 심각성에 대
해서는 아랑곳하지 않고 죽을 운명에 처한 용왕을 조롱의 대상으로 삼
고 있을 뿐이다. 아래 인용문에서 등장하는 도사 또한 "작두에다 모두
쓰러 말죽 쑤듯이 모두 고와 먹을 밧게 수가 없소"라고 하여 용왕의 탕
약을 불경스럽게도 '말죽'에 비유하고 있다. 희화화는 거기에서 그치지
않는다. 용왕의 병을 고칠 탕약들을 계속 나열하다가 '황금인분탕'에
'개쏭물'까지 열거하는가 하면 "하로 아침에 개쏭물을 일흔 동의식 잡
수워도 그저 썻기가 쉽겟삽"이라고 하여 무례한 언동을 섞어 철저하게
용왕을 비판하고 있다. 이처럼 도사의 발언을 통해 용왕은 신랄하게
풍자 비판당한다. 이는 봉건 국가의 말기적 증상에 대한 냉정한 시각
을 보여주는 것이다. 무능하고 부패한 용왕과 국가는 더 이상 회생의
가망 없이 몰락을 목전에 두고 있음을 당대인들은 간파하고 한껏 냉소
를 보내고 있는 것이다.

이와는 반대로 국가적 위기에 적극적인 관심을 갖고 용왕의 권위를
옹호하려는 노력을 기울이는 태도는 <신재효본>에서 가장 잘 드러난다.

용왕게 엿즈외더 <u>딕왕의 귀흔 몸이 인셩과 달은지라</u> 스람이라 흔난 거

슨 오중육부 잇난 병을 춘관척믹을 보면 부침지식 잇건이와 디왕의 귀흔
형체 제 뉘라 짐작하리 안치가 영농하되 돌과 바위 못 보시고 양각이 지영
하여 말소리 뿔노 듯고 턱 밋틔 흔 빈을이 거슬여 부터기로 분을 너면 일
어느고 입 속의 여의쥬가 죠화을 불이오니 몸을 젹즈 하거드면 못 속의도
즘겨 잇고 변화을 흣자 하면 하날의도 올느가고 용밍을 쓰즈 하면 티슨을
부슈우고 디희을 뒤집운이 운무가 시위하고 병역이 호령이라 이 형체 이
기샹 병환이 중하오니 인간 침약으로 뉘라셔 구하잇가 황졔소문 의학입문
만병을 의논하되 디왕의 져 병셰는 그 중의 안니 들고 인신우슈 신놀씨가
삼백초을 하여시되 디왕의 당흔 약은 그 중의 업은지라 인간이 구더시니
침이 어이 드러가며 화식을 안이하니 탕약 어이 잡술잇가 <신재효본, 2
앞~3앞>

"디왕의 귀흔 몸이 인싱과 달은지라"에서 볼 수 있듯이 도사는 예의
바른 언행과 함께 용왕을 인간과는 다른 신이한 인물로 격상시키고 있
다. 이와 더불어 신체적 기상을 추켜세우면서 권위를 옹호하는 데 노
력을 기울이고 있으며, 용왕에 대한 비하적 표현은 전혀 찾아볼 수 없
다. 별주부의 노모와 아내의 태도 역시 도사와 동일하다.

　너의 부친 식욕 만으 낙시밥을 물여드그 청연저스 하여기로 독슈공방
니 셔름이 너 흐느을 길너너여 불면 눌그 줴면 써질 으젹의 느가 늣게 오
면 문의 비계 기둘이고 져물게 느그 안이 돌르오면 어의 비겨 바리쓴니 네
그 지금 벼술하야 임군을 셤기드그 임군이 병환 게셔 약 구하려 간드 하니
죽우신욕 쥬욕신스 당당흔 직분이니 지셩으로 구하다그 만일 약을 못 엇
거든 골폭스중 게셔 죽지 도르오지 말쩌여다 디디로 츙신 집의 션영누덕
될 거신이 두위셔 무엇하리 쥬부그 엿즈오디 졍셩을 다하와셔 우으로 임
군 병환 으리오 모친 모음 둘드 편케 하오리다 쥬부의 모노리그 하직을 하
난디 그도 쏘 의법 종고지낙 금실지우 줌시 이별 어려오디 오륜을 모련할
졔 군신유의 몬져 쓰고 부부유별 후의 쓰이 군신의 중흔 의그 부부보단 더

흔지라 님군을 위흐드7 죽는디도 흔이 업너 당숭의 늘근 주친 니7 봉힘
홀 거시오 실흐의 어인 주식 니7 질너 닐 거신이 지반 싱각 으예 말고 톡
기만 어더드7 임군 환후 낫게 흐오 후련말리거 아득염향규 낭군이 모류
시오 <신재효본, 11앞~12앞>

노모는 육친적인 정을 강조하면서도 '당당한 직분'으로 임금의 약을
구하러 간다하니 지성으로 노력할 것이며, 만일 약을 못 얻을 경우 돌
아오지 말라고 당부하는 비장한 태도를 취하고 있다. 아내 또한 '종고
지락 금실지우' 이별이 어렵기는 하나 오륜을 앞세워 임금을 위한 일이
라면 죽어도 한이 없다는 결연한 태도를 보여주고 있다. 육친간의 정
이나 부부간의 정 등은 군신간의 마땅한 도리를 구현하는 데 결코 걸
림돌이 될 수 없다는, 오로지 충을 최고의 가치로 보는 태도를 보여준
다. 봉건적 체제에서 신하된 자가 왕 또는 국가를 위해 마땅히 취해야
할 도리를 교과서적으로 명백히 밝히고 있는 것이다.

그러나 앞에서 본 가람본 <별토가>와 <이선유 창본>에서의 별주부
의 노모와 아내의 태도는 별주부를 만류하면서 국가적인 차원의 소명
보다 개인적인 삶을 더 중시하는 태도를 보여준다. 즉, 노모와 아내는
용왕 득병이라는 문제적 상황에 대해 기본적으로 무관심하며 충성을
'밥탐'이나 '천렵'과 함께 동궤에 두고 있어 별주부의 장한 충성을 비하
시키고 있다.

③ 용왕의 최후

용왕의 마지막 행방은 국가의 장래를 어떻게 보느냐와 관련되므로
관심이 크지 않을 수 없다. 용왕의 운명에서 봉건 국가의 존망에 대한

당대인들의 시각을 유추해 볼 수 있다. 당시 현실을 말기적 상황이라 인식하였는지, 아니면 그런 현실 인식이 결여되어 있었는지, 혹은 회복 불가능한 상황이라고 인식하였는지 여러 시각이 다양하게 드러난다. 즉, 용왕의 최후를 어떻게 바라보느냐에 따라 정치적 의도는 분명하게 드러난다고 하겠다.

토끼전은 크게 용왕이 죽는 이본과 사는 이본으로 나눌 수 있다. 토끼전이 지혜담인 〈구토지설〉에서 출발하였으니 토간(兎肝)을 얻지 못한 용왕이 죽는 것이 가장 자연스러운 결말이다. 그러나 그 죽음을 바라보는 시각은 동일하지 않다.

가람본 〈별토가〉는 용왕의 죽음으로 작품이 종결되며 용왕에 대한 일체의 동정적 시각이 나타나지 않는다. 용왕에 대한 무관심이라고 할 수도 있겠고, 앞서 살핀 바와 같은 우화라는 틀을 적용하여 정치적 의도를 탐색해 낸다면, 이는 무능하고 부패한 봉건 국가가 폐기되고 새로운 국가체제가 마련되기를 바라는 소망의 표현이라고 볼 수 있다. 가람본 〈토긔전〉에서는 국가에 대한 비판이 더욱 신랄하게 나타난다. 용왕은 육지 정벌 계획을 세우고, 산신에게 이문을 보내 토끼를 다시 잡아오게 하는 등 여러 가지 수단을 동원하나 모든 것이 실패로 돌아가 용왕은 결국 죽음을 맞이하게 된다. 복잡한 전개를 통하여 백성을 희생시키는 부도덕한 국가의 최후를 보여줌과 동시에 최후의 발악에도 불구하고 국가를 보전하고자 한 시도들은 결국 수포로 돌아갈 수밖에 없음을 보여준다. 당대인들의 시각에 의할진대 부도덕한 국가는 이미 회복 불가능한 상태에 있으며, 몰락은 시간문제일 따름이다.

용왕의 죽음에도 불구하고 용왕에 대한 태도가 이와 정반대인 경우도 있다.

과인에 몸 병 들기도 니 팔지라 웃지 낫기를 바라리요 또 일즉 죽는 일
도 천슈라 현마 웃지흐리요 슈궁정병을 발흐여 톡기를 잡즈 흐여도 슈부
와 양계가 다르미 잡지도 못호고 군병만 상헐 거시오 큰 비를 쥬어 톡기
일족을 멸코져 흐여도 인간만민에게 희가 나고 곡식이 잘못되면 옥황상셰
알으시고 이 연고을 무르시면 무어시라 디답흐리요 고이헌 도사에 말로
이럿틋흐니 도시 과인에 불명헌 일이라 웃지 톡기를 원망흐리요 니 병도
낫지 못호고 슈족 갓혼 신하를 죽여시니 하면목으로 왕위에 거흐며 계신
을 볼 쯧시 잇스리요 말을 맛치며 한 민디 통곡흐다가 긔절흐니 타자와 제
신이 모다 황황흐여 탕약으로 구흐드니 이윽고 용왕이 정신을 차려 좌우
를 도라보와 왈 과인에 명되 불힝흐여 황천길이 갓가와시니 비록 편작인
들 웃지흐리요 경 등은 나 웁다 말고 삼가 츙성을 다흐여 타자를 셤겨 어
진 일홈을 만디에 젼흐면 과인이 비록 기이 다르느 감은흐리라 경 등 마음
에 과인을 잇지 아닐진디 과인에 임의 부탁흔 말을 져바리지 말느 흐니 제
신이 일시에 쳬읍돈슈흐여 명을 밧거날 또 타자에 손을 잡고 유체 왈 너는
치국안민흐기를 부질언이흐며 정사를 인의로 고루게 흐여 원망이 웁게 흐
여라 흐고 인흐여 승하흐니 시년이 일천팔빅셰요 지위가 일천이빅년이러
라 타자와 문무빅관이며 억만슈졸이며 삼궁비빙들이 모다 이통흐니 곡셩
이 진동흐드라 삼공뉵경과 종실 문무빅관이 오일셩복흐고 타자를 쳥흐여
왕위에 오르믈 이로며 지촉흔디 타지 동향삼낭흐고 셔향삼낭 왈 과덕흔
니 웃지 왕위에 쳐흐리요 흐니 삼공뉵경이며 종실 부마와 문무빅관이 다
천셰를 부르며 왕위에 즉흐믈 연명앙달흐니 타지 마지 못흐여 즉위흐고
진하를 바들 시 삼공이하 빅관이 기호 만셰흐고 잡범사죄를 일체 방송흐
라 <국립도서관본 토생전, 30뒤~32앞>

국립도서관본은 용왕의 죽음으로 종결되나 가람본 〈별토가〉와는 의
미가 다르다. 용왕은 군사를 조발하고 큰 비를 내려 토끼를 잡자는 신
하들의 간언을 물리치고 토끼에게 수치를 당한 것이 자신의 잘못임을
인정하며 순순히 죽음을 맞이한다. 태자에게 모든 것을 당부하고 비장

하게 최후를 맞는 용왕의 모습은 매우 엄숙한 효과를 내고 있다. 자신의 과오를 인정하고 주어진 운명을 그대로 받아들이는 용왕의 행동은 동정의 차원을 넘어 엄숙함과 비장함이 느껴진다. 이후 용왕의 장례식이 장황하게 전개됨으로써 용왕을 영웅화하는 데에 온 힘이 기울여져 있다. 여기에서 용왕은 어쩔 수 없이 최후를 맞이하게 되지만 자연적인 이치에 순응하는 것이 되고, 뒤이어 즉위하는 태자에 의해 태평성대를 기대케 하고 있다. 위기에 맞닥뜨린 현실은 다른 성군이 등장함으로써 해결이 가능할 것이라 확신하고 있기 때문에 순리에 따른 승계로 이어질 수 있다고 본 것이다.

몰락하는 국가에 대한 회생의 바람은 용왕이 우연히 쾌차한다거나 토끼 똥을 먹고 쾌차하는 등의 비현실적인 방법을 동원하기도 한다. 비현실적인 방법에 의한 용왕의 치병은 정상적인 방법으로는 치유할 수 없을 만큼 국가의 병이 심각하다는 것을 의미한다. 그러면서도 미래에 대한 불확실한 전망으로 인하여 그래도 현 체제에 기대를 걸 수밖에 없는 소극적인 현실인식이 담겨있는 것으로 여겨진다.

2) 봉건적 신분질서에 대한 시각

봉건 체제는 지배와 종속관계에 입각한 차별적 인간관을 바탕에 두고 있다. 이러한 인간관은 봉건 체제를 유지하는 근간이 되는 것으로 봉건 체제가 유지되는 상황에서는 당연한 것으로 받아들여졌다. 그러나 당연시되던 차별적 인간관은 봉건 해체기에 접어들면서 서민의식의 각성으로 심각한 도전을 받게 된다.

토끼전에서 용왕의 토간 요구와 이에 대한 토끼의 대응은 이러한 변화된 가치관을 잘 보여준다.

龍王이 傳教ㅎ샤 寡人이 病이 들어 數年을 辛苦ㅎ야 一時가 ○○할
차의 天上으로 道士 날여와셔 診脈ㅎ고 하난 말리 토간을 求ㅎ여 丸을
지여 흔번 씨면 百藥中 第一이라 丁寧이 일기로 死中求生 計教ㄴ여 鼈
主傳을 압령ㅎ여 너를 잡아와시니 無罪한 듈이야 알거이와 寡人의 ·身
이 너와 달나 万一 不幸ㅎ면 一國臣民 補存ㅎ기 넨들 혈마 모를손야 너
ㅎ나 쥭근 後의 寡人이 사라나면 万億百官 다 살니 一等忠臣 너 아니
야 別擇히 祠堂지여 千万年이 다 하도록 春秋饗火 쓴치 말면 殷나라
比干이와 漢나라 己辛들 네의셔 더할손야 죽노라 슬어마라 <가람본 별
토가, 24뒤>

용왕은 토끼에게 죄가 없는 줄은 알지만 만민의 주인인 자신을 위해
목숨을 바치라고 요구한다. 용왕은 자신의 이런 요구를 신민이라면 마
땅히 지켜야 할 도리라고 생각했고, 수궁의 신하들도 이런 요구가 갖는
정당성에 대해 추호도 의심하지 않는다. 하지만 토끼는 "病든 龍王 살
이자고 셩한 톡기 나 듁으랴[5]"며 용왕의 토간 요구를 매몰차게 거부한
다. 이러한 토끼의 태도는 전체 이본을 통틀어 공통되게 나타나는 바,
더 이상 차별적 인간관을 용납하지 않으려는 서민의 각성된 인식이 토
끼전의 기저에 깔려 있음을 알 수 있다.

토끼는 맹랑하게도 기변(機變)으로 용왕과 대신들을 속이려 시도한
다. 대로한 용왕은 "너갓치 微賤한 거시 妖妄한 말노 唐突리 譏弄ㅎ니
듁어도 功이 읍시리라[6]"라며 무사에게 당장 토끼 배를 가르라고 호령
한다. 그러나 토끼는 오히려 용왕에게 하나는 알고 둘은 모른다며 용
왕을 가르치려 든다.

---

5) 가람본 <별토가>, 40뒤.
6) 가람본 <별토가>, 31앞.

　　하하하하하 대왕(大王)이 도지일(都知一)이요 미지기이(未知其二)로
소이다 태호복희씨(太昊伏犧氏)는 어이허여 사신인수(蛇身人首)가 되였
으며 신농씨(神農氏) 어찌허여 인신우수(人身牛首)가 되였으며 대왕(大
王)은 어찌하여 꼬리가 저리 지드란 허옵고 소퇴(小兎)는 무슨 일로 꼬리
가 이리 못똑허옵고 대왕(大王)의 옥체(玉體)에는 비늘이 번쩍번쩍 소퇴
의 몸에는 털이 요리 송살송살 가마귀로 일러도 오전(午前) 가마귀 쓸개
있고 오후(午後) 가마귀 쓸개 없으니 인생만물(人生萬物) 비금주수(飛禽
走獸)가 한가지라 뻑뻑 우기니 답답치 아니 허오리까 당장에 배를 따보옵
소서 <정광수 창본>

　　이처럼 토끼의 구변에 말려든 용왕과 그 대신들은 간을 내었다 들였
다 한다는 말도 안 되는 얘기를 믿고 토끼를 극진히 대접하기에 이르
고, 그것도 모자라 자라의 충간을[7] 무시하고 토끼의 말에 다시 속아
자라탕을 해 올리라는 영을 내리기까지 한다.

　　토끼의 오만방자는 술에 잔뜩 취해 용왕을 '용첨지'[8]라 부르는 데까
지 이르고 있지만 용왕은 이를 문제 삼지 않는다. 이처럼 토끼에게 우
롱당하는 용왕과 그 대신들의 모습은 하층에게는 봉건적 신분 질서라
는 것이 이미 무너져 의미를 잃었음에도 불구하고 아직도 그러한 현실
을 깨닫지 못하고 있는 지배층에 대한 신랄한 비판이 되고 있다.

　　봉건적 신분 질서의 혼란과 이를 바라보는 시각은 독립 삽화인 모족
회의 대목에서도 찾아볼 수 있다. 그런데 기본적인 서사전개인 토간
요구에서 차별적 인간관을 부정하는 모습이 모든 이본에 공통적으로
나타나는 것과는 달리, 모족회의 대목에서 보여주는 봉건적 신분 질서

---

7) 이본에 따라서는 자가사리의 충간으로 나타나기도 한다.
8) 가람본 <별토가>, 34뒤.

에 대한 시각은 이본에 따라 다양한 양상을 보인다. 이 같은 모습은 용왕의 토간 요구와 이에 대한 토끼의 거부라는 서사전개는 변개의 가능성이 거의 없는 빈면, 모족회의 대목은 삽입되거나 탈락되더라도 작품의 전개에는 전혀 영향을 미치지 않아 작자의 의도에 따라 변개될 수 있는 여지가 크기 때문이다.

모족회의 대목은 호랑이로 대표되는 지배층의 횡포와 다람쥐나 멧돼지 등으로 형상화되고 있는 약하고 힘없는 백성들의 피폐한 삶, 그리고 상좌를 두고 벌어지는 나이다툼을 통하여 붕괴되고 있는 신분질서의 모습을 우언적으로 보여준다. 여기서 당대인들의 정치의식은 상좌를 두고 벌어지는 나이다툼에서 첨예하게 드러나는데, 특히 호랑이와 이에 대응하는 다른 모족들의 다툼을 통하여 봉건적 신분질서에 대한 다양한 시각을 찾아볼 수 있다.

> 虎狼이 憤을 늬여 일은 말이 万古歷代 帝王中의 다 先生이 잇난이라 으룬의 根本 일으거든 들어보라 天上의 赤松子은 神仙 中의 으룬이요 五行達通 邵康節은 述子中의 으룬이요 力拔山 楚覇王은 壯士中 으룬이요 李太白 杜子美는 文章中의 으룬 활 잘 쏘눈 宥宮后羿 射者中의 으룬이요 五關斬將 關雲將은 仁義中의 으룬이요 南草堂 諸葛亮은 謀士中의 어룬이요 말 잘흐난 蘇秦이눈 口辯中의 으룬이요 渭水의 姜太公 漁父中의 으룬이요 今日 座上의난 니 몸이 勇力豊勝흐고 職品이 헐젹 놉파시니 날 當흐 리 뉘 잇시리 너의 呼洞 한번 흐면 너의들이 똥을 쌀 거시니 이 中의난 으룬일다 <가람본 별토가, 13뒤~14앞>

위의 예문은 호랑이가 자신이 상좌를 차지해야 하는 이유를 말하는 대목이다. 호랑이는 여러 방면에서 뛰어난 인물을 내세우며 다른 모족들이 정한 '연치'라는 기준을 인정하지 않고 '용력'과 '직품'을 내세워 상

좌를 차지하려 한다. 이 같은 호랑이의 담화에는 '용력'과 '직품' 즉, 힘
있는 자가 당연히 존장으로서의 위치를 차지해야 한다는 지배층의 지
배 논리가 담겨있다. 이 같은 호랑이의 논리는 표현의 차이는 있으나
토끼전 이본 전체를 통하여 공통적으로 나타난다. 그러나 이에 대응하
는 다른 모족들의 태도는 이본에 따라 상당한 차이를 보인다.

> 호랑니 상좌혀니 너구리 이론 말니 그더 아모리 풍치가 비범혀고 용역
> 니 졀류혀나 오날날 이 노름의는 노소을 분별혀여 졍좌홈니 올키날 그더
> 는 혼갓 강포만 밋고 당돌니 상좌혀여는가 호랑니 디로ㅎ여 이른 말니 셜
> 상 연치가 졋다 혀여도 즉품니 너의 놈과 달은지라 고금영웅니 다 나을 듯
> 고 비유혀여거든 요마흔 너의 연셕의 상좌을 사양혀고 디장부라 층허리요
> 너구리 우어 왈 오날날 이 자리는 즉품을 엇지 의논허리요 만일 즉품 놉푼
> 순임금니 부친의게 효도ㅎ며 풍치 조혼 관운장니 형의게 공경할가 즉품도
> 자록혀고 풍치 조혼만은 상좌혀랴 ㅎ는 말니 구셩유취 너 아니야 <중산망
> 월전, 11뒤~12앞>

위의 예문은 무너져 가는 기존 질서와 새롭게 힘을 얻고 있는 새로
운 질서와의 충돌과정에서 생기는 혼란을 그대로 반영하고 있다. 호랑
이가 상좌를 차지하자 너구리는 이에 대해 직접적으로 비판을 가한다.
너구리는 모임의 성격을 환기시키면서 '직품'을 부정하고 새로운 질서
를 제시하면서 "구셩유취 너 아니야"라는 말로 호랑이의 논리를 묵살하
고 있다. "만일 즉품 놉푼 순임금니 부친의게 효도ㅎ며 풍치 조혼 관운
장니 형의게 공경할가"라는 너구리의 말에서도 알 수 있듯이, '연치'라
는 것은 직품이나 용력 등과 같이 인간이 만든 인위적인 질서나 가치
에 속하는 것이 아니라, 인간의 본성에 기초한 자연적인 질서이다. 여
기서는 봉건적 질서가 논리를 잃고 자연적인 질서가 새로운 힘을 얻고

있다. 호랑이에 대한 너구리의 이러한 태도는 봉건적 질서 체계에서는 용납할 수 없는 일이다. 이것은 그만큼 변화된 현실을 반영하는 것이며, 새로운 신분질서를 지향허는 의식의 발현이라고 볼 수 있다.

직품과 용력으로 대변되는 기존의 신분질서를 부정하고 이에 맞서 새로운 질서를 주장하는 태도는 기본적인 서사 전개에서 드러내고자 하는 가치와 일치한다. 용왕이 신분적 우위를 내세워 일방적으로 토끼에게 희생을 강요하는 것과 호랑이가 직품과 용력을 내세워 존장의 위치를 차지하려 하는 것은 봉건적 신분 질서를 당연시하는 사고에서 나온 태도들이다. 기본적 서사 전개에서 토끼는 이러한 차별적 인간관을 전면적으로 부정하면서 용왕과 첨예한 대립 관계를 형성하고 있다. 너구리나 두꺼비가 등장하여 호랑이의 용력과 직품에 반대하는 본들9) 또한 기존의 질서를 부정하고 '연치'라는 새로운 가치 기준을 제시하고 있어 기본적 서사전개에서 지향하고 있는 태도와 궤를 같이 한다.10)

용왕과 호랑이의 가치관은 아직 봉건 질서 속에 머물러 있다. 세상에는 지배층과 피지배층이라는 엄연한 신분 질서가 있으며, 이 질서에 따른 차별적 인간관을 영원불변한 진리라 착각하고 있다. 작품의 기본 구조와 너구리와 두꺼비의 비판은 공통적으로 이러한 인식을 지닌 용왕과 호랑이에 대한 대결 의식을 표출하고 있다.

---

9) 여기에 속하는 이본들로 가람본 <별토가>와 <중산망월전> 등이 있다.

10) 기존 질서를 극복하기 위해 대결의식을 강하게 드러내고 있는 기본 서사 전개와 궤를 같이하고 있는 삽화가 첨가된 이러한 형태는 초기 형태인 것으로 추측된다. 수궁가가 설화에서 직접적인 영향을 받았는지, 설화가 소설화된 이후에 영향을 받았는지 확실하지는 않지만 초기의 모습은 설화의 기본 서사구조가 드러내고 있는 주제를 그대로 수용하는 방향으로 판소리화 했을 것임은 쉽게 추측될 수 있다. 이는 초기 수궁가의 향유층이 서민 계층이었던 사실로도 쉽게 짐작할 수 있다. 그 이후 수궁가가 다양하게 해석되고, 향유층의 변화와 함께 여러 계층에서 수궁가를 즐기게 되면서 기본 서사구조와 일치하지 않는 다양한 변모가 전개되었을 것이다.

〈이선유 창본〉을 비롯한 현대 창본에서는 호랑이와 적극적인 대결을 벌이는 인물이 등장하지 않아 대결 의식이 희석화되는 경향을 보여준다. 봉건적 지배 질서 속에서 호랑이는 지배층에 해당된다. 약자인 두더지나 두꺼비가 지혜로 호랑이를 이긴다는 것은 현실적인 질서나 위치를 부정하고 약자인 피지배 계층 나름의 기준으로 세계를 재편하고자 하는 것이다. 여태까지는 호랑이의 논리가 세계를 움직이는 질서였으나 봉건 해체기에 이른 현 시점에서는 새로운 논리가 등장하고, 이것이 다른 모족들에게 인정을 받는다는 것은 변화된 신분 의식과 질서를 나타내는 것이다. 그런데 이 부분이 빠져 있다는 것은 변화하는 질서를 수용하지 않으려는 반동적 자세, 혹은 새로운 질서를 회피하려는 소극적인 자세를 보여주는 것이다.

한편, 호랑이가 상좌를 차지하는 것을 당연한 것으로 인정하는 〈신재효본〉의 경우는 봉건 질서에 대한 또 다른 태도를 보여주고 있다.

> 좌편의 별셜일셕 그린니 몬져 안쏘 콕귀리 스즈이며 곰과 원셩이ㄱ 그 밋틔로 안즌 후의 스군이 쥬인으로 흔 ㄱ온딕 쥬셕ㅎ고 〈신재효본, 17 앞~17뒤〉

여기에는 상좌다툼의 과정이 없으며 이미 자리는 정해져 있었던 것으로 보인다. 호랑이가 당연히 주석에 앉는다는 것은 지배층의 권위를 인정하는 것이며, 이는 곧 기존 질서 체제에 대해서 긍정적인 시각을 보내고 있는 것이다.[11] 초기본들에 이미 상좌다툼이 있었던 것을 감안

---

11) 이에 반해 호랑이의 수탈과 횡포는 신랄하게 풍자하고 있는데, 이러한 이중적 태도는 신재효의 계층적 불균형에 기인한다. 이에 대한 자세한 논의는 김동건, 「〈수궁가〉 모족회의 대목의 존재 양상과 의미」, 『국어국문학』 122, 국어국문학회, 1998, 111면 참조.

하다면 기존의 신분 질서를 옹호하고 더욱 확고히 하자는 의도가 깔려 있음을 알 수 있다.

3) 정치현실에 대한 시각

정치 현실에 대한 시각은 주로 지배층을 중심으로 드러나게 되는데 토끼전에서는 어족회의에서 잘 드러난다. 이 경우는 긍정적이거나 부정적인 시각으로 구별되지 않는다. 앞서 살펴 본 바와 같이 국가 체제나 신분 질서 등은 다소 관념적이어서 같은 현상을 보고서도 각각 다르게 이해될 수 있으며 전망 또한 각각 다를 수 있다. 그러나 정치 현실이란 실제로 벌어지고 있는 일들이어서 상이한 태도를 보이지는 않고, 다만 부패한 정치 현실을 다각도로 보여주고 있다는 점에서 특징적이다. 정치 담당층의 추잡한 권력욕과 파벌싸움을 풍자적이고 냉소적인 시각으로 담고 있다.

이는 어족들의 등장을 묘사하는 데서부터 적나라하게 드러난다.

龍王이 左右을 돌아보니 世上의 나가면 밥반찬걸리와 술안쥬걸리가 다 들어오것다 廣利 曰 卿네을 두고 보니 寡人은 魚物 都行首 긔운이 만혜 글의 됴정이 안이라 七顚 제자걸리 안이면 무의신고 <가람본 별토가, 7뒤>

죠관드리 드려오면 의관신야로향 향늬ㄹ 날 터인듸 속 뒤집눈 비인늬ㄹ 파시평 웃슈로다 <신재효본, 4앞>

국가 중대사를 책임지고 해결해야 할 막중한 책임이 있는 수궁 제신들이 용왕의 눈에는 "밥반찬걸리와 술안쥬걸리"로 비치고 있다. 또한 용왕은 신하들이 모여 있는 조정을 저잣거리, 자신은 어물전 도행수라고 비유하여 스스로의 가치를 하락시키고 있다. 이는 무능하고 타락한 정치 현실에 대한 자조적인 태도이다. 이미 사대부적인 도덕이나 위엄, 권위 따위는 사라지고 개인적인 이익에만 눈이 어두운 신하들에게서는 향내가 아닌 "속 뒤집는 비인내"가 진동을 하는 것이다.

부패한 정치 현실에 대한 책임은 왕과 더불어 대신들의 무능에도 있다. 가람본 〈별토가〉에서 용왕이 토끼를 잡아 올 신하가 누구냐고 묻자 모두 "面面相顧 默默不答"하며 사신으로 가기를 회피한다. 용왕이 거북이 어떠냐고 물으니 정언은 거북의 능력이 미치지 못함을 말하면서 불가하다고 한다. 영의정 금고래가 자원을 하나 이번에는 용왕이 금고래의 능력 부족을 말한다.

〈중산망월전〉에서는 도사의 말을 통해 대신들의 무능이 폭로되는데, 대신들의 성격과 지략을 치밀하게 비판하고 있다. 적훈공은 지식이 부족하고 조급한 성격이며, 남생이는 옹졸한 성격의 소유자이다. 거북은 장막 속의 영웅이요 방안의 왈자이며, 노둔하고 고집 센 새우는 왕명을 거역하기까지 한다. 방게는 급한 일을 당하면 옆걸음질을 일삼는데 헛이름만 높고, 병어는 졸장부이며, 태학사 오징어는 옹졸하고 약질이며, 발호장군 고래는 나라의 역적이다. 가자미와 복적어는 불효 막대하니 충을 알 리 없고, 욕심 많은 대구와 메기는 개인적인 이익에는 달려들면서 국가의 중대사에는 빠져나가기가 일쑤이다.

대신들에 대한 도사의 이러한 평가는 정치 지도층의 실태에 대한 적나라한 고발이다. 불효막심하여 충을 알 리 없는 가자미와 복적어, 국가 일은 나몰라라 발뺌하는 대구와 메기, 심지어 역적이라고 묘사된 고래에 이르면 용왕을 구할 토간을 가지러 갈 마땅한 사신이 없는 것은 이미 부차적인 문제가 된다. 정치를 담당하고 있는 지배층들은 무능할 뿐만 아니라 인간으로서의 기본적인 덕목도 갖추지 못한 파렴치한들이며, 나라의 역적이기까지 한 것이다. 특히 이러한 평가들은 인간적인 속성으로 나타나고 있어 더욱 신랄한 비판적 기능을 수행하고 있다.

이러한 태도는 〈신재효본〉에 이르면 더욱 적극적으로 전개된다. 거기서는 신하들이 기피하는 모습이 구체적으로 사건화되어 나타나는데, 아첨과 문벌 자랑만을 일삼는 모습과 일신의 안위만을 추구하는 모습이 적나라하게 드러난다. 문반과 무반으로 나누어져 서로 가지 않겠다고 다투는 모습에서 문무 간의 갈등이 첨예하게 드러난다. 이러한 다툼을 통하여 파당 정치 또는 붕당 정치와 같은 당대 현실이 안고 있던 문제점들이 여지없이 폭로되고 있다.

구체적인 사건을 설정하여 부패한 정치 현실을 좀 더 사실적으로 표현하는 이본도 있다. 〈윤해옥본〉에서는 사신으로 택출되어 육지로 나갈 것을 두려워한 상어가 꽁치에게 가 '황금 십만 냥'을 뇌물로 주면서 자신을 천거하지 말아달라고 청탁하고 있다. 이에 대한 꽁치의 태도 또한 이런 부정부패에는 익숙한 것 같아 보인다. 일신의 안위를 위해서 꽁치를 뇌물로 매수하는 상어와, 뇌물을 먹는 데 익숙하다 못해 너무나 노련한 꽁치의 모습은 부패한 관리들의 전형적인 모습이다. 이들의 모습은 매우 구체적으로 묘사되어 있어 뇌물이 횡행하던 부패한 당시의 정치 현실을 눈앞에 보는 듯하다.

박순호 소장 〈수궁별주부산중토처사전〉에서는 고래, 잉어, 거북이 사신으로 택출된 별주부를 모함하여 은구어에게 가서 자신들이 사신으로 갈 수 있도록 용왕에게 주선해 달라며 매수를 하고 있다. 토끼를 잡아 와 일등공신이 된다면 서로 그 공을 나누어 갖자는 수작에 은구어 또한 부응하여 용왕에게 거짓 주청을 하기에 이른다. 이들의 음모를 통해, 자신의 영달을 위해서라면 수단과 방법을 가리지 않고 상대를 모함하는 권력층의 썩을 대로 썩은 모습을 잘 형상화하고 있다. 여기에 등장하는 고래, 잉어, 거북은 각각 도사로부터 나라에 역적이요 동료에 우한이며, 지식이 없고, 고루하고 못생기어 장막 속의 영웅이요 방안의 활자라는 평가를 받은 무능한 인물들이기 때문에 문제는 더욱 심각하다.

3. 맺음말

이 글은 토끼전이 형상화하고 있는 여러 국면들 중에서 정치 담론적 성격에 주목하였다. 그리고 정치적 담론 중에서도 봉건 국가와 신분 질서, 그리고 정치 현실에 대한 당대인들의 인식을 보고자 하였다.

첫째, 용왕에 대한 시각은 당대인들이 봉건 국가를 어떻게 인식하고 있었는가를 보여주는 증표가 된다. 그런데 토끼전에서 봉건 국가를 바라보는 시각은 용왕 득병과 용왕의 형상을 묘사하는 데서, 그리고 용왕의 병을 대하는 인물의 태도에서, 또 용왕의 최후를 그리고 있는 데서 잘 나타날 수 있다고 생각된다.

용왕의 득병 원인을 용왕의 향락과 무능으로 보고 있는 경우는 국가적 위기를 초래한 원인을 내부적인 요인으로 인식하고 있다. 그러나 용왕의 성덕을 칭송하면서 용왕의 병을 우연한 것이거나 선치의 결과로 포장하는 경우는 국가의 위기가 외부로부터 주어지는, 시대적 상황에 따른 어쩔 수 없는 것으로 인식하는 태도를 보여준다.

용왕의 병을 온갖 지저분한 병들의 집합으로 열거하고 있는 시선은 봉건 국가의 말기적 증상에 대한 비판적인 시각을 보여준다. 무능하고 부패한 용왕과 국가는 더 이상 회생의 가망 없이 몰락을 목전에 두고 있음을 당대인들은 간파하고 한껏 냉소를 보낸다. 그와는 반대로 병이 났지만 용왕의 권위를 옹호하려는 태도를 보이는 이본도 있다.

용왕의 최후를 어떻게 바라보느냐에 따라서도 정치적 의도가 분명하게 드러난다. 온갖 노력에도 불구하고 용왕의 헛된 죽음으로 종결되는 이본들은 백성들을 희생시키는 국가의 최후의 귀결은 몰락밖에 없음을 주장한다. 당대인들의 시각에 의할진대 백성을 괴롭히면서 무능과 파쟁에 빠진 국가는 회복 불가능이며, 몰락은 시간문제라고 천명한다. 그러나 용왕의 비장한 최후를 그리면서 다음 세대로 원만하게 승계되는 것으로 국가의 운명을 그리고 있는 이본도 있다.

둘째, 봉건 체제의 신분 질서는 지배와 종속 관계에 입각한 차별적 인간관에 바탕을 두고 있다. 이러한 인간관은 봉건 체제를 유지하는 근간이 되는 것으로 봉건 체제가 유지되는 상황에서는 당연한 것으로 받아들여진다. 그러나 당연시되던 차별적 인간관은 봉건 해체기에 접어들면서 서민의식의 각성으로 심각한 도전을 받게 된다. 토끼에게 우롱당하는 용왕과 그 대신들의 모습은 하층민에게도 봉건적 신분 질서라는 것이 이미 무너져 의미를 잃었음에도 불구하고 아직도 그러한 현실을 깨닫지 못하고 있는 지배층에 대한 신랄한 비판이 되고 있다.

호랑이의 상좌 차지를 반박하면서 너구리와 두꺼비가 주장하는 '연치'라는 것은 호랑이가 주장하는 '직품'이나 '용력' 등과 같이 인간이 만든 인위적인 질서나 가치에 속하는 것이 아니라, 인간의 본성에 기초한 자연적인 질서이다. 이것은 그만큼 새로운 신분 질서를 지향하는 변화된 현실을 반영한다. 용왕과 호랑이는 이 세상에는 지배층과 피지배층이라는 엄연한 신분질서가 있으며, 이 질서에 따른 차별적 인간관을 영원불변한 진리라 착각하고 있다. 너구리와 두꺼비의 비판은 이러한 용왕과 호랑이에 대한 대결 의식을 표출하고 있다.

셋째, 토끼전은 정치 담당층의 추잡한 권력욕과 파벌 싸움을 풍자적이고 냉소적인 시각으로 보여주고 있다. 어족회의 장면에서는 신하들이 사신을 기피하는 모습이 구체적으로 드러난다. 아첨과 문벌 자랑만을 일삼는 모습과 일신의 안위만을 추구하는 모습이 적나라하게 드러난다. 문반과 무반으로 나누어져 서로 가지 않겠다고 다투는 모습은 당시의 문무 간의 갈등을 첨예하게 드러낸다. 이러한 다툼을 통하여 파당 정치 또는 붕당 정치 같은 당대 현실이 안고 있던 문제점들이 여지없이 폭로되고 있다.

이 글은 토끼전의 정치 담론에 주목하였으나 시론적인 성격이라 여전히 전체적인 정치 담론의 윤곽의 적출에 그친 감이 없지 않다. 이본 간의 미세한 담론적 편차들에 대해서는 아직도 부족한 측면이 많은데, 이에 대해서는 현재 진행 중인 이본 수집 및 정리 작업이 완료되는 대로 좀 더 예각적으로 접근을 계속하기로 하겠다.

수궁가 모족회의 대목의 존재양상과 의미

1. 머리말

그간의 〈수궁가〉 연구는 대개 대립양상을 통한 주제 추출에 편중되어 있었다.[1] 작품이 전달하고자 하는 의미를 밝히는 주제 연구는 작품을 연구하는 데 있어 필수적이라 할 수 있다. 그러나 〈수궁가〉와 같이 많은 이본을 거느린 작품은 개개 이본에 대한 면밀한 검토가 전제되지 않는 한 주제 연구는 특정 이본에 대한 고찰로 끝날 수밖에 없으며 이 또한 오류를 범할 가능성을 내포하고 있다 하겠다. 따라서 다른 측면에서의 연구가 진행되려면 먼저 이본에 대한 연구가 선행되어야 할 것이다.

이 글에서는 이러한 생각으로 〈수궁가〉 이본들에 대한 면밀한 검토를 시도하고자 한다. 〈수궁가〉의 진면목을 밝히기 위해서는 모든 이본, 모든 단락을 대상으로 검토해야 한다. 그러나 이러한 작업은 너무나

---

[1] 그간의 토끼전 연구는 이본, 근원설화, 인물의 성격, 전승양상 등 각 방면에 걸쳐 폭넓게 진행되어 왔으나 다른 판소리 작품에 비한다면 아주 소략한 편이다. 또한 다양한 논의가 전개되었음에 불구하고 연구의 대부분은 주제의 추출이라는 방향으로 귀결되고 있다.

방대하여 제한된 지면으로는 감당할 수 없을 것으로 보인다. 따라서 이 책에서는 〈수궁가〉에서 널리 알려진 모족회의 대목을 선정하여 논의를 전개함으로써 전체 작업의 기반을 마련하고자 한다.

별주부가 토끼를 찾아가는 과정에서 만나게 되는 모족들의 모임을 그린 이 대목은 거의 모든 〈수궁가〉 이본에서 나타나고 있어 〈수궁가〉를 구성하는 중요 대목의 하나임을 알 수 있다. 그런데 이 대목은 〈수궁가〉 전체 사건 전개에 있어 핵심적인 부분은 아니기 때문에 그 구체적인 모습은 개작자의 시각에 따라 달라질 가능성을 많이 내포하고 있는 부분이라 하겠다. 따라서 개작자 혹은 작품 변화에 영향을 끼친 주된 향유층이 어떤 시각을 가졌느냐에 따라 이 대목에서 표출하고자 하는 의미는 달라질 것이며 이에 따라 그 구체적인 모습 역시 달라질 수밖에 없을 것이다. 모족회의 대목은 〈수궁가〉 전체의 축소판이라고 할 수 있다.[2] 때문에 모족회의에 대한 세심한 고찰이 이루어진다면 모족회의뿐만 아니라 〈수궁가〉 전체 작품의 변이 방향을 가늠해 볼 수 있을 것이다.

모족회의 대목을 이해하는 작업은 〈수궁가〉 계열의 여러 이본에서 이 대목이 어떻게 존재하고 있는가를 살피는 것이 선행되어야 할 것이다. 이렇게 〈수궁가〉 모족회의 대목의 존재 양상이 밝혀지면 이를 통

---

2) 토끼전에서의 주갈등은 용왕(자라)과 토끼로 대표되는 지배층과 피지배층의 갈등이라고 할 수 있다. 이러한 모습은 모족회의 대목에서 산군인 호랑이와 다른 모족들의 갈등 모습과 유사하다고 할 수 있다. 또한 궁극적으로 약자가 승리한다는 점에서도 유사한 양상을 보인다. 토끼전에서 강자인 용왕과의 대결에서 토끼가 목숨을 부지하고 살아난다는 것과, 모든 이본에서 공통된 것은 아니지만 두꺼비가 호랑이를 누르고 상좌를 차지한다는 점에서 공통된 의미를 표출하고 있다. 따라서 토끼전에서 표출하고자 하는 의미가 모족회의 대목에 집약되어 나타난다고 해도 과언은 아니라고 본다.

해 변이의 방향을 살펴볼 수 있는 단초가 마련될 것이다. 다음으로 이
대목의 역사적 전개 양상을 살펴보는 작업이 이어질 것이다. 이 작업
에서는 이 대목이 어떤 변이과정을 겪었는가를 살펴보고 이를 통하여
이본들에서 나타나는 모족회의 대목의 의미변화를 살펴볼 수 있을 것
이다. 마지막으로 〈수궁가〉의 다양한 이본 안에 여러 가지 모습을 드
러내는 모족회의 대목이 어떤 의미를 산출하고 어떤 기능을 수행하고
있는가에 대해 살펴보고자 한다. 이를 통해서는 이 대목이 〈수궁가〉의
핵심적인 사건에 해당하지 않으면서도 왜 거의 모든 이본에서 나타날
정도로 전승력을 지니는가에 대한 해답을 찾을 수 있지 않을까 한다.

2. 모족회의 대목의 존재 양상

　모족회의 대목을 연구한 기존의 논자들은 이 대목의 경계에 대해서
는 확연한 규정을 하지 않고 연구를 진행한 것으로 보인다.3) 따라서
이 책에서는 이 대목에 대한 경계를 획정하는 일부터 시작하고자 한다.
모족회의 대목의 경계획정에 있어 문제가 되는 것은 날짐승들의 상좌
다툼을 이 대목에 포함시키느냐의 문제이다. 일반적으로 모족(毛族)이
라고 할 때, 이는 주수(走獸), 즉 길짐승을 가리키는 말이다. 이런 시각
으로 본다면 모족회의 대목은 길짐승들 사이에서 벌어지는 사건으로
국한된다고 할 수 있다. 그러나 길짐승의 모임에 앞서 등장하는 날짐

---

3) 기존의 토끼전 연구자들은 산군 횡포 장면만 주로 다루었으며 날짐승들의 상좌
　다툼이나 길짐승들의 상좌다툼에는 별로 관심을 기울이지 않았다. 그런데 산군횡
　포 대목이 구체적으로 나타나는 이본은 신재효본을 비롯한 몇 개의 이본뿐이며 대
　다수의 이본은 피상적인 언급에 그치거나 아예 빠져있어 산군횡포 장면만 논의한
　다면 전체 이본을 포괄할 수는 없다.

승들의 상좌다툼은 길짐승들의 상좌다툼의 양상과 유사하게 전개되며 다툼의 정황을 마련하고 있다는 점에서 동일한 의미를 지닌다고 할 수 있다. 또한 이본에 따라서는 이 두 집단이 나누어지지 않고 한데 모여 상좌다툼을 벌이는 것으로 설정되어 있어 이본을 전체적으로 포괄하기 위해서는 날짐승의 상좌다툼 역시 모족회의 대목에 포함시켜야 한다고 본다.4) 따라서 이 글에서는 별주부의 '출륙(出陸) 노정기' 혹은 '짐승 만남(남생이, 우생원)' 뒤에 등장하는 날짐승들의 상좌다툼에서부터 별주부가 호랑이나 자라를 만나는 대목 이전까지를 모족회의 대목으로 설정하고자 한다. 이렇게 모족회의 대목을 설정할 때 이 대목은 크게 '날짐승들의 상좌다툼 장면', '동물등장 장면', '길짐승들의 상좌다툼 장면', '산군횡포 장면'의 네 장면으로 나눌 수 있다. 장면별 전개양상을 살펴보면 다음과 같다.

1) 날짐승들의 상좌다툼 대목

'한 곳을 바라보니 왼갖 날김생들이 모다 모와들어 저희끼리 상좌(上座)에 앉겠다고 상좌(上座)다툼을 허는듸'5)로 시작되는 날짐승들의 상좌다툼 대목은 현전 판소리 사설 중 임방울 창본, 김연수 창본, 정광수 창본, 박초월 창본, 정권진 창본, 박동진 창본에서만 나타나며 그 외 창본들에서는 이 장면이 나타나지 않는다.

이 장면이 나타나는 이본들은 거의 동일한 내용과 사설을 지니고 있

---

4) 인권환은 모족회의의 삽입설화를 다루는 논문에서 날짐승들의 상좌다툼을 언급함으로써 날짐승의 상좌다툼 장면이 모족회의의 한 부분임을 간접적으로 보여주고 있다. (인권환, 「수궁가의 삽입설화고」, 『인문논집』 30집, 고려대학교 문과대학, 1985)

5) 김연수 창본 (김진영 외, 『토끼전전집』 1, 도서출판 박이정, 1997, 197면)

다. 먼저 앵무새가 나섰으며 상좌를 차지하려 하자 봉황이 이를 꾸짖고 자신의 내력과 생활을 내세워 자신이 어른임을 주장한다. 이에 대해 다른 날짐승들은 봉황에 대해 다른 반론을 제기하지 않고 봉황의 상좌를 인정하며 그 다음 자리에 누가 앉을 것인가에 대해 다툼을 벌이게 된다. 여기에서 다툼을 벌이는 동물은 이본에서 모두 까마귀와 부엉이로 나타난다.

그런데 이들이 벌이는 다툼은 연치를 다투는 길짐승들의 상좌다툼과는 달리 자신의 내력과 행실에 관한 것이다. 까마귀가 월왕 구천과 왕희지의 고사에 비유하여 자신의 모습에 대하여 말하고 견우직녀를 건네준 일과 반포은(反哺恩)을 내세워 '천하에 비금주수 효자'는 자신뿐이라고 주장하여 어른 대접을 받기를 요구한다. 그러나 이러한 까마귀의 주장은 부엉이에 의해 행실이 고약한 인물로 철저하게 부정되고 말며 '빈통이나 찾아가세 이 좌석은 불길하다'라는 말로 아무런 결론을 내리지 못하고 상좌다툼이 끝나고 만다.

날짐승들의 상좌다툼은 애초에 상좌의 기준이 제시되지 않아 어떤 결론도 내릴 수 없음을 암시하고 있다. 즉 이 대목에서의 다툼은 연치에 따라 위차(位次)를 정하는 다툼이 아니라 서로 다른 기준으로 어른 다툼[6]을 벌이고 있는 것이다. 그러나 누구도 각자가 정한 기준을 인정하려 않기 때문에 다툼은 결론을 내리지 못하고 끝나고 만다. 이는 상

---

6) 어른 다툼은 다툼을 해결할 수 있는 기준으로 나이가 고려되지 않는다는 점에서 나이 다툼과는 차이를 지닌다. 나이 다툼은 상좌의 기준으로 나이가 제시되고, 나이 다툼에 참여한 자들끼리 경쟁을 벌이다가 승리한 자에게 존장의 자격을 부여하며 경쟁의 참여자들은 그 결과에 승복한다. 따라서 나이 다툼은 어떤 방식으로든지 다툼이 해결된다. 이에 반해 어른다툼은 경쟁의 참여자들이 각기 다른 기준으로 다툼을 벌이고, 경쟁자가 주장하는 존장의 근거를 인정하지 않음으로써 아무런 결론을 내리지 못한다. (민찬, 『조선후기 우화소설 연구』, 태학사, 1995, 29～42면)

좌의 기준으로 연치를 제시하고 그들이 내세우는 연치의 근거가 지략에 의한 것이기는 하지만 집단 모두가 이에 승복하고 있는 길짐승의 상좌다툼과 좋은 대조를 이룬다고 할 수 있다.

여기서는 다툼의 정황만이 부각되어 있어, 어떤 문제의식이나 가치판단보다는 지혜다툼이라는 다툼 그 자체에 가치를 두고 있음을 알 수 있다.

2) 동물등장 장면

동물등장 장면은 모족회의 대목을 지닌 모든 이본에서 공통적으로 나타나는 장면으로 이후에 전개되는 길짐승들의 상좌다툼의 상황을 마련해 주는 역할을 하고 있다. 이 장면은 모임에 참석하는 동물을 차례로 열거하여 이들이 모여드는 모습을 그리고 있고 동물들을 소개하는 사설 역시 정도의 차이는 있으나 대개 유사하다고 할 수 있다. 그러나 통문의 내용과 모임의 이유는 이본에 따라 차이를 드러내고 있다.

신재효본에서는 '금일 십요일의 낭야손 취옹정의 일졔니 모으라고 통문을 써ㄱ지고 다람이ㄱ 돌려시이7) 라는 사설을 통하여 통문을 돌렸다는 사실만 전달해 주고 있다. 통문이 나타나지 않는 나머지 이본들에서는 거의 대부분이 모임의 이유에 대한 언급이 전혀 없으며 있다 하더라도 단순히 '갑신년 유월 십오일 모족들의 모임날이라'라는 말로 간단히 처리하고 있다.

모임의 이유를 밝히는 통문은 심정순 창본과 이선유 창본에서만 나타난다. 그런데 통문이 나타나는 심정순본과 이선유본은 모이게 되는 계기와 통문의 내용에 있어서는 차이를 드러내고 있다.

---

7) 신재효 창본 (김진영 외, 『토끼전전집』1, 박이정출판사, 1997, 15면)

(A)차산 김생이 대환을 보앗는대 관포수 수십 명이 산양낫단 말을 듯고 저의짜지 통문을 하엿는대 (B)우통문 사짠은 처처산곡은 번화지지라 방포 지수와 만군지사가 처처에 작당하야 편답차산이라 하니 동유중약유차산 지포는 속속 회문하야 일시 주회차로 천만행심 언녹공원의 발문이라 <이선유 창본>8)

(A)맛참 그 날이 셰상 즘싱이 친목회를 열냐고 모야드던 날인가 보더라 즘싱들이 모히랴고 통텹을 ᄒ엿ᄂ듸 쟝광이얏다 (B)우통유ᄉ연은 오제가 싱호산간ᄒ고 쟝호산간ᄒ야 린리샹망에 볼샹왕리ᄒ고 약육강식에 봉쳡젹투ᄒ야 혈쳔피열ᄒ고 육산골폭ᄒ야 돈실화호에 살기가 미만ᄒ니 츠지불이면 유아산슈가 기쟝미유혈튜의라 비둥이 유시지우ᄒ야 발긔일회에 명명왈 친목이라ᄒ야 안월일회에 유무를 샹자ᄒ고 지식을 교환ᄒ야 슉혐을 진희ᄒ고 친목을 시도ᄒ면 비단 호샹쳔답의 악습을 긔혁쑨 불시라 근쟈 인심이 불고ᄒ야 무샹엽부등이 쳐쳐 작당ᄒ야 해몰지심이 망유긔극이라 아등이 약볼별반방어면 강약을 물론ᄒ고 츠데 필ᄉᄒ리니 아등이 즁심을 일치ᄒ야 각이 기능으로 일력방어면 가도무ᄉ이기로 즉에 앙통ᄒ오니 죠량이 신후 일졔 리회ᄒ오셔셔 이완대ᄉ ᄒ심을 경오 지 쳐소는 승랑이 령좌딕 근쳐로 뎡ᄒ얏ᄉ오니 무연부도ᄒ오면 호쟝군 됴긔 츠로 빗칠ᄉ 모월 모일 반긔쟈 곰 사슴 도야지 쵱 디위원 죡졈이 <심정순 창본>9)

이선유본에서는 모족들이 포수가 사냥을 나왔다는 말을 듣고 그들에게 닥친 위급한 상황을 타개하기 위한 회의를 열기 위하여 모임을 개최하는 것으로 설정되어 있으며 통문의 내용 역시 이러한 상황에 맞게 꾸며져 있다. 반면에 심정순본에서는 모임의 이유와 통문의 내용이 서로 일치하지 않는다. 특별한 사건 없이 명목상 친목회를 가지려고

---

8) 위의 책, 151면.
9) 위의 책, 54~55면.

모임을 개최하고 있으나 통문의 내용을 살펴보면 단순히 놀이를 위하여 모임을 가지는 것이 아님을 알 수 있다. 이들은 친목을 시도하여 자신들의 악습을 개혁하고 또한 그들에게 닥친 위기를 극복하기 위한 방안을 찾기 위해 모임을 가지고자 하는 것이다.

따라서 통문의 내용을 살펴볼 때, 심정순본과 이선유본은 모임이 회의의 성격을 지니고 있다는 점에서는 공통되지만 이선유본이 외부에서 주어진 위기를 타개하기 위하여 모인 것이라면 심정순본은 이와 함께 자신들의 폐단을 바로잡고자 하는 자발적 의지를 함께 지니고 있다는 점에서 차이를 보인다.

3) 모족들의 상좌다툼 장면

모족회의 대목의 중심을 이루는 모족들의 상좌다툼 장면은 신재효본을 제외한 모든 이본에서 나타나나 그 구체적인 모습은 이본에 따라 많은 차이를 보이고 있다. 신재효본에서는 상좌다툼 없이 호랑이가 당연히 주석(主席)에 앉으며 곧바로 이들이 벌이는 회의 장면으로 옮겨지고 있다. 이는 신재효의 개작의식의 일면을 엿볼 수 있는 대목으로 이에 대한 상론은 다음 장에서 다루고자 한다.

모족들이 상좌를 정하고자 하는 이유는 거의 모든 이본에서 공통적이다.[10]

> 우리가 년년이 노는 좌석에 석양쯤되면 어른 존장을 몰라보고 서로 물고 치고 차고 싸움판이 벌어져 수라장이 되니 오늘은 연차를 따저 상좌로 한분을 모시로 즉차로 수상수하를 가려 (A)좀 귀모있게 놀다 갈람이 어떻

---

10) 김연수본에서는 상좌를 정하는 이유는 밝혀져 있지 않다.

허오 <정권진 창본>[11]

위의 예문에서 보듯이 모족들은 모임의 질서를 찾기 위해 상좌를 정하고자 한다. 그런데 (A) 부분은 모임의 성격이 회의가 아닌 잔치의 성격을 지니고 있음을 보여준다. 심지어 통문을 돌려 긴급회의를 가질것을 제안했던 이선유본조차도 이 부분에서는 모임의 성격이 잔치로 변하고 만다. 따라서 신재효본을 제외한 현전 판소리 사설은 모족들의 모임이 모두 잔치의 성격을 지니고 있는 것으로 보인다.

다음으로 상좌다툼의 양태를 살펴보기로 한다. 이본별로 여러 동물이 서로 어른이라고 말하는 발언의 순서와 이들이 어른이라고 주장하는 근거, 그리고 마지막으로 상좌를 차지하는 동물을 정리해 보면 다음과 같다.

심정순창본   고슴도치 – 노루 – 너구리 – 멧돼지 – 사슴 – 토끼 – 오소리
             – 여우 – 호랑이 – 두꺼비(상좌)
이선유창본   너구리 – 멧돼지 – 토끼(상좌)
임방울창본   노루 – 너구리 – 멧돼지 – 토끼(상좌)
김연수창본   노루 – 너구리 – 멧돼지 – 토끼 – 호랑이(상좌)
정광수창본   노루 – 너구리 – 멧돼지 – 토끼 – 호랑이(상좌)
박초월창본   노루 – 너구리 – 토끼 – 멧돼지(상좌없음)
박봉술창본   노루 – 너구리 – 멧돼지 – 토끼 – 호랑이(상좌)
정권진창본   노루 – 너구리 – 멧돼지 – 토끼 – 호랑이(상좌)

상좌다툼의 양상은 박초월 창본을 제외하면 표면적으로는 두꺼비가 상좌를 차지하는 경우와 토끼가 상좌를 차지하는 경우, 호랑이가 상좌

---

11) 위의 책, 383면.

를 차지하는 경우로 나누어진다. 박초월 창본은 상좌다툼이 멧돼지의 나이자랑에서 끝나며 누가 상좌를 차지하는지에 대해서는 아무런 언급 없이 곧바로 별주부와 호랑이의 만남 대목으로 이어지고 있어 다른 이본과는 차이를 보인다. 그러나 상좌다툼에 참여하는 동물이나 이들이 말하는 사설이 호랑이가 상좌를 차지하는 이본과 유사한 것으로 보아 전승되는 과정에서 뒷부분이 탈락한 것이 아닌가 한다.

　두꺼비가 상좌를 차지하는 이본은 현전 판소리 사설에서 심정순본 하나뿐이다. 이 창본은 다른 본들에 비해 이 대목의 분량이 배이상 확장되어 있으며 상좌다툼에 참여하는 동물들 역시 다른 본들에 비해 다양하게 나타난다. 다툼 후반부에서 두꺼비는 고목느티나무와 아들 삼형제의 이야기를 하며 자신이 호랑이보다 연장자임을 주장한다. 이에 대해 호랑이는 두꺼비의 외모에 대해 공격하나 두꺼비는 지략으로 이를 물리치고 상좌를 차지하게 된다. 이러한 사건 설정은 조선후기 우화소설인 〈두껍전〉의 양상과 유사하다. 그러나 〈두껍전〉에서는 이러한 대결이 수평적인 관계에 있는 여우와 두꺼비 사이에서 벌어지고 있음에 반해 심정순본에서는 수직적인 관계에 있는 산군인 호랑이와 두꺼비 사이에서 벌어지고 있다는 점에서 차이를 보인다. 즉 〈두껍전〉의 상좌다툼이 문제 삼고 있는 것이 같은 동질집단 내의 갈등이라면 심정순본에서는 계급 간의 상하갈등을 문제 삼고 있다고 할 수 있다.

　약자인 두꺼비가 지혜로 호랑이를 이긴다는 것은 지혜담의 대표적인 구도이다. 따라서 두꺼비의 승리는 두꺼비의 지혜를 긍정하는 민담적 사고를 드러내고 있다. 즉 현실적인 질서나 위치를 부정하고 약자인 피지배계층 나름의 기준으로 세계를 재편하고 있는 것이다.

　호랑이가 상좌를 차지하는 경우는 현전 판소리 사설에서 대부분을

차지하며 현재 불리는 판소리에서도 유사한 양상을 보이고 있다.[12]

이들 본에서 상좌를 차지하는 호랑이는 상좌다툼이 한참 진행된 후에 등장하여 먼저 동물들을 위력으로 위협한다. 이에 대해 다른 짐승들은 '장군임 오늘은 년치(年齒)를 찾어 상좌(上座)를 정(定)하자는 놀이오니 장군임은 언제 낳소 장군임 예법을 잘 아르시리다'[13]라는 말로 호랑이에게 연치를 묻는다. 호랑이는 여화씨를 내세워 자신의 연치를 자랑하고 '어헝 으르르르르' 하고 달려든다. 다른 짐승들은 호랑이의 연치보다도 호랑이의 위력에 굴복하여 그를 상좌로 앉히고 말며 이에 대해 어느 동물도 호랑이에게 반론을 제기하지 못한다.

앞서 두꺼비가 상좌를 차지하는 경우와는 매우 큰 차이를 보이는데 여기에 나타난 세계관 역시 대조적이라고 할 수 있다. 여기는 지혜가 통하지 않는 사회이며 힘과 권력이 질서의 기준이 된다. 현실적 상황을 반영하고, 계급적 차이를 수긍하는 자세가 드러난다.

토끼가 상좌를 차지하는 본의 경우는 약간 복잡한 양상을 띤다. 이선유 창본과 임방울 창본이 그러한데, 여기서는 토끼의 지혜가 강조되기는 하지만 토끼가 대결하고 있는 상대인 멧돼지는 지배계층이라고 볼 수는 없으며 오히려 토끼와는 같은 계층에 속해 있다고 할 수 있다. 또한 상좌다툼에서 토끼가 상좌를 차지했음에도 불구하고 이어지는 산군횡포대목에서 호랑이가 나타나 토끼의 상좌차지는 무화되고 만다. 상좌다툼 대목에 호랑이가 등장하지 않은 것은 이미 호랑이는 토끼나 멧돼지와는 대결의 상대가 되지 않는 계급임을 인정하고 있는 것으로 볼 수도 있겠다. 따라서 토끼가 상좌를 차지하는 창본들도 크게 보아

---

12) 『인간문화재 박동진 판소리 대전집』, 주식회사 SKC, 1988.
13) 정광수 창본 (김진영 외, 앞의 책, 268면)

서는 호랑이가 상좌를 차지하는 계열에 넣을 수 있겠다.

이렇게 보면 산군횡포 대목은 두꺼비가 상좌를 차지하는 계열과 호 랑이가 상좌를 차지하는 계열로 나뉜다.[14]

그런데 신재효본에서는 앞에서도 밝혔듯이 상좌다툼의 모습이 나타 나지 않으며 이 대신에 그들이 처하고 있는 상황을 극복하기 위한 토 론 장면이 나타나 독특하다. 산군인 호랑이는 '오날 모임 하라기난 글 니 인심이 ᄒ 무셔워 김성을 줍아먹기 온갓 꾀가 다 싱기고 손즁의 슈 목업셔 은신홀 씨 업셔시니 이즌흔 우리 모죡 졀죵이 가련키로 일즁춰 회 공론ᄒ여 각언 기지 들어보면 ᄌ신지칙일넌지 피란지방 혹 잇실가 이 모임을 ᄒ엿시니 불게노쇼ᄒ고 각츌 의견ᄒ여 ᄌ상이 말을 ᄒ라'[15] 라는 말로 모임의 이유를 밝히고 이어 사냥개 퇴치방법에 대한 토론이 이어진다.

4) 산군횡포 대목

호랑이가 횡포를 부리는 모습은 상좌다툼 대목에서도 그 모습을 찾 아볼 수 있다. 호랑이가 위용으로 다른 짐승들에게 겁을 주어 상좌를 차지하는 것은 일종의 횡포라 할 수 있다. 그런데 이 대목에서 보여주 는 횡포는 자신의 용력과 위엄으로 다른 짐승들을 굴복시키는 것에 그 치는 것이 아니라 다른 짐승들의 목숨을 요구하는 양상을 띠고 있다는 점에서 더욱 심각하다 하겠다. 이본에 따른 구체적인 양상을 살펴보면

---

14) 인권환도 길승들의 상좌다툼을 호랑이가 상좌를 차지하는 유형과 두꺼비가 상좌 를 차지하는 유형의 2가지 유형으로 나누어 고찰하고 있다. (인권환, 「수궁가의 삽 입설화고」, 『인문논집』 30집, 고려대학교 문과대학, 1985)
15) 신재효본 (김진영 외, 앞의 책, 17면)

다음과 같다.

심정순 창본과 박초월 창본은 이 대목에 대한 모습이 나타나지 않는다. 박초월 창본은 앞에서도 밝혔듯이 멧돼지의 나이자랑으로 모족회의 대목이 끝나고 있어 아예 호랑이는 등장하지 않으며 심정순 창본에서는 두꺼비에게 상좌를 뺏긴 호랑이가 '샹좌를 못홀 바에 잇는 것이 망신이니 나는 간다'16) 하고 떠나가는 것으로 되어 있어 이 대목의 모습을 찾아볼 수 없다.

이선유 창본과 정권진 창본은 '살찐 멧돗 노루 사슴 너구리 오소리 등을 요기감으로 내놓고'와 같이 간단히 이 대목을 처리하고 있어 호랑이가 횡포를 부리는 구체적인 모습은 찾아볼 수 있으나 동물이 요기감으로 나왔다는 말에서 간접적으로 호랑이의 횡포를 엿볼 수 있다.

임방울 창본과 박봉술 창본은 호랑이가 다른 짐승들을 희생하여 자신의 구복을 채우려는 모습과 함께 희생 당하는 동물들이 한탄하는 모습이 나타난다.

> 호랭이란 놈 상좌에 덜렁 썩 올라앉았더니마는, "너 이 놈들, 달싹달싹 말어라잉. 오늘 신수 불길헌 놈은 한 놈 절단날 것이다." 그 중에 살찐 놈 네 놈이 걱정을 허지. 오소리, 노루, 너구리, 멧돝, 이 네 놈이 걱정을 허기를, "아이고, 이 급살 맞을 잔치 공연히 시작하야, 우리 네 놈 총중에 한 놈은 저 놈 뱃속에 안장이 되겠으니, 이를 어쩔거나." 허고 있을 적에, <박봉술창본>17)

그런데 위의 예문에서 보이는 탄식은 죽음을 앞둔 심각한 상황임에도 불구하고 전혀 심각한 모습을 찾아볼 수 없으며 오히려 보는 이로

---

16) 심정순 창본 (위의 책, 64면)
17) 위의 책, 345면.

하여금 웃음을 자아내게 한다. 이는 이러한 모습이 쉽게 당대 사회의
모습으로 환치되지 않는다는 점에서 그 원인을 찾을 수 있지 않을까
한다. 왜냐하면 이들 이본에서 등장하는 동물들은 한편으로는 인간적
인 모습을 보이기도 하나 다른 한편에서는 여전히 동물적인 속성을 지
니고 있기 때문이다.

이에 반해 신재효본과 김연수 창본에서는 이들 동물들의 모습을 통
해 당대 사회 구성원들의 전형적 모습을 우화적 수법으로 잘 그려고
있다. 이들 본에서는 산군인 호랑이가 직접 나서서 다른 동물들을 수
탈하는 것이 아니라 여우가 이를 대신하고 있는 모습을 보이며 수탈의
양상 또한 구체적인 모습을 띠고 있어 조선후기 사회의 수탈 양상을
우화 형식을 빌려 사실적으로 그려내고 있다. 여기에 등장하는 인물들
역시 구체성을 띠고 나타나는데 이는 곰의 입을 통해 인간사에 직접
비유되어 나타난다.

> 시쇽의 비ᄒᆞ면은 순군은 슈령 갓고 여우난 간물츌픠 손힝긴난 셰도아젼
> 너구리 멧쫏시며 쥐와 다람이난 굼찌 앗난 빅셩이라 <신재효본>[18]

산군인 호랑이는 다람쥐와 쥐에게서 그들이 겨울을 지낼 양식을 빼
앗고 멧돼지의 새끼를 잡아먹는 모습에서 횡포와 수탈을 일삼는 부정
한 수령의 모습으로, 그 밑에서 간사하게 호랑이의 비위를 맞추고 있는
여우는 호랑이의 위세를 등에 업고 가난하고 힘없는 서민들을 못살게
구는 아전의 모습으로, 다람쥐와 쥐 등은 당대 수탈의 대상이었던 힘없
는 백성들의 모습으로 비유되어 나타나고 있다.

---

18) 위의 책, 19면.

위에서 살펴본 이본들이 정도의 차이는 있으나 모두 호랑이를 부정적으로 그리고 있음에 반해 정광수 창본은 호랑이의 모습을 긍정적으로 그리고 있다는 점에서 대조된다.

오 이놈들 오늘은 연치(年齒)찾어 규측있게 노는 놀이에 내 비록 백수지장(百獸지長) 산군으로 살생을(殺生)을 하겠느냐 내가 먹고 싶은 입맛을 좀 참으면 아니 좋으랴 <정광수 창본>19)

이러한 사설의 변개는 지배자의 모습을 띤 호랑이를 미화함으로써 지배층에 대한 대결의식을 희석시키고 있다 할 것이다.

3. 모족회의 대목의 변이 방향과 의의

이 장에서는 위의 분석을 바탕으로 <수궁가> 모족회의 대목이 어떤 방향으로 변개되었는가에 대해서 살펴보기로 한다. 따라서 현전 판소리 사설의 선행본이며 또한 창본으로 추정20)되는 가람본 별토가와의 비교를 통하여 변이 방향을 살펴보고자 한다.

앞에서 논의의 대상으로 삼았던 창본들과 가람본 별토가를 장면별로 정리하면 다음과 같다.

---

19) 위의 책, 268면.
20) 인권환, 「토끼전 이본고」, 『아세아연구』 29호, 고려대 아세아문제연구소, 1968.
정출헌, 「조선후기 우화소설의 사회적 성격」, 고려대학교 박사학위논문, 1992.
민찬, 『조선후기 우화소설 연구』, 태학사, 1994.

	① 날짐승 상좌다툼	② 동물등장	③ 모족들의 상좌다툼	④ 산군횡포
가람본 별토가	×	통문(회의)	두꺼비 상좌	×
신재효본	×	통문 돌렸다는 사실만. 구체적 내용은 없음.	×	구체적 수탈 양상
심정순창본	×	통문(친목)	두꺼비 상좌	×
이선유창본	×	통문(회의)	토끼 상좌	간접적 표현
임방울창본	○	×	토끼 상좌	회화화
김연수창본	○	×	호랑이 상좌	구체적 수탈 양상
정광수창본	○	×	호랑이 상좌	긍정적
박초월창본	○	×	상좌 없음	×

날짐승의 상좌다툼 장면은 가람본 별토가에서는 그 흔적을 찾아볼 수 없으며 현전 판소리 사설에서도 초기본에 해당하는 신재효본에서는 나타나지 않으며 임방울 창본 이후 본에서만 나타난다. 따라서 이 대목은 원래부터 있었던 대목이 아니라 후대에 첨가된 것이 아닌가 추측된다.[21] 또한 이 대목이 나타나는 모든 이본에서 거의 동일한 사설을

---

21) 이 대목은 같은 판소리계 작품인 <장끼전>에서 차용된 것이 아닌가 추정된다. <장끼전>에서 홀로된 까투리를 두고 많은 날짐승들이 구혼하게 되는 데 여기에 등장하는 날짐승이 앵무새, 부엉이, 까마귀 등이며 이들이 말하는 사설 역시 유사한 양상을 보인다. 한 예를 들면 다음과 같다.
까마귀 노하야 가로되, "완만한 부엉아, 눈은 우묵하고 귀가 쫑긋하면 어른이냐? 내몸 검다 웃지마라. 거죽은 검으려니와 속조차 검을까? 우연비과 산음타가 이내 몸 검었노라. 나의 부리 웃지마라. 남월왕 구천이도 내 입과 방불하나 삼시로 정복하고(정하영 역편, 『한국민중의 문학』, 박이정출판사, 1998, 133면)
까마귀 왈 그래 대고리 크고 털 넙적허고 대고리 크면 어른이냐내 입이 길기는 越王 句踐이 방불허고 이몸이 검기는 山陰땅 지내다가 王희지 洗硯池에 풍덩 빠져 먹물 들어 이몸이 검어있고 (김진영 외, 앞의 책, 382면)

지니고 있다는 점에서도 이러한 추측이 가능하다.

그런데 이 장면은 모족회의 전체 구조에서 유기성을 거의 가지지 않고 있다. 즉 이들의 다툼은 이후에 전개되는 사건과는 무관하게 진행된다고 할 수 있으며 당대 다툼의 양상을 잘 드러내고 있는 길짐승들의 상좌 다툼과도 그 의미하는 바가 다르지 않다. 그런데 왜 날짐승의 상좌다툼이 모족회의 대목에 덧붙여졌을까? 이는 흥미로운 장면의 전이 확장이라는 판소리의 특징에 기인한 듯하다. 길짐승들의 상좌다툼과 비슷한 상황인 날짐승 상좌다툼을 첨가하여 '다툼'이라는 상황을 확장하고 있다. 이는 길짐승들의 상좌다툼에서 나타나는 수평적인 다툼을 더욱 확대시키는 역할을 하고 있다고 할 수 있다. 또한 동물들이 나와서 다툼을 한다는 것 자체가 흥미로우며 내용 자체도 우스꽝스러워 흥미를 위해 이 부분이 덧붙여졌으리라는 추정도 해 볼 수 있다.

가람본 〈별토가〉에는 통문의 내용이 나타나는데 짐승들이 사냥이라는 외부적 위기를 극복하기 위한 방안을 찾기 위해 모임을 개최하고 있다.

> 잇써 그 山 김生드리 患을 만나시되 어지 만나쓴고 하니 은都監 捕獸官 捕獸가 山랑을 낫것다 열어 김生 이 말 듯고 通文을 ㅎ여씨되 通文辭緣의 일어컷다 右通吩事段은 달음안이라 此山이 繁華之處라 放炮之首臥 万軍之士가 處處作黨ㅎ여 便踏此山이라 ㅎ니 同于中의 安有此山 則必有死傷之○ 無數흔卽 安宅之處로 諸會가 宜當 故 以 是發文ㅎ오니 若有一分일라도 不參則虎將軍前 饒飢감으로 밧츨거시니 一齊所會을 千万幸甚 私通이라 〈가람본 별토가, 12뒤〉

그러나 현전 판소리 사설에서는 통문이 점점 사라지고 있는 양상을 보인다. 신재효 본에서는 통문의 내용은 나오지 않으나 이를 돌렸다는 사설이 나오고 사냥개에 대한 토론이 이어지고 있어 모임이 회의의 성격을 지니고 있음을 알 수 있다. 이 외에 통문의 사설이 나오는 심정순본과 이선유본은 통문의 내용이 니오기는 하나 가람본 별토가에 비해 성격이 변질되어 있거나 축소되는 양상을 보이며 다른 창본에서는 이러한 모습을 찾아볼 수 없다.

통문의 내용이 모임의 성격을 알려준다고 본다면 모족회의 대목에서의 모임의 성격은 후대로 올수록 회의의 성격에서 잔치의 성격으로 바뀌고 있음을 알 수 있다.22) 모임의 성격이 회의로 설정되었다는 것은 위기 상황을 인지하고 있다는 것이며 회의를 통해 이를 성토하고, 문제를 극복하고자 하는 구체적인 논의와 조직적인 움직임이 시도되고 있음을 말한다. 이들이 통문이나 회의에서 보여주는 것은 당대 사회의 서민들이 처하고 있는 위기적 상황과 이로 인해 피폐해진 그들의 삶의 모습이다. 이들은 이러한 삶의 모습을 통문이나 회의를 통해 드러냄으로써 잘못된 당대 현실을 고발하고 있다.

모임의 성격이 단순한 잔치로 설정된 경우에는 '잔치'라는 어휘 자체의 어감상 문면으로 느껴지는 문제의식은 '회의'라는 설정보다는 약화될 수밖에 없을 것이다. '회의를 하자'는 것은 당대사회가 문제가 있다는 인식이 밑바탕에 깔려 있는 데 반해서, 단순히 잔치로 설정되어 있을 경우는 이러한 인식이 결여되어 있다고 볼 수 있다. 후대로 올수록 이러한 경향이 두드러지는데 이는 문제의식이 사라지고 흥미위주로 사설이 변개되어 갔음을 보여 준다. '옹구지게 논다'는 표현에서도 드러나듯이 '결판지게 한번 놀아보자'는 축제적 분위기, 갈등을 해소하고 화

---

22) 민찬도 <수궁가> 계열의 전개과정에서 모임의 성격이 회의에서 잔치로 바뀌고 있음을 지적하고 있다. (민찬, 앞의 책, 261면)

합의 분위기를 이끌어 내고자 하는 의식의 소산이라 할 수 있다.

모족들의 상좌다툼을 보면, 가람본 〈별토가〉에는 토끼, 너구리, 호랑이, 두꺼비가 등장하는데 이 중 토끼와 너구리의 나이 자랑은 간단히 처리되고 호랑이와 두꺼비의 다툼이 주를 이루고 있다. 호랑이는 토끼와 너구리가 다툼을 벌이고 있는 중에 등장하여 이들에게 왜 어른인가를 물어보고 이어 자신이 어른인 이유를 다음과 같이 말한다.

> 天上의 赤松子은 神仙 中의 으뜸이요 五行達通 邵康節은 述子中의 으뜸이요 力拔山 楚覇王은 壯士中 으뜸이요 李太白 杜子美는 文章中의 으뜸 활 잘 쏘는 宥宮后羿 射者中의 으뜸이요 五關斬將 關雲將은 仁義中의 으뜸이요 南草堂 諸葛亮은 謀士中의 어른이요 말 잘ᄒ난 蘇秦이는 口辯中의 으뜸이요 渭水의 姜太公 漁父中의 으뜸이요 今日 座上의난 니 몸이 勇力豊勝ᄒ고 職品이 혈젹 놉파시니 날 當ᄒ리 뉘 잇시리 〈가람본 별토가, 14앞〉

호랑이는 여러 방면에서 뛰어난 인물들을 내세우며 다른 모족들이 정한 연치라는 기준을 인정하지 않고 용력과 직품을 내세워 자기가 어른임을 주장한다. 용력과 직품에 의한 호랑이 상좌차지에 대해 두꺼비는 세 아들 이야기를 통해 자신의 연치를 자랑하여 호랑이에게서 별좌를 얻어내며 이후 호랑이의 반격을 모두 물리치고 존장으로서의 위치를 차지하게 된다.

가람본 〈별토가〉의 이러한 상좌다툼 모습은 수평적인 관계에 있는 토끼와 너구리의 다툼보다는 수직적인 관계에 있는 호랑이와 두꺼비 간의 다툼을 강조하고 있다. 두꺼비는 호랑이가 어른의 기준으로 내세우는 용력과 직품을 인정하지 않으려 하고 있으며 호랑이와의 지혜대결에서 승리를 거둔다.

이러한 모습은 조선후기에 성장한 서민의식의 일면을 엿볼 수 있게 한다. 임병양란을 거치면서 당대를 지배하던 체제의 허구성이 드러나고 그러한 불평등한 체제가 서민들 자신의 삶을 피폐하게 만든다는 자각이 싹트기 시작하면서 지배계층의 차별과 횡포에 반발하게 된다. 즉 작품에서 지혜대결을 통하여 지배계층의 허구성을 드러내고 있는 것이며 여태까지는 당연한 틀로 여겨왔던 지배체제에 '연치'라는 서민들 나름의 새로운 가치관을 가지고 지배층과 정면으로 대결하고 있는 것이다.

역시 지혜를 강조하여 서민적 세계관을 드러내고 있는 심정순본은 호랑이와 두꺼비의 지혜다툼이 나타난다는 점에서는 가람본 〈별토가〉와 유사하다. 그러나 가람본 〈별토가〉가 호랑이와 두꺼비의 다툼에 주로 관심이 집중되어 있다면 심정순 본에서는 이와 함께 다른 모족들의 다툼에도 많은 관심을 보이고 있다. 이는 〈별토가〉에서는 문제 삼지 않은 수평적 갈등을 문제 삼음으로써 이전 이본들에서는 보여주지 않는 새로운 문제를 제기하고 있다. 다원적 기준의 등장으로 인한 계층 내의 분화와 질서 붕괴의 모습을 그려내고 있으며 그러한 모습에 대해 비판도 가하고 있다. 그러나 이처럼 계층내의 갈등이라는 문제로 비판의 대상이 확대되면서 별토가에서 보여준 체제 자체에 대한 비판의식을 상대적으로 희석시키는 결과를 가져왔다고 할 수 있다. 가람본 별토가보다 희석되기는 하였으나 모족들이 정한 기준인 지혜와 연치가 긍정되고 있는 것으로 보아 여전히 민중적·서민적 세계관을 드러내고 있으며 계급간 갈등과 계층 내의 갈등을 고루 드러내고 있다.

이러한 민중적 세계관은 신재효본에 오면 사라지고 대신 지배층의 수탈만 강조된다. 이는 신재효본이 상좌다툼 장면이 없다는 점과 산군 횡포 대목이 대폭 확장되어 있고 수탈의 모습을 인간사에 비유하여 구체적으로 그리고 있다는 점에서 잘 드러난다. 당시 지배층의 모습을 띠고 있는 호랑이가 상좌다툼의 과정 없이 당연히 주석에 앉는다는 것은 지배층의 권위를 인정하는 것이며 이는 곧 기존 질서체제에 대해서 긍정적인 시각을 보내고 있는 것이다. 이에 반해 이들이 자행하는 수탈과 횡포에 대해서는 신랄한 풍자를 통해 사회 현실을 고발하고 있다.

　이러한 사설의 개작은 신재효의 의식의 일면을 드러낸다 하겠다. 그는 사회적 신분은 중인인 아전이었으나 경제적으로는 양반계층에 뒤지지 않는 부를 지닌, 계층의 불균형 위에 존재했던 인물이었다. 따라서 그는 신분적 상승을 위해서는 기존 체제에 긍정적인 자세를 취할 수 있었지만 기존 질서가 지닌 사회적·경제적 모순에 대해서는 비판적 자세도 취할 수 있는 가변적 존재였다.23) 이러한 그의 이중적 성격으로 인하여 모족회의 대목이 이러한 방향으로 개작되지 않았나 추측된다.

　이 외의 나머지 이본들은 호랑이가 상좌를 차지하게 되고 이에 대해 문제를 제기하는 동물이 없다는 점에서는 신재효본의 체제 옹호적인 의식과 상통하는 면이 있다고 할 수 있다. 그러나 호랑이의 횡포가 구체적으로 표현되어 사회 현실을 날카롭게 고발하고 있는 신재효본과는 달리, 구체적인 수탈 모습이 드러나지 않고 산군이 횡포 부리는 모습이 대폭 축소되어 있거나 아예 빠져 있는 본들도 있으며 심지어는 호랑이의 모습을 긍정적으로 그려내고 있기도 하다. 특히 호랑이에게 희생되는 동물의 모습조차 희화화되어 절박한 문제의식을 드러내지 못하고

23) 황패강 외,『한국문학작가론』, 형설출판사, 1977.

있다. 여기서는 모족들 간의 다툼만 부각되고 호랑이가 상좌를 차지하는 것은 당연시 여기고 있어, 기존의 계급체제를 인정하고 있음을 보여주며 사회현실에 대한 목적의식적 비판이 매우 약화되어 있다. 또한 신재효본에서는 여러 계층의 인물형들을 전형적으로 형상화하고 있는 반면 이들 본에서는 등장 동물들이 동물적인 속성을 많이 드러내어 인간으로 쉽게 환치되지 않는다. 때문에 풍자의 대상이 어떤 인물형을 의미하는지 확연하지 않아 풍자성이 약화되는 현상을 보인다.

이상으로 볼 때, 첫째, 후대본으로 올수록 날짐승들의 상좌다툼이 삽입되는 모습을 보이고 둘째, 통문이 없어지면서 모임의 성격이 회의에서 잔치로 바뀌며 셋째, 풍자의 대상으로 봉건 질서체제라는 수직적인 문제에 질서 붕괴라는 사회 현실적 문제가 부가된다.

이러한 변이의 방향이 의미하는 바는 풍자의 대상이 확대되면서 〈수궁가〉 자체가 지니고 있던 문제의식이 흐려졌다는 것이다. 초기본에서 문제 삼았던 수직적인 갈등은 후대본으로 오면서 수평적인 갈등이 첨가되어 애초의 수직적 갈등이 상대적으로 약화되는 것을 볼 수 있다. 심정순본을 제외한 판소리는 모두 계급적 질서체계를 수긍하고 계층갈등만 문제 삼고 있어 비판의식이 약화된 현상을 보인다. 이는 〈수궁가〉에서 표출하는 바가 지배층에 대한 비판이라고 본다면 초기본은 이러한 핵심주제를 충실히 드러내고 있는 반면, 후대본으로 올수록 주제와는 의미를 달리하는 수평적인 갈등을 첨가함으로써 주제가 분산된다. 그 결과 중심주제인 지배층에 대한 비판정신이 약화된다. 여기에 후대본으로 올수록 날짐승 상좌다툼이 첨가되는 양상과 모임의 성격이 잔치로 변하는 모습은 흥미성을 강조하는 쪽으로 변이되었음을 보여준다.

이는 판소리의 향유층변화와 밀접한 관련이 있어 보인다. 19세기에 들면 판소리의 향유층은 양반층이나 중간층24)으로까지 확대되는데 이들은 판소리의 향유자이면서 또한 후원자였으므로 판소리 사설의 변화에 직간접적으로 막대한 영향을 미쳤다. 때문에 이들의 기득권층으로서의 의식이나 유흥적 수용태도25) 등이 판소리 사설변화에 영향을 끼쳤으리라는 것은 쉽게 짐작이 된다.

공연예술인 판소리는 그 주된 향유층의 기호에 맞게 변화할 수밖에 없었을 것이며 그 결과 모족회의 변이 방향은 '흥미강화와 비판의식 약화'로 나타나고 있다. 결말부의 모습을 살펴보면 '비판의식 약화'라는 측면은 더욱 명확히 드러난다. 현전 판소리 창본의 결말은 토끼, 별주부, 용왕이 모두 살아나 대결을 통한 승리나 비판보다는 화합을 강조하는 긍정적 태도를 보이고 있다. 따라서 판소리 〈수궁가〉의 변이방향은 대립보다는 화합을 강조하는 쪽으로 향해가고 있음을 알 수 있으며 모족회의 대목의 변이도 이러한 지향을 따르고 있다.

4. 모족회의 대목의 의미와 기능

〈수궁가〉는 토끼와 별주부의 대립이라는 기본적인 구조 속에 수많은 인물들의 대립양상을 다층적으로 구현하고 있으며 이들 인물들은 각각 조선후기 사회의 다양한 계층과 그들의 의식을 대변하고 있는 것으로 나타난다. 따라서 후대이본들의 흥미위주의 변개에도 불구하고 이러한 다층적인 대립의 모습은 조선후기의 복잡다단한 대립과 갈등

---

24) 김종철, 『판소리사 연구』, 역사비평사, 1996.
25) 위의 책.

양상을 나타내고 있다고 할 수 있다.

〈수궁가〉에서 대립과 갈등양상을 가장 잘 드러내고 있는 대목은 어족회의 대목과 모족회의 대목이다. 수궁에서 벌어지는 어족회의에서는 어족들의 다툼을 통해 지배층 내부의 알력과 갈등을 드러내어 분열된 모습을 보여주고 있다면, 모족회의에서는 호랑이의 횡포를 통해 지배층의 억압과 수탈의 모습을 보여주고 있다.26) 이렇게 볼 때, 이 두 세계는 조선후기 사회의 모순을 집약적으로 표현하고 있는 장이라 할 수 있다.27)

모족회의는 이처럼 어족회의와 짝을 이루어 서민들의 세계를 보여줌과 동시에 당대 사회 현실에 대한 날카로운 풍자를 드러내고 있다. 모족회의에 등장하는 동물들은 당대 사회의 인물형을 대변하고 있는데 약한 모족들의 모습 속에는 조선조 후기 서민들의 모습이, 호랑이의 모습 속에는 부패한 관료들의 모습이 투사되어 있는 것이다. 이처럼 수탈과 억압이 가득찬 사회현실을 고발하고 지배층의 권위를 부정함으로써 지배층에 대한 대결의식을 표출하고 있는 것이다.

---

26) 수궁회의와 모족회의에서는 각각 수평적인 갈등과 수직적인 갈등의 모습이 나타난다. 수궁회의에서는 왕의 명령을 거부하는 신하들의 모습에서, 모족회의에서는 약한 동물들이 벌이는 상좌다툼에서 각각 수직적인 갈등과 수평적인 갈등이 드러나기도 하나 주된 갈등은 수궁회의에서는 수평적 갈등이며 모족회의에서는 수직적 갈등이라 할 수 있다.

27) 이런 시각으로 보면 지배층의 갈등과 상하층의 갈등이 구현되는 장이 왜 수궁과 육지로 설정되어 있는가에 대한 합리적인 설명이 가능하다. 지배층 내부의 갈등은 판소리를 형성시킨 피지배층의 입장에서 볼 때 그들의 현실적인 삶과는 직접적인 관련이 없는 관념적인 것에 불과하다. 따라서 이들은 지배층의 갈등을 관념의 세계인 수궁이라는 초월세계로 설정하여 형상화하고 있는 것이다. 반면에 지배자에 의한 수탈과 억압은 조선후기 피지배층에게는 그들의 생명을 위협할 만큼 절실하고 심각한 문제였다. 따라서 그들은 자신이 직접 겪고 있는 상황을 육지세계라는 현실세계로 형상화하고 있는 것이다.

또한 모족회의 대목은 이후에 전개되는 토끼의 수난과 그의 극복이 토끼 개인의 문제가 아님을 말해준다 하겠다. 모족회의가 없다면 토끼의 수난은 개인의 문제에 그치지만 모족회의와 함께 다른 동물들이 등장하면서 고난의 대상은 확대된다. 토끼는 모족회의 대목에서 호랑이에게 수탈당하는 동물들과 같은 부류에 속한 인물로 나타난다. 따라서 토끼는 호랑이와는 대립되는 약한 동물들을 대표하는 인물이라 할 수 있으며 토끼가 당하는 수난은 곧 약한 동물들이 당하는 수난으로 확대될 수 있다. 이는 동물들을 인간으로 환치했을 때 지배층에 대한 민중의 대결의식을 보여준다.

이는 자라가 토끼를 유혹하기 위해 말하는 팔난세계의 모습을 통해서도 알 수 있다.

일개 한토 그대 신세 삼춘구추를 다 지내고 대한엄동 설한풍에 만약에 눈 싸이고 천봉에 바람칠 제 화초목실이 바이 업고 어둑한 바위 틈에 발바당만 할터 먹고 더진드시 안진 거동 채운편월무강 속에 초혜왕의 원혼이요 일월동풍 북해상의 소무의 고생이라 삼동고생을 다 지내고 벽도홍앵 춘이월에 주린 구복을 채우랴고 심곡 심산 기대올 째 골골이 무든 거슨 목다리 업착이요 봉봉이 섯는 것 매 밧은 응조라 톡기 놀내여 후두둑 쒸며 추월짜매 노아라 해동창 보라매 자갈치 범처 방울치 썰처 쑥지를 찌고 달여드러 그대 샷테 양미간 골치 대목을 콱콱 허허 그 분이 방정 마진 소래를 하넌구나 그러면 어대로 갈가 산중동으로 돌지 중동으로 돌면 모리꾼 산양개 음산으로 오는 거슨 촉긔 잇는 백악호 송하에 숨은 거슨 오는 톡기를 노랴고 상사바무리 왜물조총 화약 덥사실을 얼는 느어 반달 가튼 방아쇠 고초 갓흔 불을 다라 한 눈 자그리고 반만 이러서 귀약불이 번적 쿵 허허 그 분이 방정마 진 소리를 쏘 하넌구나 그러면 어대를 갈가 들노 내리지 들노 내리면 들노 내리면 초동목수 아희놈덜 몽둥이를 둘너메고 업는 개 호그리며

위리 두두 쏫는 거슨 선술 먹은 초동이라 그대 간장을 생각하니 적벽강 전
패후에 조맹덕의 긔상이라 저근 꽁지 삿헤 끼고 저 큰 눈 부릅쓰고 칭암고
석 절벽상에 밧비 밧비 긔대을 째 목구녕 톱질하고 밋구녕에서 잔방구를
쒸니 이 아니 팔란인가 <이선유 창본>28)

토끼는 이들을 대표하여 용왕으로 대표되는 지배층과 대결을 벌이
고 있는 것이다. 용왕을 희화화하고 그들이 요구하는 차별적 인간관을
부정하는 모습에서 당대 서민들의 지배층에 대한 대결의식을 읽어낼
수 있다.

팔난세계 부분만으로도 동물들의 수난은 충분히 드러난다. 그러나
이러한 수난이 자라의 입을 통한 피상적인 설명에만 그치지 않고 모족
회의를 통해서 구체화되면서 토끼로 대표되는 약한 동물들의 수난은
현실상황의 구체적 비판이라는 효과를 얻게 된다.

5. 맺음말

<수궁가>에 두루 존재하는 모족회의 대목이 어떤 모습으로 존재하
며 그것은 어떻게 변이되었는가 또 이 부분이 지니는 의미와 기능은
무엇인가 하는 문제의식에서 본 논의는 출발하였다. 우선 이 대목의
경계를 정하고 4대목으로 나누어 각 이본들의 양상을 비교 검토하였
다. 이를 가람본 별토가와 비교하여 변이의 방향을 살펴보았다. 최고
본으로 추정되는 가람본 <별토가>에 비해 후대본으로 갈수록 날짐승
들의 상좌다툼이 첨가되고, 모임의 성격이 회의에서 잔치로 변화하였

---

28) 김진영 외, 앞의 책, 111~112면.

으며, 가람본에서 보여주던 체제 비판적인 의식은 신재효본에 이르러 사회 현실에 대한 비판으로 그 비판의 대상이 바뀌고 다른 이본들은 이마저도 약화되는 현상을 보였다. 이로써 볼 때 〈수궁가〉의 모족회의 대목은 후대로 올수록 비판적인 의식은 약화되는 반면 흥미 위주의 개작이 이루어졌음을 알 수 있었다. 이는 판소리 향유층의 변화와 함께 일어난 현상이기도 하다.

그러나 이러한 이본에 따른 편차에도 불구하고 이 대목이 가지고 있던 원래적 의미는 지속되고 있다. 어족회의와 짝을 이루고 있는 모족회의는 호랑이와 그에 대항하는 동물들을 통해서 당대 사회의 여러 인물형들을 대변하고 사회현실에 대한 비판과 지배층에 대한 대결의식을 표출하는 기능을 담당하고 있다.

또한 모족회의 대목은 토끼가 당하게 되는 개인적인 차원의 문제를 전체 동물의 문제로 확대시키는 기능을 한다. 모족회의 대목에서 토끼는 다른 동물들과 마찬가지로 호랑이의 횡포의 대상이 된다. 이로써 〈수궁가〉 전체로 볼 때 지배층인 용왕과 맞서는 토끼는 약한 동물들을 대표하게 되는 것이다.

마지막으로 모족회의 대목은 자라가 토끼에게 말한 팔난세계가 사건화되어 현실을 더욱 구체적으로 드러내어 비판적 시각을 견지하고 있다.

이처럼 모족회의에서 드러나는 대결의식과 비판정신은 흥미위주의 변개와 축소에도 불구하고 살아남아 모족회의 대목이 전승되게 하는 열쇠로서 기능하고 있다.

이본 간 비교를 통해 본 가람본 〈별토가〉의 성격

1. 머리말

현전하는 토끼전 이본은 120여 종에 이르고 있으나 그간의 토끼전 연구에서는 대체로 가람본 〈별토가〉[1], 신재효본 〈퇴별가〉, 경판본 〈토생전〉만이 주된 논의의 대상이 되었다. 이중에서도 특히 별토가는 대부분의 논의에서 주요 이본으로 다뤄지고 있는데, 이는 별토가가 여타 이본에 비해 풍부한 내용을 지니고 있으며 또한 필사본 가운데 창본으로서의 면모가 가장 두드러지기 때문이다. 따라서 대개의 논자들은 별토가를 판소리 공연현장에서 직접 불려진 현전 창본의 선행형태로 파악하고 비교적 초기 형태의 이본으로 규정하고 있다. 별토가는 어투와 문체에 있어서는 창본으로서의 면모를 확연히 보여준다. 그러나 사설의 측면에서는 '우생원만남' 삽화와 '암자라동침' 삽화, 그리고 용왕의 죽음으로 귀결되는 결말 등 현전 창본에서는 볼 수 없는 내용이 다수 삽입되어 있어 현전 창본의 선행 형태인가에 대한 의구심을 갖게 한다.

별토가가 현전 창본의 선행 형태인가, 아닌가를 밝히는 것은 토끼전

---

1) 이하 '별토가'라 약칭함.

을 연구하는 데 있어 대단히 중요한 문제이다. 왜냐하면 별토가는 현재 토끼전 전체 이본의 전개 양상을 고구하는 데 중요한 열쇠로 작용하고 있기 때문이다. 즉 지금까지의 토끼전 연구는 별토가가 현전 창본의 선행 형태라는 것을 전제로 토끼전 이본의 전개 과정을 논의하고 있다. 그러나 정작 토끼전 이본 전개를 밝히는 축이 되었던 별토가 자체의 위상에 대한 심도있는 논의는 이뤄지지 못한 채 다만 판소리창본2) 혹은 판소리 창본과 독서물의 중간형태를 지닌 이본3)이라는 추측에 머무르고 있다.

본 연구는 이러한 문제에 천착하여 별토가의 성격에 대해 살펴보는 것을 목적으로 한다. 이를 위해 먼저 기존에 행해진 토끼전 계열 구분의 문제점을 살펴보고, 새로운 계열 구분의 기준을 제시한다. 다음으로 별토가와 인접한 이본을 선정하여 각 단락별로 나누어 면밀히 대비한다. 한 작품군 내에 속하는 이본의 위상을 규명하기 위해서는 다른 이본과의 대비가 불가피하다. 판소리 문학이 적층문학이고 유동문학이라고 할 때, 별토가의 성립 역시 다른 이본과의 수수관계를 통하여 이루어졌을 것이라는 것은 자명하기 때문이다.

별토가와 비교 대상본으로는 이선유창본 〈수궁가〉4)와 하버드대 소장 〈중산망월전〉5)을 선정한다. 이선유창본은 현전 창본이 공통적으로 지닌 사설을 거의 모두 지니고 있을 뿐만 아니라6) 현전하는 창본 가운

2) 정출헌, 「조선후기 우화소설의 사회적 성격」, 고려대학교 박사학위논문, 1992, 218~223면.
   민 찬, 『조선후기 우화소설 연구』, 태학사, 1995.
3) 인권환, 「토끼전군의 결말부의 변화양상과 의미」, 『정신문화연구』 44호, 정신문화연구원, 1991.
4) 이하 '이선유창본'이라 약칭함.
5) 이하 '중산망월전'이라 약칭함.

데 비교적 이른 시기의 이본으로 수궁가 계열을 대표할 수 있는 이본이며, 중산망월전은 '우생원만남' 삽화, '암자라동침' 삽화 등 현전 창본에서 보이지 않는 별토가의 사설이 대부분 들어 있어 별토가의 위상을 살펴보는 데 중요한 이본일 뿐만 아니라 중산망월전 계열7)을 대표하는 이본이기 때문이다. 이들 이본과의 비교를 통하여 토끼전 내에서 차지하는 별토가의 위상을 규명한다.

---

6) 이선유 창본은 37개의 창과 34개의 아니리로 구성되어 있는데 다른 창본에서 나타나는 염계달의 더늠으로 알려진 "압내 버들은 초록장 두르고"로 시작되는 창을 제외하면 공통된 사설을 모두 지니고 있다.

7) 중산망월전 계열에 속하는 이본은 다음과 같다.
  권영철 소장 〈톡기전〉 / 국문필사본 / 61장 121면
  김광순 소장 〈별주부전〉 / 국문필사본 / 40장 79면
  김광순 소장 〈수육문답〉 / 국문필사본 / 38장 76면 / 大正9年(1920)
  나손본 〈兎記文集〉 / 국문필사본 / 30장 60면 / 丁酉(1897)/ 낙장본
  나손본 〈토끼전다〉 / 국문필사본 / 35장 69면 / 乙酉(1885)/ 낙장본
  박순호소장 〈퇴기전이라〉 / 국문필사본 / 28장 55면
  연경도서관 소장 〈중산망월전이라〉 / 국문필사본 / 41장 82면 / 명치28년(1895)
  연세대학교 소장 〈토전 단권〉 / 국문필사본 / 41장 81면 / 乙卯(1915)
  일사본 〈鼈主簿傳 卷之單〉 / 국한혼용필사본 / 24장 27면 / 낙장본
  임형택 소장 〈免處士傳 單卷〉 / 국한혼용필사본 / 51장 102면 / 丁未(1907) / 낙장본
  정문연 소장 〈수궁전〉 / 국문필사본/ 61장 121면 / 乙酉(1885)
  조동일 소장 〈兎處士傳〉 / 국문필사본 / 41장 82면 / 낙장본
  조동일 소장 〈톳별전〉 / 국문필사본 / 35장 70면
  이들 이본 가운데 김광순소장본〈수육문답〉, 나손본 〈兎記文集〉, 연경도서관소장본 〈중산망월전이라〉, 일사본 〈鼈主簿傳 卷之單〉, 임형택 〈免處士傳 單卷〉, 정문연소장본 〈수궁전〉, 조동일소장본 〈兎處士傳〉, 조동일소장본 〈톳별전〉은 이본에 따라 탈락된 부분이 있기는 하나 대체로 거의 동일한 모습을 보이고 있다. 이 외의 나머지 이본들은 여타 계열의 내용이 부분적으로 수용되어 있거나 독특한 내용이 삽입되어 있는 등 앞서 언급한 이본들과는 다소 차이를 보인다.

2. 토끼전 계열 설정의 문제

선행 연구에서는 토끼전의 계열을 세 계열 혹은 네 계열로 나누고 있다. 인권환은 32종의 이본을 대상으로 토끼전 결말부만을 분석히여 토끼전 작품군을 토생전 계열, 수궁가 계열, 별토가 계열로 구분하였는데,[8] 이러한 주장은 정출헌에 의해 그대로 받아들여졌다.[9] 이후 민찬은 이 세 계열 외에 신구서림본 별주부전 계열을 추가하여 네 계열을 설정하고 있다.[10] 이들은 토생전 계열의 경우 '암토끼등장' 삽화를, 수궁가 계열의 경우 현재 불리는 판소리 수궁가와 유사하다는 점을, 별토가 계열의 경우 '암자라동침' 삽화와 '우생원만남' 삽화를, 신구서림본 별주부전 계열의 경우는 사신택출이 별주부와 문어의 대결을 통하여 이루어진다는 점을 계열 설정의 지표로 제시하고 있다.

그런데 이러한 계열 구분은 몇 가지 문제점을 지니고 있다. 첫째는 기준 설정에 일관성이 없다는 점이다. 즉 토생전 계열과 별토가 계열의 경우는 특정삽화의 유무에 따른 기준으로 계열을 구분하고 있다. 그러나 수궁가 계열의 경우는 단지 현재 불리는 판소리 사설과 유사하다는 점만을 기준으로 구분하고 있으며, 신구서림본 별주부전 계열의 경우는 사신택출의 유형 가운데 하나[11]를 기준으로 제시하고 있다. 이처럼 기존의 계열 구분은 통일된 하나의 기준에 의해 이루어졌다기보다는 각각의 이본에서 특징적인 것만을 부각시켜 각각 적용한 듯한 인상을 준다.

---

8) 인권환, 앞의 논문.
9) 정출헌, 앞의 논문.
10) 민 찬, 앞의 책, 244~253면.
11) 토끼를 잡으러 나갈 사신택출의 방법은 이본에 따라 크게 4가지 유형으로 나누어진다.
   ①사신논란+별주부자원, ②별주부자원, ③도사지명, ④문어와 자라의 대결

둘째는 특정 삽화를 공유하고 있다고 해서 같은 계열로 볼 수 있는 가 하는 것이다. 삽화의 경우, 첨가되거나 생략되더라도 작품의 전체 전개에는 아무런 영향을 미치지 않아 출입이 매우 빈번하게 일어난다. 따라서 같은 계열의 경우에도 생략될 수 있으며 다른 계열의 이본에도 첨가될 수 있는 것이다. 실제로 정출헌이 별토가 계열에 속한다고 주 장하고 있는 조동일본 〈별쥬젼〉의 경우는 '우생원만남' 삽화가 생략되 어 있고, 현전 판소리 수궁가와 유사한 모습을 보이고 있는 정신문화연 구원 소장본 〈톡기젼〉의 경우는 '우생원만남' 삽화가 들어 있다. 이처 럼 특정 삽화의 공유라는 계열 구분의 기준은 각 계열의 특징적인 면 을 부각시킬 수는 있으나 그것만으로 계열을 구분하는 지표로 삼기에 는 부적절하다고 할 수 있다. 이러한 문제는 특히 별토가 계열의 경우 에서 잘 나타난다. 앞서도 밝혔듯이, 기존의 논의에서는 '우생원만남' 삽화와 '암자라동침' 삽화의 공유라는 지표로 별토가 계열을 설정하여 여기에 별토가, 중산망월전 등 두 삽화를 지닌 이본을 모두 이 계열에 포함시키고 있다. 그러나 별토가와 중산망월전은 뒤에서 밝혀지겠지만 앞서 말한 두 삽화와 몇몇 부분의 공통점을 제외하면 상당한 차이를 보인다. 따라서 심한 차이를 드러내고 있는 이본들을 단지 두 삽화의 공유라는 측면만 강조하여 한 계열로 묶는 것은 무리가 있다.

토끼전은 특정 삽화의 유무뿐만 아니라 모든 이본에 구비되어 있는 공통 단락에 있어서도 이본 간 편차가 상당히 크다. 이러한 토끼전의 특성을 고려한다면 한 가지의 기준만으로는 토끼전 계열 구분하기 어 렵다. 따라서 공통 단락과 특정 삽화가 함께 계열 구분의 기준이 되어 야 하는데, 단속적이고 유동성이 큰 삽화보다는 전체적인 흐름을 파악 할 수 있는 공통 단락을 중심으로 일차적인 계열이 구분되어야 하며 삽화는 부차적인 기준으로 적용되어야 한다.

토끼전 대부분의 이본은 용왕득병→명약지시→사신택출→토끼유혹→수궁위기극복→결말이라는 서사전개를 공통적으로 지니고 있다.[12] 이들 각각의 공통단락은 몇 가지의 유형적 특성을 드러내고 있어 계열을 판별하는 데 유효한 기준이 될 수 있다. 용왕 득병을 예로 들어 살펴보면, 용왕 득병은 득병 이유에 따라 크게 4가지 유형으로 나눌 수 있다.

1유형 : 영덕전 낙성연으로 인한 득병 ─ 수궁가 계열, 별토가 계열
2유형 : 황주에 비 주러 갔다가 득병 ─ 중산망월전 계열
3유형 : 우연 득병 ─ 토생전 계열
4유형 : 주야 미색으로 즐기다가 득병 등(기타) ─ 가람본 토긔전

위에서 보듯이 4개의 유형은 각각 주로 특정 계열에서만 나타나고 있음을 알 수 있다. 이처럼 토끼전의 공통단락은 유형적인 구별이 가능하며 또한 계열에 따라 확연한 차이를 보이므로 계열 구분의 일차적인 지표가 될 수 있는 것이다.

토끼전은 판소리서사체이므로 작가의 의식에 따라 특정 대목이 확장, 축소되기도 하며 타 장르의 내용을 받아들여 작품을 결구하기도 한다. 이러한 사설의 교섭은 비단 타 장르의 교섭에서만 일어나는 것은 아니다. 동일 작품군에 속한 이본 내에서도 이들 간의 혼합은 매우 빈번하게 일어나고 있는 현상이다. 즉 각 대목에 몇 가지 유형들이 있다

---

12) 거의 대부분의 이본이 이러한 순차구조를 지니고 있으나 고대본 <별주부전>은 별주부가 토끼의 배꼽을 물어 죽이고 간을 가지고 돌아가는 것으로 설정되어 있어 모든 이본에서 중심사건이 되는 토끼 유혹과 수궁위기극복 단락이 나타나지 않으며 일부 이본에서는 결말이 생략되어 있기도 하다.

고 할 때, 이것들이 이본 내에서 반드시 동일한 방법으로 결합하는 것은 아니다. 예를 들어 A단락에 네 가지의 유형이 있고 B라는 단락에 네 가지 유형이 있다고 할 때, (가)이본은 A의 첫 번째 유형, B의 첫 번째 유형과 결합하는 반면 (나)이본은 A의 첫 번째 유형, B의 두 번째 유형과 결합할 수도 있다는 것이다. 실제로 이러한 혼합, 착종 현상은 토끼전 내에서 매우 광범위하게 드러나는 현상이기도 하다. 따라서 토끼전의 계열을 밝히기 위해서는 각 단락의 유형을 살피는 것이 선행되어야 한다. 이러한 작업을 통하여 각 단락의 유형을 확정한 다음 단락과 단락이 어떻게 결합되어 있는가를 살펴 유사성을 지닌 이본들을 한데 묶어 일차적인 계열을 설정해야 할 것이다.13) 그런 연후에 삽화의 유무, 그리고 삽입가요 등을 부차적인 기준으로 적용하여 토끼전의 계열을 구분해야만 토끼전의 전모를 온전히 드러낼 수 있을 것이다.

　이러한 작업은 매우 광범위하고 복잡하여 제한된 지면으로는 감당할 수 없다. 따라서 이에 대한 전체적인 논의는 차후로 미루고 여기에서는 우선 공통단락을 중심으로 별토가, 이선유창본, 그리고 중산망월전을 대비하여 이들 상호간의 공통점과 차이점을 살펴보기로 한다.

3. 이본 간 내용 비교

1) 용왕 득병

별토가와 이선유창본은 남해 광리왕이 영덕전을 지은 후 낙성연을

---

13) 또한 가능하다면 각 단락 유형의 선후관계를 밝히는 작업도 진행되어야 한다. 현재 이본 간의 선후 관계는 많은 연구를 통하여 어느 정도 밝혀져 있다. 그러나 이본의 선후관계가 반드시 사설의 선후관계를 의미하는 것은 아니다.

배설하고 주육에 잠기어 놀다가 득병한다. 이에 반해 중산망월전은 득
병자가 경해수 용왕으로 되어 있고, 득병 원인 역시 황주에 비 주러 갔
다가 득병하는 것으로 되어 있어[14] 설정 자체에서부터 차이를 보인다.
이 단락에서 별토가와 중산망월전의 공통점은 병든 용왕의 몰골을 장
황하게 열거하는 '병사설'이 들어 있다는 점뿐이며 이 외의 다른 공통
점은 찾아볼 수 없다. 한편 별토가와 이선유창본은 '병사설'과 명의초
청 대목이 별토가에 들어 있다는 점에서 차이를 보인다. 그런데 별토
가의 명의초청 대목은 천상에서 내려온 선관이나 도사에 의해 행해지
던 약성가의 일부가 분화하여 형성된 것이 아닌가 추측된다. 이는 초
청된 명의가 약사설과 진맥사설을 한 뒤 사라질 뿐이며, 명의가 행하는
약사설과 진맥사설도 이선유창본에서 도사에 의해 행해지는 그것과 별
반 다르지 않다는 점을 통해서도 알 수 있다. 이로 볼 때, 명의 초청은
세상에 이름난 의원도 구할 수 없을 만큼 용왕의 병이 심각하다는 것
을 드러내기 위해 약성가의 일부를 분리하여 설정한 것으로 여겨진
다.[15]

---

14) <당태종전>에는 경해수 용왕이 원도사와 내기하다가 천명을 어겨 비 그릇 준 죄
　　로 위중에게 죽임을 당했다는 내용이 나오는데, 중산망월전의 서두 부분에도 이와
　　동일한 이야기가 들어있다. 이로 볼 때, 경해수 용왕의 설정과 황주 땅에 비 주러
　　갔다가 득병했다는 중산망월전의 설정은 <당태종전>의 영향으로 형성된 것으로
　　보인다.

15) 단언할 수는 없지만, '약성가'가 둘로 나뉘어 있고 그 일부가 초청되어 온 명의에
　　의해 행해진다는 사실은 별토가가 비교적 후대에 형성되었을 가능성을 보여준다.
　　왜냐하면 토끼전 이본군에서 명의를 초청하는 모습은 대체로 후대 이본에서만 나
　　타나기 때문이다.

2) 명약지시

세 이본은 토간 지시자의 이름이 다르기는 하나 모두 천상에서 내려온 인물에 의해 이루어진다는 점에서 공통적이다. 그러나 이들이 오게 된 이유를 말하는 대목과 진맥 및 처방 대목은 차이를 보인다.

별토가와 이선유본에서는 이들이 "弱水 三千里 海棠花 구景果 白雲 瑤地淵 千年 碧桃을 웃자고[16]" 가다가 용왕이 위중하다는 소문을 듣고 온 것으로 되어 있다. 이에 반해 중산망월전에서는 용왕의 제씨 광연왕이 죽게 되자 도사가 이를 구하고 광연왕에게 용왕이 위중하다는 말을 듣고 온 것으로 되어 있어[17] 두 본과는 차이를 모습을 보인다. 또한 도사가 행하는 진맥 및 처방 사설 역시 별토가와 이선유본은 공통점을 보이나 중산망월전은 이와는 전혀 다른 모습을 보인다.

심소장 화요 간담은 목이요 페대장 금이요 신방광 수요 비위는 토이라 간목태과하고 목극토하니 비위가 상하옵고 담성 심급하니 화극금이라 페대장이 수종하니 간담성이 자진이라 방서에 일너쓰되 비 내일신지조종이요 담은 내일신지표범이라…〈이선유창본, 134면〉[18]

…사롬의 일신이 더져 나라와 갓탄지라 가삼은 궁실 갓고 팔과 달리는 고을과 지경 갓고 골격은 일천시화 갓고 정신은 임금 갓고 허리은 빅성 갓

---

16) 별토가, 3앞.
17) "그 제시 광연왕과 친의 잘별허옵더니 일전의 상계게옵셔 남셩문의 전좌허옵시고 삼십삼천 옥녀 션관과 육졍육졍 신장과 사히 용왕을 죠회 바들실 졔 그 졔시 광연왕니 죠회 불참흔 죄로 상계 희교흐사 목을 베히려 허시다가 노신이 구헌 비 되여 인후흥신 쳐분을 나려 무사혀 후의 그 졔시의게 죠회 불참혀 연고을 무르니 디왕의 병이 중허괴로 시병허옵다가 자연 지체 되여노라 허거날 드러미 놀나와 문병차로 왓사옵거니와" 〈중산망월전, 2앞~2뒤〉
18) 이선유창본의 인용 면수는 이 이본이 실려있는 『이선유 오가전집』의 면수를 따른다.

사오나 능히 일신을 다살일 줄 알면 그 일국을 다사리고 빅셩을 사량허면 그 나라을 평코져 허미요 혈긔을 익긔문 그 몸을 도유고져 허미니 빅셩니 혹 흐터지면 그 나라이 망허고 혈긔 과다허면 그 몸이 죽는 고로…<중산 망월전, 3뒤>

별토가와 이선유본은 현전 판소리에서 약성가(藥性歌)라 불리는 사설로 되어 있다. 앞서도 밝혔듯이 단지 별토가에서는 '약성가'가 구병노력의 일환으로 초청된 명의와 도사에 의해 둘로 나뉘어 불린다는 점에서만 이선유창본과 차이를 보일 뿐이며 사설의 내용은 거의 유사하다. 이와는 달리 중산망월전은 도사가 용왕이 내놓은 약방문을 보고 약을 잘못 쓴 이유를 설명하는 방식으로 이 단락이 전개되며, 사람의 몸을 나라에 비유하여 말한다던가, 병의 이유, 병세 등을 말하면서 그 원인이 약을 잘못 쓴 데 있다고 말하는 등 전혀 다른 내용으로 되어 있다.

3) 사신택출

별토가와 이선유창본의 도사는 토간을 지시한 다음 능력있는 신하를 가리어 토간을 구하라는 말을 남기고 사라지며 어족회의는 도사와는 관계없이 수궁 자체 내에서 이루어진다. 용왕은 모든 신하에게 입시하라는 명령을 내리는데 이에 따라 장황한 어족나열이 나타나며 사신논란은 용왕의 지명과 타인의 반대, 자원과 타인(용왕)의 반대 등 거듭된 논란의 과정을 거치게 된다. 이와는 달리 중산망월전은 용왕이 도사에게 친히 사신을 택출해 달라는 부탁을 하며 이에 따라 도사가 어족들을 관상하고 평가하는 방식으로 진행된다. 따라서 중산망월전은 어족나열의 과정은 없으며 일방적인 도사의 평가만으로 되어 있다. 별

주부의 사신택출 역시 마찬가지 과정을 거친다. 별토가와 이선유창본
은 별주부의 자원에 대해 용왕은 왕배탕이 걱정이라며 불가함을 만한
다. 이러한 반대에 대해 별주부는 자신의 능력을 드러내어 용왕의 반
대를 물리치고 마침내 사신으로 택출되게 된다. 이와는 달리 중산망월
전은 도사의 지명에 의해 별주부가 택출되며 별주부의 능력 역시 도사
에 의해 말해진다. 이러한 사신택출 차이는 단순히 택출 형식의 차이
뿐만 아니라 작품이 드러내고자 하는 의도의 차이도 아울러 지닌다.
별주부가 자원하는 경우는 무엇보다 용왕의 병을 구하려는 충심(忠心)
이 강조되게 된다. 그러나 자의가 아닌 타의에 의해 이루어진 경우에
는 자원하는 경우에 비해 충의 의미는 퇴색되게 되며 이보다는 별주부
의 능력에 초점이 맞추어지는 것이다. 이러한 의미의 차이는 사신논란
의 과정에서도 잘 드러난다.

　　丞相 거복이 엇드흐요 正言이 엿자오되 丞相 거복은 등의 河圖洛書
　을 点点 글여삽고 智略은 잇사오나 복板이 玭瑭온 故로 世上의 나가오
　면 上下人民 男女읍시 거복을 잡아다가 玭瑭粧刀 官子걸리 살임리 宕
　巾 못되기을 다토와 가면 싯난 故로 成功치 못ㅎ옵고 死生갈여 오니 보
　니기 危테ㅎ오 令議政 金골리 出反奏日 臣이 비록 지됴 읍사오나 흔번
　用力ㅎ면 不憚萬里之勞ㅎ옵나이다 年前의 靑連居士을 등의 업고 天上
　白玉京의 暫時의 단여왓사오니 엇지 톡기 잡기을 勤心ㅎ오릿가 쌀이 世
　上의 나가 톳기을 잡아다가 大王의 回春케 ㅎ오리다 卿은 바다 안이면
　容身ㅎ기 어려온더 만일 세上의 나다가 中路의셔 長鬚曳을 만니면 內
　腸을 썰이여 續絶읍시 뒥을 그시니 물결의 밀이여 龍川외 나기되면 世
　上 사람의 보비라 눈은 쎄야 鸚鵡光되고 鬚髥 쎄야 針尺되고 사동이은
　절구통되고 살고기은 길음늬여 한 양푼의 分五. ○○금은로 셰가 날 거시
　니 못갈이라 〈별토가, 6앞~6뒤〉

일광노 적훈공니 신슈 장디혀고 용역니 과인혀나 지식니 부족혀고 졍신
니 조급혀니 육노의 부당혀고 좌장군 나무셩니 쳔셩니 옹졸혀여 변통니
젼니 업고 죽을 곳 디 당혀오면 쾨활 쥴 모로오니 보니긔 어렵삽고 형의도
독 거복은 지조 유려혀고 모양니 노슉혀나 진홀케 꼬리 것어 은사라 사져
혀니 쇼힝을 도라보면 엇지 그리 뇌둔혀지 속담의 비흐거던 장막 속의 영
웅이요 방안의 알자로다 불이긔 어렵삽고 (중략) 티학사 오젹어는 문필이
유려키로 먹통을 가져시나 옹졸혀고 약질니라 그게는 실 디 업고 발호장
군 고릭는 심슐니 불측혀고 긔상니 음흉혀여 눈 압페 어론 업고 살상만
일삼으니 나라의 역적이요 동열의 우한니라 힝실이 그려혀니 슈 밧게 바
려둣고 경목공 가자미이와 졀치공 복젹어는 불효 막디혀이 제 임금을 엇
지 아리 디구와 머어긔는 욕심니 과혀긔로 음슥으로 유인혀면 불분방슈
달려들고 나라 일의 불이보면 삐져나긔 잘도 혀다 이는 더옥 실 디 업고
<중산망월전, 5뒤~6뒤>

위의 밑줄 친 부분은 거북과 고래가 사신으로서 부당함을 말하는 부
분이다. 별토가와 이선유창본은 거북과 고래의 부당함을 동물적 속성
을 들어 말하고 있다. 즉 거북은 껍질이 대모라 세상에 나가면 잡아다
가 인간에게 유용한 물품을 만들기 때문에 나가기 어렵다 하고 고래
역시 마찬가지 이유로 불가함을 말하고 있다. 그러나 중산망월전은 이
와는 전혀 다른 모습을 보인다. 중산망월전은 거북에 대해 소행이 노
둔하여 장막속의 영웅, 방안의 왈자라 하여 불가함을 말하고, 고래에
대해서는 나라의 역적, 동유(同類)의 우환이라는 말로 불가함을 말하고
있다. 이처럼 중산망월전은 별토가와 이선유창본에서 나타나는 동물적
속성이 아닌 인간적인 속성으로 이들의 불가함을 말한다. 즉 별토가와
이선유창본이 우회적이고 간접적인 언사를 통해 인물을 평가하고 비판
의식을 드러내고 있는 데 반해 중산망월전은 보다 직접적인 언사를 통

하여 이를 수행하고 있다.

또한 별토가와 이선유창본은 사신 택출이 끝난 후 토끼 얼굴을 모른다는 별주부의 부탁에 의해 토끼화상만이 그려지며 사설 역시 거의 동일하다. 이에 반해 중산망월전에서는 토끼화상과 호랑이화상을 가지고 호랑이를 조심하라는 도사의 충고에 의해 두 화상이 그려지는 것으로 되어 있다.

4) 별주부, 토끼유혹

이 단락은 수궁위기극복과 더불어 토끼전의 중심이 되는 단락으로 소단락도 많고 그 순서도 다양하게 변화한다. 그만큼 이 단락은 내용의 성격상 취사선택과 배열에 자유가 많이 허용되는 단락이다. 따라서 이 단락은 이본 간의 특징적인 점만 부각하여 논의하기로 한다.

별토가에는 별주부가 토끼를 꾀어 수궁으로 출발한 지음에 너구리가 등장하여 토끼의 수궁행을 만류하는 대목이 들어 있다. 그때 별주부는 너구리가 수궁 호조돈 삼천 냥을 유용하여 쫓겨났기 때문에 심술이 나서 그런 것이라고 둘러댄 다음 회유한다. 이러한 모습은 이선유창본에서도 삼천냥이 삼백 냥으로 바뀐 정도의 차이만 보일 뿐 그대로 나타나고 있다. 그러나 중산망월전에는 '방해자등장' 대목이 빠져 있다. 또한 이 단락의 세부적인 내용 역시 중산망월전은 두 이본과 큰 차이를 보인다.

	이선유창본	별토가	중산망월전
"-찾는가"타령	○	○	×
별주부와 토끼의 충돌	○	○	×
별주부 위에 올라 앉음	○	○	×
토끼, 별주부의 소개	○	○	○
토끼 성명에 대한 문답	×	×	○
글공부 여부에 대한 문답	×	×	○
토끼와 별주부의 우문답	○	○	×

위의 표는 별주부의 본격적인 토끼 유혹이 시작되기 이전에 별주부
토끼를 만나 서로 수작하는 대목을 간단히 정리한 것이다. 위의 표에
서 보듯이 별토가와 이선유창본은 동일한 모습을 지니고 있으며 중산
망월전은 전혀 다른 양상으로 전개됨을 알 수 있다. 공통적으로 나타
나는 토끼와 별주부의 소개 역시 구체적인 사설을 살펴보면 전혀 다른
양상을 보인다. 별토가와 이선유창본은 '天上月宮의셔 理陰陽 順四時
로 晦初分別ᄒ던 禮府尙書 月兎럴이 搗藥主 傳中의 長生藥 글읏 짓
고 上帝게 得罪하여 中山으로 定配오니 別號을 兎生員이라 ᄒ오' '水
國 兼 佐郞 鱉主傅 別나리로셰'라고 자신들을 소개하고 있음에 반해
중산망월전은 '이 산을 차지ᄒ고 잇는 퇴셩싱니라' '수궁의 이는 경갑장
군 약방 도졔주 주부 자리라'로 소개하고 있다. 이처럼 별토가는 세부
적인 전개에 있어서도 이선유창본과 거의 동일한 모습을 지니고 있으
며 중산망월전과는 큰 차이를 보인다.

이 단락에서 별토가와 중산망월전만이 공통적으로 지닌 대목은 수
궁에 가면 선녀와 운우지몽을 이룰 수 있는가 문답하는 대목, 수궁행을
약속했다가 생각을 바꾼 토끼를 두고 별주부가 소견 넓은 호랑이를 대
신 대려가겠다고 둘러대어 회유하는 대목, 그리고 수변에서 토끼가 변

심하여 굴로 달아나면 안전하다고 하자 별주부가 불에 타 죽을 것이라고 위협하는 대목뿐이다. 한편 별토가의 '세상 자랑'은 이선유창본과 중산망월전의 사설이 결합한 형태를 보이고 있다.

5) 토끼, 수궁위기극복

별토가는 이선유창본에는 없는, 수궁에 도착한 토끼가 별주부에게 좋은 곳으로 천거하라 부탁하는 대목과 '암자라동침' 삽화가 들어 있다는 점, 그리고 간이 없다는 토끼의 말을 듣고 용왕이 대로하자 이에 토끼가 대응하는 대목의 사설이 동일하다는 점에서 중산망월전과 친연성을 보인다. 그러나 이들 대목을 제외하면, 나머지 대목에서는 대체로 이선유창본과 유사한 모습을 보인다. 한편 별토가의 '토끼 기변'은 '세상자랑'과 마찬가지로 이선유창본과 중산망월전이 결합한 형태를 보이고 있다.

6) 결말

토끼전의 결말은 이본에 따라 매우 다양하게 전개되어 매우 복잡한 양상을 띠고 있다. 특히 용왕이 사느냐 죽느냐에 따라 이본 간의 차이가 심하게 나타난다. 별토가와 중산망월전은 모두 용왕이 죽는 것으로 되어 있고 별주부가 소상강으로 피신했다가 귀양 온 적훈공에게서 용왕의 죽음과 별부인의 자결 소식을 듣고 이비에게 원정을 올린 다음 자결하고, 이비는 옥황에게 신원하여 별주부의 억울함을 풀어주는 것으로 작품이 종결되는 동일한 모습을 지니고 있다. 단지 별토가에서 중산망월전에는 들어있지 않은 토끼의 독수리위기극복이 나타난다는

점에서만 차이를 보일 뿐이다. 이선유창본은 용왕의 병이 우연히 쾌유
하는 것으로 작품이 종결되어 두 이본과 차이를 보이며, 토끼의 그물위
기극복, 독수리위기극복이 모두 들어있다는 점에서만 별토가와 유사성
을 보일 뿐이다.

이상의 단락별 대비에서 보듯이, 별토가는 ⑥'결말' 단락의 내용 전
개가 다르다는 점과 몇몇 대목이 더 첨가되어 있다는 점을 제외하면
대체로 이선유창본과 유사성을 보인다. 이러한 모습은 별토가가 창본
에 기반하여 형성되었음을 명확히 보여준다. 한편 중산망월전은 ⑥'결
말' 단락의 내용 전개가 동일하다는 점, 그리고 이선유창본에는 들어있
지 않은 별토가의 사설이 대부분 들어있다는 점에서만 유사성을 보일
뿐이며, 나머지 부분에서는 전혀 다른 모습을 보인다.19) 따라서 별토
가와 중산망월전을 같은 계열로 설정하기는 어렵다.

4. 가람본 〈별토가〉의 혼합구성적 성격

앞서 공통 단락의 대비를 통해 별토가가 창본에 기반하여 형성되었

---

19) 이러한 점은 공통단락뿐만 아니라 나머지 단락을 비교해 봐도 마찬가지이다. 이
를 간단히 표로 보이면 다음과 같다.

단락	별토가	이선유창본	중산망월전
별주부 전송	노모와 아내 이별	노모와 아내 이별	×
별주부 출륙	고고천변	고고천변	순식간에 득달
모족회의	두꺼비 상좌 차지	호랑이 상좌 차지	두더지 별좌 차지
별주부, 호난극복	별나리	별나리	천상 벽역장군 제자
토끼 수궁행	별주부와 토끼문답	범피중류	별주부와 토끼문답 (별토가와 다름)
토끼 출륙	혼령상봉+소지노화	혼령상봉+소지노화	별주부와 토끼 문답

음을 밝혔다. 이러한 사실은 별토가가 이선유창본에 들어있는 거의 모든 창을 지니고 있다는 점을 통해서도 확인할 수 있다.[20] 그렇다면 이제 문제가 되는 것은 이선유창본에는 들어있지 않은 별토가의 사설을 어떻게 이해할 것인가 하는 것이다. 이에 대해서는 두 가지의 해석 가능성이 있는데, 하나는 원래 창본인 별토가가 후대적 변모 과정을 통하여 오늘날의 창본의 형태로 축소 개작되었을 가능성이고, 두 번째는 별토가가 창본을 바탕으로 하면서도 소설본 등의 내용을 차용하여 하나의 이본으로 형성되었을 가능성이다.

첫 번째 가능성은 ①단락에 들어있는 '병사설'에 대해서는 유효하다고 할 수 있다. '병사설'은 극히 간략하게 축약되어 있고 그 내용도 다르기는 하나 심정순창본에 들어있고 수궁가 계열의 필사본에서도 축약형들이 간간히 발견되고 있어 변화의 궤적을 보여 주고 있다. 따라서 이 경우는 가람본 별토가가 모본으로 삼았던 창본에 이미 들어 있었던 대목이라 할 수 있다.

그러나 '병사설'을 제외한 나머지 사설들은 후대로 오면서 탈락되었다고 단언하기 어렵다. 별토가가 초기형태의 창본이고 후대적 변모를 겪어 오늘날의 창본으로 개작되었다고 한다면 '병사설'을 제외한 나머지 사설들 또한 '병사설'과 유사한 변화의 흔적이 나타나야 하는데 그러한 탈락 과정을 보여주는 중간단계에 해당하는 축약된 모습의 이본이 현재로는 보이지 않으며 현전 창본에서도 그 편린을 찾기 어렵다.[21]

---

20) 이선유창본은 37개의 창으로 이루어져 있는데, 별토가에는 이선유창본에 들어있는 '침사설'과 '어이가리너'로 시작되는 <초동가>만 들어있지 않으며 나머지 35개의 창 사설은 들어 있다.

21) 정출헌은 이선유창본과 박초월창본에 들어있는 암자라 운운 사설을 '암자라동침' 삽화의 편린이라 주장한 바 있다. (정출헌, 앞의 논문, 219~220면) 그러나 이선유

앞서도 밝혔듯이 이선유창본에 나타나지 않는 사설은 대부분 중산
망월전에 들어있다. 선행 연구에서는 중산망월전이 가람본 별토가와
같은 형태의 창본을 바탕으로 소설화 되었기 때문에 그러한 공통점이
나타난다고 주장했다. 그러나 별토가와 중산망월전은 앞서 이본 간 비
교에서도 보았듯이 그 공통된 부분을 제외하면 전혀 다른 이본이라고
할 수 있다. 중산망월전이 별토가와 같은 형태의 창본을 바탕으로 했
다면 작품 전체를 거의 새로운 모습으로 개작하면서 몇몇 부분은 그대
로 수용했다는 점은 논리적으로 납득하기 어렵다. 또한 별토가가 후대
적 변모를 거치면서 특정 대목은 전혀 창본으로는 계승되지 않고 모두
소설본을 지닌 중산망월전 계열의 이본으로만 계승되었다고 보는 것
역시 논리적으로 납득하기 어렵다. 더구나 별토가와 중산망월전이 일
치하는 대목이 내용뿐만 아니라 어휘에 있어서도 거의 동일한 모습으
로 나타나고 있어 중산망월전이 별토가와 같은 형태의 창본을 바탕으
로 소설화되었기 때문에 그러한 공통점이 나타난다는 기존의 주장은
논리적 타당성이 부족하다고 할 수 있다.

즉 이선유창본에 나타나지 않는 별토가의 사설이 중산망월전에 대
부분 들어 있다는 사실은 별토가가 중산망월전 계열의 이본에서 사설
을 받아들였을 가능성을 농후하게 보여준다. 실제로 수용의 가능성을
보여주는 모습을 별토가 곳곳에서 찾아볼 수 있다.

앞서도 언급한 바와 같이, 별토가의 '세상자랑'과 '토끼기변'은 이선
유 창본의 사설과 중산망월전의 사설이 결합된 양상을 보인다. 구체적

창본이나 박초월창본에 들어있는 간단한 사설이 '암자라동침' 삽화의 편린이라고
단언하기는 어렵다. 또한 현전 창본에는 없는 별토가의 다른 사설들에 대해서는
전혀 언급하지 않고 있다.

인 예를 들어 살펴보면 다음과 같다.

①任者 읍난 山果實을 실토록 으더 먹고 身如浮雲 是非읍시 名山 차자 往來할 제 呂山 東南 五老峰果 秦國名山 万丈峰果 千重九月 錦岡山과 峨嵋貌樣 太白山 안이본 곳 읍시 보고 蓬萊山 上上峰을 黯黯 긔여올라 白雲을 무릅씨고 巫山의 落浦景과 陽谷의 日出景을 眼下의 參列ㅎ니 登泰山小天下난 孔夫子의 大觀인덜 늬의셔 더할손가 鸚鵡 鴛鴦 보절 삼고 浮雲으로 遮日 삼아 奇岩으로 屛風 삼고 밤이면 玩月ㅎ고 나지면 遊山할 제 物好江山風景興味 地上神仙 나쁜이라 安期生 赤松子을 늬의 弟子 삼아두고 長生道 갈오칠 제 잇다금 글읏하면 동아리도 치고 ②四時風景 더욱 됴타 正二三月 돌아오면 花信風 얼는 불어 萬花方暢 꼿필 져게 三等上階 舜人君은 八元八愷 달이시고 南風請 五絃琴의 解吾民之○兮ㅎ든 君王 富貴 牧丹 꼿 首陽山 月輝中의 長順虛원 몸이 되여 泰山 갓튼 구즌 졀긔 무乞歸라 號令하든 舜國忠臣 向日花며 潯陽處士 陶淵明은 五斗錄을 하직ㅎ고 田園으로 도라드러 樂琴書이 消憂ㅎ던 隱逸風道 菊花 꼿 五農種子 亭上月언 머리 우의 발가 잇고 安子燕의 榻上淸風 뼈 속의 부러시니 寒士淸興 매화꼿 六國 風塵 搖亂할 제 商山四皓에 老人 九升 葛布 몸 입고 靑黎杖 비겨노코 石榻右의 잠을 드니 老人彷佛 박꼿치며 二十歲 笟騰將軍이 白水眞人 는짓 만나 漢나라을 中興ㅎ고 承相印綬 가져시니 靑春少年 셕듁花며 風月無邊 周簾溪난 孔孟으로 시僧 삼고 靑鳥와 버지 되여 太極圖을 議論ㅎ니 君子氣像 蓮花꼿 雪○갓치 妙흔 色도 玉樓 紗窓 비겨 안자 黃昏白馬 治遊郞을 秋波들여 送情ㅎ던 娼妓 갓흔 海棠花며 仙風道骨 花眼色이 絶對佳人 손목 쥐고 四足으로 傳對ㅎ여 空山 우의 올나시니 風流冶郞 紅桃 碧桃 또 한 곳 발아보니 왼갓 김싱 우름운다 弱水 三千 瑤池池宴의 消息 傳튼 靑鳥시며 司馬張瓊 줄 소리의 五柳紗窓 鳳凰이며 (중략) 四五六月 도라오면 도라오면 赤帝 乾坤 南風 불어 왼갓 雜木 茂盛할 제 冬令秀孤不變色 君子節義 소나무 春夏秋冬 四時節의 丁

丁獨立 즌나무 萬頃滄波百千丈의 水中風茂 懷나무며 五子胥의 무덤
압 忠誠할손 가쥬나무 (중략) 七八九月 돌아오면 金風은 蕭瑟ᄒ고 万
壑千峰 丹楓든다 彩色屛風 둘은 속의 山翁富貴 거룩하다 秦始皇의 帝
力인들 아사갈 슈 전혀 읍고 霜葉紅於二月花는 이을 두고 이름이라 日
入黃昏 겨물거다 東嶺滿月 발가올 졔 아리짜온 저 달빗쳔 오날밤의 ᄒ
고 흘사 李謫仙 듀근 後의 主長읍신 져 風月을 늬 혼자 츠지ᄒ고 宋玉
의 悲秋賦난 千古의 遺傳ᄒ나 나의셔난 少丈夫라 天下名山 便踏ᄒ여
丹楓구경 가즈셔라 蓬萊山 올나가니 赤松子 王自鎭은 石榻 우의 바독
둔다(중략) 冬至셧달 도아오면 落木은 蕭瑟하고 白雲은 紛紛하야 奇岩
怪石 발근 긔운 白玉으로 丹粧하고 萬疊氷涯 닷난 瀑浦 水晶 갓치 걸
여시니 瓊宮 瑤臺 걸의 집과 採田하던 隋陽帝난 삿치타 할연이와 造化
을 어이할리 雲山 石室 精潔ᄒ디 紫霞石門 구지 닷고 閑暇이 안자시니
顔子淵의 一簞食은 生涯가 넉넉ᄒ고 石崇의 金穀變化 쑴밧게 머러우
나 그것도 됴컨이와 興致됴차 非凡하랴 月三更 지워갈 졔 紗窓을 놉히
열고 雲月을 구경한이 孟浩然의 八翁風景 횟일홈 쑨이로다 四時 風景
일어ᄒ니 大綱이나 들어시오 <별토가, 20앞~22뒤>

임자 업시 녹수청산 일모황혼 잠 드럿다 월출동영 잠을 깨여 청남벽 집
을 삼고 갑 업슨 산과목실 양식 삼어 감식할 제 신여부운 일이 업서 명산
차저 완경할 제 여산도로 오로봉과 진구 명산 만장봉과 석교무산 십이봉
과 봉래 방장 영주 삼산 태산 청산 화산 중산 만수천택 금강 계룡 아니 본
곳 바이 업시 곤륜산 상상봉을 그저 기염 기여 올나 무산에 락조경과 양국
에 일출경을 안하에 삼열하고 등태산소천하에 공부자에 대관인들 이에서
더할소냐 앵무로 벗을 삼고 원앙으로 이웃 삼어 밤이면 완월하고 낫이면
유산하니 지상지선이 내 쑨이라 안기생 적송자를 내의 제자 삼어 두고 장
생도 가르치고 심심하면 거더 세우고 종아리도 쌍쌍 째리심내 <이선유창
본, 147~148면>

인간 홍미 자록혀사 과겨의 듯지 업셔 공명을 화즉혀고 이 산즁 임자되

여 사시풍경 차지허여 삼춘니 도라오면 화신풍 자로 부려 만화방창 곳치
퓔 졔 퇴게삼등 순임금니 팔원팔기 다리시고 오현금 남풍시의 희오미지온
혜ᄒᆞ던 군왕부귀 모단화며 슈양산 월윤즁 헌원시 몸이 되여 틱산갓치 구
든 졀가 조갈긔와 순국충신 향일화며 심양쳐산 도연명은 오두로을 화즉허
고 젼원의 도라든니 낙금쇼셩유ᄒᆞ더 은일풍도 국화곳과 오로즁 젹션월니
머리 우의 발가잇고 안자연의 우환춘풍 쎄속의게 불어시니 환사쳥풍 미화
곳과 육국풍진 상산사호 삼승갈포 몸의 입고 쳥여장 비거눗코 셕탑 우의
잠이 드니 노인방불 박곳치며 이십셰 등장군니 빅슈진인 잠간 만니 환나
라을 즁흥허고 승상 인슈 바다시니 쳥춘쇼연 셕죽화허며 풍월무번 쥬렴게
는 공밍 안졍 시승 삼고 경쥬의 버지 되여 퇴극도을 의논혀이 군자긔상 연
화로다 셜도가타 모흔미익 옥누사창 비거 안자 황혼빅마야류상의 추파 드
려 송경할 졔 향그론 희당화며 션풍도골 사안셕니 졀디가인 손을 잡고 사
죽을 젼도ᄒᆞ여 도산 우의 올나가니 풍유낭 홍도 빅도 쏘 ᄒᆞ편 바리보니 원
가 김싱 우름 울 졔 약슈 삼쳔 요지연의 쇼슉 젼든 쳥죠시며 사마사여 거
문고의 오류사방 봉항시며 (중략) 쏘흔 삼화 도라오면 젹계건곤 남풍 부려
온가 잡목 무셩할 졔 동영수고 송나무며 춘화추동 사시졀의 젼젼독입 젼
나무며 만경창과 빅쳑상의 벅히 수궁 무이나무 오자셔 분모 압픠 충셩할
사 과목이며 (중략) 쏘흔 삼추 도라오며 금풍니 쇼실허고 만화쳔봉 단풍든
니 산슈풍경 장막 속의게 산용부귀 자록혀다 진시황의 장ᄒᆞ 셰들 아사가
리 뉘 니실이 상렵니 홍어이월화을 이을 두고 일어미라 일낙함지 져물거
다 월출동영 발가오니 호호흔 져 달 빗치 오날 밤의 발고 발가 니격션 죽
근 후의 임자업는 져 풍월이 니 혼자 차지허여 송옥의 비추부는 쳔고의 유
젼ᄒᆞ나 날보다가 쇼장부라 쳔만산 편답혀여 단풍 귀경 가자시라 봉닉산
올나가니 져송자 안긔싱니 셕탑의 바독 둣고 (중략) 쏘흔 삼동 도라오며
낙목은 쇼쇼허고 빅셜은 분분혀여 긔암괴셕 말근 긔운 빅옥으로 단장허고
망쳡비능의 결인 복포 수졍갓치 결여시니 경궁요디 지은 집의 치젼혀던
슈양졔은 사치타도 혀려니와 그 죠하을 어니 알리 운산은 졍결혀되 자화
셩문 구지 닷고 안연의 일단사는 싱이가 넉넉허고 셕순의 금곡변화 꿈 밧

게 멀어시니 그 겨동 좃컨니와 풍경니 비렴허다 삼경의 잠을 찌여 셜월 귀
경 잠간 허니 밍호연 과릉풍진 헛일홈쌘니로다 사시풍경 일어허니 디강니
나 드러보쇼 <중산망월전, 21앞~24뒤>

위의 인용문에서 보듯이, 토끼의 생애자랑으로 진행되는 별토가의
①부분은 사설에 있어 약간의 차이를 보이기는 하나 이선유창본과 거
의 동일한 모습을 보인다. 그러나 계절에 따른 경치를 묘사하고 있는
②부분은 중산망월전과 동일한 모습을 보이고 있다. 특히 ②부분은 꽃
이름, 나무이름, 새이름 등 구체적인 사물을 열거하는 부분임에도 불구
하고 별토가와 중산망월전은 거의 동일한 모습을 보인다. 이러한 별토
가의 '세상자랑' 모습은 별토가가 전 시기 창본을 바탕으로 하면서도
부분적으로 중산망월전 계열의 이본에서 사설을 차용했음을 보여준다.

물론 별토가의 '세상자랑'의 형태가 분화되어 앞부분은 이선유창본
으로 뒷부분은 중산망월전으로 수용되었을 가능성은 완전히 배제할 수
는 없다. 그러나 이는 합리적인 설명이 어렵다. 한 개의 창이 둘로 분
리되어 일부는 창으로 일부는 소설로 계승되었다는 논리는 자연스럽지
못할 뿐만 아니라 그 분리가 매우 기계적이라는 점 또한 이 가정에 타
당성을 부여하기 어렵게 만들고 있다.

특히 ②부분이 첨가됨으로써 별토가에서 '새타령'이 두번 반복된다
는 점 역시 중산망월전 계열의 이본에서 사설을 차용했음을 보여주는
근거가 된다. 이선유창본에서 새타령은 별주부의 출륙과정을 묘사하고
있는 '고고천변'에만 들어 있고, 중산망월전에서는 '세상자랑'에만 들어
있다. 그런데 별토가에서는 '고고천변'과 '세상자랑' 모두에 새타령이
들어있다. 이처럼 별토가의 '고고천변'과 '세상자랑'에서 새타령이 두번
반복된다는 점은 선행 창본의 '고고천변'과 중산망월전의 '세상자랑'을

그대로 수용하여 작품을 결구한데서 기인한 것으로 여겨진다.
　다음은 '토끼기변'에 대해 살펴보기로 한다.

　①醫書의 일으기을 脾受病則 舌不能言ᄒ고 肝受病則 目不能視라
ᄒ야시니 肝이 읍고야 웃지 눈으로 본단 말리야 ②톡기 엿자오되 肝은 望
出晦入ᄒ야 初一日로 望日柯枝 精潔ᄒ 디 니여 걸어 아츰 이실 날빗츠
며 밤 셜이 달 精氣며 ○○陰泊을 無數히 쏘히다가 十六日로 晦日柯
枝 本徑의 들여걸어 心神을 安定ᄒ고 生産을 經營ᄒ니 이른바 望月兎
라 神農氏 嘗百草 藥中의 쏙 졔一리라 하기로 世上이 다 알아 씰 病을
當ᄒ오면 小兎의게 通ᄒ와 略略히 授應ᄒ난 일이 으비 아니ᄒ옵거던 ᄒ
물며 殿下의 病患의 緊切이 씨랴난 둘 알어든덜 自請ᄒ여 듸려올 거셜
哀達鬱사 鱉主傅야 寃痛할사 鱉主傅야 密然할사 鱉主傅야 狐意만타
별주부야 本事을 欺情ᄒ고 아니올가 念慮ᄒ여 遣因키만 일삼으니 잇 ᄶ
난 望前이라 行裝이 促迫키로 以前 니여 둔 肝도 가져오지 못ᄒ여시니
數日 말미 듀옵시면 鱉主傅와 眼國ᄒ여 故鄕의 도라가겨 苟튀야 小兎
肝쑨 아니와 肝 둔 곳 차자가셔 여러 親舊의게 널이 求ᄒ여 肝셤이나 드
려오리이다 (중략) ③그러면 世上의셔 네 간으로 효험보 니가 들어 잇난
야 잇기로 일을으리가 小兎 父親이 風景을 됴와ᄒ여 요山요水 ᄒ올 ᄶ
여 汾洎水邊 됴분 벼루 앙금앙금 도라가다 小程이 失足ᄒ여 洛浦물의
풍덩 쌔자 거위 둑게 되어더니 漢武帝臥 東方朔이 求仙으로 로나와다
덤벙 건져 살여기로 그 恩惠 감격ᄒ여 肝 三分重을 듀어더니 東方朔이
바다먹고 三千甲子 살아잇고 그 젼의 肝을 니여 月彩을 쐬일랴다 火德
이 衰盡ᄒ고 公甲이 陰亂할 졔 王風陰氣 즈즈거날 渭水中의 담가노코
헐넝헐넝 씨실 져게 窮八十 姜太公이 그 물빗철 짐작ᄒ고 盃子을 을넌
글너 그 물 덤벅 드립써셔 셰 목음을 마셧더니 達八十 더 살 져졔 彭祖가
그 말 듯고 中山의로 차자와셔 剪瓜斷髮神靈 一日○ 千日 山祭 至誠
으로 지닐 져게 그 精誠 至極ᄒ기로 肝 半分重을 먹여더니 八百年을 더
산고로 所聞이 頗多ᄒ여 男女老少 上下읍시 小兎을 차자와셔 病든 老

親 살이옵게 肝 됴곰만 빌이소셔 獨身家丈 살이옵게 肝 됴곰만 빌이소
셔 七十의 生男子가 거위 듁게 도여시니 肝 돔만 活人ㅎ오 三代獨子
외아덜이 거危 듁게 도여시니 肝 됴곰만 파옵쇼셔 稱○옵시 비난 쇼리
실로 悶忘할 차에 <u>玉皇</u>게셔 쑤지져 왈 너난 엇지 한 肝을 가져 回天命
을 쏙쏙 살여 天理을 어기우니 妖妄ㅎ다 쑤짓기로 마음을 구지 먹고 私
情이 읍삽더니 廣利게옵셔난 <u>南海宮</u>을 누류라고 命을 限定읍시 탓사오
나 偶然이 病이 드러 死生中의 當ㅎ옵고 쏘 氣像을 보오니 霹靂秋天
雲雨繁華之骨格이오니 小兎 肝을 들일밧게 數可 읍사오니 왼보치 자
셔시면 不老長生의 無病强力ㅎ와 腎氣은 싱발암壁을 쏠를리다 <별토
가, 30앞~32앞>

④의서에 일으기를 비수병즉 구불능식하고 담수병즉 설불능언하고 간
수병즉 목불시견이라 간이 읍고야 읏지 눈을 드러 세상을 보너냐 ⑤톡기
가 엿자오대 소토의 간은 월윤졍긔로 낫삽기에 보름이면 간을 내고 그몸
이면 엿나이다 세상 병긱드리 소토의 간을 달나기에 밋궁기로 간을 내야
반초입에다 꼭 싸서 칙노로 찬찬 얼거 영쥬 셕상 게수까지 상상지에 긋긋
드리 다라 매고 도화유수 옥게변에 탁족하러 내려갓다 우연이 쥬부를 만
나 수궁 경개가 조타기로 완경차로 왓나이다 미련하다 저 자래야 그 곳에
서 일언 말을 하엿던들 간을 가저 왓거드면 대왕 병세 즉효하고 너도 쏘한
충성 나고 나도 쏘한 공효 잇서 양쥬긱이 조흘 거슬 후회막급 졀통하다 ⑥
용왕이 일은 말이 사람이나 김성이나 일신 졍긔 내복지는 다 다를 빅가 읍
나니라 츌입지 못할 거슬 출입이 웬말이냐 톡기 엿자오대 용왕이 도지기
일이요 미지기이로소이다 읏지 그러탄 말이냐 인싱비금지수가 모도 한 가
지라 하오니 내 일을게 드러보오 복희씨는 무삼 일노 사신인수를 하엿쓰
며 신롱씨는 무삼 일노 인신우수를 하엿스며(중략) ⑦용왕이 일은 말이
너 간을 먹고 회춘하러 니가 잇너냐 만치요 소토의 부형이 풍경을 구경하
고 요산요수를 하올 적에 분음수변 조분 길노 이리 저리 내려오다 벽파 락
포에 풍덩 짜저 거의 죽게 되엿더니 동방삭이 탐지하야 그 물 조금 써 마

시고 삼천갑을 사랏고 핑조와 안기성도 소토의 간을 먹고 죽지 안코 오래
살고 소토가 구경차로 한 모통이럴 도라들면 이팔 청춘 절문 여인더리 소
토의 가는 허리를 안고 아이고 여보 토선싱 삼대독자의 우리 랑군 명재경
각에 불상하니 간 조곰 주옵소서 간을 녹두낫 만큼 쯰여 주고 쏘 한 모통
이 도라들면 칠십 당년 늘근 노인드리 소토 가넌 길을 막으며 아이고 여보
토선싱 오대 독신 우리 아들 명재경각이 불상하오니 간 조곰 주옵소서 거
긔를 지내여 쏘 한 곳을 당도하면 병자라 하넌 거슨 길길이 모아 잇서 간
만 주면 사러나니 대왕은 소토 간을 원보채 자서스면 장싱불사를 하오리
다 <이선유창본, 164~156면>

⑧퇴긔 쥬왈 쇼신니 비로 체쇼허오나 밋궁긔 서이라 두 궁으로는 디쇼
변을 통허옵고 쏘 흔 궁거로는 그뭄 초싱 쩌을 짜라 간을 출입허는 궁긔라
초일노셔 망일갓지 졍결흔 더 니여 결고 앗참 이실 마초오며 밤 셜리 달
졍긔을 무슈히 ㅅ인 후의 십육일노셔 그뭄가지 본졍의 드려 결고 심신을
아졍허여 싱사을 경영허이 이른비 망월퇴라 신룡시 상빅초의 약 즁의 졔
일인 쥴 셰상니 다 아옵긔로 셰상 사롬드려 실 병을 당허여셔 쇼퇴의게 쳥
허오면 약약키 수응허는 일니 업지 아니 허거든 하물면 젼화의 병의 권절
니 실나 허옵신 거실 곳 아라삽던들 자쳥허여 드려올 거실 이달올사 별주
부는 아니 올가 염여허여 유인키만 일삼은들 잇 쩌는 망젼니라 힝장니 총
급허긔로 젼일 니여 둔 간을 가져오지 아니 허여사오니 시각 말미 쥬옵시
면 별쥬부을 안동허여 간 둔 곳을 차자가와 그틔여 쇼퇴 간쑨 아니라 다른
치구의게 간졈이나 구허여 오올이다 <증산망월젼, 31뒤~32뒤>

①과 ④는 토끼의 간이 없다는 말에 대하여 용왕이 의서의 '肝受病
則 目不能視'를 말하며 어찌 간이 없는가 묻는 부분이다. 이 부분은 예
문에서 보듯이 가람본 별토가와 이선유창본에서 동일한 모습으로 나타
나며 중산망월전에는 들어있지 않다. 그런데 토끼가 간을 못 가지고
온 이유를 말하는 부분인 ②⑤⑧을 비교해 보면 ②와 ⑧은 거의 동일

한 모습으로 전개되고 이선유 창본과는 상당한 차이를 보인다. ③은 용왕이 사람이나 짐승이나 오장육부는 모두 같은데 어찌 오장에 달린 간을 임의로 출입하는가 하는 물음에 대해 토끼가 만물의 다름을 말하는 부분이다. 이 부분은 이선유 창본에서만 나타날 뿐 별토가와 중산 망월전에서는 나타나지 않는다. ④와 ⑦은 용왕이 토끼의 밑구멍을 감한 후 토간의 약효를 물어보기 위해 세상에서 토간을 먹고 나은 사람이 있는가 하는 질문에 대해 토끼가 대답하는 부분이다. 이 대목은 중산망월전에는 들어있지 않고 별토가와 이선유창본에만 들어있는데, 사설의 양상을 살펴보면 밑줄 친 부분에서만 차이를 보일 뿐 거의 유사한 양상으로 전개된다. 이처럼 별토가는 '토끼기변'에서도 이선유창본과 중산망월전이 결합된 모습을 보인다.

한편 이처럼 결합된 모습은 '암자라동침' 삽화를 유도하는 대목에서도 찾아볼 수 있다.

흔창 일이 춤을 츄졔 大將 범치 엽헤 셧다가 익그 톡기 비 속의 肝이 쫄낭쫄낭 ᄒ난고 톡기 감작 놀듸 엇던 게 肝이라고 비 속의 물썅이 드러 쫄낭걸이난 걸 肝이라 ᄒ것다 압쌀사 分心思復이요 見欺而作이라 ᄒ더니 卽時 가난 것만 못ᄒ여고 일이할 졔 / 鼇主傅 宴席의 참여ᄒ여다가 눈을 기릅더 톡기을 보며 가마니 꾸지져 왈 나 듯기의도 쫄낭쫄낭ᄒ난 거시 分明한 肝인 듯 ᄒ거던 네 졀어한 쇠로 우리 大王을 쇼기랴 ᄒ나야 <별토가, 33뒤~34앞>

토씨 배 속에 쫄낭쫄낭하니 대장 봄치 셧다 하는 말이 톳기 배 속에 간 드러 쫄낭거린다 톳기 감작 놀내며 앗다 이 놈아 빈 속에 술이 드러 가더니 안주가 쩌서 쫄낭거린다 톳기 생각하되 군자는 가긔이방이요 견긔이작이라 하여스니 속인 짐에 진작 쎄리라 하고 <이선유창본, 158면>

주부 쏘흐 잔치의 참예허여다가 퇴긔 춤출 씨의 출낭하는 거시 분명흔
간니 아이야 허니 〈중산망월전, 33뒤〉

위의 예문은 토끼 배에서 출랑하는 소리를 듣고 신하 혹은 별주부가
간언하는 부분이다. 이선유창본에서 토끼 배에 간 들었다고 간언하는
신하는 범치이며 이 말을 들은 토끼는 술이 들어가 안주가 떠서 농치
는 소리라고 둘러대고 빨리 수궁을 벗어나리라 결심한다. 여기에서는
별주부의 간언은 나타나지 않으며 암자라동침 삽화 역시 나타나지 않
는다. 중산망월전의 경우는 간언하는 신하가 별주부이며 토끼는 이 말
을 듣고 바로 용왕에게 왕배탕을 구하여 쓰면 나으리라고 말하여 암자
라동침 삽화가 나타나고 있다.

그런데 가람본 별토가는 이 두 본의 양상이 교묘하게 결합되어 있는
양상을 보인다. 별토가에서 간이 들었다고 말하는 인물은 이선유창본
과 마찬가지로 범치이며 토끼가 둘러대는 말 역시 이선유 창본의 그것
과 별반 다르지 않다. 그런데 그 뒤부분에 별주부가 자기가 듣기에도
출랑거리는 것이 간이 분명하다고 범치의 의견에 동조하고 있다. 즉
별토가는 이선유창본의 범치 참소의 모습과 중산망월전의 별주부 참소
의 모습이 결합되어 나타나고 있는 것이다. 이러한 모습은 별토가가
중산망월전 계열의 이본에서 ‘암자라동침’ 삽화를 수용하여 교묘하게
삽입했음을 보여주는데, 이는 ‘암자라동침’ 삽화 이후에 전개되는 사건
을 통해서도 확인할 수 있다. 별토가에서는 ‘암자라동침’ 삽화 이후 별
주부가 다시 용왕에게 토끼 배를 갈라 간을 내자고 충간하는 대목이
이어진다. 이 대목은 이창유창본에만 들어있고 중산망월전에는 없는
대목이다. 그런데 ‘암자라동침’ 삽화 이후 다시 별주부가 용왕에게 토

끼 배를 가르고 간을 내자고 간언하는 모습은 전혀 상황에 맞지 않는다. 별주부는 목숨을 구걸하기 위해 자기의 아내마저 토끼에게 수청들게 한다. 이제 별주부의 목숨은 토끼에게 달려 있으며 별주부 또한 이러한 현실을 인식하고 자신의 모든 것을 포기한 상태이다. 이러한 상황에서 다시 용왕에게 토끼 배를 가르자고 주장한다는 것은 전혀 논리에 맞지 않는다. 이같은 논리적 당착은 별토가가 전 시기 창본에 '암자라동침' 삽화를 무비판적으로 결합한 데서 비롯된 것으로 보인다.

이처럼 별토가가 몇몇 대목에서 이선유 창본과 중산망월전이 기계적으로 결합된 형태를 보이고 있다는 점, 그리고 이로 인해서 동일한 내용이 반복되거나 논리적 당착을 보인다는 점 등은 별토가가 전 시기 창본을 기반으로 하면서도 부분적으로 중산망월전 계열의 이본에서 내용을 수용하여 작품을 결구했음을 보여준다.[22]

5. 맺음말

본 연구는 현재 토끼전 이본 전개를 논의하는 데 축으로 작용하고 있는 별토가의 위상이 재검토될 필요가 있다는 생각에서 출발하였다. 선행 연구에서는 별토가가 전 시기 창본의 모습을 간직하고 있는 것으로 보아 현전 창본에서 보이지 않는 별토가의 사설은 후대적 변모 과정을 겪으면서 탈락된 것으로 파악하였다. 또한 현전 창본에는 보이지 않는 사설이 대부분 중산망월전에 들어있다는 점에 대해서는 중산망월

---

22) 이러한 점들로 볼 때, 단언할 수는 어렵지만, '우생원만남' 삽화나 용왕의 죽음으로 귀결되는 결말 등도 중산망월전 계열의 이본에서 차용했을 가능성이 크다고 할 수 있다.

전이 별토가와 같은 전 시기 창본을 바탕으로 소설화된 데서 기인한 것으로 보았다. 그러나 현전 창본에 들어있지 않은 별토가의 사설 가운데 '병사설'을 제외한 나머지 사설은 변화의 흔적이나 탈락하는 과정을 보여주는 중간단계에 해당하는 이본을 찾기 어려워 후대로 오면서 탈락되었다고 단언하기 어렵다. 또한 중산망월전이 별토가와 같은 전 시기 창본을 바탕으로 형성되었다는 주장 역시 중산망월전이 별토가와 같은 전 시기 창본을 바탕으로 전혀 새로운 모습으로 개작하면서도 몇몇 부분은 그대로 수용했다고 보는 것과 별토가가 후대적 변모를 거치면서 특정 대목은 전혀 창본으로 계승되지 않고 모두 소설본의 성격을 지닌 중산망월전 계열의 이본으로만 계승되었다고 보는 것은 논리적 타당성이 부족하다.

이런 점으로 볼 때, 별토가가 전 시기 창본을 바탕으로 중산망월전 계열의 이본에서 부분적으로 내용을 수용했을 가능성을 제기할 수 있는데, 이는 '세상자랑', '토끼기변', 그리고 '암자라동침' 삽화를 유도하는 대목이 이선유창본과 중산망월전의 사설이 기계적으로 결합되어 있다는 점, 그리고 이로 인해 동일한 내용이 두번 반복된다거나 사건 진행이 논리적 당착을 일으킨다는 점에서 그러한 가능성을 확인할 수 있다. 따라서 별토가는 전 시기의 창본을 바탕으로 하면서도 부분적으로 중산망월전 계열의 이본에서 내용을 수용하여 형성된, 즉 창본과 소설본의 혼합구성적 성격을 지니고 있는 이본으로 판단된다.

임형택 소장 〈토공전〉의 이본 너적 위상 연구

1. 머리말

그간의 토끼전 이본에 대한 연구는 가람본 〈별토가〉, 신재효본 〈토별가〉 등 주요한 이본을 중심으로 상당한 수준의 논의가 진행되었고, 이본의 계열화 작업과 형성과정에 대한 논의가 이루어지는 등 많은 연구 성과를 축적하고 있다.[1] 그러나 대체로 주요한 특정 몇몇 이본만 관심의 대상이 되었을 뿐이며, 대부분의 이본은 소개 정도에 머무르고 있는 실정이다. 토끼전의 가장 큰 특성은 다양성이라고 할 수 있다. 토끼전은 서사 전개가 이본에 따라 큰 편차를 보일 뿐만 아니라 이본마

---

1) 인권환, 「토끼전 이본고」, 『아세아연구』 29, 고려대학교 아세아문제연구소, 1968.
　　, 「토끼전의 비교연구」, 『인문논집』 29, 고려대학교 문과대학, 1984.
　　, 「별주부전 한문본고」, 『동방학지』 52, 연세대학교 국학연구원, 1987.
　　, 「토끼전군 결말부의 변화양상과 의미」, 『정신문화연구』 44, 한국정신문화연구원, 1991.
　정출헌, '조선후기 우화소설의 사회적 성격', 고려대학교 박사학위논문, 1992.
　민　찬, 『조선후기 우화소설 연구』, 太學社, 1995.
　최광석, 「〈토끼전〉 이본 계열의 구조와 근대지향 의식」, 경북대학교 박사학위논문, 2001.
　김동건, 「〈토끼전〉 연구」, 경희대학교 박사학위논문, 2001.

다 내포하고 있는 가치 지향이나 의미도 매우 다양하게 나타나고 있다. 따라서 개개 이본에 대한 정심한 천착이 필요하다고 하겠는데, 이는 개개 이본의 형성과정이나 특징을 밝히는 작업임과 동시에 토끼전 전체를 아우르는 형식적 원리와 주제적 특성을 밝히는 데 기초 작업이 된다고 할 수 있다.

본 연구의 대상이 되는 임형택 소장 〈토공전〉2)은 19세기 말경에 형성된 것으로 추정되는 국문필사본이다. 이 작품에 대해서는 정출헌의 간단한 언급3)이 있기는 하였으나 구체적인 내용은 물론 서지까지도 전혀 알려진 바가 없다. 따라서 본 연구에서는 〈토공전〉 단락별 특징을 살펴보고, 이를 바탕으로 〈토공전〉이 토끼전 내에서 지니는 위상을 살펴보고자 한다.

우선 〈토공전〉의 서지 사항을 간단히 살펴보면 다음과 같다. 〈토공전〉은 성균관대학교 임형택 교수가 소장하고 있는 한글 필사본이다. 표제는 한자로 "兎公傳"이라 되어 있고, 1면의 내제는 "토공전권지단"이라고 되어 있다. 책의 크기는 가로 17cm, 세로 27.5cm 가량이다. 매면 10행, 매행 24~30자 정도이며, 자체(字體)는 행서체(行書體)로 되어 있다. 마지막 장 114면에 "甲午二月 日單"이라는 필사 연기가 기록되어 있다. 갑오년은 1834년과 1894년에 해당되는데, 창작된 듯한 독특한 이야기가 상당히 많이 삽입되어 있는 것으로 보아 필사 연대는 1894년으로 추정되고 있다. 총 72장 144면으로, 현전 수궁가와 〈중산망월전〉이 기계적으로 결합한 듯한 양상을 보이는 박순호 소장 〈수궁별주부산

---

2) 이하 〈토공전〉이라 약칭함.
3) 정출헌, 「봉건국가의 해체와 『토끼전』의 결말 구조」, 『고전문학연구』 13집, 한국 고전문학회, 1998.

중토처사전)을 제외하면, 토끼전 이본 가운데 가장 장편이다.

2. 단락별 내용 분석

　토끼전의 단락은 보는 시각에 따라 다양하게 구분될 수 있는데, 장소의 변화에 따라 '수궁－육지－수궁－육지'로 구분하는 경우도 있고[4], 서사 전개의 순서에 따라 나누는 경우도 있다.[5] 그런데 장소의 변화에 따른 단락 구분은 단위가 너무 커서 효율적으로 특징을 살펴보기 어려운 점이 있다. 따라서 여기서는 토끼전 전체 이본에서 추출될 수 있는 서사 전개를 순서에 따라 14개의 상위단락으로 나누어 논의를 진행하기로 하고, 세부적인 논의가 필요한 단락에서는 하위 단락을 설정하여 논의하기로 한다. 먼저 14개의 상위단락을 제시하면 다음과 같다.

제1단락 : 배경 설명	제2단락 : 용왕 득병
제3단락 : 명약 지시	제4단락 : 어족회의
제5단락 : 별주부 전송	제6단락 : 별주부 출륙
제7단락 : 별주부의 짐승 만남	제8단락 : 모족회의
제9단락 : 별주부의 호난 극복	제10단락 : 별주부의 토끼 유혹
제11단락 : 토끼의 수궁행	제12단락 : 토끼의 수궁 위기 극복
제13단락 : 토끼의 출륙	제14단락 : 결말

　이 가운데 〈토공전〉은 제5단락, 제7단락, 제8단락, 제9단락이 탈락되

---

4) 인권환, 「토끼전의 비교 고찰 : 경판, 완판, 가람본 별토가를 중심으로」, 『인문논집』 제29집, 고려대학교 문과대학, 1984.

5) 인권환, 앞의 논문, 1968.
　이은명, 「<토끼전> 이본고」, 인하대학교 석사학위논문, 1985.

고 없다. 이들 단락은 토끼전의 서사 전개에 있어 필수적인 단락은 아
니기 때문에 취사선택이 가능한 단락들로, 이전의 서사나 이후의 서사
와는 무관하게 그 자체로 종결되는 독자적인 의미를 지니고 있다. 즉
이들 단락은 서사 진행에서 일탈하여 그 상황 자체를 즐기는 판소리의
한 특징인 '부분의 독자성'을 가장 잘 보여주는 단락이라 할 수 있다.
따라서 판소리 창본에서는 이들 단락이 대부분 들어있으나, 소설화된
이본에서는 한두 단락만 들어있는 등 취사선택되는 경우가 보통이다.
그런데 〈토공전〉에서 이들 단락이 모두 탈락되었다는 점은 소설화되
면서 서사 진행이 토끼전의 중심인물인 용왕, 별주부, 토끼를 중심으로
집중되고 있음을 보여준다.

1) 제1단락 - 배경설명

〈토공전〉의 첫머리는 오악(五嶽)과 사해(四海), 그리고 사해 용왕에
대한 소개로 시작된다. 이중 오악에 대한 소개는 『구운몽』의 첫머리와
거의 같다. 사해 용왕이 소개된다는 점, 당태종이 사해 용왕을 봉(封)했
다는 내용이 들어 있다는 점에서는 가람본 〈별토가〉6)와 같으나 "동히
로 광덕왕을 봉ᄒ여 동면 뉴천여 리를 진무ᄒ게 ᄒ고"(토공전 : 1면) 등으
로 〈별토가〉보다 내용이 구체화되면서 확장되어 있다. 한편 시대적 배
경이 '지정 갑신세(수궁가 계열)', '대명 성화 연간(토생전 계열)', '당나라
태종황제 시절(중산망월전 계열)' 등으로 되어 있는 여타 이본들과는 달
리 '진나라 시절'로 설정되어 있다.

---

6) 이하 〈별토가〉라 약칭함.

2) 제2단락 - 용왕득병

북해 광택왕이 우연히 득병한다는 간략한 서술로만 되어 있고, 수궁
에서 용왕의 병을 낫게 하기 위해 노력하는 대목, 그리고 용왕이 병든
자신의 신세를 한탄하는 대목은 아예 빠지고 없는 등, 이 단락은 경판
본 〈토생전〉과 거의 동일하다.

3) 제3단락 - 명약지시

명약지시 단락은 ①지시자 등장, ②진맥과 처방, ③토간지시, ④토간
이 명약 이유, ⑤토간 구득 어려움 탄식으로 구성된다. 이 가운데 〈토
공전〉은 ⑤가 서술되지 않고 있다. 이 대목은 용왕 자신이 토끼를 잡을
수 없음을 토로하여 용왕의 무능과 왕권의 무력한 모습을 우의적으로
표현하고 있는 부분이므로, 이 대목의 탈락은 〈토공전〉이 용왕에 대해
비교적 옹호적인 시각을 견지하고 있음을 보여준다.

①에서 지시자가 용왕이 병이 들었다는 소문을 우연히 듣고 온다는
설정은 〈별토가〉나 판소리 창본과 동일하다. 그러나 지시자가 '주나라
양백선생'으로 설정되어 있다는 점, 그리고 양백선생의 외모나 학식 등
에 대한 내력이 장황하게 설명된다는 점은 특징적이다.

②단락은 용왕을 진맥하여 발병 원인을 밝히고 각종 약이나 침을 처
방하는 대목으로 판소리 창본에서는 '약성가'라 불리는 사설로 되어있
다. 그러나 〈토공전〉에서는 실제로 용왕을 진맥하는 대목이나 약을 처
방하는 대목은 보이지 않는다. 그 대신 용왕이 자기의 병중에 대해 말
하는 대목, 중국 역대 인물들의 업적과 이들이 지은 의서를 열거하는
대목, 몸의 근본과 섭약의 중요성을 말하는 대목, 오장을 오행의 이치

로 설명하는 대목 등으로 독특하게 구성되어 있다. 또한 용왕의 병이 소년 시절에 주색을 삼가지 아니하여 발생한 것임이 양백선생과 용왕의 대화를 통해 드러나기도 한다. 한편 〈별토가〉나 판소리 창본에서는 이 단락에서 용왕의 우그러진 몰골에 대한 묘사와 도사의 비하적 발언을 통해 용왕에 대한 희화화가 심하게 나타나는 데 반해, 〈토공전〉에서는 그러한 모습을 전혀 찾아볼 수 없다.

④단락에서 오행이 상생상극하는 이치를 들어 토간이 명약임을 말한다는 점에서는 판소리 창본과 동일하나 그 사설은 전혀 다르다. 또한 토끼 간뿐만 아니라 피, 뼈, 똥의 효능에 대해 설명하는 대목, 토끼 잡는 법과 금기하는 도리를 말하는 대목 등 독특한 내용이 첨가되면서 분량상으로도 대폭 확장되어 있다.

4) 제4단락 – 어족회의

〈토공전〉은 창본 계열에 주로 들어있는 어족의 등장 대목과 신하들이 육지에 나가기를 꺼리는 대목은 들어있지 않고, '토끼화상' 대목도 토끼의 화상을 그린다는 상황 설명만으로 되어 있다. 또한 사신의 택출과정도 문어와 고래, 별주부의 대결로만 되어 있고, 그들이 상대방의 부당함과 자신의 능력을 내세우는 발언도 짧아 전체적으로 매우 간략하다.

한편 이 단락은 토끼의 간을 구해오라는 용왕의 호소에 대해 사신으로 가기를 회피하는 모습이나 수궁 인물들에 대한 부정적인 평가, 그리고 서로 파당을 나누어 다투는 모습을 통하여 신하들의 무능과 자신의 보신(補身)만을 생각하는 정치 담당층 세태, 그리고 분열된 지배층의 모습 등 당대 정치 현실에 대한 풍자가 가장 잘 드러나는 단락이다.[7]

그런데 〈토공전〉에서는 보신만을 생각하는 정치 담담층의 모습이나 분열된 지배층의 모습은 찾아볼 수 없다. 신하들의 무능에 대해서도 '불학무식호고 셩품이 우미'하고 '쳬뫼 질둔호고 지간이 업'다는 언급이 나오기는 하나 간략히 처리되고 있고, 또한 이러한 이유가 이들이 세상에 나가지 못하는 이유가 되지는 않는다. 즉 이들은 "쳔지 틱즈를 치봉호시고 경년을 비셜"[8]하고 "톳기 만일 고러의 웅장홈을 보면 엇지 겻히 나오"[9]지 않는다는 자신의 능력 여부와는 관계없이 외부적인 조건에 의해 부당한 것으로 말해진다. 이로 볼 때, 〈토공전〉은 당대 정치 현실에 대해서는 무관심하거나 회피하는 태도를 보여주고 있다 하겠다.

5) 제6단락 - 별주부출륙

별주부 출륙 단락은 별주부가 육지로 나오면서 보게 되는 풍경을 묘사하는 대목으로, 판소리 창본에서는 해상 풍경과 육지 풍경의 묘사로 구성된 삽입가요인 '고고천변'으로 되어 있으나 〈토공전〉은 육지 풍경 묘사만으로 되어 있다. 또한 육지 풍경 묘사 역시 산천의 구체적인 경치 묘사와 새타령으로 구성되어 있는 판소리 창본과는 달리, 문장체소설에서 흔히 춘경을 묘사하는 상투적인 어구로 되어 있다. 한편 이 단락의 말미에는 별주부가 토끼를 잡았을 경우 누리게 될 부귀공명과 그렇지 못할 경우에 당할 형벌에 대해 걱정하는 대목이 들어있다.

---

7) 서종문, 「<토별가>에 나타난 신재효의 현실인식」, 『판소리연구』제10집, 판소리학회, 1999.

8) <토공전>, 20~21면.

9) <토공전>, 22면.

6) 제10단락 - 별주부의 토끼 유혹

별주부의 토끼 유혹 단락은 ①별주부와 토끼의 만남 ②산중에서의 유혹 ③방해자 등장 ④수변에서의 유혹으로 구성된다. 이 가운데 ③, ④는 ②에서 별주부에게 이미 유혹 당한 토끼가 별주부를 따라오다가 갑자기 등장한 너구리의 말을 듣거나, 혹은 출렁대는 바다를 보고 무서워 못 가겠다고 변심하자, 이에 대해 별주부가 다시 구변(口辯)을 내어 다시 토끼를 유혹하는 대목으로, 토끼와 별주부의 밀고 당기는, 반복적으로 전개되는 구변 대결을 통해 아슬아슬한 극적 긴장과 흥미를 불러일으키는 대목이다. 즉 이 단락은 서사 진행보다는 별주부와 토끼의 구변 대결, 그 자체가 불러일으키는 재미를 추구하는 단락으로 '장면확대의 원리'라는 판소리의 연행적 특징 잘 보여준다. 따라서 판소리 창본에는 빠짐없이 들어 있는 대목이나 소설화된 이본에서는 한 단락 혹은 두 단락 모두가 탈락되기도 하는데[10], 〈토공전〉은 두 단락 모두가 탈락되고 없다.

①은 별주부와 토끼의 첫 만남이 이뤄지는 대목으로, 판소리 창본에서는 토끼의 '~찾는가' 사설, 별주부와 토끼가 충돌하는 대목, 토끼가 별주부 위에 올라앉는 대목, 별주부와 토끼가 사리에 맞지도 않는 문자를 쓰는 대목 등의 해학적 장면을 통해 웃음을 자아내게 하는 동시에 토끼의 경박함에 대한 풍자적인 태도를 보여준다. 그러나 〈토공전〉에서는 이러한 해학적인 대목이 전혀 들어있지 않고, 토끼의 경박한 모습 역시 사라지고 없다.

한편 〈토공전〉은 그 자체로 종결되면서 독자적인 의미를 지닌 '모족

---

10) 소설본 계열인 중산망월전 계열은 ③단락이 없고, 가람본 토긔젼 계열의 경우는 두 단락 모두가 탈락되고 없다.

회의' 단락에서 모족(毛族)이나 우족(羽族) 간에 펼쳐지던 나이다툼이
별주부와 토끼가 벌이는 나이 다툼으로 전이되어 나타난다는 점에서
특징적인데, 이는 〈토공전〉의 서사가 주동 인물을 중심으로 집중화되
고 있음을 보여준다 하겠다.

②는 별주부의 토끼 유혹이 본격적으로 시작되는 단락으로 토끼의
'세상자랑', 별주부의 '팔난세계'와 '수궁자랑', 그리고 토끼와 별주부 간
의 몇 개의 문답으로 구성된다. 〈토공전〉에서 먼저 눈에 띠는 점은, '팔
난세계'가 '수궁자랑' 앞에 있는 판소리 창본과는 달리 '수궁자랑' 뒤에
있다는 점이다. 그런데 이러한 사설 구성은 경판본 〈토생전〉이나 가람
본 〈토긔젼〉 등 소설화된 이본에서만 특징적으로 나타나는 것이어서
〈토공전〉이 소설본 계열과 연관이 있음을 보여준다. 〈토공전〉의 '수궁
자랑'은 대체로 판소리 창본과 유사하다고 할 수 있다. 그러나 '세상자
랑'과 '팔난세계'는 그 의미하는 바는 여타 이본과 같으나 그 사설은 어
느 계열의 이본에서도 유사한 모습을 찾아보기 어렵다.

'팔난세계' 뒤에 이어지는 토끼와 별주부 간의 문답 중에, 〈토공전〉
은 별주부가 토끼의 관상을 풀이하는 대목이 들어있다. 이 대목은 가
람본 〈토긔젼〉이나 세창서관본 〈불로초〉 등에만 특징적으로 들어있는
것이어서 이들 간의 연관이 있음을 보여준다. 한편 나머지 문답에서는
별주부가 온갖 고사를 장황하게 열거하며 토끼의 질문에 대해 반박하
는 것으로 되어 있어 매우 확장된 모습을 보인다.

7) 제11단락 - 토끼의 수궁행

토끼의 수궁행 단락은 별주부가 토끼를 업고 수궁에 들어가는 과정
을 그리는 대목으로, 〈토생전〉 등 소설본 계열에서는 대체로 별다른

과정없이 순식간에 들어가는 것으로 되어 있고, 판소리 창본 계열에서
는 수궁에 들어가는 모습과 별주부와 토끼의 간단한 대화만으로 되어
있거나 삽입가요인 '소상팔경'으로 되어 있다.[11] 그런데 〈토공전〉은 별
주부가 토끼를 업고 있는 모양에 대한 묘사, 죽을 곳에 스스로 가는 토
끼의 모습을 안타까워하는 서술자의 발언, 그리고 별주부가 토끼를 잡
았다는 들뜬 기분에 의기양양해 하는 모습 등으로 되어 있어 어느 계
열의 이본과도 다른 모습을 보인다.

8) 제12단락 - 토끼의 수궁위기 극복

토끼의 수궁위기 극복 단락은 ①토끼 생포 ②용왕의 토간 요구와 토
끼 묘책 ③용왕 환대와 수궁 잔치 ④암자라 동침으로 구성되는데, 이
가운데 〈토공전〉은 ④가 없다.

①에서 판소리 창본은 토끼가 자신의 천거를 별주부에게 부탁하는
대목, 토끼가 자신을 잡으러 나온 어졸을 발로 차는 대목, 그리고 막상
잡히게 되자 개, 소, 말이라고 둘러대면서 일단 위기를 모면하고자 하
는 대목 등을 넣어서 다채롭고 재미있게 꾸미고 있다. 반면에 〈토공
전〉은 토끼가 자신의 처지를 한탄하는 대목만 간단하게 들어있을 뿐이
어서 매우 간략하다.

②는 토끼가 간이 없다고 하자 이에 의심을 품은 용왕과 신하들이
토끼를 시험하기 위해 여러 가지를 묻고 이에 토끼가 대응하는 대목이
다. 〈토공전〉은 별주부를 꾸짖으며 간을 가지고 오지 못한 이유를 말
하는 대목과 토간이 명약인 이유를 말하는 대목 등 서사 진행에 필수

---

11) 김석배, 「수궁가의 '범피중류' 연구」, 『문학과 언어』 제15집, 문학과 언어연구회,
    1994.

적인 대목은 들어있다. 그리고 비록 구체적인 사설이 다르기는 하나 그 내용은 대체로 판소리 창본과 일치한다. 그러나 토끼가 만물이 다른 내력을 말하는 대목, 토간을 먹고 효험 본 사람을 열거하는 대목, 별주부 혹은 신하가 용왕에게 토끼의 말을 믿지 말라고 충간하는 대목 등 아직 완전히 의심을 풀지 못한 용왕(혹은 신하)과 이를 확신시키기 위한 토끼의 아슬아슬한 구변 대결이 반복되면서 긴장과 흥미를 불러일으키는 대목들은 모두 소거되고 없다.

　③에서 판소리 창본은 잔치 광경의 구체적인 묘사와 토끼가 술에 취하여 노래 부르며 수궁 미인과 더불어 대무(對舞)하는 대목 등을 통하여 성대하고 질탕한 수궁잔치의 모습을 보여준다. 반면에 〈토공전〉에서의 수궁잔치 모습은 "용왕이 시녀를 명ᄒ여 금반옥긔의 수륙 진미를 갓쵸와 통공 압희 진지ᄒ라 하시니 긔명의 화려흠과 음식의 풍결흠을 가히 층양치 못ᄒᆞᆯ지라"(토공전 : 61면)라는 간단한 서술로만 되어 있다. 또한 판소리 창본에서는 토끼와 용왕을 동시에 희화화하는, 용왕과 토끼가 술에 대취하여 주정을 하는 대목, 토끼가 용왕을 '용게미' 혹은 '용첨지'라 부르며 희롱하는 대목 등이 들어 있으나 〈토공전〉은 이들 대목이 모두 빠지고 없다. 그 대신 용왕이 상급을 내리자 토끼가 이를 사양하는 대목, 용왕이 토끼 용모의 내력에 대해 묻는 대목, 토끼가 병든 용왕과 용왕의 부인에게 입을 맞추고, 용자에게 오줌과 똥을 주는 대목 등이 들어 있다. 한편 〈토공전〉은 이 단락의 말미에 토끼가 떠난 이후 신하들이 다시 토끼를 의심하자 용왕이 그 동안 자신이 본 토끼를 평가하며 변호하는 대목이 들어 있다.

9) 제13단락 - 토끼의 출륙

토끼의 출륙 단락은 수궁에서의 위기를 극복한 토끼를 별주부를 다시 싣고 육지로 나오는 내목으로, 판소리 창본에서는 토끼가 수궁에서 나오면서 굴원, 이비, 오자서 등의 원혼과 만나 문답하는 '혼령상봉 대목'과 사지(死地)에서 살아온 토끼가 기뻐하는 모습을 드러내는 '소지노화(笑指蘆花)'로 되어 있다.[12] 그러나 〈토공전〉은 간을 가져가 용왕의 병이 나으면 일등 공신이 될 것이라는 말로 별주부를 회유하는 간단한 대화로만 되어 있는데, 이는 소설화되면서 삽입가요가 탈락된 대신 상황에 맞는 대화로 변개된 것으로 여겨진다.

10) 제14단락 - 결말

결말은 토끼가 간을 두고 왔다고 용왕을 속이고, 간을 가져온다고 다시 별주부와 더불어 육지에 돌아온 이후 전개되는 이야기이다. 이 대목은 작품의 전체 내용 중 가장 다양한 변화를 보이는 대목이며, 또한 이본에 따라 내용이 가장 상이한 부분이어서 각 이본의 특징과 계열을 살펴볼 수 있는 지표가 되는 부분이다.[13] 〈토공전〉역시 결말이 작품 전체 분량의 절반 이상을 차지할 정도로 대단히 확장되어 있는 등 특이한 모습을 보이는데, 우선 그 내용을 파악하기 위해 〈토공전〉 결말의 줄거리를 간단히 제시해 보기로 한다.

---

12) 笑指蘆花는 '笑指蘆花', '蘆花月', '白鷺橫江', '故國山川', '客來我問', '客來我問興亡事', '가자 어서 가' 등 다양한 명칭으로 불린다.

13) 토끼전 결말부의 변화양상과 의미에 대한 논의로는 인권환(앞의 논문, 1991)과 정출헌(「봉건국가의 해체와 『토끼전』의 결말 구조」, 『고전문학연구』 13집, 한국고전문학회, 1998)의 논의가 있다.

①토끼에 함께 육지에 당도한 별주부는 토끼에게 온갖 비양과 수모를 당하고 수궁으로 돌아와 용왕에게 이 사실을 아뢴다. ②이에 분노한 용왕이 별주부를 옥에 가두고 논죄코자 하자 신하들이 토끼를 놓친 것은 별주부의 잘못이 아니라 용왕의 잘못이라 간언한다. 용왕은 자신의 잘못을 깨닫고 별주부에게 다시 벼슬길에 나오라고 하나 별주부는 거듭 사양한다. 용왕이 세 번째로 부르자 별주부는 마지못하여 다시 나아가고 용왕은 전날의 잘못을 사과한다. ③한편 용왕은 병은 고사하고 토끼를 잡아 설치하리라 하고 여덟 장군에게 대군을 거느려 육지로 진격하라고 명령한다. 그러나 토끼의 종적을 찾지 못하고 실패하자 용왕은 할 수 없이 회군을 명한다. ④회군한 장수들이 이런 저런 이유를 들며 토끼 잡기 어려움을 말하자 용왕은 크게 노하여 자신이 직접 군사를 이끌고 육지로 쳐들어간다. 그러나 토끼 종적을 찾지 못하고 용왕의 병이 점점 침중해진다. ⑤이때 한 신하가 숭산의 신령께 부탁을 하면 토끼를 얻을 것이라 주청하자 용왕은 이를 받아들여 풍백을 시켜 편지를 산신령에게 보내고 별주부에게는 벽계수변에 기다렸다가 토끼를 데려오라고 명한다. ⑥편지를 받은 산신령이 어찌해야 좋을지를 여러 산신에게 묻자 호랑이가 나서서 용왕의 청을 무시하면 큰 화가 있을 것이라 하며 토끼를 잡아 보낼 것을 주장한다. ⑦이에 용왕은 토끼를 잡기 위해 호랑이, 곰, 원숭이를 차례로 보내나 모두 실패한다. ⑧태악산 신령의 천거로 여우를 보내니, 여우는 별주부로 변신하여 토끼를 잡아 산신령에게 바친다. ⑨토끼가 산신령에게 살려줄 것을 애걸하나 산신령은 토끼의 전일 잘못과 보내지 않을 경우에 미칠 용왕의 보복을 들어 토끼의 요구를 일축하고 별주부에게 보낸다. ⑩별주부를 만난 토끼는 위협하며 자신을 변호해 줄 것을 요구하고 겁을 먹은 별주부는 그리 하겠다고 약속한다. ⑪같이 수궁으로 오는 도중 용왕이 죽었다는 부음을 듣는다. ⑫토끼를 만난 용자가 선왕의 설치를 위해 토끼를 참하라고 명령하자 토끼는 전일에 오지 못한 것이 자신의 잘못이 아니라 별주부의 잘못이라며 항변한다. 이에 별주부는 토끼와의 약속을 생각하여 머뭇거린다. ⑬용자가 다시 토끼를 감옥으로 보내자 토끼는 위협하는 편지를 써서 별주

부에게 보낸다. ⑭며칠 후 용자가 다시 토끼를 불러 추고하고 여러 신하들
또한 토끼를 빨리 죽이라 주청한다. 토끼는 시종 발명하다가 뜻을 이루지
못하자 폭정으로 망한 왕들을 예로 들어 용자을 설득하고 신하들은 간신
이라 몰아붙인다. ⑮용자는 토끼의 말에 그름이 없고 동본지의가 있음을
들어 토끼는 용서하고, 별주부는 양자강으로 정배 보낸다. ⑯용자가 육지
에 돌아가려는 토끼에게 선물을 주자 토끼는 선물 대신 별주부를 용서해
달라고 부탁한다. 처음에는 용자가 국법의 지엄함을 들어 거절하나 토끼의
거듭되는 주청을 듣고 별주부를 용서한다. ⑰용자가 용왕의 공제를 마친
후 큰 잔치를 연다. 이때 갑자기 개구리가 와서 잔치에 참여하게 되고, 별
주부, 토끼, 개구리, 여러 신하 등이 시를 지으며 즐긴다. ⑱토끼와 별주부
가 육지에 나와 손을 잡고 앞으로 각자 몸을 보중할 것을 서로 당부한다.
⑲토끼가 수궁에서의 일을 여러 동료들에게 자랑하자 세상에 두 번 다시
없을 일이라 말한다.

이상에서 보듯이, 〈토공전〉의 결말은 육지에 도착한 후 별주부와 용
왕을 조롱하는 대목(①)을 제외하면, 전혀 새로운 이야기로 구성되어
있다고 할 수 있다. 한편 이러한 이야기는 가람본 〈토긔전〉과 한국정
신문화연구원에 소장된 한문본인 〈토생전〉에서만 특징적으로 나타나
는 것이어서, 이들 이본 간에 밀접한 친연관계가 있음을 보여준다.

3. 〈토공전〉의 이본 내적 위상

주지하다시피, 판소리 문학은 유동의 문학이요 적층의 문학이다. 즉
판소리 텍스트는 하나의 고정된 불변의 실체로 존재한 것이 아니라 텍
스트가 소통되는 특수한 상황과 조건 속에서 끊임없이 생성·변화되어
왔다. 〈토생전〉 역시 예외가 아니어서 〈토생전〉의 위상은 인접한 이본

들과의 비교를 통해서 드러날 수 있을 것이다. 〈토생전〉과 친연성을 보이는 이본으로는 앞서 언급한 한국정신문화연구원 소장 한문필사본 인 〈兎生傳〉[14] 외에 한문필사본인 임명덕본 〈兎先生傳〉, 국문필사본 인 가람본 〈토긔젼〉[15], 활자본인 세창서관본 〈불로초〉[16], 신구서림본 〈별쥬부젼〉[17] 등이 있다. 이 가운데 임명덕본 〈兎先生傳〉은 토끼가 별주부를 조롱하는 대목에서 작품이 종결되고 있어, 토끼 재생포 과정 과 토끼와 용자의 논쟁 등의 내용이 삽입되면서 길게 확장되어 있는 〈兎生傳〉과는 차이를 보이나 결말 이전 대목까지는 〈兎生傳〉과 거의 동일하다.[18] 그리고 활자본인 세창서관본 〈불로초〉와 신구서림본 〈별 쥬부젼〉에 대해서는 그간의 연구에서 〈토긔젼〉의 관계에 대해 여러 차 례 설명된 바 있다.[19] 따라서 여기에서는 〈兎生傳〉[20], 〈토긔젼〉[21]과

---

14) 이하 <토생전>이라 약칭함.

15) 이하 <토긔젼>이라 약칭함.

16) 1912년 유일서관에서 처음 간행된 세창서관본 <불로초>는 1937년에 간행된 중앙 인서관본 <토끼전>과 거의 동일하다

17) 1913년에 간행된 신구서림본 <별쥬부젼>은 이후 판권만 달리하여 영창서관, 세 창서관 등에서 여러 차례 간행된 바 있다.

18) 두 이본의 관계는 <兎生傳>이 임명덕본 <兎先生傳>에 선행하는 것으로 판단된 다. 왜냐하면 <兎生傳>이 임명덕본 <兎先生傳>의 내용을 그대로 수용하면서 뒤 부분의 내용을 창작하여 덧붙였다고 보기는 어렵기 때문이다. 즉 <兎生傳>의 뒤 부분은 전혀 새로운 내용으로 되어 있어 작자의 개작 의지를 읽을 수 있다. 그런한 개작 의지를 가진 작자가 앞부분에서 임명덕본 <兎先生傳>의 내용을 그대로 답습 했다고 보기는 어렵기 때문이다. 김동건, 『토끼전 연구』, 민속원, 2003, 234~236면.

19) 인권환, 앞의 논문, 1968.
    정출헌, 앞의 논문, 1992.
    민 찬, 앞의 책, 1995.

20) 서지를 소개하면 다음과 같다. 한국정신문화연구원에 소장되어 있는 한문필사본 이다(청구번호 : MF R35N-008130). 표제는 "兎生傳全"이고, 1면의 내제는 "兎生 傳"이다. 크기는 가로 17.2cm, 세로 26.2cm이다. 매면 10행, 매행 20자이며, 총 46장 92면으로 한문필사본 가운데 가장 장편이다. 서체는 해서체로 쓰여져 있는데, 앞

의 비교를 통하여 〈토공전〉의 위상을 살펴보기로 한다.

1) 〈兎生傳〉과 〈토공전〉의 관계

앞서 타 이본에서는 볼 수 없는 독특한 내용이 결말 부분에 공통적
으로 들어있다는 점을 들어 〈兎生傳〉과 〈토공전〉이 직접적인 친연성
이 있음을 말한 바 있다. 이들 두 이본의 친연성은 다른 이본에서는 찾
아볼 수 없는 독특한 내용의 공유라는 측면 외에도 이들 이본의 세부
적인 전개를 보더라도 알 수 있다. 한 예를 들어 살펴보기로 한다.

토공전 : 왕이 디로왈 니 느라이 비록 젹으나 쳔승의 느른이라 디갑이 빅
만이오 쏘 졔공이 츙셩을 다ᄒ여 셤기니 엇지 일기 듀슈를 줍지 못ᄒ리오
경 등은 나의 톳기 줍는 양을 보르 ᄒ고 즉시 팔십만 군를 죠발ᄒ여 강변
으로 향홀 시 <u>쟝슈의 지모를 보아</u> 소임을 맛겨 디오를 뎡졔ᄒ고 퇵일 발힝
ᄒ다 잇쩌는 ①<u>십유구월이오 셔속슘취라</u> (82~83면)

兎生傳 : 龍王大怒而手推案曰 吾以千乘之威 莫施於山間之一兎
來雲見凌之恥國無儘臣矣 寡人當自將擒致 即日大發八千萬衆直向
碧海水 <u>以종魚爲大元帥 常魚爲左先鋒 文魚爲右先鋒 鯉魚爲右翼將
軍 鱸魚爲突擊將軍 龜魚爲後將軍 鰲魚爲軍師 龍王親爲大將軍 疊
鼓電鉦掀動一海</u> ②<u>時維九月序屬三秋也</u> (51면)

부분은 판독에 어려움이 없으나 뒤로 갈수록 흘려 쓰고 있어 판독이 쉽지 않다. 매
장 홀수면에 제목인 '兎生傳'이 작은 글씨로 쓰여져 있고 그 아래 장수가 매겨져
있다.

21) 서지를 소개하면 다음과 같다. 서울대학교 가람문고에 소장되어 있는 국문 필사
본이다(청구번호 : 813.53-T572). 표제는 "토긔젼"이고, 내표제는 "兎先生傳"이며, 1
면의 내제는 "토긔전 권지단"이다. 크기는 가로 17.5cm, 세로 29.6cm이다. 매면
8~10행, 매행 16~20자 정도이며, 44장 87면의 완결본이다. 후면 표지 이면에 "癸
卯 元月"이라는 필사 연기가 붙어있는데, 이는 1903년으로 추정되고 있다.

위의 인용문은 신하들이 육지 정벌에 실패하자 용왕이 친히 육지 정벌을 나가는 대목으로, 타본에는 없는 독특한 대목이다. 위에서 보듯 〈토공전〉과 〈兎生傳〉본은 동일한 내용으로 되어 있으며, 다만 밑줄 친 부분에서 확인할 수 있듯이, 〈토공전〉의 "장슈의 지모를 보아 소임을 맛겨 디오를 뎡졔ᄒ고"가 〈兎生傳〉에서는 좀 더 구체적으로 설명되어 있다는 점에서만 차이를 보인다. 그러나 작품 전편에 걸쳐 〈兎生傳〉이 〈토공전〉에 비해 확장되어 있다고 볼 수는 없다. 즉 부분에 따라서는 〈토공전〉이 더 확장되어 있기도 한데, 대체로 〈토공전〉은 작품의 전반부에서, 〈兎生傳〉은 후반부에서 확장된 모습을 보인다. 아무튼 두 이본이 타본에는 없는 독특한 내용을 공통적으로 지니고 있고, 또한 세부적인 전개에 있어서도 유사한 모습을 보이고 있는 점으로 보아 밀접한 연관을 지니고 있음은 틀림없다고 하겠다.

그런데 여기에서 규명해 보아야 할 문제가 있다. 양자 간의 선후 관계가 바로 그것이다. 결론부터 말하면 한문본인 〈兎生傳〉이 선행본으로 판단된다. 그 이유는 첫째, 〈토공전〉이 〈兎生傳〉의 한자음을 그대로 사용한 경우가 많이 발견되기 때문이다. 위의 인용문에서 ㉠"십유 구월 셔속슴취"는 ㉡"時維九月 序屬三秋"의 음만 옮겨놓은 것이라 할 수 있는데, 이러한 예는 작품 전반에 걸쳐 찾아볼 수 있다.

둘째, 〈토공전〉은 문맥이 어색한 부분과 오류를 범하고 있는 대목이 많이 나타난다는 점을 들 수 있다.

① 금긔로 의논ᄒ면 닝면과 싱치와 닭과 졔육과 실과 등물과 (∨)희손 갓흔 부인과 또 다섯 가지 금긔 잇ᄂ니(17면)
② 현인 군자는 남을 악흔 곳의 넛치 아니ᄂ는다 ᄒ니 너 비록 긔졔군ᄌ는 아니나(∨) 토공의 상을 보니 모식이 검고 ᄭ리 회여시니(40면)

③ 전국 적 편작은 논경의 글을 짓고 흔나라 양긔는 금제옥흠의 글을 짓고(8면),

④ 옛날 수금불수흐든 쇼광의 짝이로다"에서 볼 수 있듯이(63면)

①②의 (∨)부분처럼 〈토공전〉은 문맥이 연결되지 않는 경우를 많이 나타나는데, 대체로 〈兎生傳〉에는 들어있지 않은 대목에서 찾아볼 수 있다. ②와 ③에서 밑줄 친 부분은 모두 오류를 범하고 있는 부분이다. 여기에서 난경(難經)과 금궤옥함(金匱玉函)의 오기인 '논경'과 '금제옥함'은 발음의 문제라고 이해할 수도 있으나 장기(張機)와 노중련(魯仲連)의 오기인 "양긔"와 "쇼광"의 경우는 명백한 오류를 범하고 있다고 하겠는데, 〈兎生傳〉에는 ②는 들어있지 않으나 ③은 "魯仲連"으로 바르게 표기되어 있다. 이처럼 〈토공전〉이 많은 오류를 범하고 있고, 특히나 〈兎生傳〉에 들어 있지 않는 부분에서 오류가 많이 나타난다는 점은 〈토공전〉이 〈兎生傳〉보다 후대에 형성되었음을 보여준다 하겠다.

셋째, 작품의 전체적인 흐름과 당착되는 대목이 들어 있다는 점을 들 수 있다.[22] 〈토공전〉에는 〈兎生傳〉에는 없는, 토끼가 용왕과 용자를 비롯해 수궁 대신들까지 자신의 오줌과 똥이 명약이라 속여 나눠주는 대목이 들어 있다. 그런데 〈토공전〉에만 들어있는 이 대목을 제외하면, 〈토공전〉과 〈兎生傳〉은 용왕을 희화화하기는커녕 성군으로 묘사하고 있다. 또한 〈토공전〉은 말미에 개구리가 수궁에서 잔치를 한다는 소식을 듣고 잔치에 참여하는 대목, 그리고 수궁의 모든 신하를 비

---

22) 〈토공전〉에 삽입되어 있는 대목은, 사신택출에서 고래가 등장하는 대목, 동자개가 미꾸라지를 들여보내 토끼의 속 적간을 하자고 하는 간언하는 대목, 용왕이 토끼의 용모와 입을 맞추고 똥을 주는 대목, 토끼가 옥중에서 별주부에게 위협하는 편지를 보내는 대목, 동자개가 토끼의 다섯 가지 죄목을 들며 토끼를 논박하는 대목, 마지막 성대하게 펼쳐지는 수궁잔치 대목 등이다.

롯하여 개구리, 토끼까지 모두 모여 성대한 잔치를 벌이는 대목이 들어
있다. 그런데 이들 대목을 제외하면 〈토공전〉과 〈兎生傳〉은 '모족회의'
대목 등 서사 진행에 필요하지 않은 대목은 모두 탈락되고 없고, 주동
인물인 용왕, 별주부, 토끼를 중심으로 서사가 집중화되어 있다. 이로
볼 때, 〈토공전〉에 삽입되어 있는 이들 대목들은 〈兎生傳〉을 번역하
는 과정에서 새로 만들어 첨가한 것으로 여겨진다.

넷째, 〈토공전〉에서 내용상의 당착을 보이는 대목이 〈兎生傳〉에서
는 완전한 형태를 갖추고 있다는 점을 들 수 있다. 〈토공전〉에는 호랑
이와 곰, 그리고 원숭이가 모두 토끼 포획에 실패하고 돌아오자 용왕이
"손님군은 묘창희일속이오 웅장군은 추풍낙엽이라 ᄒᆞ고 신양후는 거복
의 등의 털이라 ᄒᆞ니 그러ᄒᆞ면 그 톳기를 줍지 못ᄒᆞ랴"[23]고 한탄하는
대목이 나오는데, 앞 대목에서 호랑이가 "묘창희지일속"이라 말하는 대
목은 있으나 곰과 원숭이가 "추풍낙엽", "거복의 등의 털"이라 용왕에게
말하는 대목은 보이지 않는다. 그런데 〈兎生傳〉에는 완전한 형태로 들
어 있다.

마지막으로 〈兎生傳〉이 〈토공전〉보다는 판소리 창본에 가까운 모
습을 보인다는 점을 들 수 있다.

> 兎生傳 : 却設 鱉主簿拜辭 卽日發行 抵碧溪水邊 時維綠楊春三月
> 望間 群山蒼蒼 澗水潺潺 而參天蔽日者 乃老松 盤松 沉香 白香 栢
> 子 藿香之木也 繞山成錦者 乃梨杏桃李 杜鵑 薔薇 海棠之花也 鬪紅
> 誇碧作一錦繡山河 而烏鵲鸞鳳翡翠孔雀 自去自來 檀弄於九十春光
> 鴻雁 白鳩 靑鳥 水禽 或聚或散 翩翩于十里沙場矣 大而走者 猉猻虎
> 豹犀象之屬也 小而成群者 鹿獐狐狸猿猱之類也 走獸飛禽 各得其所

---

23) 〈토공전〉, 98면.

樂 眞是各區亦一勝景(12~13면)

　토공전 : 지셜 별쥬븨 발힝ᄒ연 지 여러 날만의 벽계슈 가의 이르니 이
ᄯᅢ는 경히 녹양춘숨월 망간이라 듀븨 눈을 써 ᄉ면을 슓펴보니 쳥순은 징
영ᄒ야 만혹을 둘너ᄂᆞᆫ디 녹양쳔만ᄉᆞ는 듀듀리 푸르러 쳥계의 드리웟고 벽
도홍힝은 봄빗츨 닷토와 가지마다 ᄭᅩ치 피여 층암의 죠요흔 디 창숑은 쳥
풍을 인도ᄒ야 거문고로 희롱ᄒ고 시ᄂᆡ물은 셰우를 ᄯᅵ여 비파를 ᄐᆞᄂᆞᆫ 듯
ᄒ지라 (24~25면)

　위의 인용문은 토끼가 육지로 나와 처음으로 보게 되는 풍경을 묘사
하는 대목이다. 위에서 보듯이, 〈兎生傳〉은 간략하기는 하나 창본과
마찬가지로 온갖 나무와 꽃, 그리고 짐승과 새들을 열거하는 방식으로
진행되는 반면 〈토공전〉은 문장체 소설에서 흔히 춘경을 묘사하는 상
투적인 어구로 되어 있다. 이처럼 〈토생전〉에서는 구체적인 사물을 열
거하는 대목이나 삽입가요가 대부분 한역되어 들어 있는 반면, 〈토공
전〉에서는 탈락되고 없는 경우가 많이 발견되고, 있다 하더라도 심하
게 변개되어 창본의 그것과는 상당한 차이를 보이고 있다. 이러한 예는
도사가 용왕에게 명약을 지시하는 대목 등 구체적인 사물이 열거되는
대목에서 상당히 많이 찾아볼 수 있다.
　이상에서 제시한 이유들로 볼 때, 〈토공전〉은 한문본인 〈兎生傳〉을
번역하는 과정에서 약간의 개작이 이루어진 이본으로 판단된다.

2) 〈토공전〉과 〈토긔전〉의 관계

　〈토긔전〉은 도사에 의해 토간 지시가 이뤄지는 〈토공전〉과는 달리
명의에 의해 토간 지시가 이뤄지는 등 사건 설정에 있어 차이를 보이

며, 세부적인 전개 양상을 보더라도 〈토공전〉과는 상당한 차이가 있다고 할 수 있어 직접적인 친연관계가 있다고는 말하기 어렵다. 그러나 별주부의 사신택출이 문어와 자라의 대결을 통해 이뤄지고, 별주부와 토끼의 나이 자랑이 들어있는 등 〈토공전〉에 특징적으로 들어있는 이야기가 동일한 모습으로 들어 있어 이들 이본이 친연관계가 있음을 보여준다.

두 이본 간의 친연관계는 특히 '결말' 대목에서 확연하게 나타난다. 앞서 〈토공전〉의 결말은 수궁의 거듭되는 육지정벌 대목, 산신에게 이문을 보내 토끼를 재생포하는 대목, 토끼와 용자의 논쟁 대목 등이 삽입되면서 독특한 모습을 보이고 있음을 밝힌 바 있다. 그런데 〈토긔전〉 역시 그러한 내용이 들어 있으며, 사건의 전개 양상도 〈토공전〉과 유사하다고 할 수 있다. 다만 〈토공전〉에 비해 대폭 축소되어 있고 부분적으로 내용이 약간의 차이를 보인다는 점만 다를 뿐이다. 즉 호랑이, 곰, 원숭이 등이 토끼 생포에 실패하여 마지막 수단으로 여우를 보내 토끼를 잡아오는 〈토공전〉과는 달리 〈토긔전〉은 산신의 명령에 의해 곧바로 여우가 토끼를 생포하는 것으로 간략하게 처리되고 있다. 또한 토끼의 수궁탈출도 용자와의 긴 논쟁을 거쳐 토끼가 목숨을 구하는 〈토공전〉과는 달리 〈토긔전〉에서는 토끼가 새벽에 도망가는 것으로 간략하게 처리되고 있다. 이처럼 〈토긔전〉의 결말은 〈토공전〉과는 약간의 차이가 있기는 하나 다른 이본들과 확연히 구별되는 매우 독특한 내용을 공통적으로 지니고 있고 그 사건의 전개 양상도 서로 비슷하다는 점에서 〈토공전〉과 친연관계가 있음은 확실하다 하겠다.

그런데 〈토긔전〉은 〈토공전〉보다는 후대에 형성된 이본으로 추정된다. 왜냐하면 〈토긔전〉은 〈토공전〉이 축약된 듯한 모습이 많이 나타나기 때문이다. 앞서 '결말' 대목에 대한 설명에서 보았듯이, 여우가 잡은 토끼를 별주부가 수궁으로 다시 데려오는 대목까지는 〈토공전〉이 〈토 긔전〉보다 확장되어 있기는 하나 두 이본은 동일한 내용으로 전개된 다. 이 과정에서 토끼는 별주부를 회유하고 위협하여 별주부에게서 자 신을 변호해 줄 것을 약속받는다. 이에 따라 〈토공전〉에서는 별주부는 토끼를 적극 변호하여 용자를 설득하고 용자는 토끼를 살려주게 된다. 그런데 〈토긔전〉에서는 별주부가 토끼를 변호해 주기를 약속했음에도 불구하고 적극 변호하는 모습이 나타나지 않고, 토끼도 스스로 새벽에 도망하여 목숨을 건지는 것으로 되어 있다. 이처럼 〈토긔전〉은 〈토공 전〉에 비해 사건의 필연성이 떨어지는데, 이는 무리한 축약에서 기인 한 것으로 여겨진다.

4. 맺음말

이 논의는 토끼전 전체를 아우르는 형식적 원리와 주제적 특성을 밝 히기 위해서는 먼저 토끼전 개개 이본에 대한 정심한 논의가 이뤄져야 한다는 생각에서 출발하였다. 논의의 대상이 된 〈토공전〉은 19C말 경 에 형성된 것으로 추측되는 이본으로, 분량상으로 볼 때 토끼전 전체 이본 가운데 두 번째로 긴 장편이다.

〈토공전〉의 특징으로는 우선 서사가 주요인물을 중심으로 집중되어 있다는 점을 들 수 있다. 〈토공전〉은 전체 서사와는 무관하게 진행되 는 독자적인 의미를 지닌 단락들이 대부분 탈락되고 없다. 이는 이 이 본이 소설화된 이본임을 말해 주는데 이는 삽입가요가 대부분 심하게 변개되어 있다는 점에서도 찾아볼 수 있다. 둘째로, 전반적으로 중세질서를 옹호하는 시각을 드러내고 있다는 점을 들 수 있다. 이는 용왕에 대한 희화적인 시각이 제거되고 없고, 신하들에 대한 비판적인 시각도 사라지거나 혹은 약화되고 있다는 점을 통해 알 수 있다. 셋째, '결말' 대목이 전혀 새로운 이야기가 삽입되면서 작품 전체 분량의 절반 가량을 차지하고 있다는 점을 들 수 있다.

〈토공전〉과 유사한 모습을 보이는 이본으로는 〈兎生傳〉, 임명덕본 〈兎先生傳〉, 국문필사본인 가람본 〈토긔전〉, 활자본인 세창서관본 〈불로초〉, 신구서림본 〈별쥬부전〉 등이 있다. 이 중 한문본인 임명덕본 〈兎先生傳〉은 〈兎生傳〉의 축약본이다. 그리고 세창서관본 〈불로초〉와 신구서림본 〈별쥬부전〉은 그간의 연구에서 〈토긔전〉과 친연관계가 있음이 밝혀진 바 있다. 따라서 이 책에서는 〈兎生傳〉과 〈토긔전〉과의 비교를 통하여 〈토공전〉의 위상을 살펴보았다.

〈兎生傳〉은 〈토공전〉과 직접적인 친연관계를 지니고 있는데, 이 두 본의 관계는 〈兎生傳〉이 선행하고 〈토공전〉은 이를 번역하는 과정에서 약간의 개작이 이뤄진 이본으로 판단된다. 그렇게 판단하는 이유로는, 첫째 〈토공전〉이 〈兎生傳〉의 한자음을 그대로 사용한 경우가 많이 발견된다는 점, 둘째 〈토공전〉에 문맥이 어색한 부분과 오류를 범하고 있는 대목이 많이 나타난다는 점, 셋째 〈토공전〉에 작품의 전체적인 흐름과 당착되는 대목이 들어 있다는 점, 넷째 〈토공전〉에서 내용상의 당착을 보이는 대목이 〈兎生傳〉에서는 완전한 형태를 갖추고 있다는 점, 다섯째 〈兎生傳〉이 〈토공전〉보다는 판소리 창본에 가까운 모습을 보인다는 점 등을 들 수 있다.

〈토긔전〉은 〈토공전〉과 많은 차이를 보이기는 하나, 특정 이야기를 공유하고 있어 친연성이 있음을 알 수 있다. 이 두 본의 관계는 '결말'

대목에서 〈토긔젼〉이 사건 전개의 필연성이 떨어질 정도로 심하게 축약되어 있는 것으로 보아 〈토공전〉이 선행하는 이본으로 판단된다.

판소리 자료 전산화 및 판소리 사전 편찬을 위한 통합시스템의 설계 및 구현

1. 개요

1) 연구의 필요성

판소리는 명칭 그대로 분명 소리이되, 음악만이 아니요 문학이며 연극이기도 하다. 그것은 우선 음악이기 때문에 민족음악으로서의 가락과 장단, 성음의 어울린 양상에 따라 각각 색깔과 맛이 다른 소리제(동편제·서편제·중고제 등)로 실현되어 다기다양한 정서와 미감을 자아낸다. 한편 그것은 엄연한 문학이다. 판소리의 사설은 역사적 삶의 현장을 그려내고 있고 동시에 그 같은 상황에 처한 백성들의 꿈과 이상을 표출하고 있다. 그 과정에 서정적 노래가 삽입되어 있는가 하면 서사적 이야기가 펼쳐져 있기도 하다. 때로는 그것들이 오묘하게 엇갈려 결합되어 나타나기도 한다. 판소리는 또 구술언어 형태로만 존재하지 않고 문자언어로 정착되고 개작되면서 소설로 이행되기도 하였고 거꾸로 소설 작품이 판소리로 변용 개작되기도 하여, 여러 층위의 수다한 판소리 문학을 생성하기에 이르렀다. 그러면서 그 안에는 당대의 풍속을 비롯한 문화 전반이 녹아들어 있다. 또한 판소리는 일찍이 극가(劇

歌)로 파악되었듯이 연극적 언어와 행동을 수반한다. 이처럼 음악성, 문학성, 연극성의 미적 결합을 통해 연행되는 판소리는 우리 민족이 산출한 자랑스러운 예술 유산이며, 오늘날에도 여전히 살아 움직이는 예술 형태이다.

이렇게 볼 때 판소리 문학 자료는 우리나라 고전문학을 대표할 수 있는 민족문화의 유산으로서 마땅히 보전되고 계승되어야 할 필요가 있다. 이를 위해서는 판소리 자료에 대한 통합적이면서도 체계적인 데이터베이스화가 절실히 요구된다. 판소리 문학 자료의 데이터베이스화는 비단 민족문화의 유산을 보전하고 계승한다는 측면 외에도 여러 가지 의의를 지닌다. 판소리 문학 자료는 과거의 유산일 뿐만 아니라 앞으로의 민족문학, 민족음악, 공연예술 등 민족문화 전반의 활성화를 위해서도 매우 긴요하다.

2) 연구의 의의

판소리는 위로는 왕으로부터 아래로는 천민에 이르기까지 전 계층이 향유한 민족예술이었다. 따라서 판소리 문학 자료는 조선후기 각 사회 계층의 언어가 녹아있는 민족어휘의 보고라 할 수 있어, 데이터베이스화가 제대로 이뤄진다면 우리말의 순화와 어휘 확장에 큰 기여를 할 것이라 생각된다. 한편 판소리 자료의 데이터베이스화는 국문학의 연구를 심화시키는 데에도 큰 기여를 할 것이라 여겨진다. 즉 구비문학과 기록문학의 관계, 구술성과 기술성의 한국적 성격, 조선조 문예 양식들 간의 상호교섭 양상, 실사(實事)의 설화화, 설화의 소설화 과정 등 국문학 연구의 많은 쟁점 사항들에 대해 해결의 실마리를 제시할 수 있고, 그밖에도 여러 영역에 걸쳐 기존의 연구수준을 향상, 심화시킬 수 있을 것이다.

　이러한 취지에서 본 연구팀에서는 1995년 판소리 관련 언어자료 전체를 전산화하고, 이를 바탕으로 최종적으로 판소리 언어의 검색이 가능하고 검색된 언어의 뜻풀이, 출전, 용례, 관련어, 관용어구, 참조어 등에 대한 정보를 제공하는『판소리 언어 사전』발간을 10년 계획으로 시작하였다. 전산화의 초기에는 자료의 수집에서 어려움을 겪기도 하고, 전산화의 방식이 통일되지 않아 혼란을 겪기도 하였으나, 이 작업의 필요성에 공감한 여러 선생님의 도움으로 순조롭게 진행되어 현재 판소리 문학 자료의 거의 대부분에 대한 전산화가 완료된 상태이다. 또한 전산화된 자료를 바탕으로 본 연구팀이 최종적으로 목적한『판소리 언어 사전』을 발간하기 위한 작업도 현재 진행 중에 있다.

　본래『판소리 언어 사전』은 인쇄 매체를 이용한 책자 형태를 계획하였다. 그러나 사전 발간 작업이 진행되는 동안 작업의 효율성이나 정확성을 기하기 위해 작업의 자동화가 절실하게 요구된다는 것을 알게 되었고, 또한 작업 결과의 폭넓은 활용을 위해서는 책자 형태뿐만 아니라 인터넷을 통한 검색이나 정보 제공이 가능해야 한다는 점을 깨닫게 되었다. 따라서 본 연구팀에서는 책자형태의 사전 발간의 정확성과 효율성을 높임과 동시에 인터넷을 통한 판소리 언어의 검색을 가능하게 하기 위하여 2003년 상반기에 사전 편찬을 위한 통합구축환경을 개발하여 몇 달에 걸친 시험 운영을 마치고 현재 이 시스템을 이용한 본격적인 사전 편찬 작업을 진행 중에 있다.

　이 프로젝트는 여기저기 산재해 있는 판소리 문학 자료들을 총집하고 이를 전산화한다는 데에 우선적인 의의가 있다. 전산화된 판소리 문학 자료는 연구자나 일반인들이 판소리 문학 자료에 쉽게 접근할 수 있게 할 뿐만 아니라 이후 학문적인 연구나 판소리의 재창조 작업에도 기여하게 될 것이다.

둘째, 판소리 언어에 대한 분류, 뜻풀이, 용례 등에 대한 정보를 체계화한다는 데에 의의가 있다. 체계화된 판소리 언어 정보는 필요한 정보에 대한 검색을 가능하게 하여 보다 쉽게 판소리 문학을 이해할 수 있게 할 뿐만 아니라, 판소리의 언어적 특성을 밝히는 데에도 기여할 것이다.

셋째, 사전편찬을 위한 통합개발환경 구축을 통해 사전편찬 작업을 자동화하는 데 의의가 있다. 사전을 편찬, 제작하는 작업은 다수의 인력이 대량 자료를 다루는 작업으로, 작업 과정에서 사전 표제어 및 원고의 관리에 많은 노력이 필요하며, 수작업을 통한 원고 관리에는 자료의 일관성 유지라는 문제가 발생하기 쉽다. 사전편찬 통합시스템을 구축, 이용함으로써 자료(표제어 및 사전기술자료)의 무결성을 보장할 수 있고 원고 관리를 용이하게 할 수 있다.

넷째, 판소리 자료의 전산화를 통해서 고전문학 자료에 대한 접근성을 높일 수 있으며, 구축된 자료를 공유하는 차원에서 인터넷으로 서비스를 할 수 있다. 현재 진행 중인『판소리 언어 사전』의 원고는 사전편찬 통합시스템을 통해서 이루어지며 모든 자료는 데이터베이스에 저장된다. 이렇게 구축된 자료는 인터넷이라는 매체를 통해서 판소리 자료에 관심이 있는 전 세계 사람들에게 서비스가 가능해진다.

2. 판소리 언어 사전 활용자료 현황 및 자료 구축 방식

1) 판소리 언어 사전 활용자료 현황

판소리 언어 사전에 활용되는 자료는 판소리 관련 문학자료 전체이다. 따라서 여기에는 판소리 5가 자료, 단가 자료, 실전판소리 자료 모두가 대상이 된다. 구체적인 자료 현황을 표로 보이면 다음과 같다.

〈판소리 원전 자료 현황〉

작품명		작품수	어절수(약)
판소리5가	춘향전	109종	1,700,000
	심청전	127종	1,200,000
	토끼전	67종	600,000
	적벽가	54종	700,000
	홍보전	29종	300,000
단가		96종	20,000
실전판소리		13종	100,000
계		480종	4,320,000

이상의 표에서 보듯이, 『판소리 언어 사전』의 활용자료는 판소리 5가 자료 386종, 단가 자료 96종, 실전판소리 자료 13종 등 총 495종이며 어절 수는 약 4,620,000어절이다. 이들 자료들을 구체적으로 소개하면 다음과 같다.

〔1〕 판소리 5가 자료

□ 춘향전(총서 17권, 이본수 109종) 총 어절수 : 약 1,700,000어절

1권 : 신재효 남창 춘향가(58f) / 신재효 동창 춘향가(28f) / 장자백창본 춘향가(67f) / 백성환창본 춘향가(62f) / 박기홍창본 춘향가(67f) / 박순호 소장 68장본 춘향가 / 박순호 소장 99장본 춘향가

2권 : 이선유창본 춘향가 / 성우향창본 춘향가 / 조상현창본 춘향가 / 김여란창본 춘향가 / 김소희창본 춘향가 / 박동진창본 춘향가 / 정광수창본 춘향가

3권 : 김연수창본 춘향가 / 박봉술창본 춘향가 / 민속악보 춘향가 / 무형문

화재조사보고서 춘향가 / 박헌봉 창악대강 춘향가 / 이창배 가창대계
춘향가

4권 : 경판 35장본 춘향전 / 경판 30장본 춘향전 / 경판 23장본 춘향전 / 안
성판 20장본 춘향전 / 경판 17장본 춘향전 / 경판 16장본 춘향전 / 완
판 26장본 별춘향전 / 완판 29장본 별춘향전 / 완판 33장본 열녀춘향
수절가 / 완판 84장본 열녀춘향수절가

5권 : 남원고사(5권 5책, 196f,) / 동양문고본 춘향전(10권 10책, 287f)

6권 : 도남문고본 춘향전(4권 4책, 182f,) / 동경대본 춘향전(9권 2책, 228f,)
/ 상산본 춘향전(2권 2책, 73f,)

7권 : 김동욱 소장 낙장70장본 춘향전 / 김동욱 소장 낙장83장본 춘향전 /
김동욱 소장 낙장51장본 춘향전 / 김동욱 소장 낙장75장본 춘향전 /
김동욱 소장 낙장30장본 춘향전 / 김동욱 소장 54장본 옥중화 / 김동
욱 소장 89장본 옥중화 / 김동욱 소장 낙장20장본 춘향전 / 김동욱 소
장 48장본 옥중화

8권 : 사재동 소장 낙장56장본 별춘향전 / 사재동 소장 70장본 춘향전 / 사
재동 소장 52장본 별춘향전 / 사재동 소장 87장본 춘향전 / 사재동 소
장 낙장25장본 춘향전 / 사재동 소장 68장본 춘향전 / 사재동 소장 51
장본 춘향전 / 사재동 소장 낙장47장본 춘향전

9권 : 박순호 소장 151장본 옥중가인 / 박순호 소장 48장본 춘향가 / 박순호
소장 50장본 열녀춘향수절가 / 박순호 소장 69장본 별춘향전 / 박순
호 소장 74장본 춘향전 / 박순호 소장 90장본 옥중화 / 박순호 소장
94장본 별춘향전

10권 : 박순호 소장 55장본 춘향전 / 박순호 소장 49장본 춘향전 / 박순호
소장 59장본 춘향전 / 박순호 소장 91장본 춘향전 / 김광순 소장 28
장본 별춘향가 / 김광순 소장 61장본 춘향전 / 김광순 소장 낙장3장
본 춘향전 / 김광순 소장 낙장39장본 춘향전 / 계명대도서관 소장
52장본 춘향전

11권 : 정문연 소장 59장본 춘향전 / 정문연 소장 35장본 춘향전 / 정문연
소장 낙장51장본 춘향전 / 정문연 소장 낙장18장본 춘향전 / 정문연

소장 77장본 춘향전 / 정문연 소장 94장본 춘향전 / 정문연 소장 90
장본 춘향전
12권 : 고려대 소장 54장본 춘향전 / 고려대 소장 64장본 춘향전 / 고려대
소장 낙장16장본 옥중가인전 / 충남대 소장 72장본 춘향전 / 충남대
소장 42장본 별춘향전 / 국립도서관 소장 53장본 춘향전 / 하버드대
연경도서관 소장 94장본 춘향전 / 충주박물관 소장 67장본 춘향전
13권 : 경상대 소장 75장본 별춘향전 / 동국대 소장 69장본 춘향전 / 서울대
일사문고 소장 42장본 춘향전 / 김진영 소장 50장본 춘향전 / 김진영
소장 낙장30장본 춘향전 / 이명선 소장 춘향전 / 김동욱 소장 49장본
춘향전 / 신학균 소장 39장본 별춘향가
14권 : 홍윤표 소장 154장본 춘향전 / 홍윤표 소장 45장본 성춘향가 / 김종철
소장 48장본 춘향전 / 김종철 소장 56장본 춘향전 / 김종철 소장 69장
본 춘향전 / 김일근 소장 26장본 성렬전 / 권영철 소장 30장본 춘향가
15권 : 보급서관본 옥중화 / 유일서관본 별춘향가 / 회동서관본 증수 춘향
전 / 신문관본 고본 춘향전
16권 : 신구서림본 옥중가인 / 조선서관본 특별무쌍 춘향전 / 대창서원본
절대가인 춘향전
17권 : 신명서림본 우리들전 / 회동서관본 오작교 / 대성서림본 언문 춘향
전 / 세창서관본 도상옥중화

□ 심청전(총서 12권, 이본수 127종) 총 어절수 : 약 1,200,000어절
1권 : 신재효 심청가 / 이선유창본 심청가 / 김연수창본 심청가 / 박동진창
본 심청가 / 박헌봉 창악대강 심청가 / 무형문화재조사보고서 심청가
2권 : 심정순창본 심청가 / 정광수창본 심청가 / 김소희창본 심청가 / 한애
순창본 심청가 / 정권진창본 심청가 / 성우향창본 심청가 / 성창순창
본 심청가
3권 : 허홍식 소장 창본 심청가 / 경판 24장본 심청전(한남본) / 경판 24장
본 심청전(대영A본) / 경판 26장본 심청전 / 경판 20장본 심청전 / 안
성판 21장본 심청전 / 완판 71장본 심청전 / 가람본 46장본 심청전 /

가람본 30장본 심청록 / 국립도서관 소장 59장본 심청전 / 국립도서
관 소장 23장본 심청전

4권 : 하버드대 소장 36장본 심청전 / 김광순 소장 낙장19장본 심청전 / 김
광순 소장 낙장29장본 심청전 / 김광순 소장 30장본 심청전 / 김광순
소장 41장본 심청전 / 김광순 소장 낙장57장본 심청전

5권 : 정명기 소장 43장본 심청전 / 정명기 소장 65장본 심청전 / 정명기 소
장 51장본 심청전 / 정명기 소장 42장본 심청전 / 정명기 소장 34장본
심청전 / 정명기 소장 33장본 심청전 / 정명기 소장 27장본 심청전 /
정명기 소장 낙장60장본 심청전 / 정명기 소장 낙장51장본 심청전 /
정명기 소장 낙장38장본 심청전 / 정명기 소장 소상팔경 심청전

6권 : 박순호 소장 낙장42장본 심청전 / 박순호 소장 낙장57장본 심청전 / 박
순호 소장 54장본 심청전 / 박순호 소장 낙장38장본 심청전 / 박순호
소장 낙장93장본 심청전 / 박순호 소장 47장본 심청전 / 박순호 소장
55장본 심청전 / 박순호 소장 39장본 심청전 / 박순호 소장 낙장50장본
심청전 / 박순호 소장 낙장40장본 심청전 / 박순호 소장 79장본 심청전

7권 : 박순호 소장 70장본 원본 심청전 / 박순호 소장 48장본 동국 심청전
/ 박순호 소장 46장본 효녀실기심청 / 박순호 소장 낙장65장본 심청
전 / 박순호 소장 69장본 심청전 / 박순호 소장 낙장36장본 심청전 /
박순호 소장 43장본 심청전 / 박순호 소장 19장본 심청전 / 박순호 소
장 낙장27장본 심청전 / 박순호 소장 70장본 심청전 / 박순호 소장 낙
장85장본 심청전

8권 : 정문연 소장 28장본 심청전 / 정문연 소장 19장본 심청전 / 정문연 소
장 77장본 심청전 / 정문연 소장 70장본 심청가 효행록 / 정문연 소장
31장본 심청전 / 정문연 소장 36장본 출천효녀 심청전 / 정문연 소장
낙장72장본 심청전 / 정문연 소장 낙장71장본 심청전 / 정문연 소장 48
장본 심청전 / 정문연 소장 8장본 회심곡 심청가 / 서울대도서관 소장
낙장49장본 회중 심청전 / 김종철 소장 50장본 심청전 / 김종철 소장
18장본 심청전 / 김종철 소장 낙장53장본 심청전

9권 : 조동필 소장 12장본 심청전 / 조춘호 소장 낙장16장본 심청전 / 조춘
　　호 소장 31장본 심청전 / 최재남 소장 낙장22장본 심청전 / 강전섭 소
　　장 낙장42장본 심청전 / 강전섭 소장 41장본 심청전 / 강전섭 소장 낙
　　장47장본 심청전 / 고려대도서관 소장 53장본 심청전 / 고려대신암문
　　고 소장 낙장27장본 심청전 / 김동욱 소장 44장본 심청전 / 김동욱 소
　　장 56장본 심청전 / 김동욱 소장 낙장30장본 심청전 / 단국대나손문
　　고 소장 29장본 심청전(A) / 단국대나손문고 소장 46장본 출천효녀
　　심청전 / 단국대나손문고 소장 29장본 심청전(B)
10권 : 단국대나손문고 소장 낙장34장본 심청전 / 단국대나손문고 소장 낙장
　　11장본 심청전 / 단국대나손문고 소장 44장본 심청전 / 단국대나손문
　　고 소장 낙장29장본 심청전 / 단국대나손문고 소장 63장본 심청전 /
　　단국대나손문고 소장 낙장64장본 심청전 / 단국대나손문고 소장 낙
　　장119장본 심청전 / 단국대나손문고 소장 낙장19장본 심청전 / 단국
　　대나손문고 소장 낙장40장본 심청전 / 단국대나손문고 소장 낙장12장
　　본 심청전 / 단국대나손문고 소장 낙장32장본 심청전 / 단국대나손문
　　고 소장 65장본 심청전 / 단국대나손문고 소장 낙장49장본 심청전
11권 : 사재동 소장 낙장25장본 심청전 / 사재동 소장 28장본 하이칼라 심
　　청전 / 사재동 소장 44장본 심청전 / 사재동 소장 48장본 심청전 / 사
　　재동 소장 50장본 심청전(A) / 사재동 소장 50장본 심청전(B) / 사
　　재동 소장 63장본 심청전 / 사재동 소장 30장본 심청전(A) / 사재동
　　소장 30장본 심청전(B) / 사재동 소장 30장본 심청전(C) / 사재동 소
　　장 34장본 심청전 / 사재동 소장 29장본 심청전 / 사재동 소장 낙장
　　33장본 심청전 / 사재동 소장 낙장36장본 심청전
12권 : 충남대 77장본 심청전 / 연세대 43장본 심청전 / 신문관본 심청전 /
　　신구서림본 심청전 / 광동서국본 교정 심청전 / 영창서관본 원본 심
　　청전 / 박문서관본 증상연정심청전 / 박문서관본 몽금도

□ 토끼전(총서 6권, 이본수 67종) 총 어절수 : 약 600,000어절
1권 : 신재효본 퇴별가 / 심정순창본 수궁가 / 이선유창본 수궁가 / 임방울

창본 수궁가 / 김연수창본 수궁가 / 정광수창본 수궁가 / 박초월창본
수궁가 / 박봉술창본 수궁가 / 정권진창본 수궁가 / 박동진창본 수궁
가 / 박헌봉 창악대강 수궁가 / 이창배 한국가창대계 수궁가

2권 : 경판 9장본 토생전 / 완판 21장본 퇴별가 / 가람본 44장본 별토기 / 가
람본 44장본 토괴전 / 국립도서관 소장 34장본 토생전 / 국립도서관
소장 43장본 별주부전 / 김동욱 소장 22장본 토선생별주부입전 / 김
동욱 소장 20장본 수궁록 / 김동욱 소장 41장본 토별산수록 / 김동욱
소장 30장본 토끼전 / 김동욱 소장 6장본 퇴공전 / 권영철 소장 62장
본 톡기전

3권 : 박순호 소장 15장본 별주부전 / 박순호 소장 35장본 별주부전 / 박순
호 소장 70장본 수궁별주부산중토처사전 / 박순호 소장 28장본 톡기
전 / 박순호 소장 29장본 톡기전 / 박순호 소장 22장본 퇴기전 / 박순
호 소장 낙장33장본 퇴기전 / 박순호 소장 70장본 토별산수록 / 하버
드대 소장 40장본 중산망월전 / 하버드대 소장 21장본 별주부전 / 윤
해옥 소장 62장본 토전

4권 : 단국대나손문고 소장 59장본 경화수궁전 / 단국대나손문고 소장 낙
장35장본 토끼전 / 단국대나손문고 소장 53장본 톡기전 / 단국대나손
문고 소장 낙장22장본 톡기전 / 단국대나손문고 소장 낙장18장본 톡
기전 / 박순호 소장 17장본 퇴끼전 / 박순호 소장 56장본 玉兔傳 / 조
동일 소장 33장본 별쥬전 / 조동일 소장 33장본 톡별전 / 조동일 소장
낙장41장본 토처사전 / 조동일 소장 낙장42장본 톡기전 / 홍윤표 소
장 47장본 별주부곡

5권 : 일사본 24장본 별주부전 / 정문연 소장 28장본 톡기전 / 정문연 소장
35장본 별쥬부전 / 정문연 소장 61장본 슈궁전 / 임형택 소장 72장본
兎公傳 / 임형택 소장 52장본 免處士傳 / 김광순 소장 낙장40장본
별쥬부전 / 김광순 소장 38장본 슈육문답 / 사재동 소장 낙장53장본
별쥬부전 / 사재동 소장 낙장35장본 玉兎傳 / 고려대도서관 소장 15
장본 별주부전 / 경북대도서관 소장 낙장59장본 水宮龍王傳

6권 : 국민대도서관 소장 61장본 별토문답 / 하서기념회 소장 23장본 별쥬부젼 / 고려대 소장 한문본 토공전 / 임명덕본 한문본 토선생전 / 정문연 소장 한문본 토생전 / 박문서관본 토의간 / 신구서림본 별쥬부젼 / 세창서관본 불로초

□ 적벽가(총서 7권, 이본수 54종) 총 어절수 : 약 700,000어절

1권 : 신재효본 적벽가 / 이선유창본 화용도 / 임방울창본 적벽가 / 정광수창본 적벽가 / 김연수창본 적벽가 / 한승호창본 적벽가 / 정권진창본 적벽가 / 박동진창본 적벽가 / 송순섭창본 적벽가 / 박봉술창본 적벽가 / 박헌봉 창악대강 적벽가 / 이창배 한국가창대계 적벽가

2권 : 완판 83장본 화룡도 / 완판 84장본 화룡도(무신계개각본) / 완판 84장본 화룡도(무신양책방본) / 박순호소장 89장본 화룡도 / 박순호 소장 낙장 84장본 적벽대전 / 박순호 소장 42장본 화룡도

3권 : 박순호 소장 57장본 화룡도가 / 박순호 소장 81장본 화룡도 / 박순호 소장 59장본 화룡도 / 박순호 소장 46장본 화용도 / 김종철 소장 40장본 화용도 / 김종철 소장 44장본 적벽가 화용도 / 김종철 소장 75장본 화룡도 / 국립도서관 소장 40장본 화용도 / 국립도서관 소장 19장본 적벽가

4권 : 사재동 소장 66장본 적벽대전 / 사재동 소장 35장본 적벽대전 / 정문연 소장 낙장88장본 화룡도 / 정문연 소장 94장본 화룡도 / 김광순 소장 27장본 화룡도 / 김광순 소장 23장본 화룡도 / 배연형 소장 29장본 적벽가 / 배연형 소장 45장본 적벽가

5권 : 조동일 소장 63장본 화룡도 / 홍윤표 소장 66장본 적벽가 / 김동욱 소장 24장본 화룡도전 / 단국대 소장 78장본 화용도 / 단국대 소장 낙장 82장본 화용도 / 단국대 소장 81장본 화룡도 / 단국대 소장 68장본 화룡도

6권 : 경북대 소장 13장본 화용도가 / 숭실대 소장 낙장57장본 화룡도 / 영남대 소장 37장본 화룡도 연산별곡 / 연세대 소장 낙장27장본 적벽가 / 연세대 소장 29장본 화룡도전 / 단국대 소장 39장본 화룡도 / 단국대 소장 21장본 화룡도 / 단국대 소장 27장본 적벽가

7권 : 조선서관본 화용도실기 / 세창서관본 적벽대전 / 유일서관본 적벽가 /
    덕흥서림본 삼국대전

□ 흥보전(총서 3권, 이본수 29종) 약 : 300,000어절
1권 : 신재효본 박흥보가 / 심정순창본 박타령 / 정광수창본 흥보가 / 박동
    진창본 흥부가 / 박헌봉 창악대강 흥보가 / 이선유창본 박타령 / 김연
    수창본 흥보가 / 박녹주 · 박송희창본 흥보가 / 김소희창본 흥보가 /
    강도근 · 박봉술창본 흥보가 / 박봉술창본 흥보가
2권 : 경판 25장본 흥부전 / 경판 20장본 흥부전 / 신재효본 박타령 / 오영순
    소장 27장본 장흥보전 / 일사문고 소장 41장본 흥부전 / 임형택 소장
    26장본 박흥보전 / 김동욱 소장 37장본 흥부전 / 김동욱 소장 낙장14
    장본 흥부전 / 김동욱 소장 낙장34장본 흥부전 / 김문기 소장 26장본
    흥부전
3권 : 사재동 소장 낙장 46장본 흥부전 / 사재동 소장 낙장14장본 흥부전 /
    하버대 연경도서관 소장 51장본 흥보전 / 김진영 소장 46장본 흥부
    전 / 고려대 도서관 소장 46장본 연의각 / 세창서관본 연의각 / 신문관
    본 흥부전 / 박문서관본 흥부전

〔2〕 단가자료(총 96편) 총 어절수 : 약 20,000어절

강산풍월(江山風月) / 객내문아흥망사(客來問我興亡事) / 경기가(京畿
歌) / 경복궁영단가(景福宮詠短歌) / 고고천변(皐皐天邊) / 고금가(古今
歌) / 고금영웅(古今英雄) / 고 사 (明堂祝願) / 고왕금래(古往今來) / 공
도라니(公道難離) / 관동팔경(關東八景) / 광대가(廣大歌) / 구구가(九九
歌) / 군불견동원도리(君不見東園桃李) / 궁장가(宮墻歌) / 권유가(勸遊
歌) / 금수강산(錦繡江山) / 금화사가(金華寺歌) / 낙빈가(樂貧歌) / 낙풍
가(樂豊歌) / 농부가(農夫歌) / 단잡가(短雜歌) / 대관강산(大觀江山) /
도리화가(桃李花歌) / 동원도리(東園桃李) / 만고강산(萬古江山) / 만학
천봉(萬壑千峯) / 망향가(望鄉歌) / 명기명창(名妓名唱) / 몽유가(夢遊
歌) / 몽중유람(夢中遊覽) / 민원가(民怨歌) / 반도강산가(半島江山歌) /

방이打令 / 백구가(白鷗歌) / 백발가(白髮歌) / 백수한(白首恨) / 보념(報念) / 북정가(北征歌) / 불수빈(不須嚬) / 사시풍경가(四時風景歌) / 사창화류(紗窓花柳) / 사철가(四節歌)1 / 사철가(四節歌)2 / 사철가(四節歌)3 / 사친가(思親歌) / 새타령 / 성조가(成造歌) / 성주(城主)풀이 / 소상팔경(瀟相八景)/ 송만갑전(宋萬甲傳) / 쑥대머리 / 숭유가(崇儒歌) / 신백발가(新白髮歌) / 십보가(十步歌) / 어부사 / 역대가(歷代歌) / 역려가(逆旅歌) / 영남가(嶺南歌) / 오륜가(五倫歌) / 오섬가(烏蟾歌) / 운담풍경(雲淡風輕) / 음악가(音樂歌) / 이산 저산 / 이팔청춘가(二八青春歌) / 인생백년(人生百年) / 인생춘몽가(人生春夢歌) / 일장춘몽(一場春夢) / 짝타령 / 장부한(丈夫恨) / 적벽가(赤壁歌) / 조어환주(釣魚換酒) / 죽장망혜(竹杖芒鞋) / 진국명산(鎭國名山) / 진시황(秦始皇)의 만리장성(萬里長城) / 천자뒤풀이 / 철인가(哲人歌) / 청루가인곡(青樓佳人曲) / 청춘원(青春怨) / 초로인생 / 초한가(楚漢歌) / 추월강산(秋月江山) / 충효곡(忠孝曲) / 치산가(治産歌) / 탄세단가(歎世短歌) / 탐승가(探勝歌) / 태평가(太平歌) / 토끼화상(兎畫像) / 팔도강산(八道江山) / 학도가(學徒歌) / 한로가(恨老歌) / 호남가(湖南歌) / 홍문연가(鴻門宴歌) / 화류정한(花柳情恨) / 효도가(孝道歌)1 / 효도가(孝道歌)2

〔3〕 실창판소리자료(총서 1권, 작품수 13종) 약 : 100,000어절

신재효본 변강쇠가 / 박동진창본 변강쇠가 / 김삼불본 배비장전 / 세창서관본 배비장전 / 이영규 소장 매화가 / 김석배 소장 골생원전 / 김삼불본 옹고집전 / 박순호 소장 용생원전 / 세창서관본 장끼전 /김광순 소장 자치가 / 박순호 소장 게우사 / 사재동 소장 수경낭자전 / 박녹주창본 숙영낭자전

2) 판소리 언어 사전의 활용자료 구축 방식

『판소리 언어 사전』의 활용자료 구축은 [자료의 전산화]→[용례추출]→[표제어 및 용례 선정]의 과정으로 이루어진다. 각각의 과정을 간단히 소개하면 다음과 같다.

① 자료의 전산화

이 작업은 지면상에 존재하는 언어 자료들을 전산화하는 과정이다. 이 과정에서 원본을 훼손하지 않고 정확하게 입력하는 것이 무엇보다 중요하겠지만 이와 아울러 통일된 방식으로 입력하는 것도 후속 작업을 위하여 매우 중요한 일이다. 따라서 본 작업팀에서는 아래와 같은 원칙을 정하여 자료를 입력하였다.

판소리 작품의 이본은 대개 표제명이 비슷하여 그것만으로 개개 이본을 구분하기 어렵다. 따라서 개개의 이본을 구분하기 위해 소장자/소장처/간행처 + 장수(張數) + 표제명의 순으로 이본의 명칭을 붙여 쉽게 구분할 수 있도록 하였다. 전산처리의 용이성을 위하여 작품의 분류 약호, 판소리이본 전집 수록 권수, 그리고 이본의 약정 분류 약호 등을 미리 표시해 두었다. 작품명은 외표제와 내표제가 다를 경우, 외표제의 것을 우선하되, 표지가 낙장되어 외표제를 알 수 없는 경우 내표제를 제시하였으며, 외표제·내표제를 모두 알 수 없는 경우에는 소장자나 소장처에서 붙인 표제를 제시하였다. 또한 이미 학계에서 통용되는 표제가 있거나 다른 것과 구분할 필요가 있을 경우에는 외표제 대신 내표제를 택하였다.

본문의 입력은 원문 상태 그대로 옮기되 띄어쓰기만 했으며, 띄어쓰기는 현대 정서법상의 띄어쓰기를 원칙으로 하였다. 단 연철되어 있는 경우는 붙여쓰는 것을 원칙으로 하였다. 그리고 고서(古書)의 장수(張數) 개념을 적용하여 장수를 표기하였다. 예컨대 〈가람a-1앞〉, 〈가람a-1뒤〉 등으로 매 장이 시작될 때 밝혔다. 또한 전산 작업 과정에서 판소리이본전집 발간 작업을 수행함에 따라, 이본전집 발간 권수와 면수도 표기해 두었다.

원본이 오자나 탈자 상태일 경우라도 전혀 수정 가감하지 않고 그대로 놓아두어 원본 자료로서의 가치를 그대로 보존하고자 하였으며, 판독이 불가능한 글자에 대해서는 '○○○' 표시로 복자(伏字) 처리를 하되, 다른 이본을 바탕으로 자수를 맞추려고 하였다. 또한 원본에서 행간에 내용이 첨가된 부분이나 고쳐 쓴 부분들 역시 그대로 보존 제시하였으며, 한자가 병기되어 있는 경우, 한자를 병기하였다. 또한 이 과정에서는 전산처리에서 인식 불가능한 부호를 인식 가능한 부호로 바꾸었다.

```
<superGrp>
    <mntGrp> ······················································· 작업정보
        <input>김동건</input>
        <crd>1996/05/02</crd>
        <mdd>1997/08/20</mdd>
        <note>1998전집페이지입력(토끼전전집2권)</note>
    </mntGrp>
    <headGrp> ······················································· 작품정보
        <gdix>토끼전</gdix> ····························· 판소리5가 개별작품명
        <refer>가람본</refer> ···························· 소장자/소장처/간행처
        <chpNum>44</chpNum> ····························· 장수(張數)
        <titleOut>별토가</titleOut> ·························· 외표제명
        <titleIn>별토가</titleIn> ··························· 내표제명
        <language>국한혼용</language> ····················· 표기형태
        <wrt>미상</wrt> ······························· 필사자
        <period>1887</period> ·························· 필사(간행)시기
    </headGrp>
    <cntGrp> ······················································· 본문정보
        <chapter>
            <page pbn="토2-5 : 가람a-1앞">
                <content>
```

```
                    四海 龍王神의 다 根本이 잇것다 東海 靑龍은 河明이요 南海
                    赤龍은 沖隆이요 西海 白龍은 巨乘이요 北海 黑龍은 禹强이
                    라 ᄒ되 唐나라 天普之年의 封ᄒ시기을 東海 龍王은 廣淵王
                    이요 南海 龍王 廣利王이요 北海 龍王 廣宅王이요 西海 龍王
                    廣德王이라 ᄒ니 一品이 極重흔則 南海 廣利王이 靈德殿 시
                    로 짓고 朝洲 舍人 余善文이 들어와셔 上樑文 지은 後의大宴
                    을 排設할 졔
                </content>
            </page>
        </chapter>
    </cntGrp>
</superGrp>
```

② 용례 추출

이 작업은 전산화된 판소리 자료에서 어절 단위로 모든 용례를 추출하는 과정이다. 여기에 사용한 용례 추출 프로그램은 Hgrep을 사용하였다. 이를 통해 각각의 어절에 대한 출전과 용례를 자동으로 추출하였다.

예)

표제어	출전	예문
四海	⟨토2-：가람a-1앞⟩	{四海} 龍王神의 다 根本이 잇것다 東海 靑龍은 河明이요 南海 赤龍은 沖隆이요 西海 白龍은 巨乘이요 北海 黑龍은 禹强
龍王神의	⟨토2-：가람a-1앞⟩	四海 {龍王神의} 다 根本이 잇것다 東海 靑龍은 河明이요 南海 赤龍은 沖隆이요 西海 白龍은 巨乘이요 北海 黑龍은 禹强이라
다	⟨토2-：가람a-1앞⟩	四海 龍王神의 {다} 根本이 잇것다 東海 靑龍은 河明이요 南海 赤龍은 沖隆이요 西海 白龍은 巨乘이요 北海 黑龍은 禹强이라 ᄒ되 唐나

根本이 <토2-: 가람a-1앞> 四海 龍王神의 다 {根本이} 잇것다 東海 靑
　　　　　　　　　　　　　龍은 河明이요 南海 赤龍은 沖隆이요 西海
　　　　　　　　　　　　　白龍은 巨乘이요 北海 黑龍은 禺强이라 ㅎ
　　　　　　　　　　　　　되 唐나라

잇것다 <토2-: 가람a-1앞> 四海 龍王神의 다 根本이 {잇것다} 東海 靑
　　　　　　　　　　　　　龍은 河明이요 南海 赤龍은 沖隆이요 西海
　　　　　　　　　　　　　白龍은 巨乘이요 北海 黑龍은 禺强이라 ㅎ
　　　　　　　　　　　　　되 唐나라 天普之年

東海 <토2- : 가람a-1앞> 四海 龍王神의 다 根本이 잇것다 {東海} 靑
　　　　　　　　　　　　龍은 河明이요 南海 赤龍은 沖隆이요 西海
　　　　　　　　　　　　白龍은 巨乘이요 北海 黑龍은 禺强이라 ㅎ
　　　　　　　　　　　　되 唐나라 天普之年의 封ㅎ

靑龍은 <토2-: 가람a-1앞> 四海 龍王神의 다 根本이 잇것다 東海 {靑
　　　　　　　　　　　　　龍은} 河明이요 南海 赤龍은 沖隆이요 西海
　　　　　　　　　　　　　白龍은 巨乘이요 北海 黑龍은 禺强이라 ㅎ
　　　　　　　　　　　　　되 唐나라 天普之年의 封ㅎ시기

河明이요 <토2-: 가람a-1앞> 王神의 다 根本이 잇것다 東海 靑龍은 {河
　　　　　　　　　　　　　明이요} 南海 赤龍은 沖隆이요 西海 白龍은
　　　　　　　　　　　　　巨乘이요 北海 黑龍은 禺强이라 ㅎ되 唐나
　　　　　　　　　　　　　라 天普之年의 封ㅎ시기을 東海

南海 <토2-: 가람a-1앞> 根本이 잇것다 東海 靑龍은 河明이요 {南
　　　　　　　　　　　　海} 赤龍은 沖隆이요 西海 白龍은 巨乘이요
　　　　　　　　　　　　北海 黑龍은 禺强이라 ㅎ되 唐나라 天普之
　　　　　　　　　　　　年의 封ㅎ시기을 東海 龍王은 廣

赤龍은 <토2-: 가람a-1앞> 이 잇것다 東海 靑龍은 河明이요 南海 {赤
　　　　　　　　　　　　　龍은} 沖隆이요 西海 白龍은 巨乘이요 北海
　　　　　　　　　　　　　黑龍은 禺强이라 ㅎ되 唐나라 天普之年의
　　　　　　　　　　　　　封ㅎ시기을 東海 龍王은 廣淵王

沖隆이요 <토2-: 가람a-1앞> 다 東海 靑龍은 河明이요 南海 赤龍은 {沖
　　　　　　　　　　　　　隆이요} 西海 白龍은 巨乘이요 北海 黑龍은
　　　　　　　　　　　　　禺强이라 ㅎ되 唐나라 天普之年의 封ㅎ시기

을 東海 龍王은 廣淵王이요 南

西海　　<토2-：가람a-1앞>　青龍은 河明이요 南海 赤龍은 沖隆이요 {西
海} 白龍은 巨乘이요 北海 黑龍은 禺强이라
ᄒ되 唐나라 天普之年의 封ᄒ시기을 東海
龍王은 廣淵王이요 南海 龍王 廣

白龍은　　<토2-：가람a-1앞>　河明이요 南海 赤龍은 沖隆이요 西海 {白
龍은} 巨乘이요 北海 黑龍은 禺强이라 ᄒ되
唐나라 天普之年의 封ᄒ시기을 東海 龍王
은 廣淵王이요 南海 龍王 廣利王

巨乘이요 <토2-：가람a-1앞>　요 南海 赤龍은 沖隆이요 西海 白龍은 {巨
乘이요} 北海 黑龍은 禺强이라 ᄒ되 唐나라
天普之年의 封ᄒ시기을 東海 龍王은 廣淵
王이요 南海 龍王 廣利王이요 北

北海　　<토2-：가람a-1앞>　赤龍은 沖隆이요 西海 白龍은 巨乘이요 {北
海} 黑龍은 禺强이라 ᄒ되 唐나라 天普之年
의 封ᄒ시기을 東海 龍王은 廣淵王이요 南
海 龍王 廣利王이요 北海 龍王 廣

黑龍은　　<토2-：가람a-1앞>　沖隆이요 西海 白龍은 巨乘이요 北海 {黑
龍은} 禺强이라 ᄒ되 唐나라 天普之年의 封
ᄒ시기을 東海 龍王은 廣淵王이요 南海 龍
王 廣利王이요 北海 龍王 廣宅王

禺强이라 <토2-：가람a-1앞>　요 西海 白龍은 巨乘이요 北海 黑龍은 {禺
强이라} ᄒ되 唐나라 天普之年의 封ᄒ시기
을 東海 龍王은 廣淵王이요 南海 龍王 廣
利王이요 北海 龍王 廣宅王이요 西

ᄒ되　　<토2-：가람a-1앞>　白龍은 巨乘이요 北海 黑龍은 禺强이라 {ᄒ
되} 唐나라 天普之年의 封ᄒ시기을 東海 龍
王은 廣淵王이요 南海 龍王 廣利王이요 北
海 龍王 廣宅王이요 西海 龍王 廣

③ 표제어 및 용례 선정

이 작업은 추출된 자료를 대상으로 표제 대상어와 그에 해당하는 용례를 배열하는 과정으로『판소리 언어 사전』의 활용 자료를 만드는 데 가장 힘든 과정이면서도 자동화가 어려운 과정이다. 앞의 예에서 보듯이 어절 단위로 추출된 표제어는 조사나 어미 등이 붙은 채로 추출되고, 원본의 표기 형태가 그대로 추출되기 때문에 정확한 뜻을 알아야만 표제어를 확정할 수 있다.

용례의 추출 또한 어려움이 있는데, 이는 판소리 문학 자료의 특수성에 기인한다. 현대 문학 자료의 경우 구두점 등 문장 부호를 구획으로 용례 단위를 자동으로 추출할 수 있는 반면, 판소리 문학 자료는 그러한 구획 표지가 없기 때문에 표제어를 중심으로 전후 몇 자의 용례를 추출한 다음 수작업으로 의미 구획을 나눌 수밖에 없기 때문이다.

전술했다시피 표제어 선정은 용례 추출에서 나온 모든 어절을 대상으로 선별 작업한다. 근래 제작중인 일반적인 사전에서의 표제어 선정이 말뭉치(corpus) 구축을 통해서 이루어지듯이,『판소리 언어 사전』의 표제어 추출도 판소리 작품 전체에 대한 이본정리를 통해서 얻어진 말뭉치를 기반으로 한다. 따라서 판소리자료 전산화 작업을 통해 구축한 판소리 말뭉치 중 주석할 필요가 있는 어휘가 표제어 추출 대상 어휘가 된다. 특히 같은 의미로 볼 수 있는 이형태 표기들도 모두 표제 대상어로 선정하여 후속되는 표제어 선정 작업에서 다시 한 번 확인할 수 있도록 한다. 즉 동일한 의미를 갖는 어휘가 이형태로 표기되어 있어 이를 하나의 표제어로 통합관리하고 상호참조토록 처리해야 한다. 중복되는 어휘라도 문장 안에서의 쓰임이 달라질 수 있기 때문에 모두 표제 대상어로 삼아 표제어 선정에 보다 많은 어휘가 포함될 수 있도록 한다.

예)

표제어	출전	예문
사해	<토2-5 : 가람a-1앞>	{四海} 龍王神의 다 根本이 잇것다 東海 靑龍은 河明이요 南海 赤龍은 沖隆이요 西海 白龍은 巨乘이요 北海 黑龍은 禺强이라 ㅎ되
용왕신	<토2-5 : 가람a-1앞>	四海 {龍王神}의 다 根本이 잇것다 東海 靑龍은 河明이요 南海 赤龍은 沖隆이요 西海 白龍은 巨乘이요 北海 黑龍은 禺强이라 ㅎ되
하명	<토2-5 : 가람a-1앞>	四海 龍王神의 다 根本이 잇것다 東海 靑龍은 {河明}이요 南海 赤龍은 沖隆이요 西海 白龍은 巨乘이요 北海 黑龍은 禺强이라 ㅎ되
축융	<토2-5 : 가람a-1앞>	四海 龍王神의 다 根本이 잇것다 東海 靑龍은 河明이요 南海 赤龍은 {沖隆}이요 西海 白龍은 巨乘이요 北海 黑龍은 禺强이라 ㅎ되
거승	<토2-5 : 가람a-1앞>	四海 龍王神의 다 根本이 잇것다 東海 靑龍은 河明이요 南海 赤龍은 沖隆이요 西海 白龍은 {巨乘}이요 北海 黑龍은 禺强이라 ㅎ되
옹강	<토2-5 : 가람a-1앞>	四海 龍王神의 다 根本이 잇것다 東海 靑龍은 河明이요 南海 赤龍은 沖隆이요 西海 白龍은 巨乘이요 北海 黑龍은 {禺强}이라 ㅎ되

앞서 밝혔듯이,『판소리 언어 사전』의 자료의 총 규모는 약 430만 어절 가량이다. 이 중 이러한 방법으로 가공된 1차 가공 자료의 규모는 현재 진행된 작업을 바탕으로 추정할 때, 약 70~80만 어절(표제어) 가량이 될 것으로 예상된다.

3. 판소리 언어 사전 편찬 목적 및 계획

사전을 제작하고 편찬하는 데 있어 가장 기본이 되어야 할 것은 사전의 편찬목적과 그 범위를 설정하는 일이다. 우리는 판소리 언어 사전의 편찬목적은 크게 다음의 세 가지로 상정하고 있다.

첫째, 판소리에 나오는 다양한 어휘들을 구체적으로 상세하게 풀이한다. 판소리는 상층에서부터 하층에 이르기까지 다양한 계층의 사람들이 사랑하고 가꾸어온 장르이다. 따라서 판소리는 한시에서부터 한문상용어구, 민요, 타령, 저급한 비속어에 이르기까지 우리말의 다양한 어휘들의 집합체라고 할 수 있다. 이러한 다양한 어휘들을 정리하고 풀이함으로써 판소리에 대한 정확한 이해와 연구를 돕고 더 나아가 일반인들에게 판소리 독해를 위한 공구서가 될 수 있도록 하는 것이다.

둘째, 판소리에 나오는 다양한 어휘들의 정확한 쓰임과 출전을 찾아낸다. 판소리는 다양한 문화, 문예양식들의 집합체이다. 따라서 판소리에 등장하는 어휘들은 당시의 사회적, 문화적 배경을 함축하고 있으며 그 어휘의 쓰임은 현재의 의미와 달라진 경우도 있을 수 있다. 또한 그 출전을 가급적 철저히 밝힘으로서 판소리에 영향을 준 다양한 문예양식들의 모습을 재구성할 수 있을 것이다.

셋째, 부분적인 고전 어구 사전의 모습을 갖춘다. 수많은 판소리 이본들 중 상당부분을 차지하는 필사본은 필사 연대를 정확히 알기 어렵다. 혹 간기가 남아 있는 경우에도 전후 약 60년의 오차를 가질 수 있기 때문에 국어사적 의미를 가진 사전을 만들기에는 자료적 요건이 충분하지 않다. 하지만 판소리에는 당시 민중들의 풍부한 생활어휘가 담겨 있기 때문에 당시 언어 생활의 한 단면을 충분히 엿볼 수 있다. 따라서 충실한 주석과 용례가 뒷받침된다면 본격적인 의미의 고어사전의 모습은 갖출 수 없다 하더라도 부분적인 고전 어구 사전의 역할은 해 낼 수 있을 것으로 본다.

4. 판소리 언어 사전 편찬지원 통합환경 시스템의 설계 및 개발

1) 판소리 언어 사전 편찬 작업흐름 분석

대용량 자료의 수집 및 가공을 통해 의의 있는 연구자료를 만들기 위해서는 수행하고자 하는 작업을 단계별로 설정해서 작업이 어떤 방향으로 어떻게 흘러가는지, 그리고 각 작업 단계별로 어떤 자료를 입력으로 해서 어떠한 자료를 출력으로 만들어내는지 설정할 필요가 있다. 『판소리 언어 사전』 편찬 작업 과정 및 자료의 흐름을 다음과 같이 분석할 수 있다.

- □ 판소리 이본자료 수집 및 입력
- □ 색인어 선정
- □ 용례 색인 작성
- □ 용례 데이터베이스 및 관리 환경 구성
  - 표제어별 용례 선정 및 수정 보완
- □ 판소리 언어 사전 표제어 데이터베이스 및 관리 환경 구성
  - 판소리 언어 사전 표제어 주석 및 집필

『판소리 언어 사전』 편찬 작업의 자동화를 위한 통합시스템은 다양한 용례와 표제어의 관리, 표제어 주석 및 사전 편찬 과정에 적용하기 위한 것이며, 전체 작업의 흐름을 도식화하면 〈그림 1〉과 같다.

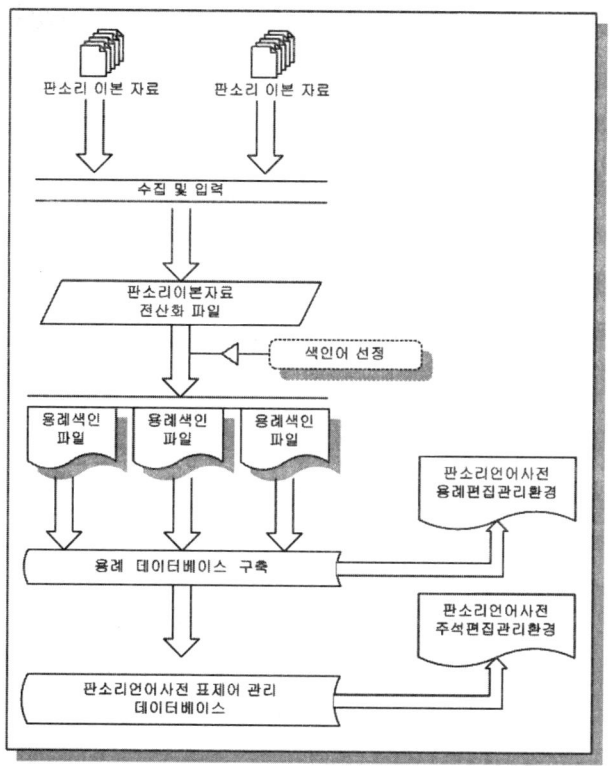

〈그림 1〉『판소리 언어 사전』편찬 작업 흐름 분석

2) 사전의 논리적 구조

표제어 한 항목에 대해 사전에 기술되는 정보는 〈그림 2〉와 같다. 표제어구획에는 표제어, 표제어의 한자표기, 뜻풀이, 의미부류 등이 기술된다. 원전구획에는 해당 표제어의 원전은 무엇인지가 기술된다. 용례구획에서는 표제어의 용례가 출전과 함께 기입되며 관용어, 속담구획에서는 해당 표제어가 포함된 관용어 또는 속담이 뜻풀이와 함께 소개된다. 참고어구획과 참조어구획에서는 참고어와 참조어가 뜻풀이와 함께 제시된다. 참고어와 참조어는 표제어에 대해 닫혀있다. 표제어 항목에 등록되지 않은 어휘는 참고어나 참조어로 기술될 수 없도록 제약조건으로 정의되어 있다.

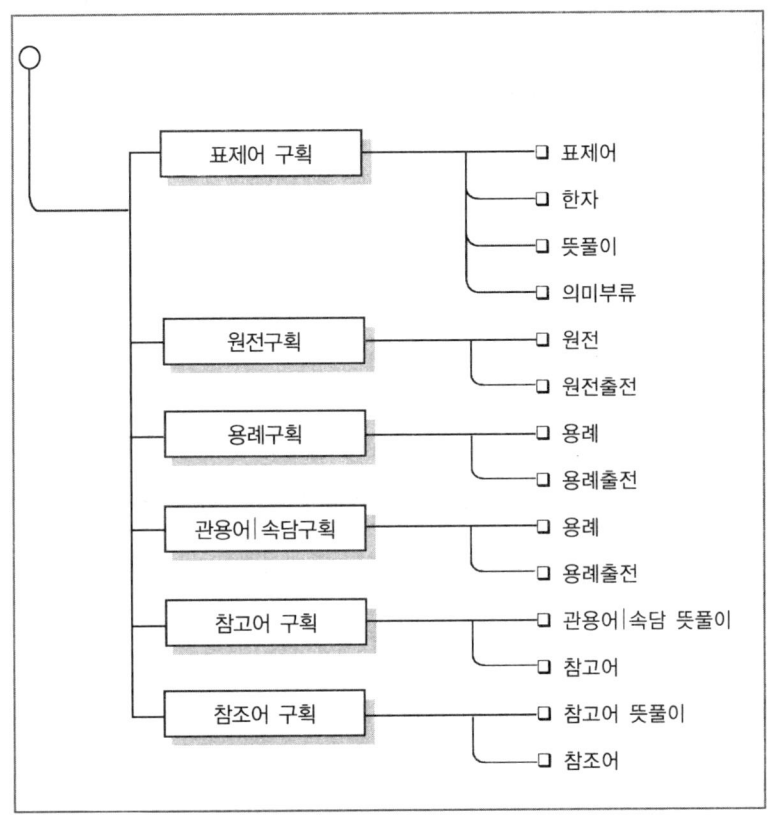

〈그림 2〉『판소리 언어 사전』의 논리적 구성

① 표제어 구획

표제어 구획은 표제어, 한자병기, 의미분류, 주석으로 구성되어 있다. 표제어 선정에는 판소리 일반 연구자뿐만 아니라 판소리 애호가들

에게도 하나의 공구서가 될 수 있도록 가능한 많은 표제어를 선정하는
것을 원칙으로 했다. 이러한 표제어 선정에는 어려운 전문용어에서부
터 기본적인 상식으로 여겨지는 것까지 모두 포함된다. 이 경우 문제
가 되는 것은 사전의 분량인데 편찬목적이 일반인들의 판소리 이해를
돕기 위한 것이라면 기본적인 단어들도 모두 포함해서 분량이 늘어난
다 하더라도 큰 문제가 되지 않을 것으로 보인다. 또한 이 프로젝트는
궁극적으로 인터넷 망을 통한 판소리 언어 검색 및 정보 전달을 지향
하고 있어 이 점은 큰 문제가 되지 않을 것으로 여겨진다.

표제어는 한자어일 경우 현대어를 기준으로 제시한다. 한자어의 표
기를 현대어 표기로 바꾸는 까닭은 판소리 이본의 표기가 동일한 원칙
에 의해 이루어지지 않아서 이형태의 표기가 많이 나타날 뿐만 아니라
오자(誤字)와 오기(誤記)가 매우 많기 때문이다. 따라서 해당 표제어의
정확한 음운과 의미를 파악한 후 이를 현대어 기준으로 표제어로 선정
하고 그 이형태 표기는 하위 표제어로 선정하며 표제어의 개별 용례는
상위표제어에 함께 정리한다.

    예) 표제어   : 가기기방
        하위표제어 : 가기기방, 가기이방, 가기지방, 가기지벙 각이기벙,
                     ᄀ기기방, ᄀ기기벙

그러나 순우리말은 명백한 오류가 아닌 이상, 원문 그대로 제시하여
우리말의 결을 살리고자 한다.

한편 한시와 한문상용구 또는 고사와 같은 경우, 원전의 토나 띄어
쓰기와 관계없이 하나의 표제어로 선정한다. 삽입 한시나 한자어구의
경우 판소리 원전의 표기대로 분리해서 표제어 추출을 할 경우 문맥

속의 의미와는 전혀 다른 설명을 갖게 된다. 따라서 삽입된 한시구 전체를 하나의 표제어로 선정하여 명확한 의미가 드러나도록 한다.(예1) 그리고 두 구가 짝을 이뤄 의미를 드러내는 한시나 고사는 두 구를 하나의 표제어로 선정한다.(예2)

예1) 셔으로 바라보니 약슈유스노불미 남으로 바라보니 {거츰이 만만마 촉험} 북으로 바라보니 즁셩이 혀란환진극 <토1-33 : 신재-38앞>
표제어 : 거침만만만족험

예2) 네 놈의 싱긴 형용 음목단쪽 즁경오쳬 {가여공화란이요 불가여공안 락}이라 <토1-31 : 신재-35앞>
표제어 : 가여공환란 불가여공안락

표제어가 한자어일 경우에는 한자를 병기한다. 표제어에 한자와 한글이 섞여 있는 경우에는 한자에 해당하는 부분은 한자로 표시하고, 한글에 해당하는 부분은 (-)로 표시한다.

예) 표제어   : 가나무   골탕   개장국
한자병기 : 檟-   -湯   -醬-

의미분류는 표제어의 성격에 따라 의미를 분류해 주는 것이다. 의미분류는 종이 사전에서도 활용가치가 있지만, 특히 대부분 검색을 통해 이뤄지는 전자사전의 활용에는 거의 필수적이라 할 수 있을 것이다. 의미분류는 의미분류체계를 만들어 놓은 다음 어휘를 분류하는 것이 원칙적이다. 그러나 작업의 효율성이라는 측면을 고려할 때, 먼저 대분류만을 한 다음, 같은 대분류에 속하는 표제어를 다시 세부적으로 분류하는 것도 한 방법이라 생각된다. 따라서 본 연구팀에서는 분류체계를 만들지 않고 일단 인명·지명·의약·동물·식물·복식·음식·도구·전거·시구 등등 대분류만 먼저 한 다음, 차후에 같은 대분류에 속하는 표제어들의 데이터를 일괄적으로 뽑아 경험적으로 재분류 및 상세분류를 하는 방향으로 작업을 진행하고자 한다.

뜻풀이는 백과사전적 주석(annotation)의 방향으로 표제어를 설명하고자 한다. 일반적인 언어사전을 기술하기 위해서는 개념어 또는 어휘 기술에 사용하는 메타언어를 통제어집합(controlled vocabulary set)으로 구성하고 통제어의 결합관계, 즉 어휘 기술(설명)의 문법을 형식적으로 정의해야 한다. 그러나 『판소리 언어 사전』은 기본적으로 '주석'의 성격을 띠고 있어 이 원칙이 그대로 적용되기는 어렵다고 생각된다. 작업의 초기 단계에서 아직 사전의 편집 지침서가 완결되지 않았고, 뜻풀이의 방식에 대한 형식적 정의에 대해서 많은 고려가 되어 있지는 않다. 현재는 단지 의미부류에 따른 기본적인 주석의 방향성만 잡혀있는 상태이다.

예1-인명) 생몰연대, 대표적인 신분, 별칭, 연대기적 기술, 저작
표제어 : 두자미
주석 : A.D.712-770. 중국 당(唐)나라의 시인. 이름은 보(甫), 호는 소릉(少陵). 자미(子美)는 그의 자(字). 중국 최고의 시인으로서 시성(詩聖)이라 불렸으며, 또 이백(李白)과 병칭하여 이두(李杜)라고 일컫는다. 소년시절부터 시를 잘 지었으나 과거에는 급제하지 못하였고, 각지를 방랑하였다. 44세에 안록산(安祿山)의 난이 일어나 적군에게 포로가 되어 장안에 연금된 지 1년 만에 탈출, 새로 즉위한 황제 숙종(肅宗)의 행재소(行在所)에 달려갔으므로, 그 공에 의하여 좌습유(左拾遺)의 관직에 오르게 되었다. 관군이 장안을 회복하자, 돌

아와 조정에 나아 갔으나 1년 만에 화주(華州)의 지방관으로 좌천
되었으며, 그것도 1년 만에 기내(畿內) 일대의 대기근을 만나 48세
에 관직을 버렸다. 일시적으로는 지방 군벌의 내란 때문에 동사천
(東四川)의 재주(梓州) 등으로 전후 수년 동안에 셀친 초당에서의
생활은 비교적 평화로웠다. 이 무렵에 청두의 절도사 엄무(嚴武)의
막료(幕僚)로서 공부원외랑(工部員外郞)의 관직을 지냈으므로 이
로 인해 두공부(杜工部)라고 불리게 되었다. 54세 때, 귀향할 뜻을
품고 청두를 떠나 양자강(揚子江)을 따라 내려가다가 배 안에서 병
을 얻어 동정호(洞庭湖)에서 59세를 일기로 병사하였다. 대표작으
로 <북정(北征)>, <추흥(秋興)>, <삼리삼별(三吏三別)>, <병거
행(兵車行)>, <여인행(麗人行)> 등이 있다.

예2-지명) 위치, 관련된 고사.
표제어 : 가정
주석 : 지금의 중국 감숙성(甘肅省) 장랑(莊浪) 동남쪽. 삼국시대 때, 제
    갈량(諸葛亮)은 이 곳에 마속(馬謖)을 보내 지키게 했으나 마속이
    명령·지시를 따르지 않고 제멋대로 싸우다가 패하자 그 전날의 공
    과 두터운 친분에도 불구하고 울며 목을 베어 전군의 본보기로 삼
    았다고 한다.

예3-시구) 출전, 의미.
표제어 : 강천막막조쌍거
주석 : 두보(杜甫)의 시 <예(濊)>의 한 구절로 '강 하늘은 아주 넓어 끝이
    없는데 새는 쌍쌍이 날아간다'는 뜻.

② 원전구획

원전구획은 시구나 전거로 분류된 표제어의 원전과 원전출전을 기
술하는 구획이다. 판소리문학 자료는 난해한 한시구와 전거가 상당히

많이 삽입되어 있다. 따라서 이러한 표제어 대한 자세한 원전 정보는 판소리 언어에 대한 일반인들의 궁금증을 해소할 수 있을 뿐만 아니라 학문적으로도 판소리의 언어적 특징, 판소리의 한시수용 양상 등을 밝히는 데도 유용한 자료가 될 것이라 생각한다.

예1-전거)
표제어 : 고조진 양궁장
출전　 : 『사기』 <회음후열전>
원문　 : 信曰 果若人言 狡免死 良狗亨 高鳥盡 良弓藏 敵國破 謀臣亡 天下已定 我固當亨.

예2-시구)
표제어 : 강천막막조쌍거
출전　 : 두보의 <예>
원문　 : 瀼旣沒孤根深 西來水多愁太陰 江天漠漠鳥雙去 風雨時時龍一吟 舟人漁子歌回首 估客胡商淚滿襟 寄語舟航惡年少 休翻鹽井擲黃金.

③ 용례구획

용례구획은 표제어에 대한 해당용례를 제시하는 구획이다. 판소리 자료는 이본이 많고 동일한 어휘가 계속 반복되는 현상이 두드러져 표제어에 따라서는 수백 개가 넘는 용례가 추출되기도 하는데, 이들 모두를 용례로 제시하는 것은 불필요하다. 따라서 본 연구팀에서는 아래에 제시되는 몇 가지 원칙에 따라 용례를 선정하고자 한다.

• 이본 간에 흔히 나타나는 동일한 용례는 대표적인 용례를 택하여 한 번만 제시한다.

- 용례가 다른 경우는 표기 형태가 같다 하더라도 제시한다.
- 판소리 5가 작품에서 두루 용례가 나타날 경우는 작품별로 한 번 이상 제시한다.
- 판소리 창본의 용례를 우선으로 한다.
- 어느 한 특정 작품이나 이본에 편중되지 않게 용례를 선정한다.

용례는 표제어를 중심으로 전후 문맥을 온전히 파악할 수 있는 의미 단위의 문장으로 분절하는 것을 원칙으로 한다. 판소리 창본이나 판소리계 소설은 모두 긴 문장단위를 가지고 있어 하나의 문장으로 끊어 내는 데 어려움이 있다. 하지만 문장 중에서 표제어의 쓰임을 명확히 드러내어 주는 부분을 의미단위가 정확히 형성될 수 있도록 분절하여 해당 표제어와 그 용례 사이에 간극이 없도록 한다.

우리 연구팀에서 작업한 1차 가공자료는 일차적으로 앞서 제시한 기준을 바탕으로 용례를 분절해 놓은 형태이다. 그런데 이 작업과정에서 작업자의 주관적 판단에 따라 의미단위 분절의 오류 가능성을 배제할 수 없다. 따라서 이를 보완하기 위해 사전편찬 시스템 안에 용례 편집 기능을 두어 오류가 있는 용례는 언제든 다시 편집할 수 있는 여건을 마련해 두었다.

④ 관용구/속담 구획

이 구획은 해당 표제어에 대한 용례가 관용구나 속담을 포함하고 있을 경우, 관용구/속담을 제시하고 이에 대해 뜻풀이를 기술하는 구획이다.

예)
표제어 : 지

용례 : 왕 왈 네 말이 간스ㅎ미 특심 도다 속담의 일너시디 우스름 톳기
{지}를 넘넌다 ㅎ고 옛 글의 ㅎ여시디 쬐이는 톳기라 ㅎ여시니<토5-
185 : 임형a-29앞>

관용구/속담 : 어스렁 토끼 재를 넘넌다

뜻풀이 : 어슬렁 어슬렁 굼뜨게 행동하는 것 같은 토끼가 어느새 재를 넘
어 간다는 뜻으로 '굼뜬 것 같으면서도 실상은 재빠른 경우'를 비유하여
이르는 말.

⑤ 참고어 및 참조어 구획

참고어 구획은 해당 표제어의 참고어를 제시하고 뜻풀이를 하는 구
획이다.

예)
표제어 : 운장
참고어 : 관우
참고어 뜻풀이 : 운장은 그의 자.

참조어 구획은 해당 표제어와 관련된 정보를 기술하는 구획으로, 현
재 우리 연구팀에서는 일반 백과사전 등에서 제시하고 있는 것처럼 관
련어만 제시한다는 원칙을 세워놓고 있다. 한편 참고어와 참조어는 표
제어에 대해 닫혀있어 표제어 항목에 등록되지 않은 어휘는 참고어나
참조어로 기술될 수 없도록 제약조건으로 정의되어 있다.

3) 사전 구조의 분석 및 물리적 구조

<그림 2>에서 제시된 『판소리 언어 사전』의 논리적 구성은 계층적
인 구성이다. 대용량 자료를 관리하기 위해서 관계형 데이터베이스를

사용한다. 현재까지 〈그림 2〉에 정의된 사전의 논리적 구조에 대해서 〈그림 3〉과 같은 데이터베이스 구조를 사용한다. 전체 5개의 테이블을 사용하며, 〈그림 2〉에서 표제이구획과 원전구획은 하나의 테이블로 설계되며 나머지 정보 구획은 각각의 테이블로 설계되었다.

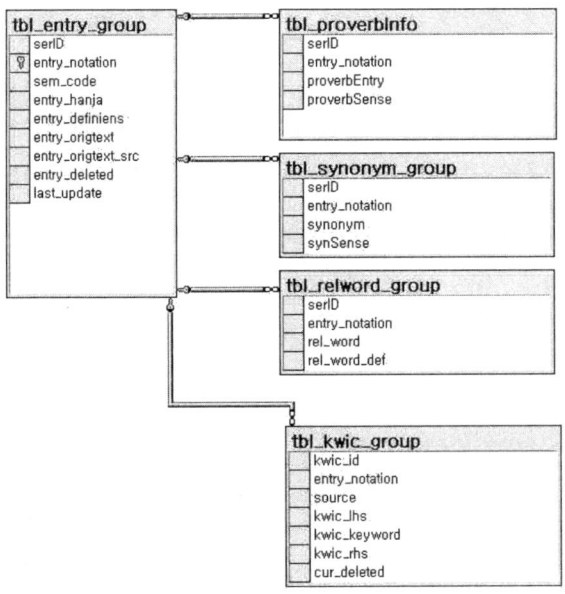

〈그림 3〉『판소리 언어 사전』의 물리적 구조

4) 『판소리 언어 사전』 편찬 통합 환경 시스템

『판소리 언어 사전』 편찬을 위한 통합 환경 시스템을 관계형 데이터베이스에 저장되는 자료와 웹브라우저로 연결되는 사용자 인터페이스로 구성된다. 『판소리 언어 사전』 편찬 통합 환경에서 제공되는 주요한 기능 두 가지는 용례관리환경과 주석/편집 환경이다. 용례관리환경과 주석/편집 환경은 각각 다음과 같은 요건 정의에 의해서 사전 편찬을 위한 기능을 제공한다.

□ 용례관리환경 요건 정의
- 용례 목록 페이지 직접 이동
- 사용할 용례 지정
- 삭제할 용례 지정

□ 주석/편집환경
- 표제어 목록 페이지 이동
- 표제어 검색(Wild Card 검색 : LIKE 검색)
- 표제어 삭제 및 되살리기
- 주석된 표제어 인쇄
- 표제어 주석
  - 표제어구획 수정(표제어 및 한자)
  - 뜻풀이 및 의미부류 입력/수정
  - 원전 및 원전 출전 입력/수정
  - 용례 색인 수정 및 추가, 삭제
  - 관용어/속담 표제항 추가 및 수정, 삭제
  - 참고어휘(동의어|유의어) 추가 및 수정, 삭제
  - 참조어 추가 및 수정, 삭제

□ 일반 사항
- 다수 사용자의 동시 작업 지원
- 옛글자와 한자 지원

일반 사항으로 요구되는 요건으로 다수 사용자의 동시 작업을 지원해야 한다는 항목의 요구조건과 옛글자와 한자를 지원해야 한다는 요구조건을 충족시키기 위해서 유니코드를 기본 코드로 사용하며, 유니코드 영역의 확장영역에 옛글자를 배정하여 사용하고 한글과 컴퓨터의 글꼴을 이용한다.

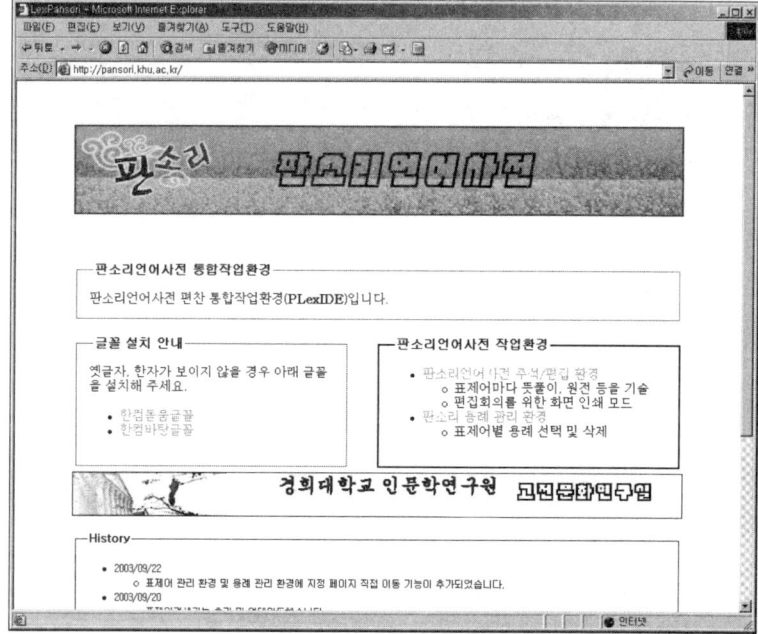

〈그림 4〉『판소리 언어 사전』 편찬 통합 작업 환경

① 용례관리환경

용례관리환경에서는 색인어를 이용해서 추출된 용례들 중『판소리 언어 사전』표제어의 용례를 선정하는 작업을 한다. 이미 추출된 다량의 용례를 선별하는 작업은 지루한 작업이기도 하며, 다수의 작업자가 동시에 작업을 진행함으로써 효율성을 높일 수도 있는 부분이다.

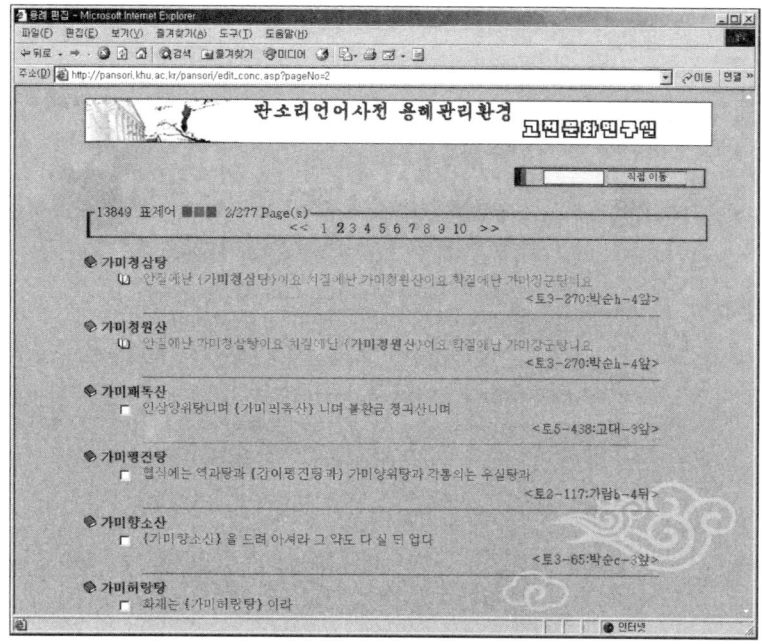

〈그림 5〉『판소리 언어 사전』 용례관리환경

색인어를 이용해서 판소리 이본 자료에서 추출된 용례들은 용례관리환경에서 사용하는 데이터베이스에 등록되어 있으며, 등록된 용례 중에서 표제어의 용례로 사용할 예들을 선별하여 일괄 등록하고 이미 선별된 용례들 중에서 삭제할 용례들은 삭제 용례로 재분류하는 작업을 용례관리환경에서 지원한다. 용례관리환경에서 선별된 용례들은 표제어 주석편집환경에서 표제어의 용례로 자동 등록된다.

② 표제어 주석편집환경

표제어 주석편집환경은 사전 표제어의 주석 및 편집을 지원하는 사전편찬 자동화 모듈이다. 표제어로 등록된 어휘를 대상으로 삭제 및 선별 작업을 할 수 있으며, 사전의 논리적 구조에 정의된 뜻풀이, 관련어, 참조어 등에 대한 정의와 수정, 그리고 용례 추가 및 삭제, 수정 등의 작업을 지원하는 작업환경이다.

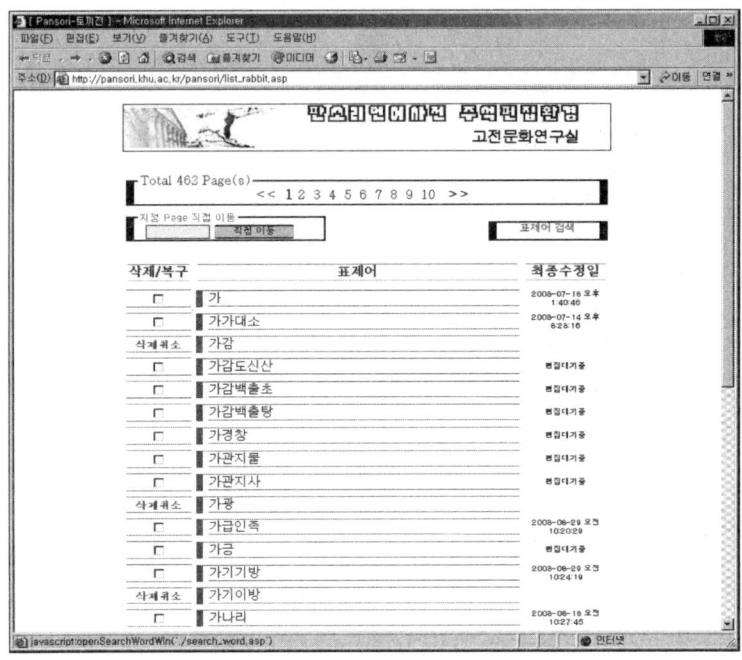

〈그림 6〉『판소리 언어 사전』주석편집환경

가) 표제어 검색

『판소리 언어 사전』주석편집환경에서 표제어검색을 지원한다. 다량의 표제어에 대해서 주석 및 편집 작업을 하다보면 표제어를 검색해서 표제어의 존재 여부를 파악하고 검색된 표제어에 대해서 직접 주석 및 편집 작업을 할 수 있어야 한다. 표제어 검색에서는 아무개문자 검색을 지원한다.

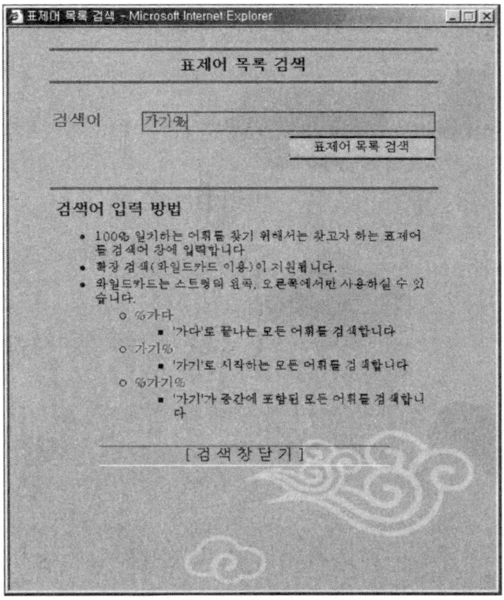

〈그림 7〉 주석편집환경—표제어 검색

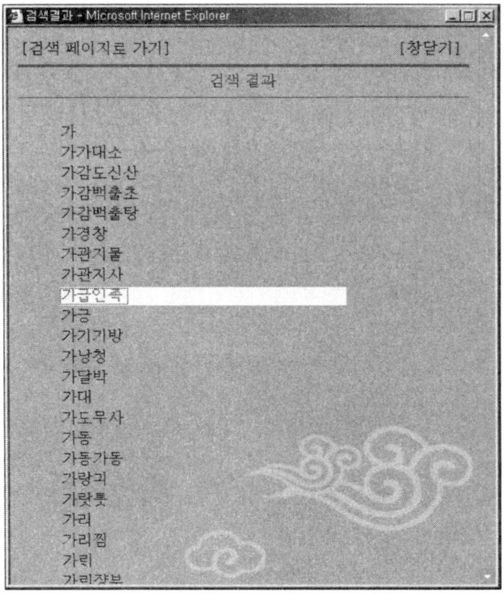

〈그림 8〉 주석편집환경—검색 결과

나) 표제어 주석 및 편집창

표제어 주석 및 편집창에서는 각각의 표제어에 대해 정보구획별로 편집을 할 수 있는 기능을 제공함으로써 사전 표제어의 편집 및 주석 작업 자동화를 구현하였다.

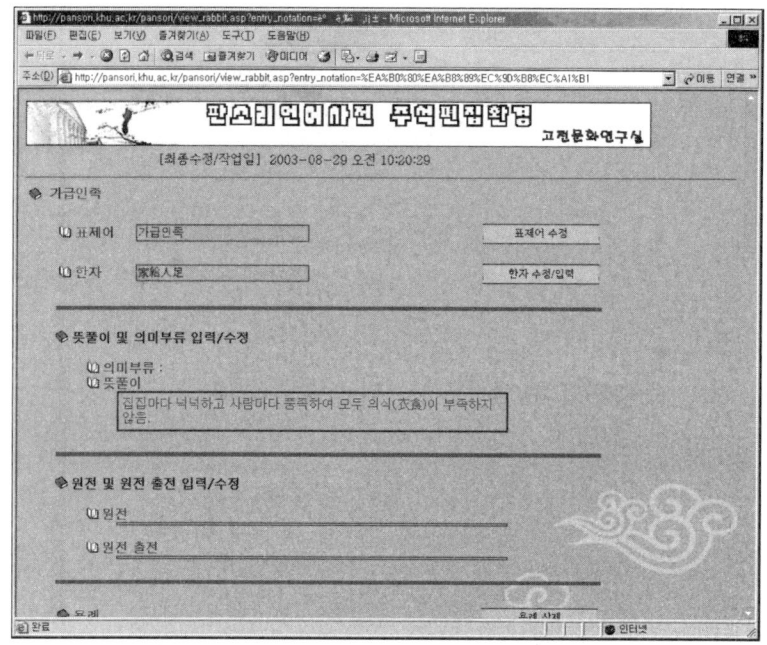

〈그림 9〉 주석편집환경-표제어 주석 편집창

다) 인쇄

편집회의, 교정을 위해서 기술된 표제어를 인쇄하기 위해 인쇄 모듈을 지원한다.

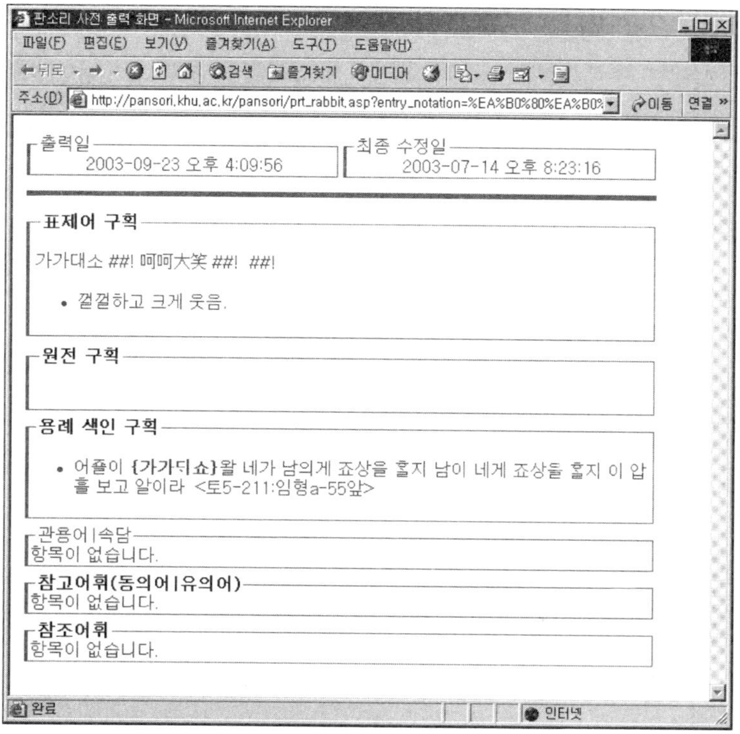

〈그림 10〉 주석 및 편집 환경-표제어 인쇄

5. 결론 및 전망

판소리 자료의 전산화 및 『판소리 언어 사전』 편찬을 위한 통합시스템의 설계와 구현은 지금까지 고전 자료를 연구하면서 했던 작업과 별개의 새로운 작업이 아니다. 기존에 선배 학자들이 했던 많은 연구 작업들을 좀 더 용이하게 수행하기 위해서 컴퓨터를 이용, 연구 작업 과정을 자동화하는 것으로 이러한 과정을 거쳐서 구축된 자료와 연구 결과들은 자료의 공유라는 목적에 이용될 수 있다.

이미 해외의 많은 고전 자료들이 원본뿐만 아니라 텍스트 및 어휘사전에 대한 주석 결과까지 전산화되어서 인터넷을 통해 전세계의 연구자들과 공유되고 있다. 『판소리 언어 사전』 편찬과정을 통해 전산화된 자료는 데이터베이스화 되어있어서 국내뿐만 아니라 판소리 자료에 관심이 있는 모든 사람들에게 제공될 수 있을 것이다.

판소리 자료 데이터베이스의 구축과 활용의 실제

1. 머리말

　판소리는 음악이며, 문학이며, 연극이다. 판소리는 민족음악으로서의 가락과 장단, 성음이 어울린 양상에 따라 각각 색깔과 맛이 다른 소리제로 실현되어 다기다양한 정서와 미감을 자아낸다. 한편 판소리는 엄연한 문학이다. 판소리 사설은 우리 민족의 역사적 삶의 현장을 그려냄과 동시에 그 역사적 상황에 처한 백성들의 꿈과 이상을 표출하고 있다. 그 과정에 서정적 노래가 삽입되는가 하면 서사적 이야기가 펼쳐져 있다. 판소리는 구술언어 형태로만 존재하지 않고 문자언어로 정착되고 개작되면서 소설로 이행되기도 하였고 소설 작품이 판소리로 변용 개작되기도 하여, 여러 층위의 수다한 판소리 문학을 생성하기에 이르렀다. 그러면서 그 속에는 당대의 풍속을 비롯한 문화 전반이 녹아들어 있다. 또한 판소리는 연극적 언어와 행동을 수반한다. 이처럼 민족음악, 민족문학, 민족연희의 미적 결합을 통해 연행되는 판소리는 우리 민족이 산출한 자랑스러운 예술 유산이며 오늘날에도 여전히 살아 움직이는 예술이다. 더구나 2003년 유네스코가 선정한 '인류 구전 및 세계 무형유산 걸작'으로 판소리가 지정됨으로써 이제 민족의 범위를 넘어 세계인의 예술로 인정받고 있다. 이렇게 볼 때 판소리 자료는 민족문화의 소중한 유산으로 마땅히 보존되고 계승되어야 한다.

이를 위해서는 통합적이면서도 체계적으로 판소리 자료를 구축하고 관리할 필요가 있으며, 일차적으로는 DBMS(데이터베이스 관리시스템)를 이용해서 기존 자료를 관리하는 것이 유용하다. 판소리 자료의 통합적 관리는 비단 민족문화 유산을 보존하고 계승한다는 측면 외에도 여러 가지 의의를 지닌다. 데이터베이스로 구축된 판소리 자료는 앞으로 민족문학·민족음악·공연예술 등 민족문화 전반의 활성화와 이 시대에 걸맞은 가치 있고 의미 있는 새로운 문화콘텐츠 개발에 소재로 적극 활용될 수 있을 것이다.

요즘 컨텐츠 개발과 관련하여 'OSMU(One-Source-Multi-Use)'라는 용어를 많이 사용한다. 거칠게 말하자면 하나의 소스를 다양한 방향으로 활용한다는 의미인데, 데이터베이스 구축을 설명하는 데도 유효하다고 할 수 있는 용어이다. 데이터베이스화된 자료를 원소스(One-Sourse)라고 보고 그 자료를 활용하는 것을 유즈(Use)라고 본다면 활용도를 높이기 위해서는 소스가 되는 자료 자체가 다양한 정보들을 지니고 있어야 한다. 따라서 공연이나 재창작 등과 같은 창작물을 만들어 내는 데 활용되는 것은 물론이고 교육이나 연구 등과 같은 학문 분야 등 광범위한 분야에서 활용이 가능하도록 다양한 정보를 구축하는 것이 필요하다. 또한, 이들 각각의 정보들은 단순히 수집, 나열되는 것이 아니라 체계화, 조직화되어 있어야 한다. 자료가 체계적이고 조직적으로 분류되어 있어야 필요에 따라 자료를 손쉽고 효과적으로 추출하여 활용이 가능하기 때문이다.

이것은 슈퍼나 서점 등 상점을 예로 들어 설명할 수 있다. 상점에서는 되도록 다양한 상품을 갖추고 있어야 한다. 일반적으로 많은 사람들이 찾는 인기 품목을 중심으로 구비해 놓은 상점도 있을 수 있고 전문적인 상품만을 취급하는 상점도 있을 수 있지만 인기 품목부터 전문적인 상품까지 고루 갖춘 상점이 있다면 보다 많은 고객들이 상점을 이용할 것이다. 또한 상점의 품목들은 효과적으로 진열이 되어 있어야 한다. 상품이 아무리 다양하게 갖추어져 있다고 하더라도 창고에 가득 쌓여 있어 고객이 필요한 때에 적절하게 구매하기가 어렵다면 고객들은 그 상점을 신뢰하기 어려울 것이다. 어쩌면 고객이 원하는 물건이 상점에 구비되어 있는데도 엉뚱한 곳에 진열이 되어 있어 상품을 구매하지 못할 수도 있다. 요컨대, 정보가 다양하게 활용되기 위해서는 자료의 내용이 풍부해야 하고 그것은 이용하기 쉽게 체계화, 조직화 되어 있어야 한다.

자료의 특성에 맞게 어떤 사항들이 데이터베이스로 구축되어야 하는가는 대충 상정해 볼 수 있다. 판소리 역시 어떤 항목들이 필요한지에 대해서는 대체적으로 공감을 하고 있다.[1] 그러나 실제로 어떻게 구조화할 것인가에 대해서는 논의가 없는 상태이다. 이제는 무엇을 하느냐보다는 어떻게 해야 하는가, 방법이 무엇인가를 고민해 봐야 할 때가 되었다.

경희대학교 김진영 교수 연구실에서는 1995년부터 판소리 자료를 전산화하는 작업을 진행하여, 춘향전 104종(총서 17권), 심청전 127종(총서 12권), 토끼전 67종(총서 6권), 홍보전 29종(총서 3권), 적벽가 54종(총서 7권)[2]과 실창(失唱)판소리자료 13종[3], 단가 자료 96종[4]의 자료를 구축

---

1) 장미영, 「판소리 사설의 디지털서사화 방안」, 『판소리연구』 20집, 판소리학회, 2005.
2) 김진영 외, 『춘향전, 심청전, 토끼전, 홍보전, 적벽가 전집』, 박이정, 1995~2004.

하였다.[5] 그리고 현재는 기존 작업과 아울러 음반 형태의 판소리 자료를 채록, 채보, 그리고 이를 전산화하는 작업을 진행하고 있다. 이로써 상점은 개점을 한 상태라고 보아야 한다. 이 외에 다른 구축해야 할 자료들이 많이 있기는 하겠지만, 즉 욕심 같아서는 더 많은 상품을 구비하고 싶지만 일단 여기서부터 시작을 하고자 한다. 현재 진행하고 있는 작업은 지금까지 구축된 자료를 바탕으로 구조화·체계화하는, 즉 데이터베이스화하는 작업이다. 여기에서는 현재 진행하고 있는 데이터베이스 작업의 내용과 방법을 소개하고 더 나은 방향의 작업을 위하여 여러 선생님의 고견을 구하고자 한다.

2. 자료 구축의 방법과 자료의 활용

1) 판소리 자료의 기본 구조와 계층 관계

판소리 자료와 같은 대용량 자료를 데이터베이스로 구축하기 위해서는 우선 대상이 되는 자료 전체를 개념적으로 포괄할 수 있는 기본 구조와 계층 관계를 설정해야 한다. 자료의 개념적 구조 분석은, 관리해야 할 자료를 체계적으로 구축하고 유지·관리하기 위한 필수적인 절차이다. 먼저 우리가 설정하고 있는 판소리 자료의 기본구조와 계층 관계를 그림으로 나타내면 다음과 같다. 이러한 계층관계의 분석은 판소리 자료를 구성하고 있는 각 분류명의 개념적 의존 관계를 밝히기

---

3) 김진영 외, 『실창 판소리사설집』, 박이정, 2004.
4) 김진영·이기형, 『단가집성』, 월인, 2002.
5) 구체적인 이본 현황과 전산화 방법에 대해서는 김진영 외, 『판소리의 비평적 이해』(민속원, 2004), 382-392면을 참조하기 바람.

위한 것이다. 이러한 분류 체계는 기존 연구에서 통용되고 있는 전통
적인 분류 방식을 따른다.

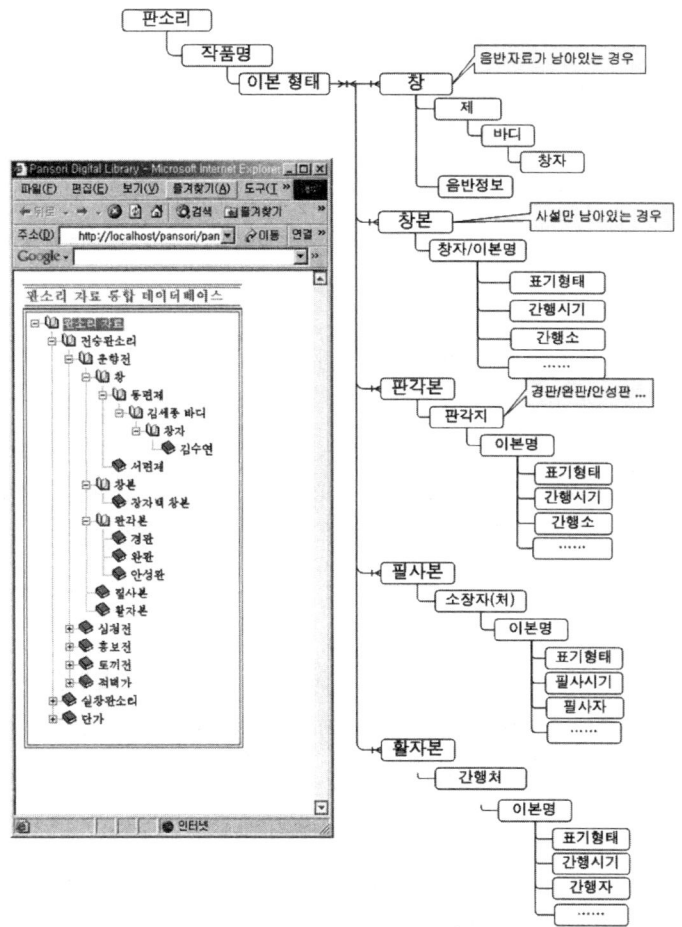

〈그림 1〉 판소리 자료의 계층적 분류 방식

판소리 자료는 크게 현재 전승되고 있는 '전승 판소리자료', 사설만
전하는 '실창(失唱) 판소리 자료', 그리고 '단가 자료'로 구분할 수 있다.

'전승 판소리 자료'는 〈춘향전〉, 〈심청전〉 등 개별 작품명에 따라 하위 범주가 나누어진다. 그리고 개개 작품들은 형태에 따라 '창', '창본', '판각본', '필사본', '활자본' 등으로 다시 나누어진다. 여기에서 '창'은 음반의 형태로 남아있는 판소리 자료를 가리키고, '창본'은 음반은 없으나 창자가 밝혀진 자료와 사설에 음악적 용어나 기호가 첨가되어 있는 자료를 가리킨다. 따라서 이 두 자료는 자료의 형태와 활용의 방향이 다르기 때문에 따로 관리되어야 한다.

'창'은 음반을 기반으로 하는 자료이기 때문에 소리 계보에 대한 정보와 음반 정보로 구성된다. 소리 계보에 대한 정보는 층위에 따라 '제 > 바디 > 창자'의 계층 구조를 가진다. '창'의 계층 구조의 예를 보이면 다음과 같다.

- 전승판소리 > 작품명(춘향전) > 형태(창) > 제(동편제) > 바디(김세종바디) > 창자(김수연) > (창자 정보)

음반정보는 자료의 근거를 제시하는 음반번호, 발행처, 발행일자, 트랙번호 등 음반의 출간과 관련된 정보를 하위정보로 구성한다. 이는 한 창자가 같은 작품이나 대목을 여러 번 음반을 취입한 경우도 많기 때문에 이를 구분하기 위하여도 반드시 필요하다.

'창본'은 앞서도 밝혔듯이, 창자가 밝혀진 자료와 사설에 음악적 용어나 기호만 첨가되어 있는 자료이다. 창자가 밝혀진 자료의 경우는 소리 계보를 추적하여 '창'과 같은 정보 구조를 만들 수 있으나, 음악적 기호만 있는 자료의 경우는 이러한 정보 구조를 가지지 못한다. 따라서 '창본'은 창자가 밝혀진 자료와 그렇지 않은 자료를 구분하여 정보 구조를 만들어야 한다. 그리고 창자가 밝혀진 자료는 '제 > 바디' 정보를 창자의 하위 정보로 구성한다.

한편 '창본'의 경우는 대부분 고본(古本)의 형태로 존재한다. 따라서 개개 창본에 대한 서지 사항도 포함되어야 한다. 서지 사항에는 '판각본', '필사본', '활자본'과 마찬가지로 표기형태, 필사/간행 시기, 필사자/간행소 등 서지에 관한 전반적인 사항을 포함한다. '창본'의 계층 구조의 예를 보이면 다음과 같다.

- 전승판소리 > 춘향전 > 창본 > 장자백 > (제 > 바디) > 서지정보
  전승판소리 > 춘향전 > 창본 > 홍윤표 소장 153장본 춘향가 > 서지정보

'판각본'은 판각지에 따라 '경판', '완판', '안성판' 등으로 구분한다. 그리고 판각지에 따른 이본명을 하위 항목으로 설정한다. 이본명은 장수와 표제에 따라 정하고 각각 이본의 서지정보를 하위 항목으로 설정한다. '판각본'의 계층 구조 예를 보이면 다음과 같다.

- 전승판소리 > 춘향전 > 판각본 > 경판 > 35장본 춘향전 > 서지정보

'필사본'은 소장자/소장처에 따라 자료를 우선 구분한다. 그리고 소장자/소장처에 따른 이본명을 하위 항목으로 설정한다. 이본명은 '판각본'과 마찬가지로 장수와 표제에 따라 정하고 각각 이본의 서지 정보를 하위 항목으로 설정한다. '필사본'의 계층 구조 예를 보이면 다음과 같다.

- 전승판소리 > 춘향전 > 필사본 > 김동욱 > 49장본 춘향가 > 서지정보

'활자본'은 간행소에 따라 자료를 우선 구분한다. 그리고 간행소에 따른 이본명을 하위 항목으로 설정한다. '활자본'의 경우 장수는 큰 의미

가 없으므로 표제명만 이본명으로 정하고 각각 이본의 서지 정보를 하위 항목으로 설정한다. '필사본'의 계층 구조 예를 보이면 다음과 같다.

- 전승판소리 > 춘향전 > 활자본 > 박문서관 > 옥중화 > 서지정보

'실창판소리' 자료는 〈변강쇠가〉, 〈숙영낭자전〉, 〈장끼전〉 등 개별 작품명에 따라 하위 범주가 나누어진다. '실창판소리' 자료에는 '창'이나 '창본' 자료가 존재하지 않는다. 따라서 여기에는 '판각본', '필사본', '활자본'의 범주만을 설정한다. 한편 '판각본', '필사본', '활자본' 각각의 하위 구조는 전승판소리의 '판각본', '필사본', '활자본'의 하위 구조와 동일하다.

'단가'는 개별 작품명에 따라 자료를 우선 구분한다. '단가' 자료는 같은 작품이더라도 음반으로 존재하는 경우와 사설로만 존재하는 경우가 있다. 따라서 '창'과 '창본' 하위 범주를 설정한다. 그리고 '창'의 경우는 '창자 > 음반정보'의 하위 구조를 설정하고, '창본'의 경우는 '출전' 정보를 하위 구조로 설정한다. '단가'의 계층 구조의 예를 보이면 다음과 같다.

- 단가 > 만고강산 > 창 > 안숙선 > 음반정보
  단가 > 만고강산 > 창본 > 창악대강

2) 판소리 자료의 정보 구조와 구축 방식

앞에서 전체 자료의 기본 구조와 계층 관계에 대해 살펴보았다. 이는 전체 자료를 체계화하고 조직하는 과정이다. 이제 자료의 전체 정보 구조 속에 포함되어 있는 개별 자료들의 세부적인 정보 구조와 구축 방법에 대해 살펴보기로 한다. 현재 구축된 판소리 자료 데이터베이스 자료를 웹-인터페이스를 이용해서 추출, 제시한 실제 예를 보이

면 아래 그림과 같다.

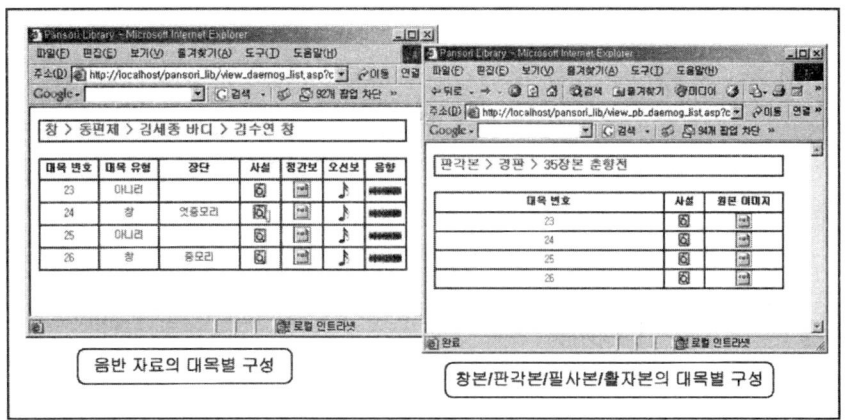

〈그림 2〉 판소리 자료의 정보구조

　개별 작품에 해당하는 자료는 대목별로 분절하여 정보를 구성하고, 각각의 대목에는 고유코드를 부여한다.6) 그리고 고유코드는 '창' 자료이든 '필사본' 자료이든 같은 대목에 대해서는 동일한 대목코드를 부여한다.7) 이는 데이터베이스로 구축된 자료의 다양한 활용 가능성을 염두에 두고, 비교 가능한 자료에 대해서는 추출 가능한 분류기호를 부여하는 원칙에 따른 것이다. 예를 들어, 춘향전 개별 자료의 검색이 필요할 경우도 있겠지만 춘향전 전체 자료의 대목별 유무나 사설의 비교가 필요할 경우도 있을 것이다. 이럴 경우 위와 같은 정보 구조는 대목별 유무나 사설을 동시에 검색하는 것을 가능하게 한다. 즉 작품별 분류기호 부여 및 대목별 분류기호 부여는 개별 자료의 종적(縱的)인 정보

---

6) 각각의 대목코드에는 각 대목의 '명칭', '내용 요약', '의미' 등 이미 판소리 연구를 통해 밝혀진 학문적 성과들을 하위 정보로 구성할 수도 있다.

7) 고본(古本) 자료의 경우에는 '〈43a〉'와 같이 장수(張數) 정보도 함께 제공한다.

제공뿐 아니라, 전체 자료에서 비교 및 대조가 필요한 대목별로 추출하
기 위해서, 횡적(橫的)인 정보 제공도 가능하게 하는 구조를 상정하기
위한 방법이다.

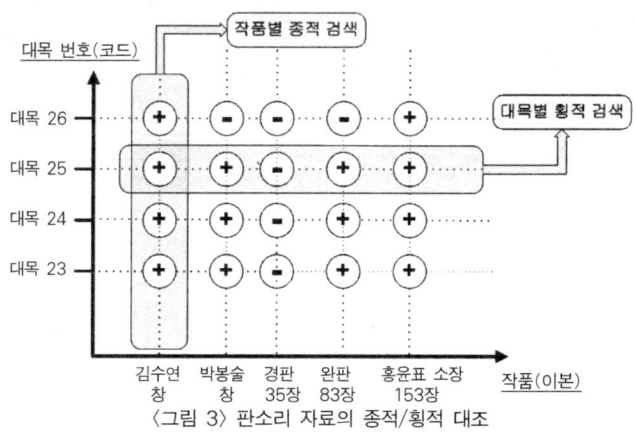

〈그림 3〉 판소리 자료의 종적/횡적 대조

 '창' 자료는 음반으로 존재하는 자료이므로 음향이 일차적인 하위정
보가 된다. 그러나 다양한 활용 가능성을 염두에 둔다면 음향 외에 대
목유형, 장단, 채록된 사설, 채보된 정간보, 오선보 등 '창' 자료와 관련
된 사항들을 필요에 따라 추출, 동적으로 생성하는 것이 필요하다. 이
들 정보들은 판소리의 교육이나 연구, 그리고 일반인들의 판소리 이해
를 돕는 도구로 적극 활용될 것으로 기대된다. 따라서 이들 정보들도
'창' 자료의 하위 정보로 구성한다. '창' 자료 이외의 여타 자료들은 사
설과 함께 원본 이미지정보를 하위 정보로 구성한다.
 한편 멀티미디어 자료(음향, 동영상)나 원본 이미지 자료 등은 텍스트
로 구성된 자료와 달리, 자료의 성격에 따라 추가로 구축하여 텍스트
정보와의 관계를 설정하는 것이 가능하기 때문에, 여기에서는 데이터
베이스 구축의 주요 자료로 설정하고 있는 사설, 정간보, 오선보의 정

보 구조와 구축 방식만 살펴보기로 한다.

① 사설의 정보구조와 구축방식

판소리 작품 하나를 선형적으로 나열해 보면, 대목의 연쇄로 볼 수 있다. 각 대목은 유형별로 분류해서 '창'과 '아니리'로 구분되며, '창'에는 추가적으로 '장단'에 대한 정보가 필요하다. 이 연구에서 구축된 데이터베이스 자료의 웹-인터페이스 프로그램을 이용해서 '김수연 창'의 사설 부분 샘플을 보면 아래 그림과 같다.

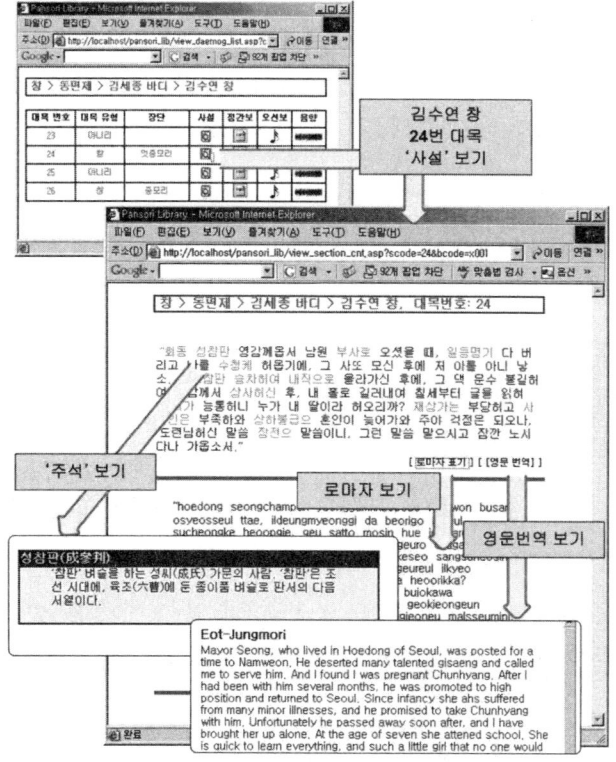

〈그림 4〉 '사설' 자료의 웹-인터페이스 구성

〈그림 4〉는 '김수연 창'의 대목 목록 중 특정 대목을 추출한 결과 화면이다. 판소리에서 사용되는 어휘는 일반인뿐만 아니라 판소리 연구자가 봤을 때도 생소한 어휘들이 많이 존재하며 고본(古本) 사설의 경우에는 표기 및 어휘, 문법이 현대어와 현저히 차이가 나기 때문에 더욱 가독성이 떨어지게 된다. 이를 위해서 사설의 특정 어휘들에 대해서 풀이말을 볼 수 있는 '주석 보기' 기능을 첨가하였다. 주석은 개별 사설마다 풀이말을 삽입하는 방식이 아니라, 주석 데이터베이스를 별도로 구성하여서 주석 데이터베이스의 표제항을 자동으로 연결하는 방식을 사용하고 있다. 또한, 채록된 사설의 로마자 표기를 함께 구축하여서 동일한 사설 대목에 대해서 로마자 표기를 참조할 수 있도록 하였고, 영문 번역을 참조할 수도 있도록 하였다.8) 로마자 표기와 영문 번역은 외국 공연시 자막 자료로 재사용될 수 있고, 외국인들에게 판소리를 알리는 자료로도 활용될 수 있을 것이다.

'창'의 사설에 로마자 표기, 영문 번역을 동시에 볼 수 있도록 자료를 구축한 것처럼 고본(古本)의 경우에는 현대역 자료를 동시에 볼 수 있도록 자료를 구축하는 것이 가능하고, 이는 고본 자료에 대한 접근성을 용이하게 해 준다.

'주석' 자료는 기존에 구축된 주석 자료, 또는 현재 구축하고 있는 주석 자료를 재사용함으로써 어휘의 주석 작업을 반복하지 않도록 하고 있다. 현재 사설에 풀이말로 사용하고 있는 주석 자료는 경희대학교 김진영 교수 연구실에서 2002년부터 구축하고 있는 『판소리 언어 사전』의 자료로, 판소리 사설자료와 판소리 언어 사전의 자료를 주석 대상이

---

8) 샘플로 사용한 영문 번역은 유승 외, 『Chunhyangga-영역본 춘향가』(민속원, 2005)를 이용하였다.

되는 표제어 수준에서 각 데이터베이스를 연결하여 사용하고 있다. 『판
소리 언어 사전』 편찬 작업은 다음과 같이 진행되고 있다.

〈그림 5〉『판소리 언어 사전』 편찬을 위한 통합 작업 환경

경희대학교 김진영 교수 연구실에서 진행하고 있는 『판소리 언어 사
전』 편찬 작업은 사전 편찬 작업을 자동화하여 관리하고 있는데, 사전
편찬 작업 통합환경은 〈그림 5〉와 같이 구성되어 있다. 각 작품별로 추
출된 표제어 후보와 용례들을 데이터베이스로 구성하여서 〈그림 5〉에
서 제시된 것처럼 일차적으로 표제어 선별 작업을 거치게 되어 있다.
선별된 표제어는 『판소리 언어 사전』 데이터베이스에 자동으로 삭제
예정 표제어 및 편집 대상 표제어로 자동 관리되고 있고, 편집 대상 표

제어의 정보 구조는 〈그림 6〉과 같다. 각 표제어에는 이체자 표기와 용
례가 연결되어 있고, 용례는 용례 관리 환경에서 선별 및 편집 과정을
거치도록 되어 있다.

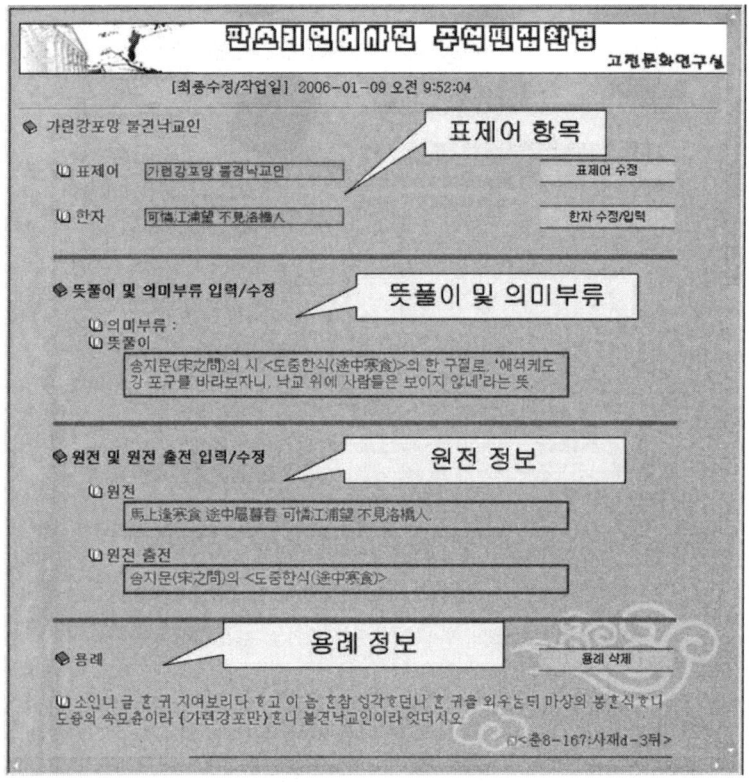

〈그림 6〉 '판소리 언어 사전'의 표제어 정보 구성

〈그림 6〉은 『판소리 언어 사전』 표제어 관리 환경에서 선별된 표제
어를 대상으로 각 표제어에 삽입되는 정보구조를 편집하고 관리하는
환경이다. 각각의 표제어에 삽입되는 정보는 〈그림 6〉에서 제시된 것
처럼 '표제어 정보 구획', '뜻풀이 정보 구획', '원정 정보 구획', '용례 정

보 구획'과 관련어휘 정보구획 등으로 구성되어 있다. '용례 정보 구획'
에서는 전통적인 색인 작업을 이용하여서 각각의 용례를 문맥색인방식
(KWIC, Key Word In Context)으로 구성하였으며, 따라서 각 표제어별 이체
자의 자동 수집이 가능하다.

이렇게 구성된『판소리 언어 사전』의 자료는 출판 형식의 자료 구성
이 일차적인 목적이기는 하지만, 각각의 정보항목들을 목적에 맞게 재
가공하여서 선택적으로 사용할 수 있다. 판소리 연구자가 아닌 일반인
들을 위해서는 '뜻풀이 구획 정보'만을 추출하여 주석 자료로 사용할
수 있고, 전문 연구자들을 위해서는 '뜻풀이 정보 구획'의 의미부류, '원
전 구획 정보' 및 기타 상세 정보들을 제공할 수도 있도록 구성되어 있
다. 예를 들어서, 판소리에서 어떤 한시 어구가 삽입되어 있고, 어떤 문
맥에서 사용되고 있는지를 찾고 싶을 때, 의미부류에 기입된 '시구'를
이용해서 자동으로 사전 항목들을 추출할 수도 있다.

② 정간보의 정보구조와 구축 방식

'정간보'는 국악을 채보하는 고유의 방식이며, 오선보로 나타낼 수
없는 국악만의 특징을 기록할 수 있기 때문에 '창'의 기록 및 전승, 교
육을 위해서 필수적인 요소이다. 〈그림 7〉은 춘향가의 한 대목('김수연
창', 대목코드 24)을 정간보9)로 구성한 예이다. 사설 중 '창' 한 대목을 구
성하는 정간보는 여러 장단으로 구성되어 있으며 각 장단은 복수의 '박'
으로 구성되어 있다.

---

9)『김수연 창본』(김진영 외, 이회, 2006)은 전산화된 자료를 이용해서 자동화된 정간
   보 편집 과정을 거쳐 출판된 창본이다.

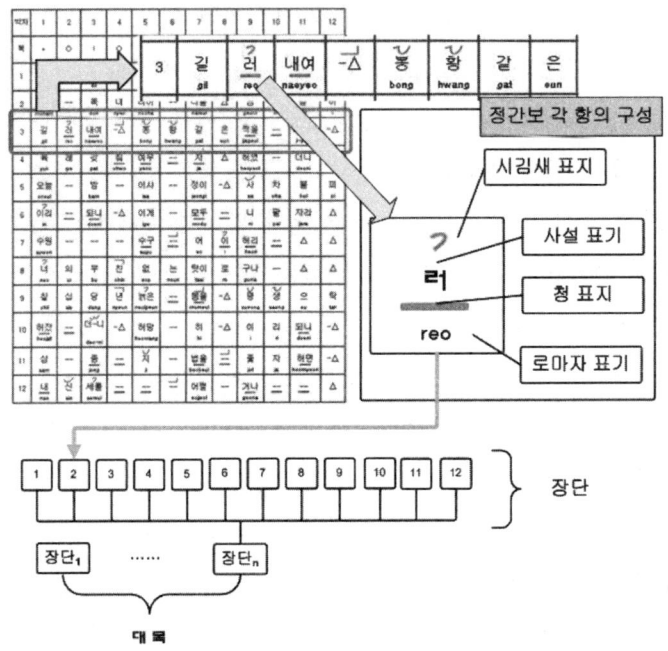

<그림 7> '정간보'의 구성

〈그림 7〉에서 '러'라는 사설이 포함된 박을 예로 들어보면, '러'라는 사설 표기를 중심으로 하나의 '박'에는 '시김새 표지', '청 표지', '로마자 표기'가 포함되어 있다. '로마자 표기'는 '박'을 구성하는 기본적인 정보는 아니고 추가적인 정보이지만 하나의 구성으로 포함시켜 놓았다. 정간보의 자동생성을 위한 자료의 구축 과정에서 각각의 대목은 대목코드로 구분되고, 각각의 대목코드에는 장단표지가 추가되어 있다. 〈그림 8〉은 정간보의 자동 생성을 위해 구축했던 원시 자료를 보여주고 있다.

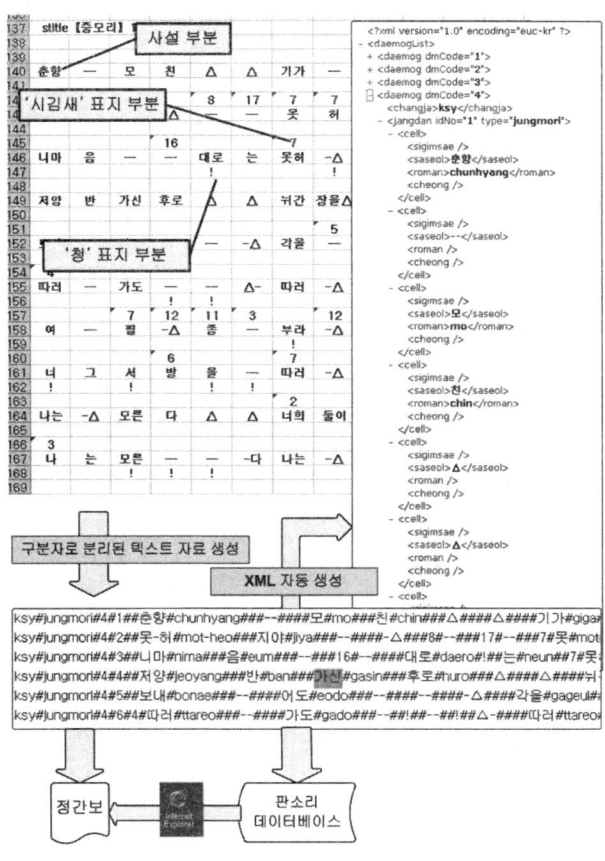

〈그림 8〉 정간보 자료의 구축 방식

　〈그림 8〉에서 보인 것처럼, 사설 표기를 기준으로 '시김새 표지'는
기호화되어서 병기되어 있고, '청 표지'도 각각 기호화되어 사설 표기의
정보항목에 병기되어 있다. 〈그림 8〉의 스프레드시트에는 '시김새 표
지'와 '청 표지'가 사설 표기의 위아래로 병기되어 있는 것을 볼 수 있
으며, 로마자 표기는 시김새나 청과는 달리 따로 구성되어 있으며, 이
두 자료를 통합해서 구분자로 분리된 텍스트 파일을 생성하였다. 이렇

게 생성된 텍스트 파일은 자료의 유효성 검증 및 저장을 위해서 XML로 변환되었으며, 검증이 끝난 자료는 데이터베이스 관리시스템에 저장되었다.

데이터베이스 관리시스템에 저장된 자료는 웹-인터페이스를 통해서 실시간으로 정간보로 생성되며(〈그림 7〉), 웹-인터페이스를 다양하게 구성함으로써 하나의 데이터베이스를 이용해서 다양한 모양으로 재생산이 가능하다. 현재 정간보의 기본 모양은 출판을 위해 생성된 모양을 유지하고 있지만, '박'을 구성하는 정보 배치를 변화시켜서 외국인을 위한 로마자 표기 위주의 정간보 생성이 가능하고, 항목들을 선택적으로 조합해서 시김새가 없는 사설만의 추출, 시김새가 있는 사설의 추출, 시김새와 청이 있는 사설의 추출 등 사용목적에 따라 다양한 유형의 생성이 가능하다. 또한 각 '박'에 포함된 '시김새 표지' 정보의 통계 등 정간보를 구성하는 각각의 정보 항목들을 통계적으로 추출할 수도 있다.

③ 오선보의 정보구조와 구축 방식

정간보는 선율을 표시할 수 없는 단점이 있다. 이러한 단점으로 인해서 일반인이 정간보만으로는 판소리에 접근하는 어려움이 있다. 따라서 오선보를 이용하여 선율 정보를 보충할 필요가 있다. 또한 오선보는 세계적으로 공통되는 음악 표기법이기 때문에 판소리의 세계화를 위해서는 정간보와 함께 오선보 데이터베이스 구축이 병행되어야 한다.

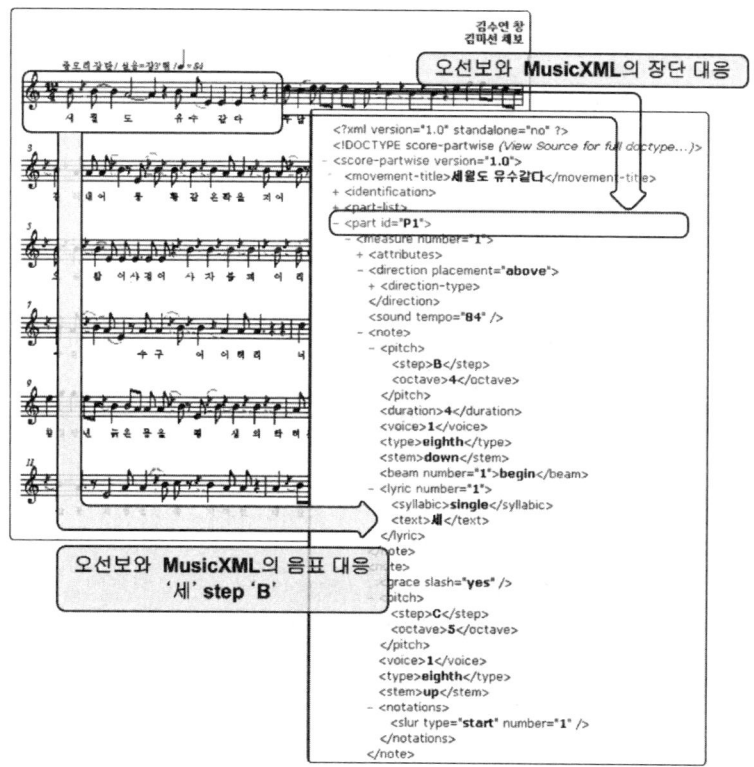

〈그림 9〉 오선보 자료의 구축 방식

　최근에는 오선보 자료 구축 및 교환의 표준화를 위해서 음악분야에서 표준화10) 작업이 진행되고 있으며, 이종의 소프트웨어를 이용해서 구축한 오선보 자료의 교환에 이용되고 있다. 〈그림 9〉는 오선보 제작 소프트웨어를 이용해서 작성한 판소리의 한 대목을 MusicXML 양식으로 변환하여 교환용 자료로 사용하는 대응관계를 나타내는 실례이다.

---

10) ISO/IEC DIS 10743:1995 SMDL(Standard Music Definition Language) 및 MusicXML(http://www.musicxml.org) 참조.

이미지화 되어 있는 오선보와 함께, 오선보 자료를 MusicXML 정의에 맞게 구축하는 경우, 음악 자료에 대한 저장 및 교환, 검색이 가능할 뿐만 아니라, 다양한 통계 작업을 수행할 수 있는 장점이 있다.

3) 판소리 자료의 통합 구조

아래 그림은 현재 구성하는 판소리 자료 데이터베이스의 개념적 구조도를 보여준다11). 판소리 자료의 계층적 분류 체계는 각각의 작품에 부여된 작품분류코드를 참조하게 된다.

작품분류코드를 기준으로 해서 각각의 작품분류코드에는 '작품 정보'에 대한 기본 정보가 연결되어 있다. 각각의 작품은 '창/창본/판본/필사본' 또는 '단가'인지에 따라서 각각의 부가설명자료 데이터와 연결하도록 한다. '창'의 경우에는 음반 및 멀티미디어 자료, 대목별 '정간보' 자료 등이 연결되도록 한다. 각각의 작품분류코드에 따라서 각 작품에는 '사설' 데이터가 연결되어 있고, 각 사설에서 주석이 필요한 부분은 '판소리 자료 주석 DB'를 이용해서 설명 부분을 연결한다. 그리고 필요에 따라서 사설의 '현대역' 자료, '영문 번역' 자료 등을 연결하여 전체 데이터베이스를 구성한다.

---

11) 판소리 자료 데이터베이스의 관계도를 보여줘야 하지만, 설명의 편의를 위해서 이를 개념적으로 표시한 의존관계만 보여주기로 한다.

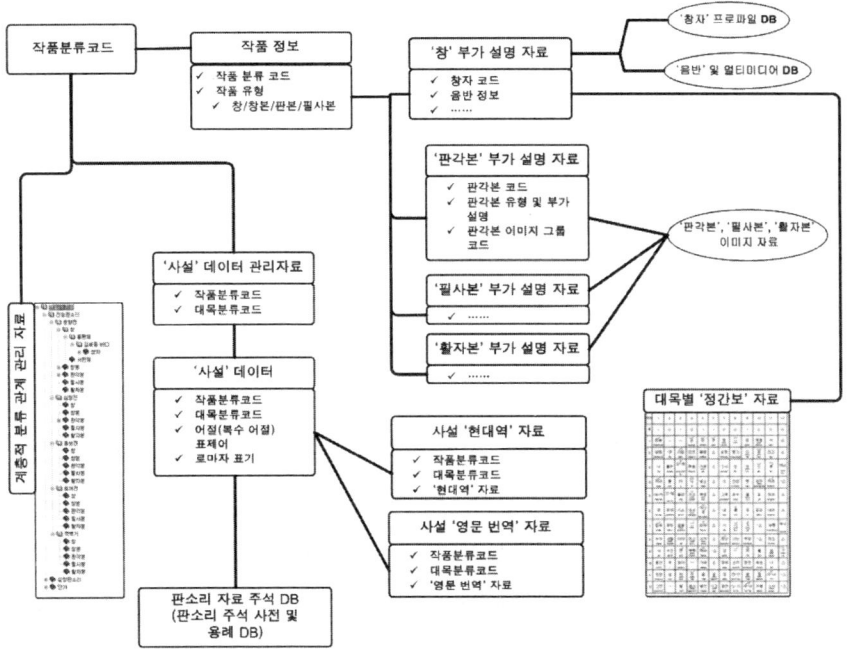

3. 맺음말 - 전망과 제언

이번 연구에서 시험적으로 구성된 판소리 자료 데이터베이스는 이미 존재하는 자료들을 통합하여 관리할 수 있는 방법을 실험적으로 구성해 본 것이다. 멀티미디어 자료 이외의 텍스트로 구성된 자료는 시험적 설계와 가공을 거쳐서 운영해 보았으며, 대용량 데이터베이스 구축을 위한 일정을 계획 중에 있다. 대용량 데이터베이스 구축 작업이 완료되면 적어도 아래 그림과 같은 다양한 기능과 활용 가능성이 열릴 것이다12).

─────────────────────

12) 이미 이런 활용이 다양하게 이루어질 수 있지만, 자원의 재사용이라는 측면에서

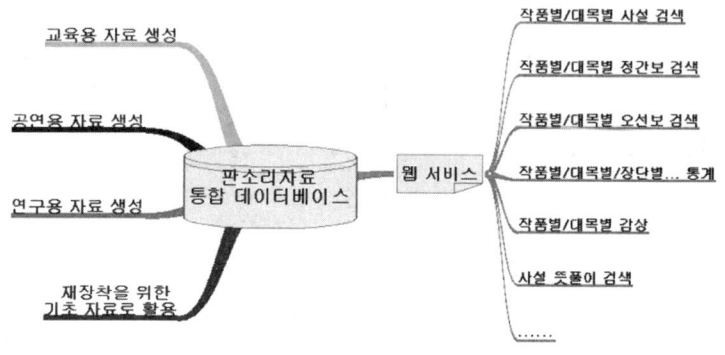

　　우선 대용량 자료를 이용해서 각각의 작품별, 대목별로 사설, 정간보, 오선보 등의 검색이 가능하며 작품별/대목별/장단별 구분에 의한 통계적 연구가 가능하게 된다. 그리고 동일한 자료를 이용해서 교육용 자료를 재구성하여 생성할 수 있으며, 공연용 자료의 생성(예를 들면, 사설 대목별 로마자 표기 또는 로마자로 표기된 정간보의 생성)이 가능해지게 된다. 또한 사용자의 요구에 따라 작품별, 대목별 감상을 가능하게 할 수 있다13). 그리고 판소리의 재창작을 위한 기초자료로 활용 가능할 것이다.

　　이상에서 우리가 진행하고 있는 판소리 자료 데이터베이스의 구축 방법과 구축된 데이터베이스의 실제적인 활용에 대해 살펴보았다. 이제, 판소리 자료 데이터베이스 구축과 관련하여 몇 가지 제언을 하는 것으로 마무리하고자 한다.

　　첫째, 표준화의 문제를 제기할 수 있다. 현재 판소리 음악 용어는 '중모리' 혹은 '중머리' 등으로 용어가 통일되어 있지 않고 그 정의도 조금

통합적 자료 관리를 하는 것이 이 연구의 목적이다.
13) 이를 위해서는 음반 자료에 대한 저작권 및 사용권이 해결되어야 한다.

은 불명확한 상태이다. 더구나, 시김새 기호의 경우 용어뿐만 아니라 사용되는 시김새의 수, 그리고 표기 방식도 다양하게 사용되고 있다. 판소리의 세계화 및 보급을 위해서는 이러한 용어가 어느 정도 표준화되어야 할 필요가 있다. 또한, 대용량의 통일된 판소리 자료 구축을 위해서는 자료 구축 방식이 표준화되어야 하는데, 이는 판소리 자료를 구성하는 다양한 분야에서 이루어져야 한다. 예를 들어, 사설 자료의 구축을 위해서는 사설 자료를 구성하는 문서 구조의 표준화가 이루어져야 하며, 각 대목을 구성하는 정간보 자료의 구축을 위해서는 정간보를 구성하는 정보 구조의 표준화가 이루어져야 한다. 현재, 이 연구에서 구성한 정간보 자료의 경우에는 기본적으로 사설의 한 '박'을 중심으로 '시김새', '청'이 기본적인 자료 구조로 설정되어 있는데('로마자' 표기는 추가적인 요소이다), 이외에도 추가해야 할 정보가 있는 경우 이 분야 전공자들의 합의를 통해서 정보를 표기하는 방식 및 정보의 유형을 확장함으로써 표준화를 이루어야 할 것이다.

둘째, 자료의 공유와 관련된 문제를 제기할 수 있다. 정보의 유형 및 구조가 표준화되면, 다양한 연구 집단 간의 자료 공유 문제가 해결될 수 있다. 판소리 연구와 관련하여 많은 자료가 이미 구성되어 있는데, 이미 전산화된 자료를 통합하고 재구조화할 필요가 있다. 이는 기존에 구축된 자료를 재사용함으로써 동일 자료를 반복해서 구축하는 문제점을 피할 수 있다. 예를 들어서, 상이한 곳에서 구성된 주석 자료와 판소리 사설 원문 자료를 서로 결합함으로써 자료 구축의 효율성을 높일 수 있을 것이다.

셋째, 학제간 연구와 관련된 문제를 제기할 수 있다. 판소리 자료는 문학이면서 동시에 음악이고, 또한 연극이다. 따라서 판소리의 다양성이라는 측면에서 각 분야 연구자들이 필요로 하는 자료의 성격이 다를 수 있지만, 이를 통합적으로 연구하고 그러한 연구 결과를 집성하기 위해서는 판소리와 관련된 모든 분야의 연구자들이 학문 분야의 경계를 뛰어넘는 공동 연구를 할 필요가 있다. 이를 위해서는 자료 공유의 한계를 넘어서야 할 것이다. 또한, 이러한 자료들을 구조화하고 구현해줄 수 있는 시스템 설계자도 함께 참여해야 할 필요가 있다.

토끼전 논저 목록

강용권, 「박봉술창본 수궁가고」, 『하서 김종우박사 화갑기념논총』, 제일문화사, 1997.

강윤정, 「박동진 본 <수궁가> 아니리의 구연 방식」, 『판소리연구』 제16집, 판소리학회, 2003.

강한영, 「토별가의 계보적 고찰: 소원적 재구를 위하여」, 『성곡논총』 3, 성곡재단, 1972.

_____, 「판소리 수궁가의 특성」, 『문화재자료보고서』, 문화재관리국, 1970.

권순긍, 「토끼전의 인물형상과 풍자」, 『판소리연구』 제14집, 판소리학회, 2002.

김광욱, 「<수궁가>의 재창조를 위한 수행적 연구」, 『판소리연구』 제20집, 판소리학회, 2005.

김균태, 「신재효개작 '토별가'의 판소리사적 의의」, 『국어교육』 34, 한국국어교육연구회, 1979.

김대행, 「수궁가의 구조적 특성」, 『국어교육』 27·28 합병호, 한국국어교육연구회, 1976.

_____, 「판소리 사설의 희극성과 풍자성 − 수궁가의 인물을 중심으로」, 『선청어문』 6집, 서울대 사범대학 국어교육과, 1976.

김동건, 『토끼전 연구』, 민속원, 2003.

_____, 「<토끼전> 연구」, 경희대학교 박사학위논문, 2001.

_____, 「<수궁가> 모족회의 대목의 존재 양상과 의미」, 『국어국문학』 122, 국어국문학회, 1998.

_____, 「토끼전 인물고」, 『고황논집』 제21집, 경희대학교 대학원, 1997.

김미선, 「유성준제 <수궁가> 연구 − 바다별 대목비교를 중심으로 −」, 『판소리연구』 제14집, 2002.

김석배, 「수궁가의 '범피중류' 연구」, 『문학과 언어』 제15집, 문학과 언어연구회, 1994.

김정녀, 「신자료 한문본 <토공전>의 성립 시기와 이본적 특성」, 『판소리연구』 제20집, 판소리학회, 2005.

김진영, 「<토끼전·수궁가>의 인물형상」, 『판소리연구』 제17집, 판소리학회, 2004.

김창룡, 「토별가 우유의 공식」, 『우리옛문학론』, 새문사, 1991.

김창진, 「토생전의 구조와 주제」, 『한국어교육』 1, 국교개발회, 1980.

김창하, 「별주부전의 근원설화고」, 동아대학교 석사학위논문, 1976.

김현주, 「<토끼전>의 우의적 성격」, 『고전작가작품의 이해』, 집문당, 1988.

김혜정, 「김연수와 임방울의 선택 − 수궁가를 중심으로」, 『판소리연구』 제20집, 판소리학회, 2005.

_____, 「유성준제 수궁가의 전승과 변이-"토끼 꾀내는 대목"의 음악적 존재양식을 중심으로」, 『판소리연구』 제13집, 2002.

나수호, 「<토끼전>과 북미원주민 설화에 나타난 트릭스터 비교 연구」, 서울대학교 석사학위논문, 2002.

류수열, 「<수궁가> 소재 노정기의 존립과 변이-"고고천변"과 "범피중류" 및 "혼령상봉" 대목의 비교」, 『판소리연구』 제14집, 2002.

민 찬, 『조선후기 우화소설 연구』, 태학사, 1995.

서은아, 「「수궁가」에 나타난 토끼의 성격과 당대 수용자들의 심리적 특성」, 『국어교육』 100, 한국 국어교육 연구회, 1999.

서종문, 「<토별가>에 나타난 신재효의 현실인식」, 『판소리연구』 제10집, 판소리학회, 1999.

신선희, 「<별주부전>의 인물관계와 그 의미」, 『국어국문학』 107호, 국어국문학회, 1992.

운양자, 「토생원 별주부전기, 어디서부터 방시된 것인가」, 『불교』 73호, 1930.

윤용식, 「토별가와 李海朝 토의간의 비교 연구」, 『관악어문논집』 6, 서울대학교 국어국문학과, 1981.

이석래, 「토별가연구」, 『성심어문논집』 11권, 성심여자대학교 국어국문학과, 1988.

이원수, 「<토끼전>의 형성과 후대적 변모」, 『국어교육연구』 14, 경북대학교 사범대학 국어교육연구회, 1982.

이은명, 「<토끼전> 이본고」, 인하대학교 석사학위논문, 1985.

이진오, 「경판 <토싱전>의 소설사적 의미」, 고려대학교 석사학위논문, 2007.

이헌홍, 「수궁가의 구조연구(1)」, 『한국문학논집』 5집, 한국문학회, 1982.

_____, 「수궁가의 구조연구(2)」, 『국어국문학』 제20집, 부산대학교 국어국문학과, 1983.

인권환, 「<토끼전> 근원설화연구」, 『아세아연구』 25, 고려대 아세아문제연구소, 1967.

_____, 「<토끼화상>의 전개와 변이양상」, 『어문논집』 26, 고려대학교 국어국문학연구회, 1986.

_____, 「별주부전 한문본고」, 『동방학지』 52, 연세대학교 국학연구원, 1987.

_____, 「수궁가 동편제와 강산제」, 『민족문화연구』 25호, 고려대학교 민족문화연구소, 1992.

_____, 「수궁가 쟁장설화의 근원과 전개」, 『홍익어문』 7집, 홍익대학교 국문학과, 1988.

_____, 「수궁가와 전등신화」, 『월산임동권박사 송수기념논문집』, 집문당, 1986.

_____, 「수궁가의 삽입설화고」, 『인문논집』 30, 고려대학교 문과대학, 1985.

_____, 「수궁가의 설화적 구성과 사설의 양상」, 『어문논집』 27, 고려대학교 국어국문학연구회, 1987.

_____, 「수궁가의 형성과 창자의 전승 계보」, 『배달말』 11, 배달말학회, 1986.

_____, 「토끼전 이본고」, 『아세아연구』 29, 고려대 아세아문제연구소, 1968.

_____, 「토끼전」, 『고전소설연구』, 일지사, 1993.

_____, 「토끼전군 결말부의 변화양상과 의미」, 『정신문화연구』 44, 한국정신문화연구원, 1991.

_____, 「토끼전론」, 『한국고전소설작품론』, 집문당, 1990.

_____, 「토끼전의 구조와 주제」, 『고전소설의 이해』, 문학과 비평사, 1991.

_____, 「토끼전의 비교연구」, 『인문논집』 29, 고려대학교 문과대학, 1984.

_____, 「토끼전의 서민의식과 풍자성」, 『어문논집』 14·15합집, 고려대학교 국어국문학연구회, 1973.

_____, 「토별가에 나타난 신재효의 작가의식」, 『문학사상』 146호, 문학사상사, 1984.

_____, 「판소리 사설 약성가 고찰-수궁가를 중심으로」, 『문학한글』 1, 한글학회, 1987.

_____, 『토끼전·수궁가 연구』, 고려대학교 민족문화연구소, 2001.

임형택, 「판소리사에 있어서 신재효와 토끼전」, 『한국문학사의 시각』, 창작과비평사, 1984.

장정해, 「토끼전의 변천고」, 『군자어문학』 2, 수도여사대 국문학과, 1975.

전신재, 「별주부와 토끼의 인물상」, 『구비문학연구』 제6집, 한국구비문학회, 1998.

정 숙, 「토별가의 사설에 나타난 풍자성」, 『덕성어문학』 1집, 덕성여자대학교 국어국문학과, 1983.

정규훈, 「토끼전 연구」, 계명대학교 석사학위논문, 1980.

_____, 「토끼전 이본에 나타난 작가의식의 거리」, 『어문학』 44·45집, 1984.

정병헌, 「신재효본 토별가의 구조와 언어적 성격」, 『한글』 210호, 한글학회, 1990.

정출헌, 「조선후기 우화소설의 사회적 성격」, 고려대학교 박사학위논문, 1992.

_____, 「봉건국가의 해체와 <토끼전>의 결말 구조」, 『고전문학연구』 13집, 한국고전문학회, 1998.

_____, 「토끼전의 작품 구조와 인물 형상-가람본 별토가를 중심으로」, 『한국학보』 66집, 1992.

정충권, 「<토끼전> 언변 대결의 양상과 의미」, 『판소리연구』 제20집, 판소리학회, 2005.

정학성, 「우화소설 연구」, 서울대학교 석사학위논문, 1972.

조동일, 「토끼전(별쥬전)의 구조와 풍자」, 『계명논총』 8, 계명대학교, 1972.

최광석, 「<토끼전> 이본 계열의 구조와 근대지향 의식」, 경북대학교 박사학위논문, 2001.

_____, 「<토끼전> 이본 계열의 존재양상」, 『판소리연구』 제12집, 판소리학회, 2001.

최난경, 「송만갑의 악성구조에 나타난 서편제의 수용양상-토끼가 세상 나오는 대목을 중심으로」,『판소리연구』제16집, 판소리학회, 2003.
최남선, 「토끼타령」,『동아일보』2월 4일, 동아일보사, 1927.
최동현·김기형 엮음,『수궁가 연구』, 민속원, 2001.
최혜진, 「박초월 바디 <수궁가>의 전승과 변모 양상」,『판소리연구』제22집, 판소리학회, 2006.
한선영, 「<토끼전> 연구」, 단국대학교 석사학위논문, 1986.

김동건(金東建)

1969년 경북 경주 출생
경희대학교 국어국문학과 졸업
동 대학원 국어국문학과 졸업, 문학박사
현재 경희대학교 교양학부 조교수, 판소리학회 학술이사
〈주요저서〉
토끼전 연구(민속원, 2003)
판소리의 비평적 이해(공저 : 민속원, 2004)
춘향전, 심청전, 토끼전, 홍보전, 적벽가, 실창판소리사설집(공편 : 박이정, 1997~2004)
심청전·홍보전·토끼전·화용도(공역주 : 민속원, 2004~2005)
하서 김인후 시어 색인(공저 : 이회문화사, 2002)
가정 이곡 시어 색인(공저 : 이회문화사, 2005)
목은 이색 시어 색인(공저 : 이회문화사, 2007)
정간보와 함께 하는 김수연창본 춘향가(공저 : 이회문화사, 2005)
정간보와 함께 하는 김수연창본 홍보가(공저 : 이회문화사, 2006)
정간보와 함께 하는 김수연창본 심청가(공저 : 이회문화사, 2006)
정간보와 함께 하는 박송희창본 홍보가(공저 : 이회문화사, 2006)
판소리 문화 사전(공저 : 박이정, 2007)
dehi@khu.ac.kr

한국고전서사문학연구총서 ⑭

수궁가·토끼전의 연변 양상 연구

2007년 8월 10일 초판 발행

지은이   김동건
펴낸이   김흥국
펴낸곳   도서출판 **보고사**

등록   1990년 12월(제6-0429)
주소   서울시 성북구 보문동 7가 11번지
편집부 922-5120~1, 영업부 922-2246, 팩스 922-6990
홈페이지 www.bogosabooks.co.kr
메일   kanapub3@chol.com

ⓒ 김동건, 2007
ISBN 978-89-8433-569-1 (93810)
정가 20,000원

▶ 잘못된 책은 교환하여 드립니다.